KB186998

Alice

루이스 캐럴의 앨리스의 모험

루이스 캐럴의

앨리스의 모험

초판 1쇄 발행 | 2023년 8월 16일

지은이 | 루이스 캐럴
삽화 | 아서 래컴, 존 테니얼, 찰스 J. 포카드
작곡 | 루시 E. 브로드우드
옮긴이 | 임경민, 김푸르매
펴낸이 | 김형호
편집 책임 | 조종순
디자인 | 디자인 표현
펴낸곳 | 아름다운날
출판 등록 | 1999년 11월 22일

주소 | (05220) 서울시 강동구 아리수로 72길 66-19
전화 | 02) 3142-8420
팩스 | 02) 3143-4154
이메일 | arumbooks@gmail.com
ISBN | 979-11-6709-023-2 (03840)

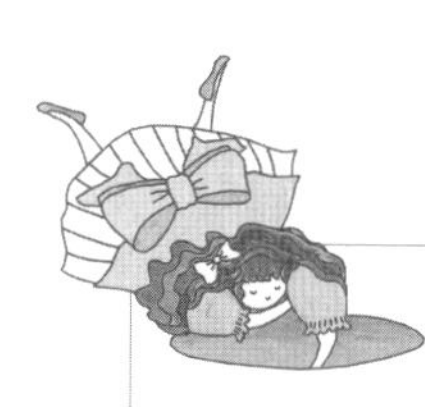

Lewis Carroll's Alice's Adventures

Alice

루이스 캐럴의 **앨리스의 모험**

루이스 캐럴 지음
아서 래컴, 존 테니얼, 찰스 J. 포카드 삽화
루시 E. 브로드우드 작곡 | 임경민, 김푸르매 옮김

아름다운날

옮긴이의 글

이 책은 루이스 캐럴의 동화 『땅속 나라의 앨리스』, 『이상한 나라의 앨리스』, 『거울 나라의 앨리스』 그리고 『노래하는 앨리스』를 한데 묶은 것입니다.

루이스 캐럴은 1832년 영국의 체셔에서 '데어스베리 국교회' 사제의 아들로 태어났습니다. 본명은 찰스 루트위지 도지슨이며, 수학자이자 논리학자 그리고 아마추어 사진작가로도 유명하지요. 그는 1851년부터 옥스퍼드에서 수학을 공부하고 졸업 후 수학과 교수가 되었답니다.

수학 교수 시절의 루이스 캐럴

루이스 캐럴은 1855년 헨리 조지 리델(Henry G. Liddell)이 새로 학장으로 부임하면서 그의 어린 세 딸 로리나(Lorina; 1849), 앨리스(Alice; 1852), 에디스(Edith; 1854)와 아주 친하게 지냈는데, 그 중 특히 자신의 이야기에 관심이 많았던 앨리스를 위해 동화를 쓰게 되었습니다.

그의 대표작으로는 『땅속 나라의 앨리스』(1864년 집필, 1886년 출판)와 그 증보판인 『이상한 나라의 앨리스』(1865) 그리고 속편인 『거울 나라의 앨리스』(1871)가 있습니다. 이밖에도 장편소설 『실비와 브루노』(전2권, 1889, 1893)를 비롯해, 넌센스 시 『요술 환등』(1896), 『스나크 사냥』(1876), 『운율? 그리고 이성?』(1882)등 환상과 상상, 언어유희가 넘치는 작품과 시집을 여러 편 남겼으며, 수학자답게 『논리 게임』(1887)처럼 퍼즐과 게임에 관한 책들도 여러 권 썼지요.

이후 러시아 여행을 다녀오기도 했던 그는 1898년 『세 일몰』의 교정쇄와 『상징 논리』의 제 2부 원고를 마무리하던 중 폐렴으로 누이의 집에서 숨을 거두었고 길포드에 안장되었답니다.

루이스 캐럴은 1862년 7월 4일 학장의 세 자매들과 템즈 강 지류인 이시스 강에서 뱃놀이를 하면서 재미있는 이야기들을 들려주었습니다. 그는 이것들을 모아 1864년 11월 6일, 손으로 쓰고 직접 37장의 삽화를 그려넣은 다음, 가죽으로 장정한 동화집 『땅속 나라의 앨리스』(Alice's Adventures under Ground)를 앨리스에게 크리스마스 선물로 주었지요. 그리고 이 초고는 1886 크리스마스 때 복제본으로 출판되었습니다. 몇 년 뒤 이 책은 몇 가지 복제본 판형으로 선보였는데, 나중에 두 배 분량의 최종 증보판 『이상한 나라의 앨리스』(Alice's Adventures in Wonderland)로 마무리됩니다. 그러므로 『땅속 나라의 앨리스』는 『이상한 나라의 앨리스』의 원본 격이라 할 수 있지요.

리델 교수의 딸 앨리스 리델(Alice Liddell; 1852년생)

『이상한 나라의 앨리스』의 삽화는 원래 존 테니얼이 흑백으로 그렸으나, 아서 래컴(Arthur Rackham; 1867-1939)은 1907년에 컬러로 그렸다. 그는 소위 '일러스트의 황금기'라 불리는 시대에 에드몽 뒬락(Edmond Dulac), 케이 닐센(Kay Nielsen)과 함께 '3대 일러스트레이터'에 속하는 아주 유명한 작가입니다.

아서 래컴(1934)

영국 런던 남부 루이셤(Lewisham) 출신으로 고등학교 졸업 후 생계를 위해 소방청 서기로 일하면서 〈램버스 예술학교〉(Lambeth School of Art)에서 그림을 배우는 등 주경야독으로 미술가의 꿈을 이루어낸 아주 훌륭한 인물입니다. 그는 서른 살 가까운 나이에 『그림 형제 동화집』의 삽화를 그리면서 점차 이름을 알렸답니다. 마침내 그는 1906년 '밀라노 국제전시회'에서 금메달을 수상했으며, 1912년 '바르셀로나 국제전시회'에서도 역시 금메달을 수상했습니다. 1914년에는 파리의 〈루브르 박물관〉에 그의 작품들이 여러 개 전시된 적도 있었습니다. 특히 그는 『이상한 나라의 앨리스』의 삽화를 그리면서 이름을 널리 알렸으며, 이 외에도 『걸리버 여행기』, 『피터 팬』 등의 삽화를 그리기도 했습니다.

『거울 나라의 앨리스』는 『이상한 나라의 앨리스』의 후속 작품입니다. 전편에서 땅속 이상한 나라로 뛰어들어 모험을 하고 돌아온 지 6개월이 지난 어느 초겨울, 거울 속이 궁금해진 앨리스는 거울 나라로 뛰어들어 다시 모험을 시작합니다. 여기서 앨리스는 하얀 왕과 하얀 여왕, 붉은 왕과 붉은 여왕, 트위들덤과 트위들디, 험프티 덤프티, 사자와 유니콘 등을 차례로 만납니다. 앨리스는 모든 것이 '이중으로, 그리고 거꾸로' 이루어진 거울 세계의 논리, 즉 공간의 역전과 비논리의 논리를 따라가면서 농담과 유머, 말실수와 말장난, 퍼즐과 수수께끼, 패러독스와 난센스 속에서의 환상적인 모험을 즐깁니다. 이 작품은 출판을 생각하고 구상했기 때문에 이전 작품보다 한층 더 탄탄한 구성과 논리적인 비유를 담고 있답니다. '이상한 나라의 앨리스' 시리즈 중 『땅속 나라의 앨리스』의 삽화는 루이스 캐럴이 직접 그렸지만, 『이상한 나라의 앨리스』(초판)와 『거울 나라의 앨리스』의 삽화는 존 테니얼(Sir John Tenniel, 1820-1914)이 맡았습니다. 그는 이솝 우화 등 여러 책들의 삽화를 그렸고, 당시 영국의 풍자 잡지 『펀치』의 시사 만화가로 명성을 날리고 있습니다.

존 테니얼(1889)

하지만 루이스 캐럴도 어떻게 보면 그와 같이 작업했다고 볼 수 있지요. 꼼꼼한 성격의 루이스 캐럴은 삽화의 크기, 위치, 주제 등 온갖 세세한 부분까지 간섭했기 때문입니다. 그래서 존 테니얼의 마음고생이 아주 심했지만, 덕분에 그는 '이상한 나라의 앨리스' 시리즈 삽화 작가로 지금까지 명성을 날리고 있습니다.

또 그의 삽화들을 정확히 찍어낸 빅토리아 시대 최고의 목판 기술자 달지엘(Dalziel) 형제의 수고도 빼놓을 수 없지요. 그래서 앨리스 책에 들어있는 모든 삽화에는 존 테니얼의 모노그램과 달지엘 형제의 서명이 책 한쪽 모퉁이에 새겨져 있답니다.

『노래하는 앨리스』는 『이상한 나라의 앨리스』와 『거울 나라의 앨리스』에 나오는 시들을 뽑아 곡을 붙인 것으로, 루시 에텔드레드 브로드우드(Lucy Eteldred Broadwood, 1858-1929) 여사가 작곡했습니다.

루시 에델드레드 브로드우드
(런던의 불링햄 사진관, 1892)

그녀는 영국의 민요 수집가 겸 연구자였으며, 피아노 제조사 〈브로드우드(Broadwood and Sons)〉의 설립자인 존 브로드우드의 증손녀입니다. 〈영국민요협회〉의 창립자이자 『민요 저널』의 편집자였던 그녀는 당시 영국 민요 부흥에 큰 영향을 준 인물이며, 뛰어난 가수이자 작곡가, 피아노 반주자, 아마추어 시인이기도 하지요. 그녀는 또한 마가렛 본 윌리엄스(Margaret Vaughan Williams)와 함께 서리(Surrey)주의 도킹(Dorking)에서 열리는 '레이스 힐 음악제(Leith Hill Music Festival)'를 처음 개최하기도 했습니다.

『노래하는 앨리스』의 삽화를 그린 찰스 제임스 포카드(Charles James Folkard; 1878-1963) 는 영국의 일러스트 작가입니다. 그는 특이하게도 마술사라는 직업을 가지고 있었으나, 1915년 4월 〈데일리 메일〉에 생쥐 '테디 테일(Teddy Tail)' 캐릭터를 만들어 연재하면서부터 수십 년 동안 대중적인 만화 작가로 활동했습니다.

제임스 포카드

처음에 그는 『그림 형제 동화』(1911)와 이솝 우화(1912), 『아라비안 나이트』(1913), 『피노키오』(1914). 『마더 구스 동요』(1919)의 삽화가로 이름을 날리기 시작했으며, 에드워드 리어의 『넌센스 북(The Book of Nonsense)』(1956) 시리즈의 삽화가로 널리 알려져 있습니다.

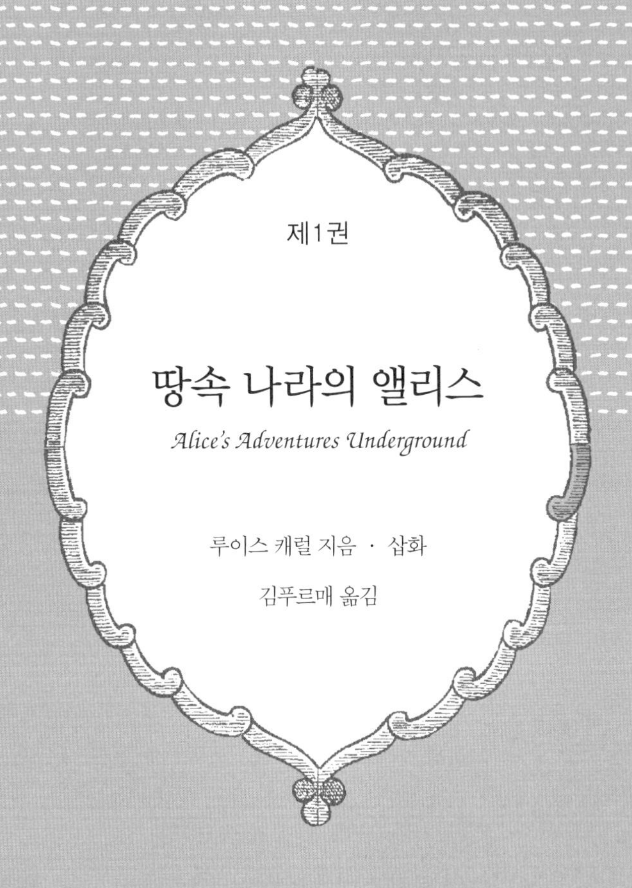

제1권

땅속 나라의 앨리스

Alice's Adventures Underground

루이스 캐럴 지음 · 삽화

김푸르매 옮김

여름날의 추억 속에 남아있는 사랑스런 아이에게 크리스마스 선물로.

제 1 장

강둑에서 할 일도 없이 마냥 언니 옆에 앉아 있던 앨리스는 슬슬 지겨워지기 시작했다. 언니가 읽고 있는 책을 한두 번 슬쩍 들여다보았지만, 책 속에는 그림도 대화도 없었다. 앨리스는 이런 책을 어디에 써먹을까 하고 생각했다.

그런 앨리스는 꽃목걸이를 만드는 재미 때문에 굳이 일어나 데이지꽃을 꺾어야 하는지 (무더운 날씨 탓에 졸리고 몽롱한 기분이었지만 할 수 있는 한) 곰곰이 생각해 보았다. 바로 그때 분홍색 눈의 하얀 토끼가 앨리스 옆을 스쳐갔다.

딱히 이상할 건 없었다. 앨리스는 토끼가 '이런! 이런! 늦겠는걸!' 하고 혼잣말하는 소리를 듣고도 그렇게 이상한 일이라고 생각하지는 않았다. (나중에 생각해보니 앨리스는 이 일을 이상하게 여겼어야만 했다. 하지만 그때는 모든 것이 너무나 자연스러워 보였다.) 하지만 토끼가 조끼 주머니에서 시계를 꺼내 보고 황급히 달려가자, 앨리스도 벌떡 일어났다. 문득 조끼 주머니나 거기서 꺼낸 시계를 가진 토끼는 본 적이 없다는 사실이 떠올랐기 때문이다. 호기심에 가득 찬 앨리스는 들판을 가로질러 토끼를 쫓아갔다. 그리고 산울타리 아래 커다란 토끼 굴로 들어가는 토끼를 겨우 뒤쫓아갔다. 앨리스는 어떻게 다시 빠져 나올지 미처 생각지도 않고 곧장 토끼를 따라 내려갔다.

토끼 굴은 한동안 터널처럼 곧게 뻗어가다 갑자기 밑으로 푹 꺼져버렸다. 너무 갑작스레 꺼지는 바람에 앨리스는 멈춘다는 생각을 할 겨를도 없이 깊은 우물 같은 곳으로 떨어지고 말았다. 우물이 아주 깊었거나 아니면 앨리스가 아주 천천히 떨어졌거나 둘 중 하나였다. 떨어지면서 주위를 둘러보고 다음엔 어떤 일이 벌어질지 궁금해할 만큼 여유가 있었기 때문이다. 처음에 앨리스는 아래를 내려다보며 어디로 가고 있는지 살펴보려 했지만, 너무 어두워서 아무것도 보이지 않았다. 그래서 우물 벽을 쳐다보니 벽에는 찬장과 책꽂이로 가득 차 있었고, 여기저기 지도와 그림이 못에 걸려 있었다. 앨리스는 선반 옆을 스치면서 단지 하나를 집어 들었다. 단지에는 '오렌지 마멀레이드'[1]라는 표지가 붙어 있었지만, 아쉽게도 속은 텅 비어 있었다. 앨리스는 어쩌면

1 오렌지 껍질로 만든 잼.

밑에 있는 사람이 단지에 맞아 죽을지도 모른다는 생각이 들어 단지를 떨어뜨리고 싶지는 않았다. 그래서 떨어지면서 지나치는 어떤 선반에 가까스로 단지를 밀어 넣었다.

앨리스는 생각했다.

'흠! 이렇게 한 번 떨어지고 나면, 계단에서 구르는 일쯤은 별 게 아니겠는걸! 우리 식구들이 나를 얼마나 용감하다고 여길까! 아, 난 지붕 꼭대기에서 떨어져도 끽소리 안 할 거야!' (정말로 그럴 것만 같았다.)

아래로, 아래로, 아래로. 정말 끝도 없이 떨어지는 걸까?

"지금까지 몇 킬로미터나 떨어졌을까?"

앨리스가 큰 소리로 말했다.

"분명 지구 중심 근처일 거야. 어디 보자, 그럼 6,400킬로미터쯤 내려온 건가……" (여러분도 알다시피, 앨리스는 학교에서 이런 것들을 좀 배웠다. 말을 해도 들어 줄 사람이 없었기 때문에 배운 것을 자랑하기에 썩 좋은 기회는 아니었지만, 그래도 되풀이해서 말해보는 것은 훌륭한 복습이 되었다.)

"그래, 그쯤 될 거야. 그렇다면 여기 위도와 경도는 어떻게 될까?" (앨리스는 위도가 뭔지 경도가 뭔지 전혀 알지 못했지만, 말하기에 아주 멋지고 당당한 단어라고 생각했다.)

앨리스가 다시 말하기 시작했다.

"혹시 지구를 뚫고 나가는 건 아닐까! 머리를 거꾸로 하고 걷는 사람들 사이를 내가 뚫고 나오면 얼마나 웃길까! 그 사람들에게 여기가 어느 나라인지 물어봐야 할 거야. 아주머니, 여기가 뉴질랜드인가요? 오스트레일리아인가요?"

앨리스는 말하면서 깍듯하게 무릎을 굽혀 인사하려 애썼다. (상상해 보라, 허공에서 떨어지면서 깍듯하게 인사하는 모습을! 여러분은 그렇게 할 수 있겠는가?)

"그런 걸 물어보면 나를 무식한 꼬마라고 생각하겠지! 안 되겠어, 절대 물어보지 말아야지. 어딘가에 그 나라 이름이 적혀 있을 거야."

아래로, 아래로, 아래로. 달리 할 일도 없었기 때문에 앨리스는 다시 중얼거리기 시작했다.

"오늘 밤 다이나가 나를 무척 보고 싶어 하겠지, 틀림없어!" (다이나는 고양이였다.)

"사람들이 차 마시는 시간에 다이나에게 우유를 챙겨줘야 할 텐데! 우리 다이나! 나랑 같이 여기 있으면 얼마나 좋을까! 공중이라 쥐가 없어도 박쥐는 잡을 수 있을 거야. 박쥐와 쥐는 비슷하잖아. 그런데 고양이가 박쥐도 먹나?"

앨리스는 이쯤해서 졸음이 쏟아지기 시작했고, 꿈을 꾸듯 혼잣말로 "고양이가 박쥐를 먹나? 고양이가 박쥐를 먹나?" 하고 중얼대다가 가끔은 "박쥐가 고양이를 먹나?" 하고 헛소리를 하기도 했다. 어느 질문에도 답을 할 수 없었으니, 어떻게 묻든 상관없었다. 깜빡 잠이 든 앨리스는 다이나와 손을 잡고 걷는 꿈을 꾸기 시작했다. 그리고 진지하게 "자, 다이나, 사실대로 말해봐. 박쥐를 먹어본 적 있어?" 하고 묻는데, 쿵! 쿵! 갑자기 앨리스가 나뭇가지와 낙엽더미 위로 떨어졌다. 떨어지는 일이 끝난 것이다.

앨리스는 상처 하나 입지 않았다. 그래서 벌떡 일어나 위를 올려다보았지만, 머리 위는 온통 어두컴컴했다. 앞에는 긴 통로가 하나 있었는데, 하얀 토끼가 그 길을 급하게 내려가고 있었다. 머뭇거릴 시간이 없었다. 바람처럼 달려간 앨리스는 토끼가 모퉁이를 돌며 "내 귀랑 수염아, 너무 늦었어!" 라고 말하는 것을 겨우 들을 수 있었다. 토끼를 좇아 모퉁이를 돈 앨리스는 천장이 낮고 기다란 복도에 서 있었다. 천장에는 복도를 밝게 비춰주는 램프들이 한 줄로 매달려 있었다.

복도를 빙 둘러 문이 여러 개 나 있었지만, 모두 잠겨 있었다. 앨리스가 돌아가며 문들을 모두 열어 보았지만 소용이 없었다. 풀이 죽은 앨리스는 여기서 어떻게 나갈 수 있을까 고민하며 복도 가운데로 돌아왔다. 그때 문득 전체가 유리로 된 조그만 삼발이 탁자가 눈에 띄었는데, 그 위에는 조그만 황금 열쇠가 달랑 놓여 있었다. 앨리스는 처음에 이 열쇠로 복도에 난 문 하나를 열 수 있을 거라고 생각했다.

하지만, 아! 자물쇠가 너무 큰 것인지 열쇠가 너무 작은 것인지, 아무튼 열쇠로 열 수 있는 문은 하나도 없었다. 그런데 다시 한번 둘러보니 키 낮은 커튼이 눈에 들어왔고, 커튼 뒤에는 40센티미터 정도 되는 작은 문이 있었다. 앨리스는 그 문에 작은 황금 열쇠를 꽂아 보았고, 열쇠는 딱 들어맞았다! 앨리스는 문을 열고 쥐구멍만한 작은 통로를 내려다보았다. 그곳은 지금까지 한 번도 본 적이 없었던 아름다운 정원으로 이어져 있었다. 이 어두운 복도를 벗어나 저 환한 꽃밭과 시원한 분수 사이를 거닐 수 있다면 얼마나 좋을까. 하지만 그 작은 문으로는 머리 하나 들이밀 수 없었다.

가엾은 앨리스가 생각했다.

'머리가 들어간다 해도 어깨가 들어가지 않으면 무슨 소용이겠어. 아, 내 몸이 망원경처럼 접히면 얼마나 좋을까! 시작하는 방법만 알면 할 수 있을 것 같은데.'

여러분도 알다시피, 요사이 이상한 일들이 하도 많이 일어나는 바람에 앨리스는 정말 불가능한 일은 거의 없을 거라고 생각하기 시작했다.

달리 할 수 있는 일도 없는 앨리스는 탁자로 돌아왔다. 탁자 위에 다른 열쇠나 망원경처럼 사람이 접히는 법이 쓰인 책이 있었으면 하고 바라면서. 그랬더니 이번에는 작은 병 하나가 놓여 있었다. (앨리스는 "아깐 분명 없었는데." 하고 중얼거렸다.) 병목에는 커다란 글씨로 '나를 마셔요'라고 예쁘게 적힌 종이 꼬리표가 달려 있었다.

'나를 마셔요'라는 말은 아주 그럴듯했다.

"그래도 우선 '독'이라는 표시가 있나 살펴볼래."

똑똑한 꼬마 앨리스가 말했다.

앨리스는 불에 타거나, 사나운 야수에게 잡혀먹거나 그 밖의 불쾌한 일들을 당한 아이들이 나오는 짤막한 이야기 몇 편을 읽은 적이 있었다. 모두 친구들이 가르쳐준 간단한 규칙을 잊어버려서 생긴 일이었다. 불 옆에 가면 불에 탄다든가, 칼에 손을 너무 깊이 베이면 피가 난다든가 하는 규칙들 말이다. 앨리스는 '독'이라는 표시가 있는 병에 든 것을 마시면 곧 탈이 난다는 사실을 기억하고 있었다.

2 밀가루에 버터·설탕·달걀·소금을 넣고 반죽한 것을 접시에 얇게 깔아서 구운 다음 생과일을 얹어 굽는 프랑스 식 파이.

그러나 병에는 '독'이라는 표시가 없었기 때문에 앨리스는 맛을 보았다. 아주 맛있었다. (꼭 체리 타르트[2], 커스터드[3], 파인애플, 칠면조 구이, 토피[4], 버터를 발라 갓 구운 토스트 향을 섞어 놓은 것 같은 맛이었다.) 앨리스는 병에 든 것을 단숨에 마셔 버렸다.

* * * * *

"기분이 이상해! 꼭 몸이 망원경처럼 접히는 것 같아!"

정말 그랬다. 앨리스의 키가 겨우 25센티미터로 줄어든 것이다. 이제 아름다운 정원으로 나 있는 작은 문을 통과하기에 딱 맞는 키가 되었다는 생각에 앨리스의 표정이 밝아졌다. 하지만 먼저 몸이 더 줄어드는 건 아닌지 잠시 기다려 보았다. 앨리스는 조금 걱정스러웠다.

"이러다가 마지막에는 양초처럼 완전히 사라져 버릴지도 몰라. 그러면 난 어떻게 되는 걸까?"

앨리스는 양초가 꺼지고 나면 불꽃이 어떻게 보이는지 상상해보려고 애썼다. 그런 것을 본 기억이 없었기 때문이다. 잠시 후 더는 아무 일도 없자, 앨리스는 당장 정원으로 가기로 했다. 하지만, 아, 불쌍한 앨리스! 문 앞에 이르러서야 작은 황금 열쇠를 깜빡했다는 사실이 떠올랐던 것이다. 열쇠를 가지러 다시 탁자로 갔다. 하지만 열쇠에 손이 닿는 건 불가능한 일이었다. 유리를 통해 열쇠가 빤히 보였다. 앨리스는

3 우유와 계란노른자에 설탕, 향미료 등을 섞은 다음 찌거나 구워서 만든 서양과자의 일종.

4 캐러멜을 단단해질 정도로 졸인 사탕.

탁자 다리를 타고 올라가려고 안간힘을 썼지만 다리가 너무 미끄러웠다. 애를 쓰다 지친 가엾은 앨리스는 그만 주저앉아 엉엉 울고 말았다.

"뚝, 이렇게 울어 봤자 아무 소용없어! 당장 여길 떠나야 해!"

앨리스는 제법 날카롭게 자신을 타일렀다. (앨리스는 자신에게 아주 좋은 충고를 하곤 했고, 때로는 눈물이 쏙 빠지도록 스스로를 혹독하게 꾸짖기도 했다. 한번은 양쪽 편을 다 맡아 혼자 크로케[5] 경기를 하다가 자기한테 못되게 굴었다는 이유로 자기 뺨을 때리려고 한 적도 있었다. 이 호기심 많은 아이는 두 사람인 척 하는 것을 좋아했다.)

'하지만 지금은 두 사람인 척해 봐야 소용없어! 제대로 된 한 사람이 되기에도 힘들다고.'

불쌍한 앨리스가 생각했다.

그때 탁자 아래 놓인 작은 까만 상자가 눈에 띄었다. 상자를 열어보니 아주 작은 케이크가 들어 있었다. 케이크 위에는 커다란 글씨로 **'나를 먹어요'** 라고 예쁘게 적힌 카드가 놓여 있었다.

"그래, 먹자, 키가 커지면 열쇠를 집을 수 있어. 더 작아지면 문틈으

5 땅 위에 골대 아홉 개를 세우고 나무로 만든 공을 나무 방망이로 때려 두 골대 사이로 통과시킨 다음 다시 되돌아와 속도를 겨루는 경기.

로 기어나가면 되고. 어느 경우든 정원으로 갈 수 있겠지. 무슨 일이 일어나든 상관없어!"

앨리스는 케이크를 한 입 베어 먹고 초조하게 중얼거렸다.

"커질까? 작아질까?"

그리고 어느 쪽으로 몸이 변하나 알아보려고 머리 위에 손을 대어 보았지만, 정말 놀랍게도 키는 그대로였다. 물론 대개 케이크 한 입 먹는다고 키가 변하지는 않는다. 하지만 이상한 일이 벌어지는 데 익숙해진 앨리스에게 평범한 일은 지루하고 시시하게 여겨졌다.

그래서 앨리스는 케이크를 집어 들고 순식간에 먹어 치웠다.

* * * * *

"점점 더 이상해져!"

앨리스가 소리쳤다. (앨리스는 너무 놀라 한순간 제대로 말하는 법도 까먹어버렸다.)

"이제 세상에서 가장 큰 망원경처럼 몸이 늘어나고 있잖아! 잘 가, 발들아!" (아래를 내려다보니, 앨리스의 발은 거의 보이지 않을 만큼 점점 더 멀어지고 있는 것 같았다.)

'불쌍한 내 작은 발, 이제 누가 너희에게 신발이랑 양말을 신겨 줄까? 난 절대 못할 텐데! 난 이제 너무 멀리 떨어져서 너희를 돌봐줄 수 없어. 너희가 알아서 해야겠다. 그래도 발한테 잘해야 해.'

앨리스가 생각했다.

'그렇지 않으면 내가 가고 싶어 하는 쪽으로 발들이 걷지 않을지도 몰라! 어디 보자. 크리스마스 때마다 새 부츠를 사줘야겠군.'

앨리스는 발에게 선물을 보낼 계획을 짜기 시작했다.

'우편배달부 아저씨보고 전해달라고 해야지. 자기 발한테 선물을 보내면 얼마나 웃길까! 주소는 또 얼마나 이상할까!

깔개 위

앨리스의 오른발 귀하

사랑을 담아 앨리스가.

그래 내가 지금 무슨 말도 안 되는 소리를 하고 있는 거야!'

바로 그때 앨리스는 복도 천장에 머리를 부딪치고 말았다. 사실 앨리스의 키는 이제 2미터 80센티미터를 넘어가고 있었다. 앨리스는 얼른 작은 황금 열쇠를 집어 들고 서둘러 정원 문으로 향했다.

불쌍한 앨리스! 앨리스는 옆으로 누워 한쪽 눈으로 정원을 내다보는 것밖에는 아무것도 할 수 없었다. 밖으로 나가기는 아까보다 훨씬 더 어려워졌다. 앨리스는 주저앉아 다시 울음보를 터뜨렸다.

"창피한 줄 알아야지. 너 같이 다 큰 애가 (이건 맞는 말이었다.) 이렇게 계속 울다니! 어서 뚝 그쳐!"

앨리스가 중얼거렸다. 하지만 앨리스는 울음을 그치지 않았고 눈물을 몇 양동이나 더 쏟아 냈다. 결국 앨리스 주변에는 10센티미터 깊이의 눈물 웅덩이가 생겨 복도 가운데로 흘러갔다. 조금 뒤, 멀리서 후다닥 하는 발소리가 조그맣게 들렸다. 앨리스는 무슨 일인지 보기 위해 얼른 눈물을 닦았다. 하얀 토끼가 돌아오고 있었다. 토끼는 멋지게 차려입고, 한 손에는 흰 새끼 염소 가죽으로 만든 장갑 한 켤레를, 다른 한 손에는 꽃다발을 들고 있었다. 앨리스는 너무나 절박한 심정이라 누구에게든 도움을 청하려던 참이었다. 그래서 토끼가 다가오자 낮은 목소리로 머뭇거리며 말했다.

"이봐요."

토끼는 화들짝 놀라며 소리가 나는 것 같은 복도 천장을 올려다보았다. 그러더니 꽃다발과 흰 새끼 염소 가죽 장갑을 떨어뜨리고는 어둠 속으로 쏜살같이 달아나 버렸다.

앨리스는 꽃다발과 장갑을 집어 들었다. 그리고 꽃다발이 너무나 향기로워 내내 꽃향기를 맡으며 말했다.

"이런, 젠장! 오늘은 정말 희한한 일만 생기네! 어제는 모든 일이 다

평범했는데. 하룻밤 사이에 내가 달라진 걸까? 오늘 아침에 일어났을 때 내가 어제와 똑같았었나? 약간 다른 느낌이었던 것 같기도 하고. 만약 내가 달라졌다면 난 누구일까? 아, 이건 정말이지 엄청난 수수께끼다!"

앨리스는 자기가 알고 있는 또래 친구들을 모두 떠올리며 혹시 자기가 그들 중 한 아이로 변한 건 아닌지 알아보기 시작했다.

"거트루드가 아닌 건 확실해. 그 애는 아주 긴 곱슬머리인데, 내 머리는 그렇지 않으니까. 플로렌스도 절대 아니야. 난 모르는 게 없는데 그 애는 정말 아는 게 없거든! 그러니까 걔는 걔고, 나는 나야. 그리고 아, 모든 게 정말 어렵다! 내가 알고 있던 걸 지금도 다 아는지 확인해 봐야겠어. 어디 보자. 4곱하기 5는 12. 4곱하기 6은 13. 4곱하기 7은 14. 아, 이런! 이렇게 하다간 20까지 절대 못 갈 거야! 하지만 구구단은 그리 중요한 게 아니야. 지리로 가 볼까. 런던은 프랑스의 수도, 로마는 요크셔의 수도, 파리는…… 아냐! 아냐! 다 틀렸어. 난 플로렌스로 변한 게 분명해! 「꼬마 악어」를 외워봐야지."

앨리스는 무릎 위에 두 손을 포개고 시를 외우기 시작했다. 하지만 목소리는 이상하게 갈라졌고 단어들도 원래와 다르게 튀어나왔다.

꼬마 악어 한 마리가
반짝이는 꼬리를 손질하고
금빛 비늘 하나하나에
나일 강 물을 뿌려주지요!

기분 좋게 활짝 웃으며
맵시 있게 발톱을 펼치고
다정하게 미소 짓는 입 속으로
작은 물고기를 맞이하지요!

"이것도 틀린 게 분명해."

가엾은 앨리스는 다시 눈물을 글썽이며 말을 이었다.

"난 결국 플로렌스가 된 게 틀림없어. 이제 작고 초라한 집에서 가지고 놀 장난감도 없이 살아야 해. 그리고 아! 배울 것도 산더미 같을 거야! 아냐! 결심했어. 만약 내가 플로렌스라면 그냥 여기서 살래! 사람들이 고개를 들이밀고 "얘야, 다시 올라 오렴!" 하고 말해도 소용없어. 난 고개만 들고 "제가 누구죠? 그것부터 말해 주세요. 만약 그 사람이 되는 게 제 마음에 든다면 올라가겠지만, 그렇지 않다면 다른 사람이 될 때까지 '그냥 여기 있을래요.' 라고 말할 거야. 하지만 아!"

앨리스가 갑자기 울음을 터뜨렸다.

"정말 사람들이 이 안을 들여다봐 주면 좋겠어! 나 혼자 여기 있는 건 너무 지겨워!"

앨리스는 그렇게 중얼거리며 손을 내려다보다가 자신이 흰 토끼의 작은 장갑 한 짝을 끼고 있는 것을 보고 깜짝 놀랐다.

'내가 어떻게 이걸 낄 수 있었지?'

앨리스가 생각했다.

'내가 다시 작아지고 있나 봐.'

앨리스는 일어나서 직접 키를 재 보려고 탁자로 갔다. 앨리스의 키는 대략 60센티미터쯤이었고 계속해서 빠르게 줄어들고 있었다. 앨리스는 곧, 키가 줄어드는 이유가 손에 들고 있던 꽃다발 때문이라는 것을 알고 얼른 꽃다발을 내던졌다. 몸이 줄어들어 완전히 사라지는 것을 겨우 막은 것이다. 그리고 자신의 키가 겨우 8센티미터 정도라는 사실을 알았다.

"이제 정원으로 가야지!"

앨리스는 작은 문을 향해 있는 힘껏 달려갔다. 하지만 작은 문은 다시 잠겨 있었고, 작은 황금 열쇠는 전처럼 유리탁자 위에 놓여 있었다.

'상황이 더 나빠졌잖아.'

불쌍한 앨리스가 생각했다.

"이렇게 작아진 건 처음이야! 이거 큰일이네, 정말 큰일이야!"

이렇게 말하는 순간, 발이 죽 미끄러지면서 첨벙! 앨리스의 턱까지 소금물이 차올랐다. 앨리스는 처음에 바다에 빠진 줄 알았다. 그러다 자신이 땅 속에 있다는 사실을 기억해냈고, 곧 자기가 2미터 80센티미터였을 때 흘렸던 눈물 웅덩이에 빠졌다는 사실을 깨달았다.

앨리스는 웅덩이에서 빠져나가려고 헤엄을 치며 말했다.

"그렇게 많이 울지 말걸! 너무 많이 우는 바람에 지금 벌 받는 거야. 내 눈물에 빠져 죽게 되다니! 정말 별난 일이겠지! 하지만 오늘은 모든 게 다 별난 날인걸."

바로 그때 조금 떨어진 곳에서 무언가가 첨벙거리는 소리가 들려왔다. 앨리스는 처음에 그것이 해마나 하마인 줄 알았다. 하지만 자신이 지금 얼마나 작아졌는지를 기억해내고는, 곧 그것이 자기처럼 물에 빠진 쥐일 뿐이라는 사실을 알아차렸다.

앨리스가 생각했다.

'지금 이 쥐에게 말을 걸면 좀 도움이 될까? 토끼도 아주 이상했고, 여기 온 뒤로는 나도 정말 이상했잖아. 쥐라고 말을 못 할리 없어. 한번 해봐야지.'

앨리스는 쥐에게 말을 걸었다.

"오, 쥐야, 이 웅덩이에서 빠져나가는 방법을 아니? 여기서 헤엄치는 데 아주 지쳤거든, 오, 쥐야!"

쥐는 호기심 가득한 눈빛으로 앨리스를 쳐다보더니, 그 작은 눈으로 윙크를 하는 듯 했지만 아무런 말도 하지 않았다.

앨리스가 생각했다.

'영어를 못 알아듣나 봐. 정복왕 윌리엄[6]과 함께 넘어온 프랑스 쥐일지도 몰라!' (앨리스는 역사에 대한 지식을 다 떠올려 보아도 그 일이 얼마나 오래 전에 일어난 것인지 정확히 알지 못했다.)

---

6 영국 노르만 왕조의 초대 왕. 원래 노르망디 공이었으나, 1066년 왕위 계승권을 주장하며 영국에 쳐들어가 노르만 왕조를 세웠다. 이것을 '1066년 노르만 정복'이라고 한다.

그래서 앨리스는 다시 물었다.

"위 에 마 샤뜨?[7]"

이 말은 앨리스의 프랑스어 교과서에 나오는 첫 번째 문장이었다. 쥐는 갑자기 물 위로 펄쩍 뛰어올랐다. 꼭 겁에 질려 덜덜 떠는 것 같았다. 앨리스는 가엾은 동물의 마음을 상하게 한 게 미안해 얼른 소리쳤다.

"아, 미안해! 네가 고양이를 안 좋아한다는 걸 깜빡했어!"

쥐가 성난 목소리로 날카롭게 외쳤다.

"안 좋아하지! 네가 나라면 고양이를 좋아하겠어?"

앨리스가 달래듯이 말했다.

"음, 아마 안 좋아할 거야. 너무 화내지 마. 그래도 난 너한테 우리 고양이 다이나를 보여 주고 싶어. 다이나를 보면 너도 고양이를 좋아하게 될 거야. 정말 사랑스럽고 얌전한 고양이거든."

앨리스는 웅덩이 속에서 느릿느릿 헤엄치며 반쯤은 혼잣말처럼 중

---

7 프랑스어로 Qu est ma chatte?는 '내 고양이는 어디에 있을까?' 라는 뜻이다.

얼거렸다.

“다이나는 난롯가에 앉아 멋지게 그르렁거리면서, 앞발에 침을 묻혀 세수를 해. 안고 있으면 얼마나 부드러운지 몰라. 쥐 잡는 데는 선수야. 아 참! 미안해!”

앨리스가 또다시 소리쳤다. 이번에 쥐는 온몸의 털을 곤두세웠다. 정말로 화가 난 게 틀림없었다.

“나 때문에 화났니?”

“당연히 화났지!”

쥐가 소리쳤다. 쥐는 화가 나서 몸을 부들부들 떠는 것처럼 보였다.

“우리 집안은 대대로 고양이를 싫어해. 심술궂고, 상스럽고, 천한 것들! 다시는 내 앞에서 고양이 이야기 꺼내지 마!”

“정말 안 그럴게.”

앨리스는 얼른 대답하고 화제를 바꿨다.

“너…… 강아지…… 강아지는 좋아하니?”

쥐가 아무런 대답도 하지 않자, 앨리스는 열심히 말을 이었다.

“우리 집 근처에 아주 작고 예쁜 강아지가 살거든. 너한테 보여 주면 좋을 텐데! 반짝이는 작은 눈을 가진 테리어야. 아! 길고 곱슬곱슬한 갈색 털! 걘 뭐든지 던지면 물어 와. 몸을 꼿꼿이 세우고 앉아서 저녁밥을 달라고 조르기도 하고. 지금 그 반도 기억이 안 나는데, 정말 별의별 짓을 다 해. 어떤 농부 아저씨 건데, 그 아저씨 말로는 쥐란 쥐는 모조리 잡는다고…… 아, 이런!”

앨리스가 슬픈 목소리로 소리쳤다.

“내가 널 또 화나게 했구나!”

쥐는 요란스럽게 물을 튀기며 최대한 빨리 앨리스에게서 도망치고 있었다.

앨리스가 부드럽게 쥐를 불렀다.

"쥐야! 돌아와. 네가 싫다면 고양이나 강아지 이야기 절대로 안 할게!"

쥐는 이 말을 듣고 몸을 돌려 천천히 앨리스 쪽으로 헤엄쳐 왔다. 얼굴이 창백했다. (앨리스는 쥐가 화가 났기 때문이라고 생각했다.) 쥐가 떨리는 목소리로 속삭였다.

"물 밖으로 나가자. 가서 내 이야기를 해 줄게. 그럼 내가 왜 고양이랑 강아지를 싫어하는지 알게 될 거야."

이제 나가야 할 때였다. 물에 빠진 새와 동물들로 웅덩이가 북적대고 있었기 때문이다. 웅덩이 안에는 오리와 도도[8], 진홍잉꼬와 새끼 독수리 그 밖에도 신기한 동물들이 몇 마리 있었다. 앨리스가 앞장서자, 모든 동물들이 물가로 헤엄쳐 나왔다.

8 마다가스카르 앞바다의 모리셔스 섬에 살았던 날지 못하는 새. 지금은 멸종되었다.

제 2 장

강둑으로 올라온 동물들의 모습은 정말로 괴상했다. 새들은 깃털이 땅에 질질 끌렸고, 다른 동물들은 털이 몸통에 착 달라붙어 있었다. 모두들 언짢고 불편한 표정으로 흠뻑 젖어 물을 뚝뚝 떨어뜨리고 있었다. 물론 우선 해결해야 할 문제는 어떻게 몸을 말리느냐 하는 것이었다. 그들은 이 문제를 놓고 회의를 했다. 앨리스는 평생 알고 지낸 것처럼 새들과 스스럼없이 이야기를 나누는 자신의 모습이 그리 놀랍지도 않았다. 실제로 진홍잉꼬와는 긴 논쟁을 벌이기도 했다. 진홍잉꼬는 결국 토라져서, "난 너보다 나이가 많으니까, 내가 제일 잘 알아." 라는 말만 되풀이할 뿐이었다. 앨리스는 진홍잉꼬가 몇 살인

지 알기 전까지 이 말을 받아들일 수 없다고 했고, 진홍잉꼬는 나이를 밝히지 않겠다고 고집을 부리는 바람에 논쟁은 중단되었다.

이윽고 이들 가운데 제법 권위가 있어 보이는 쥐가 소리쳤다.

"모두 앉아서 내 말 좀 들어 봐! 곧 몸을 말려 줄 테니까!"

동물들은 벌벌 떨면서도 곧장 앨리스를 가운데에 두고 빙 둘러앉았다. 앨리스는 걱정스러운 눈길로 뚫어져라 쥐를 바라보았다. 빨리 몸을 말리지 않으면 독감에 걸릴 것 같았기 때문이다.

"에헴! 다들 준비됐나?"

쥐가 거드름을 피우며 말했다.

"이건 내가 알고 있는 것 중에서 가장 건조한 이야기야. 모두 조용히! '정복왕 윌리엄은 교황의 후원을 받아 바로 영국인들을 굴복시켰다. 영국인들은 지도자를 원했고, 당시에는 정복과 약탈이 흔했다. 머시아와 노썸브리아의 백작이었던 에드윈과 모카는……'"

"어휴!"

진홍잉꼬가 몸을 부르르 떨며 말했다.

"뭐라고? 네가 그런 거야?"

쥐는 얼굴을 찌푸리면서도 아주 정중하게 물었다.

"난 아니야!"

진홍잉꼬가 얼른 대답했다.

"난 네가 그런 줄 알았지."

쥐가 말했다.

"계속할게. '머시아와 노섬브리아의 백작이었던 에드윈과 모카는 윌리엄을 지지한다고 선포했다. 심지어 애국심이 넘쳤던 켄터베리 대주교

스티갠드도 애드거 애슬링과 함께 윌리엄을 만나 왕위를 넘기는 것을 현명한 일로 보았다. 처음에 윌리엄은 아주 겸손했다.' 이제 어때?"

쥐가 이야기를 하다말고 앨리스를 돌아보며 물었다.

가엾은 앨리스가 대답했다.

"아직도 축축해. 그 이야기로는 전혀 마르지 않아."

"그렇다면 보다 효과적인 치료법의 즉각적인 채택을 위해 잠시 회의를 중단하기를 건의하는 바입니다."

도도가 자리에서 일어나 엄숙하게 말했다.

"영어로 말해! 난 그 긴 말의 절반도 이해 못 하겠어. 너도 못 믿겠고!"

오리가 이렇게 말하고는 만족스러운 듯 웃으며 꽥꽥거렸고, 다른 새 몇 마리도 대놓고 킥킥거렸다.

도도가 기분 상한 말투로 말했다.

"내가 하려던 말은, 이 근처에 아는 집이 있는데 그곳에서 꼬마 아가씨와 우리들이 몸을 말릴 수 있다는 거야. 그러고 나서 쥐가 우리에게 들려주기로 약속한 이야기를 편하게 들을 수 있다는 거지."

이렇게 말하고 도도는 쥐에게 고개 숙여 정중하게 인사했다.

쥐는 이 의견에 반대하지 않았고, 모두들 도도를 앞세워 느릿느릿 행진하듯이 강둑을 따라 움직였다. (이때쯤 웅덩이 물은 복도로 흘러나오기 시작했고, 복도 가장자리는 골풀과 물망초로 뒤덮여 있었다.) 잠시 후 도도는 참지 못하고 오리에게 나머지 동물들을 데리고 오라고 했다. 그 뒤 앨리스, 진홍잉꼬, 새끼 독수리와 함께 빠른 걸음으로 움직였다. 그들은 곧 작은 오두막에 이르렀다. 그리고 난롯가에 앉아 담요를 덮고 포근하게 다른 동물들을 기다렸다. 그러고 나서 모두가 몸을 말렸다.

몸을 말리자 그들은 모두 다시 강둑에 빙 둘러 앉아 쥐에게 이야기를 해달라고 졸랐다.

"내 이야긴 정말 길고도 슬픈 이야기야!"

쥐가 앨리스를 돌아보며 한숨을 내쉬었다.

"정말 꼬리[9]가 기네."

앨리스가 경이롭다는 눈으로 쥐의 꼬리를 내려다보며 말했다. 쥐의 꼬리는 동물들 거의 모두를 빙 둘러가며 말려 있었다.

"근데 꼬리가 왜 슬프다는 거야?"

앨리스는 쥐가 이야기하는 동안 줄곧 그 문제에 대해 곰곰히 생각했다. 그래서 앨리스는 쥐의 이야기를 이렇게 받아들였다.

우린 매트 아래 살고 있었어.
따뜻하고 포근하고 두꺼운 매트 아래에
하지만 한 가지 골칫거리가 있었지.
그건 바로 고양이!
우리의 기쁨을
막는 훼방꾼,
우리 눈을 흐리는 안개,
우리 마음을 짓누르는
통나무도 있었어.

9 영어에서 '이야기(tale)'와 '꼬리(tail)'는 발음이 비슷하다. 앨리스는 쥐가 '이야기(tale)'라고 말한 것을 '꼬리(tail)'로 잘못 알아들었다.

그건 바로 개!
고양이가 가고 나면
그땐 쥐가 와서 놀지.
그런데, 아! 어느 날
(그들이 말하길)
개와 고양이가
쥐를 사냥하러 와서는
쥐를 아주
납작하게
으깨버렸어.
한 마리
한 마리씩
깔아뭉갰지.
따뜻하고
포근한
두꺼운
매트 아래서.
따뜻하고
포근한
두꺼운
매트
아 래
서
생
각
해
봐!

"내 이야기 안 듣고 있잖아! 도대체 무슨 생각을 하는 거니?"

쥐가 앨리스에게 호통을 쳤다.

"미안해, 다섯 번 꼬부라진 거지?"

앨리스가 겸손하게 대답했다.

"아니야!"

쥐는 몹시 화가 나서 날카롭게 소리쳤다.

"매듭[10]이라고!"

늘 다른 이들에게 도움이 되고 싶어 하는 앨리스가 걱정스럽게 주위를 둘러보며 말했다.

"아! 내가 푸는 걸 도와줄게!"

"난 그런 짓 안 해! 그런 말도 안 되는 소리로 나를 모욕하다니!"

쥐는 벌떡 일어나 가 버렸다.

가엾은 앨리스가 간청했다.

"그런 뜻이 아니었어! 그런데 넌 정말 화를 잘 내는구나."

쥐는 대답 대신 으르렁거리기만 했다.

"제발 돌아와서 이야기를 마저 해 줘!"

앨리스가 뒤쫓아 가며 쥐를 불렀다. 그러자 다른 동물들도 한목소리로 외쳤다.

"그래, 마저 해 줘!"

그러나 쥐는 귀를 흔들더니 빠른 걸음으로 가버렸고, 이내 완전히

---

10 영어에서 '아니다(not)'와 '매듭(knot)'은 발음이 비슷하다. 앨리스는 쥐가 "아니야!(I had not!)" 라고 말한 것을 "난 매듭이 있어!(I had knot)" 라고 말한 것으로 잘못 알아들었다.

사라져버렸다.

"그냥 가버리다니!"

진홍잉꼬가 한숨을 내쉬었다. 늙은 게는 이 기회를 놓치지 않고 딸에게 말했다.

"얘야! 이 일을 교훈 삼아 넌 절대로 침착함을 잃어선 안 된다!"

어린 게는 조금 퉁명스럽게 대꾸했다.

"그만 좀 해요, 엄마! 굴[11]도 엄마 잔소리는 참을 수 없을 거예요!"

앨리스는 딱히 누구에게랄 것도 없이 큰 소리로 말했다.

"우리 다이나가 여기 있으면 좋을 텐데! 금방 저 쥐를 붙잡아 데려왔을 거야!"

진홍잉꼬가 물었다.

"다이나가 누군지 물어봐도 돼?"

자기 애완동물에 대해서 언제든지 이야기할 준비가 되어 있는 앨리스가 신이 나서 대답했다.

"다이나는 우리 고양이야. 쥐를 얼마나 잘 잡는지 넌 상상도 못 할걸! 그리고 아! 다이나가 새를 쫓는 모습도 봐야 하는데! 작은 새는 보자마자 먹어 치울 거야!"

이 말을 들은 동물들은 크게 술렁거렸다. 새 몇 마리는 곧장 자리를 떴고, 늙은 까치 한 마리는 아주 조심스럽게 몸을 감싸며 말했다.

"이제 정말 집에 가봐야겠어. 밤공기는 목에 안 좋거든!"

카나리아도 떨리는 목소리로 아기 카나리아들에게 소리쳤다.

---

11 영어에서는 '말이 없는 사람'이나 '입이 무거운 사람'을 '굴(oyster)'에 비유하기도 한다.

"얘들아! 저 아이에게서 떨어지렴. 너희에게 어울리는 친구가 아니야."

모두들 이런저런 핑계를 대며 떠났고, 앨리스는 곧 외톨이가 되었다.

앨리스는 잠시 말없이 슬픔에 잠겨 앉아 있었다. 하지만 곧 기운을 되찾고 여느 때처럼 다시 혼잣말을 하기 시작했다.

"쟤들 중 몇몇이라도 조금만 더 있다 가면 좋을 텐데! 난 걔네들이랑 친구하려는 중이었어. 진홍잉꼬랑 나는 거의 언니 동생 같았다고! 예쁜 새끼 독수리도 그렇고! 오리랑 도도도! 우리가 물속에서 헤엄칠 때 오리가 얼마나 멋지게 노래를 불러줬는데. 또 도도가 그 멋진 작은 집으로 가는 길을 몰랐다면 우린 몸을 말릴 수도 없었을 거야."

앨리스는 이런 식으로 끝도 없이 떠들었을 지도 모른다. 갑자기 멀리서 후다닥 하는 발소리가 들려오지 않았었다면 말이다.

흰 토끼였다. 흰 토끼는 무언가를 잃어버린 것처럼 걱정스러운 얼굴로 주변을 두리번거리며 왔던 길을 천천히 깡충깡충 되돌아왔다. 토끼가 중얼거리는 소리가 들렸다.

"후작부인! 후작부인! 아, 내 가여운 발! 아, 내 털과 수염! 후작부인이 날 죽이겠지. 이건 족제비가 족제비인 것처럼 확실한 일이야! 내가 그걸 어디에 떨어뜨렸을까?"

앨리스는 순간 흰 토끼가 꽃다발과 흰 새끼 염소 가죽 장갑을 찾고 있다는 생각이 들었다. 앨리스는 그것들을 찾기 위해 주변을 두리번거려보았지만, 부채와 장갑은 어디에도 없었다. 웅덩이에서 헤엄치고 골풀과 물망초들로 뒤덮인 강둑을 따라 걸은 이후로 모든 것이 바뀐 것 같았다. 유리 탁자와 작은 문도 감쪽같이 사라지고 없었다.

토끼는 곧 주변을 두리번거리는 앨리스를 발견하고 성난 목소리로 소리쳤다.

"아니, 메리 앤! 여기서 뭘 하고 있어? 당장 집으로 뛰어가 화장대에 있는 장갑이랑 꽃다발을 가져와! 최대한 빨리, 내 말 알아들어?"

앨리스는 너무 놀라 한 마디도 못하고 토끼가 가리키는 방향으로 곧장 뛰어갔다.

잠시 후 앨리스는 작고 아담한 집 앞에 도착했다. 문에는 '흰 토끼님'이라고 쓰인 밝은 놋쇠 문패가 걸려 있었다. 앨리스는 진짜 메리 앤을 만나 장갑을 찾기도 전에 쫓겨날까 봐 집으로 들어가 곧장 2층으로 올라갔다. 앨리스는 장갑 한 켤레는 토끼가 복도에서 잃어버렸다는 사실을 알고 있었다.

'하지만 집에 장갑이 더 있겠지. 토끼 심부름을 하다니 정말 웃기는 일이야! 이러다 다이나도 나한테 심부름 시키겠네!'

앨리스는 앞으로 벌어질지도 모를 일들을 상상하기 시작했다.

'"앨리스 양! 어서 와서 산책 나갈 준비를 해요!", "곧 갈게요, 유모! 하지만 전 다이나가 돌아올 때까지 쥐구멍을 지켜야 해요. 쥐가 도망치지 않나 지켜봐야 하거든요." 그런데 말이야.'

앨리스가 계속 생각했다.

'다이나가 사람들한테 그렇게 명령하기 시작하면, 다이나는 집에서 쫓겨나고 말 거야!'

앨리스는 작고 깔끔한 방으로 들어갔다. 창가에는 탁자가 놓여 있었고, 그 위에는 거울과 (앨리스가 바라던 대로) 흰 새끼 염소 가죽 장갑 두세 켤레가 놓여 있었다. 장갑 한 켤레를 집어 들고 곧장 방을 나오려는 순간, 거울 옆에 놓인 작은 병 하나가 앨리스 눈에 띄었다. 이번에는 '나를 마셔요' 라고 쓰인 꼬리표 따위는 없었지만, 앨리스는 코르크 마개를 열고 병을 입으로 가져갔다.

"분명 뭔가 재미있는 일이 일어날 거야. 뭔가 마시거나 먹을 때마다 그랬으니까. 이 병에 든 것도 시험해 봐야지. 다시 나를 크게 만들어주면 좋을 텐데. 이렇게 작은 상태로 있는 것도 이제 정말 지겨워!"

정말로 그런 일이 일어났다. 그것도 앨리스가 기대했던 것보다 훨씬 더 빨리. 반병도 채 마시기 전에, 앨리스는 머리가 천장에 닿는 바람에 목이 부러지지 않도록 몸을 구부려야만 했다. 앨리스는 얼른 병을 내려놓으며 말했다.

"이만하면 됐어. 더 이상 자라지 말아야 할 텐데. 그렇게 많이 마시지 말 걸!"

아! 이미 엎질러진 물이었다. 앨리스는 자라고 또 자라 곧 바닥에 무릎을 꿇어야 했다. 조금 뒤에는 그럴 공간조차 없어 한쪽 팔꿈치를 문에 대고 다른 팔로 머리를 감싼 채 누워보려 했다. 앨리스는 여전히 자라고 있었다. 마지막 방법으로 앨리스는 한쪽 팔을 창문 밖으로 내밀고, 한쪽 발을 굴뚝으로 집어넣었다.

"이제 더 이상 못 하겠어. 난 어떻게 되는 걸까?"

천만 다행히도 작은 마법의 병은 이제 효력을 다했는지, 앨리스는 더 이상 자라지 않았다. 하지만 자세는 여전히 불편했고, 방을 나갈 가능성도 없어 보였다. 앨리스는 당연히 기분이 좋지 않았다.

가엾은 앨리스가 생각했다.

'집에 있을 때가 훨씬 좋았어. 집에선 몸이 커지거나 작아지지도 않고, 쥐나 토끼에게 명령을 받을 일도 없는데. 그 토끼 굴로 들어가는 게 아니었어. 하지만…… 하지만…… 궁금하잖아. 이런 생활 말이야. 나한테 또 어떤 일이 벌어질까! 동화책을 읽을 때면 그런 일들은 절대 일어날 수 없다고 생각했는데, 지금 내가 그런 일들의 한가운데 있잖아! 내 이야기를 쓴 책이 나와야 해. 꼭! 나중에 커서 내가 한 권 써야겠다. 하지만 나는 이미 다 커 버렸는걸.'

앨리스가 슬픈 목소리로 말했다.

"적어도 여기서는 더 클 자리가 없어."

앨리스가 생각했다.

'그렇다면 지금보다 더 나이를 먹진 않겠지? 그건 좀 위로가 되네. 할머니가 되지는 않을 테니까. 하지만 그러면 계속 공부를 해야 하잖아! 아, 그건 정말이지 싫다!'

그러다 다시 말했다.

"아, 멍청한 앨리스! 여기서 어떻게 공부를 하니? 너 혼자 있을 자리도 없는데, 책을 어디에 두냐고!"

앨리스는 이쪽 역할이 되었다가 저쪽 역할이 되었다가 하며 혼자서 대화를 이어갔다. 잠시 후 밖에서 목소리가 들려왔다. 앨리스는 대화를 멈추고 귀를 기울였다.

"메리 앤! 메리 앤! 지금 당장 내 장갑을 가져와!"

그러더니 계단을 쿵쿵 올라오는 발소리가 조그맣게 들렸다. 앨리스는 토끼가 자기를 찾으러 왔다는 걸 알았다. 그리고 지금 자신이 토끼보다 몇 천 배는 더 커졌다는 사실을 까맣게 잊고, 집이 흔들릴 정도로 벌벌 떨었다. 토끼를 무서워할 이유가 없는데도 말이다. 토끼는 곧장 문 앞까지 올라와 문을 열려고 했다. 그러나 안으로 열리게 되어 있는 문은 앨리스가 팔꿈치로 꽉 누르고 있었기 때문에 열리지 않았다. 토끼가 중얼거리는 소리가 들렸다.

"그럼 뒤로 돌아가서 창문으로 들어가야겠군."

앨리스가 생각했다.

'그렇게는 안 될걸!'

앨리스는 잠시 기다리다 토끼가 창문 아래로 다가오는 소리가 들리자 갑자기 손을 뻗어 허공을 움켜쥐었다. 손에 잡힌 건 없었지만 작은 비명과 뭔가가 떨어지는 소리, 그리고 유리가 와장창 깨지는 소리가 들려왔다. 그 소리를 듣고 앨리스는 토끼가 오이 재배 온실 같은 데로 떨어졌을 거란 결론을 내렸다.

곧이어 잔뜩 화가 난 목소리가 들렸다. 토끼였다.

"팻! 팻! 어디 있어?"

그러자 앨리스가 처음 듣는 목소리가 대답했다.

"예, 여기 있습죠! 사과를 캐고 있습니다, 나리!"

토끼가 화를 내며 말했다.

"사과를 캐다니! 여기! 이리 와서 날 좀 꺼내 줘!" (다시 유리 깨지는 소리가 들렸다.)

"자, 말해 봐, 팻, 저기 창문 밖으로 나와 있는 게 뭔가?"

"틀림없이 팔인데요, 나리!" (팻은 '팔'을 '파아알'이라고 발음했다.)

"팔이라고? 이런 바보 같은 놈! 저렇게 큰 팔이 어디 있어? 창문에 꽉 끼잖아!"

"그건 그렇습니다, 나리, 하지만 어쨌거나 팔인뎁쇼."

"뭐가 됐든, 저기 있을 이유가 없어. 얼른 가서 치워!"

한참 동안 긴 침묵이 이어졌고 "전 싫습니다, 나리, 정말, 정말로요!", "시키는 대로 해, 이 겁쟁이야!" 하는 따위의 속삼임만 간간이 들려왔다. 결국 앨리스는 다시 손을 뻗어 허공을 한 번 더 움켜쥐었다. 이번에는 두 개의 비명이 조그맣게 들려왔고, 유리 깨지는 소리도 더 크게 났다.

앨리스가 생각했다.

'오이 온실에 유리가 꽤 많은가 봐! 이제 재네들이 뭘 할지 궁금하네! 나를 창문 밖으로 끌어내는 일이라면, 제발 재네들이 그렇게 할 수 있으면 좋겠다! 더 이상 여기 있고 싶지 않아!'

아무 소리도 들리지 않아 앨리스는 잠시 기다렸다. 이윽고 작은 수레바퀴가 덜커덩 굴러오는 소리가 나더니, 여럿이 한꺼번에 떠드는 소리도 들려왔다. 앨리스는 단어들을 띄엄띄엄 알아들을 수 있었다.

"다른 사다리는 어디 있어?"

"저기, 난 하나밖에 안 가져왔는데. 빌에게 하나 있어."

"여기, 이쪽 구석에 세워 봐."

"아니, 먼저 사다리 둘을 묶어야지."

"그래도 안 닿네."

"아, 그 정도면 됐어. 그렇게 까다롭게 굴 거 없어."

"여기, 빌! 이 밧줄을 잡아."

"지붕이 버틸 수 있을까?"

"느슨한 슬레이트도 조심해."

"어, 떨어진다! 머리 조심해!" (뭔가 깨지는 소리.)

"방금 누가 그랬어?"

"빌인 거 같은데."

"굴뚝으로 누가 내려갈 거야?"

"아니, 난 안 가! 네가 가!"

"난 그런 거 안 한다고."

"빌이 내려가면 돼."

"이봐, 빌! 주인 나리가 너보고 굴뚝으로 내려가라고 하셔!"

앨리스가 중얼거렸다.

"아! 그러니까 빌이 굴뚝으로 내려온단 말이지? 와아, 빌에게 모든 걸 떠맡기려 하네! 난 절대로 빌처럼 되지 말아야지. 이 벽난로 정말 좁다. 그래도 발로 살짝 찰 수는 있을 거야!"

앨리스는 굴뚝 속으로 발을 한껏 밀어 넣고, 작은 동물(어떤 동물인지는 알 수 없었다.)이 굴뚝을 긁으며 기어 내려오는 소리가 들릴 때까지 기다렸다.

"빌이다."

앨리스는 힘껏 발길질을 하고는 무슨 일이 벌어질지 기다렸다.

처음 들린 소리는 여럿이 합창하듯 외치는 소리였다.

"저기 빌이 날아간다!"

이어 토끼 목소리가 들렸다.

"빌을 잡아, 울타리 옆이야!"

한동안 잠잠하더니 다시 여러 목소리가 뒤엉켜 들려왔다.

"괜찮아, 친구? 어떻게 된 거야? 얘기 좀 해봐!"

마지막으로 힘없이 끽끽 우는 소리가 들렸다. ('빌이군.' 앨리스가 생각했다.)

"글쎄, 저도 잘 모르겠어요. 머릿속이 멍해요. 뭔가가 장난감 상자의 인형처럼 툭 튀어나왔고, 그래서 내가 로켓처럼 날아갔는데!"

다른 목소리들이 말했다.

"그래, 정말, 그랬어!"

토끼가 말했다.

"집에 불을 지르는 수밖에 없군!"

앨리스가 목청껏 소리를 질렀다.

"그러면 다이나를 데려올 거야!"

이 말에 다시 쥐 죽은 듯이 조용해졌다. 앨리스는 생각했다.

"그런데 다이나를 어떻게 데려오지?"

그 순간 앨리스는 기쁘게도 몸이 작아지고 있다는 걸 알아차렸다. 앨리스는 곧 불편하게 누워 있던 자세에서 벗어나 일어날 수 있게 되었다. 그리고 2, 3분 쯤 지나자 앨리스의 키는 다시 8센티미터로 줄어들었다.

앨리스는 재빨리 집 밖으로 뛰쳐나왔다. 밖에서는 기니피그[12], 흰쥐, 다람쥐 같은 작은 동물들과 새들이 기다리고 있었다. 그리고 초록 도마뱀 꼬마 '빌'이 기니피그 한 마리의 팔에 안겨 부축을 받고 있었다. 또 다른 기니피그는 빌에게 병에 든 무언가를 먹여주고 있었다. 앨리

12 토끼와 쥐를 닮았으나 귀가 짧고 꼬리가 없는 작은 동물. 애완동물로 많이 기르고 실험동물로도 많이 쓰인다.

스가 나타나자마자 동물들이 모두 앨리스에게 달려들었다. 앨리스는 온 힘을 다해 뛰었고, 이윽고 울창한 숲에 이르렀다.

제 3 장

숲 속을 거닐던 앨리스는 이렇게 중얼거렸다.

"가장 먼저 할 일은 원래 크기로 돌아가는 거야. 그 다음에 아름다운 정원으로 가는 길을 찾는 거지. 그게 최선의 계획이야."

그건 정말 깔끔하고 간단하게 잘 정리된 훌륭한 계획처럼 보였다. 단, 한 가지 문제는 이 계획을 실행할 방법을 전혀 모른다는 점이었다.

앨리스가 걱정스러워 나무들 사이를 두리번거리고 있는데, 머리 위에서 날카롭게 짖는 조그만 소리가 들려 왔다. 앨리스는 얼른 위를 올려다보았다.

엄청나게 큰 강아지가 커다랗고 동그란 눈으로 앨리스를 내려다보고 있었다. 강아지는 힘없이 앞발을 뻗어

앨리스를 건드리려고 했다.

"가여워라!"

앨리스는 달래듯이 말하며 휘파람을 불려고 했다. 하지만 강아지가 배가 고플지도 모른다는 생각이 들자 몹시 불안해졌다. 그렇다면 아무리 달래봐도 강아지는 앨리스를 잡아먹을지도 모른다. 앨리스는 자기도 모르게 작은 나뭇가지 하나를 집어 강아지에게 내밀었다. 그러자 강아지는 신나게 짖으며 껑충 뛰어 올라 나뭇가지로 달려들었다. 앨리스는 강아지에게 밟힐까 봐 커다란 엉겅퀴 뒤로 몸을 피했다. 앨리스가 뒤에서 나타나자 강아지는 또다시 막대기로 달려들었고, 급하게 막대기를 물려다가 넘어지기까지 했다. 앨리스는 꼭 수레 끄는 말이랑 노는 것 같다고 생각했다. 하지만 매번 강아지한테 밟힐 것 같아 엉겅퀴 뒤로 숨었다가 나왔다가를 반복했다. 그러자 강아지는 사납게 짖어 대며 막대기를 향해 조금 뛰어왔다가 물러나고, 또 뛰어왔다가 물러나기를 반복했다. 마침내 강아지는 혀를 쭉 늘어뜨리고 커다란 눈을 반쯤 감은 채 숨을 헐떡이며 멀찌감치 주저앉았다.

도망칠 수 있는 절호의 기회였다. 앨리스는 곧장 내달렸고, 강아지 짖는 소리가 저 멀리서 희미하게 들릴 때까지 다리가 아프고 숨이 턱에 차도록 달렸다.

"그래도 정말 예쁜 강아지였는데!"

숨을 고르려고 미나리아재비에 기대어 모자로 부채질을 하면서 앨리스가 말했다.

"강아지에게 재주 부리는 걸 가르쳤으면 재미있었을 텐데. 내가 이렇게 작지만 않았어도 말이야! 앗! 내가 커져야 한다는 걸 깜빡 잊을 뻔했네! 어디 보자, 어떻게 해야 하지? 뭔가를 먹거나 마셔야 할 것 같은데, 문제는 그게 뭐지?"

중요한 문제는 그게 '무엇'이냐는 것이었다. 앨리스는 주변에 있는 꽃과 풀잎을 살펴보았지만, 여기서 먹거나 마실 만해 보이는 것은 전혀 찾아볼 수 없었다. 그런데 바로 옆에, 앨리스 키만 한 큰 버섯이 있었다. 앨리스는 버섯의 아래와 양옆과 뒤를 샅샅이 살펴보았다. 그러고 나자 버섯 꼭대기에 뭐가 있는지도 알아봐야겠다는 생각이 들었다.

앨리스는 발뒤꿈치를 들고 몸을 쭉 펴서 버섯 꼭대기를 살펴보았다. 순간, 앨리스는 커다랗고 파란 애벌레와 눈이 마주쳤다. 애벌레는 버섯 꼭대기에 팔짱을 끼고 앉아, 조용히 물담배를 피우고 있었다. 그리고 앨리스든 뭐든 아무것에도 신경 쓰지 않는 듯했다.

애벌레와 앨리스는 한동안 말없이 서로를 쳐다보았다. 마침내 애벌레가 입에서 물담배를 떼며 나른한 목소리로 앨리스에게 말을 걸었다.

"넌 누구니?"

이것은 대화를 시작하기에 썩 좋은 말은 아니었다. 앨리스는 조금 수줍어하며 대답했다.

"저, 지금은, 저도 잘 모르겠어요. 오늘 아침 일어났을 때 제가 누구였는지는 알겠는데요, 아무래도 그때부터 지금까지 여러 번 바뀐 것 같아요."

애벌레가 말했다.

"그게 무슨 말이야? 알아듣게 설명해 봐!"

"저도 저를 설명할 수 없어요. 아시다시피 지금 전 제가 아니거든요."

애벌레가 말했다.

"난 모른다."

앨리스는 아주 공손하게 대답했다.

"더는 자세히 설명 못 하겠어요. 저도 저를 이해할 수 없거든요. 하루에 몇 번씩이나 커졌다 작아졌다 하니 머리가 헷갈려요."

애벌레가 말했다.

"안 헷갈려."

"음, 아직 모르셔서 그래요. 당신도 번데기가 되었다가 또 나비가 되었다가 하면 기분이 좀 이상할걸요?"

애벌레가 말했다.

"전혀."

"저라면 아주 별난 기분이 들 거예요."

애벌레가 깔보듯이 물었다.

"저라면? 네가 누군데?"

그래서 대화는 다시 처음으로 돌아갔다. 앨리스는 애벌레가 아주 짤막하게 대답하는 데 조금 짜증이 나서, 몸을 꼿꼿이 세우고 아주 진지하게 말했다.

"전 당신이 누구인지 밝히는 게 먼저라고 보는데요."

"왜?"

이것 역시 황당한 질문이었다. 앨리스는 마땅한 이유를 댈 수 없었고, 애벌레도 기분이 아주 나쁜 것 같아서 뒤돌아 걸어가 버렸다.

애벌레가 앨리스를 불러 세웠다.

"돌아와! 꼭 해줄 말이 있어!"

뭔가 믿음이 가는 말이었다. 앨리스는 발길을 돌려 다시 왔다.

애벌레가 말했다.

"화내지 마!"

앨리스는 애써 화를 참으며 물었다.

"그게 다예요?"

"아니."

앨리스는 달리 할 일도 없으니 기다리는 게 좋겠다고 생각했다. 어쩌면 애벌레는 뭔가 들을 만한 이야기를 해줄 수도 있었다. 몇 분 동안 애벌레는 아무 말 없이 담배만 피워 댔다. 그러더니 마침내 팔짱을 풀고 입에서 물담배를 떼며 말했다.

"그러니까 너는 네가 변신했다고 생각하는구나, 그렇지?"

"예. 예전에 알았던 것들이 기억나지 않아요. 「부지런한 꼬마 벌은 어떻게 일하나」를 외워보려 했는데, 완전히 다른 시가 되어 버렸어요!"

애벌레가 말했다.

"그럼 「윌리엄 신부님, 신부님은 늙으셨어요.」를 외워 봐."

앨리스는 두 손을 모은 채 시를 외우기 시작했다.

1. 젊은이가 말했네, "윌리엄 신부님, 신부님은 늙으셨고,
머리도 하얗게 세셨는데,
줄곧 물구나무를 서고 계시니,
그 연세에 괜찮다고 생각하세요?"

2. 윌리엄 신부님이 대답했네, "젊었을 땐,
뇌를 다칠까 겁이 났는데,

이제는 머릿속이 텅 빈 것을 아니
자꾸만 자꾸만 또 서게 되네."

3. 젊은이가 말했네, "말씀드렸다시피, 늙으셨어요.
무지무지 이상하게 살도 찌셨죠.
그런데도 문 앞에서 공중제비를 도시니
도대체 그 이유가 무엇인가요?"

4. 지혜로운 노인이 흰머리 흔들며 대답했네, "젊었을 땐,
팔다리를 유연하게 만들었지.
한 통에 5실링 하는 이 연고를 발라서.
자네도 한두 통 사지 않겠나?"

5. 젊은이가 말했네, "신부님은 늙으셨고, 턱도 약해서,
비계보다 딱딱한 음식은 못 드실 텐데.

거위 뼈뿐 아니라 부리까지 다 드시니
도대체 그 비결은 무엇인가요?"

6. 노인이 대답했네, "젊었을 땐, 법정에서
매번 아내와 논쟁을 벌였지.
그렇게 단련된 턱 근육으로
평생 버티고 있는 거라네."

7. 젊은이가 말했네, "신부님은 늙으셨고,
눈도 예전 같지 않으실 텐데,
코끝에 뱀장어를 세우고 균형을 잡으시니,
어찌 그리 재주가 좋으신가요?"

8. 신부님이 대답했네, "세 가지 질문에 답했으니,
이제 끝이야. 더는 까불지 말게!

그 따위 말을 하루 종일 들을 것 같나?

꺼져버려! 안 그러면 계단 아래로 차버릴 테니!"

애벌레가 말했다.

"틀렸어."

앨리스가 자신 없게 대답했다.

"틀린 데는 있죠. 단어가 몇 개 바뀌었어요."

애벌레가 단호하게 말했다.

"처음부터 끝까지 다 틀렸어."

잠시 침묵이 흘렀다.

애벌레가 먼저 입을 열었다.

"키가 어느 정도면 좋겠니?"

앨리스는 얼른 대답했다.

"아, 전 키에 까다롭게 굴지는 않아요. 아시다시피, 그냥 너무 자주 변하는 게 싫을 뿐이에요."

애벌레가 물었다.

"지금 키는 마음에 드니?"

"글쎄요, 조금만 더 컸으면 좋겠어요. 이런 말 하는 건 조심스럽지만, 8센티미터는 좀 비참하잖아요."

"아주 딱 좋은 키야!"

애벌레가 큰 소리로 벌컥 화를 내며, 몸을 꼿꼿이 일으켜 세웠다. (애벌레의 키는 정확히 8센티미터였다.)

"하지만 전 이렇게 작은 키에 익숙지 않아요!"

불쌍한 앨리스가 애처롭게 하소연했다. 그리고 생각했다.

'동물들이 이렇게 쉽게 화 좀 내지 않았으면 좋겠어!'

"곧 익숙해질 거야."

애벌레는 이렇게 말하고는 다시 물담배를 피우기 시작했다.

이번에는 앨리스도 애벌레가 다시 입을 열 때까지 참을성 있게 기다렸다. 잠시 후 애벌레는 물담배를 입에서 떼고 버섯에서 내려와 풀숲으로 기어가며 이렇게 말했다.

"머리는 커지고, 줄기는 작아질 거야."

'무슨 머리? 무슨 줄기?'

앨리스가 생각했다.

"버섯."

애벌레는 앨리스가 큰 소리로 묻기라도 한 것처럼 말하고는 금세 사라졌다.

앨리스는 잠시 버섯을 찬찬히 살펴보다가, 한 손에는 줄기를 한 손에는 머리를 쥐고 조심스럽게 버섯을 두 부분으로 나눴다.

"줄기가 어느 쪽이었지?"

앨리스는 이렇게 중얼거리며 시험 삼아 버섯 줄기를 조금 뜯어 먹었다. 순간 앨리스는 턱 밑이 세게 얻어맞은 것처럼 아팠다. 턱이 발에 부딪힌 것이다!

앨리스는 이처럼 갑작스런 변화에 깜짝 놀랐지만, 몸은 더 이상 줄어들지 않았고, 버섯 머리도 떨어뜨리지 않았기 때문에 희망을 잃지 않았다. 턱이 발에 딱 붙어 있어 입을 벌리기조차 힘이 들었지만, 앨리스는 마침내 해냈다. 그리고 겨우 버섯 머리를 한 입 베어 물었다.

* * * * *

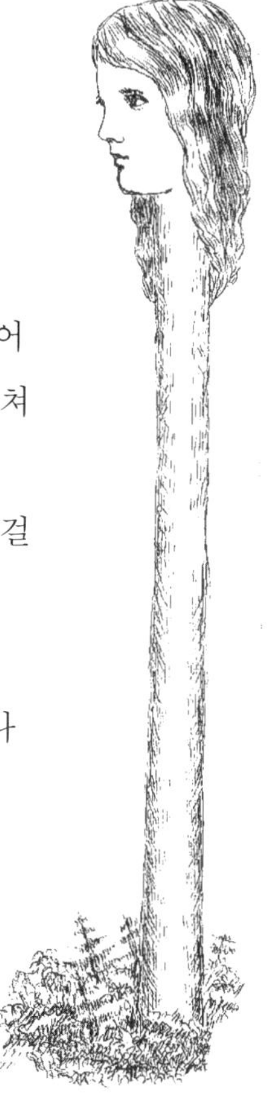

"아! 이제 머리를 좀 움직이겠네!"

앨리스가 기쁜 목소리로 외쳤다. 하지만 기쁨은 곧 놀라움으로 바뀌었다.

어깨가 안 보였기 때문이다. 앨리스는 엄청나게 길어진 목을 내려다보았다. 목은 저 아래 멀리 바다처럼 펼쳐진 푸른 나뭇잎 사이로 줄기처럼 솟아 올라 있었다.

"저 아래 푸른 것들은 뭐지? 내 어깨는 어디로 간 걸까? 아! 불쌍한 내 손! 너희들은 왜 안 보이니?"

앨리스는 이렇게 말하며 손을 움직여 보았지만 나뭇잎들이 조금 흔들렸을 뿐 아무것도 보이지 않았다. 그래서 앨리스는 머리를 손 쪽으로 숙여 보기로 했다. 그러다가 목이 마치 뱀처럼 자유자재로 구부러진다는 사실을 알고 무척 기뻐했다. 앨리스는 목을 우아하게 지그재그로 구부려서 나뭇

잎 사이로 쑥 내밀었다. 밑에 있던 푸른 것들은 아까 앨리스가 헤매고 다녔던 숲의 나무 꼭대기들이었다. 바로 그때 어디선가 쉭 하는 날카로운 소리가 들려와 앨리스는 얼른 고개를 들었다. 커다란 비둘기가 날아와 날개로 앨리스의 얼굴을 사정없이 내리쳤다.

"뱀이다!"

비둘기가 외쳤다.

"난 뱀이 아니야! 그만해!"

앨리스가 화를 내며 소리쳤다.

비둘기가 절망적인 목소리로 울먹였다.

"별별 방법을 다 써 봤지만 그놈들한텐 안 통해!"

"무슨 말을 하는 건지 하나도 모르겠어."

비둘기는 앨리스의 말은 듣지도 않고 계속 지껄였다.

"나무뿌리에도 해봤고, 강둑에도 해봤고, 울타리에도 해봤어. 그런데 그놈의 뱀들은! 어찌 할 수가 없다고!"

앨리스는 점점 더 어리둥절해졌지만 비둘기의 말이 끝나기 전에는 무슨 말을 해도 소용없을 것 같았다.

"알을 품기도 힘들어 죽겠는데, 뱀 때문에 밤낮으로 망까지 봐야 해! 지난 3주 동안 한숨도 못 잤다고!"

앨리스는 이제야 비둘기 말을 알아듣기 시작했다.

"고생 많았네, 정말 힘들었겠다."

비둘기가 날카로운 목소리로 말했다.

"이제 숲에서 가장 높은 나무를 차지해서 마침내 뱀한테서 벗어나는가 싶더니, 이번엔 하늘에서 꿈틀꿈틀 내려와? 이놈의 뱀!"

"하지만 난 뱀이 아니야, 난…… 난……"

"좋아! 그럼 넌 뭔데? 뭔가 일을 꾸미고 있는 거 다 알아!"

비둘기의 말에 앨리스는 그날 자신이 몇 번이나 바뀌었는지를 떠올리며 자신 없이 대답했다.

"난…… 난 그냥 여자 애야."

비둘기가 말했다.

"아주 그럴 듯한 이야기네! 살면서 여자 애들을 숱하게 봤지만, 너처럼 긴 목을 가진 애는 한 번도 본 적이 없어! 아니, 넌 뱀이야. 난 다 알아! 이제 새 알은 한 번도 먹어 본 적이 없다고 말해보시지!"

정직한 앨리스는 사실대로 말했다.

"먹어 봤어. 하지만 네 알은 싫어. 알을 날로 먹는 건 싫어하거든."

"그럼 썩 꺼져버려!"

비둘기는 이렇게 말하고는 둥지로 돌아갔다.

앨리스는 계속 나뭇가지에 걸려 엉키는 목을 매번 풀어주며, 어떻게든 나무 사이로 몸을 웅크리려 했다. 그러다 아직도 버섯 조각을 손에 쥐고 있다는 사실이 떠올랐다. 앨리스는 아주 조심스럽게 이쪽 한 번, 저쪽 한 번 양쪽에 쥔 버섯 조각을 번갈아가며 조금씩 갉아먹었다. 어떤 때는 커졌다가 어떤 때는 작아졌다 하면서 앨리스는 마침내 본래 키로 돌아오는 데 성공했다.

너무 오랜만에 본래의 키로 돌아오자 처음에는 기분이 이상했다. 하지만 앨리스는 금방 익숙해졌고 여느 때처럼 혼자 중얼거리기 시작했다.

"자, 이제 계획의 반은 이루어진 거야! 키가 자꾸 바뀌니 정말 정신이 없네! 몇 분 뒤면 내가 또 어떻게 바뀔지 모르니! 어쨌든 본래 내 키로 돌아왔으니 이제 그 아름다운 정원으로 들어가는 거야. 그런데 어떻게 해야 하지?"

그때 문이 달린 나무 한 그루가 눈에 띄었다.

'정말 신기하네! 오늘은 모든 게 다 신기해. 당장 들어가 봐야겠다.'

앨리스는 이렇게 생각하며 안으로 들어갔다.

또다시 기다란 복도가 나왔다. 가까이에 작은 유리 탁자도 놓여 있었다.

"이번에는 잘해 봐야지."

앨리스는 작은 황금 열쇠를 집어 정원으로 가는 문을 열었다. 그리고 버섯을 조금씩 뜯어 먹어 키를 40센티미터 정도로 줄인 다음 작은 통로를 따라 걸어갔다. 그리고 마침내 앨리스는 화려한 꽃과 시원한 분수가 있는 정원으로 들어갔다.

제 4 장

커다란 장미 나무 한 그루가 정원 입구에 서 있었다. 나무에 핀 장미들은 하얀색이었는데, 정원사 세 명이 장미를 빨간색으로 칠하느라 바쁘게 움직였다. 앨리스는 그 모습이 너무 이상해서 정원사들을 좀 더 자세히 보려고 가까이 다가갔다. 그러자 그들 중 한 사람이 말하는 소리가 들렸다.

"조심해, 5! 나한테 페인트 좀 튀기지 마!"

5가 뽀로통하게 말했다.

"나도 어쩔 수 없었어. 7이 내 팔꿈치를 건드렸단 말이야."

이 말에 7이 고개를 들고 말했다.

"그러시겠지, 5! 넌 항상 남의 탓만 하니까!"

5가 말했다.

"넌 입 닥치고 있는 게 좋을 걸! 바로 어제 여왕님이 네 목을 벨까 생각중이라고 하시는 걸 들었거든."

처음에 말했던 정원사가 물었다.

"왜?"

7이 말했다.

"너랑은 상관없어!"

5가 말했다.

"아니지, 상관있지! 내가 말해 줄게. 7이 감자 대신 튤립 뿌리를 가져갔어."

7이 붓을 내팽겨 치며 말했다.

"나 원, 살다보니 이렇게 억울한 일은……"

그때 7은 앨리스를 발견하고 갑자기 말을 멈추었다. 다른 정원사들도 모두 모자를 벗더니 허리 숙여 절을 했다.

앨리스가 조심스럽게 물었다.

"왜 장미에 색칠을 하고 있는지 물어봐도 될까요?"

5와 7은 묵묵히 2를 쳐다보았다. 2가 낮은 목소리로 이야기를 시작했다.

"그게 말이죠, 아가씨, 실은 여기에 빨간 장미를 심었어야 했는데, 우리가 실수로 그만 하얀 장미를 심었거든요. 여왕님이 아시면 우린 모두 목이 잘릴 거예요. 그래서 아가씨, 우린 보시다시피, 여왕 폐하께서 오시기 전에 최선을 다해……"

이때 정원 건너편을 초조하게 바라보고 있던 5가 소리쳤다.

"여왕 폐하다! 여왕 폐하!"

정원사 셋은 즉시 얼굴을 땅에 대고 엎드렸다. 여럿이 다가오는 발소리가 들렸다. 앨리스는 여왕을 보고 싶어 주위를 두리번거렸다.

가장 먼저 곤봉을 든 병사 열 명이 들어왔다. 병사들은 모두 세 정원사들처럼 직사각형에 납작한 모양이었고 몸통의 네 귀퉁이에 손과 발이 달려 있었다. 다음에는 신하 열 명이 들어왔다. 신하들은 모두 다이아몬드 무늬로 장식을 하고, 병사들처럼 둘씩 짝을 지어 걸어왔다. 그 뒤로는 왕자와 공주들이 들어왔다. 모두 열 명이었는데, 이 귀여운 아이들은 둘씩 손을 잡고 즐겁게 깡충깡충 뛰면서왔다. 아이들은 모두 하트 무늬로 장식하고 있었다. 그 다음에 왕이나 여왕 같은 귀족들이 들어왔다. 앨리스는 그 사이에서 흰 토끼를 발견했다. 토끼는 초조하고 조급한 얼굴로 누군가 말을 할 때마다 미소 지으며 답하느라 앨리스를 알아보지 못하고 그대로 지나쳤다. 그러고 나자 하트 잭이 쿠션에 왕관을 받쳐 들고 따라 들어왔다. 그리고 이 웅장한 행렬의 끝에서 하트 왕과 하트 여왕이 등장했다.

행렬이 앨리스 앞에 이르자 모두 멈춰 서서 앨리스를 바라보았다. 여왕이 근엄하게 하트 잭에게 물었다.

"저 아인 누구지?"

하트 잭은 대답 대신 머리를 조아리며 웃기만 했다.

"멍청한 놈!"

여왕은 멸시하듯 턱을 치켜들며 말했다. 그리고 앨리스에게 물었다.

"이름이 뭐지?"

앨리스가 당돌하게 대답했다.

"제 이름은 앨리스라고 합니다. 여왕 폐하."

속으로 '그래봤자 카드 한 벌일 뿐이잖아! 겁먹을 필요 없어!' 라고 생각했기 때문이다.

"이들은 누구지?"

여왕이 장미 나무 아래 엎드려 있는 정원사 셋을 가리키며 물었다. 그들은 얼굴을 땅에 대고 엎드려 있었기 때문에 등에 그려진 무늬만 보면 다른 카드들과 똑같았다. 그래서 여왕은 그들이 정원사인지 병사인지 신하인지 아니면 자신의 세 아이들인지 구별할 수 없었던 것이다.

"제가 어떻게 알겠어요? 저랑은 상관없는 일인걸요."

앨리스는 이렇게 말하고는, 자신의 용기에 깜짝 놀랐다.

여왕은 화가 나서 얼굴이 벌게졌다. 그리고 잠시 앨리스를 노려보다가 우레와 같은 목소리로 소리쳤다.

"저 애의 목을……"

"말도 안 돼요!"

앨리스가 큰 소리로 단호하게 말하자, 여왕은 입을 다물었다.

왕이 여왕의 팔에 손을 얹고 조심스럽게 말했다.

"참아요! 어린애잖소!"

여왕은 화가 나서 왕에게 등을 돌리며 잭에게 말했다.

"저 자들을 뒤집어라!"

잭은 매우 조심스럽게 한 발로 정원사들을 뒤집었다.

"일어나!"

여왕이 날카롭고 큰 목소리로 명령했다. 그러자 세 정원사는 벌떡 일어나 왕, 여왕, 왕자와 공주들, 그리고 거기 있는 모든 이들에게 머리 숙여 절하기 시작했다.

여왕이 소리쳤다.

"그만! 어지럽구나!"

그리고 장미 나무를 돌아보며 말을 이었다.

"여기서 뭘 하고 있었지?"

2가 한쪽 무릎을 꿇고 아주 공손하게 말했다.

"여왕 폐하, 저희는……"

"알겠군!"

그 사이에 장미를 살펴보던 여왕이 말했다.

"이 자들의 목을 쳐라."

그리고 행렬은 이 불쌍한 정원사들의 목을 벨 병사 셋만 남기고 다시 움직이기 시작했다. 정원사들은 앨리스에게 달려와 도움을 청했다.

"당신들 목이 날아가게 두진 않을 거예요!"

앨리스는 이렇게 말하고는 주머니에 정원사들을 집어넣었다. 병사 셋은 정원사들을 찾아 잠시 주변을 돌아다니더니 곧 조용히 행렬을 뒤따라갔다.

여왕이 소리쳤다.

"놈들의 목을 베었느냐?"

병사들이 소리쳐 대답했다.

"모두 목이 날아갔습니다, 여왕 폐하!"

여왕이 소리쳤다.

"좋아! 크로케 할 줄 아느냐?"

병사들은 조용히 앨리스를 쳐다보았다. 그 질문은 틀림없이 앨리스에게 한 것이었다.

"네!"

앨리스가 크게 소리쳤다.

"그럼 따라 와!"

여왕이 고함치며 말했다. 앨리스는 앞으로 무슨 일이 벌어질지 무척 궁금해 하며 행렬을 따라갔다.

"날씨가, 날씨가 참 좋다!"

옆에서 조심스럽게 속삭이는 작은 목소리가 들려왔다. 앨리스는 흰 토끼 옆에서 걷고 있었다. 토끼는 초조한 표정으로 앨리스를 훔쳐보고 있었다.

"그러게요. 그런데 후작 부인은 어디 있죠?"

앨리스가 물었다.

"쉿! 쉿!"

토끼가 낮은 목소리로 말했다.

"다 들으시겠다. 여왕님이 후작 부인이야. 너 그거 몰랐니?"

"아뇨, 몰랐어요. 근데 왜요?"

앨리스가 물었다.

"하트 여왕님과 가짜 거북 후작 부인 말이야."

토끼가 입을 앨리스의 귀에 바짝 대고 속삭였다.

"그게 뭔데요?"

앨리스가 물었다. 하지만 대답을 들을 시간이 없었다. 크로케 경기장에 도착해 곧장 경기에 들어갔기 때문이다.

앨리스는 이렇게 이상한 크로케 경기장을 본 적이 없었다. 경기장 바닥은 온통 울퉁불퉁했다. 크로케 공은 살아 있는 고슴도치였고, 공을 치는 채는 살아 있는 타조였다. 병사들은 손과 발로 땅을 짚고 몸을 구부려 아치 모양의 골대를 만들었다.

앨리스가 제일 먼저 부딪힌 어려움은 타조를 다루는 것이었다. 앨리스는 타조 다리를 아래로 늘어뜨리고, 몸통을 팔로 편안하게 감싸 안았다. 하지만 타조의 목을 반듯하게 세워 그 머리로 고슴도치를 치려고 하면, 그때마다 타조가 고개를 돌리고 어리둥절한 표정으로 앨리스를 올려다보았다. 앨리스는 타조의 표정에 웃음을 터뜨리지 않을 수 없었다.

그래서 타조의 머리를 내리고 다시 시작하려고 하면 이번에는 고슴도치가 둥글게 만 몸통을 펴고 다른 곳으로 기어갔다. 이것뿐만이 아니었다. 앨리스가 고슴도치를 쳐 보내려고 하는 곳마다 이랑이나 고랑이 있었고, 몸을 굽히고 있던 병사들은 매번 일어나 다른 쪽으로 가 버렸다. 앨리스는 곧 자신이 무척 힘든 경기를 하고 있다는 결론을 내렸다.

선수들은 자기 차례를 기다리지 않고 한꺼번에 경기에 들어가, 줄곧 소리 높여 말다툼을 했다. 여왕은 금세 화가 나서 발을 쾅쾅 구르며 1분에 한 번 꼴로 “저놈의 목을 쳐라!” “저년의 목을 쳐라!” 하고 고함을 질렀다. 여왕에게 사형선고를 받은 이들은 병사들이 감옥으로 끌고 갔다. 물론 병사들은 그러느라 골대 역할을 그만두어야 했다. 이 때문에 경기를 시작한 지 30분쯤 지나자, 남아 있는 골대는 하나도 없었고, 왕과 왕비, 앨리스를 뺀 모든 사람들이 사형 선고를 받고 감옥에 갇히고 말았다.

그러자 여왕은 경기를 멈추고 숨을 몰아쉬며 앨리스에게 물었다.

"너 가짜 거북을 본 적 있느냐?"

앨리스가 대답했다.

"아니요. 가짜 거북이 뭔지도 모르는 걸요."

여왕이 말했다.

"그럼 가자. 가짜 거북이 자기 이야기를 들려 줄 테니까."

여왕을 따라 가면서 앨리스는 왕이 선수들에게 낮은 목소리로 말하는 것을 들었다.

"너희는 모두 석방이다."

앨리스는 생각했다.

'와, 정말 잘됐다!'

앨리스는 여왕이 사형 선고를 너무 많이 내려 아주 슬퍼하던 참이었다.

앨리스와 여왕은 곧 햇볕 아래 누워 깊이 잠들어 있는 그리핀[13]을

13 인도와 그리스에서 전해 내려오는 신화 속 괴물. 그리핀(griffon)은 '구부러진 부리'라는 뜻으로, 사자의 몸통과 뒷다리를, 독수리의 머리와 날개와 앞 앞발다리를 가졌다고 한다.

만나게 되었다. (그리핀이 뭔지 모르면 그림을 보시길.)

여왕이 말했다.

"일어나, 이 게으름뱅이야! 이 꼬마 아가씨를 가짜 거북에게 데리고 가서 거북의 이야기를 듣게 해 줘. 난 돌아가서 내 명령대로 사형이 집행되었는지 살펴봐야겠다."

여왕은 그리핀 옆에 앨리스만 남겨 놓고 혼자 가 버렸다. 앨리스는 이 생물의 생김새가 썩 마음에 들지 않았지만, 잔인한 여왕을 따라가느니 그리핀 옆에 있는 게 훨씬 더 안전하겠다는 생각이 들어 조용히 기다렸다.

그리핀은 일어나 눈을 비비더니 시야에서 완전히 사라질 때까지 여왕을 지켜보다가 낄낄 웃었다. 그러고는 반쯤은 혼잣말하듯, 반쯤은 앨리스에게 이야기하듯 말했다.

"정말 웃겨!"

앨리스가 물었다.

"뭐가 그리 웃겨?"

"여왕 말이야. 모두 여왕의 상상이야. 사실 아무도 처형당하지 않아. 가자!"

'여기선 모두 '가자!' 라고 하네. 내 평생 이렇게 명령을 많이 받아 본 적은 없어. 단 한 번도 말이야!'

앨리스는 그리핀을 천천히 따라가며 생각했다.

얼마 못 가 저 멀리 가짜 거북이 보였다. 가짜 거북은 뾰족하게 튀어나온 작은 바위 위에 외롭고 슬픈 표정을 짓고 앉아 있었다. 조금 더 가까이 다가가자 가짜 거북이 심장이 찢어질 듯 한숨을 내쉬는 소리가 들려 왔다. 앨리스는 가짜 거북이 너무 안쓰러웠다.

“왜 그리 슬퍼하는 거야?”

앨리스가 그리핀에게 물었다. 그리핀은 아까 했던 말과 비슷한 대답을 했다.

“모두 가짜 거북의 상상이야. 사실 슬픈 일은 없어. 가자!”

앨리스와 그리핀이 가짜 거북에게 다가갔다. 가짜 거북은 눈물이 그렁그렁한 커다란 눈으로 아무 말 없이 그 둘을 바라보았다.

그리핀이 말했다.

“이 꼬마 아가씨가 네 이야기를 듣고 싶대.”

가짜 거북이 심오하고 허탈한 목소리로 대답했다.

“얘기해 줄게. 앉아. 그리고 내 이야기가 끝날 때까지 아무 말도 하지 마.”

앨리스와 그리핀은 자리에 앉았고 한동안 아무런 말도 하지 않았다.

앨리스가 생각했다.

‘시작도 하지 않은 이야기를 어떻게 끝낸다는 거지?’

하지만 앨리스는 참을성 있게 기다렸다.

가짜 거북은 깊은 한숨을 내쉬더니 마침내 이야기를 시작했다.

"한때 나는 진짜 거북이었어."

그리고 다시 기나긴 침묵이 흘렀다. 그리핀이 이따금 '흐즈크르르' 하고 내뱉는 신음소리와 거북이 끊임없이 서럽게 흐느끼는 울음소리만이 침묵을 깰 뿐이었다. 앨리스는 하마터면 벌떡 일어나서 "재미있는 이야기 잘 들었어." 라고 말할 뻔 했지만, 분명 이야기가 더 있을 것 같아 아무 말 없이 그냥 앉아있었다.

마침내 가짜 거북은 마음을 가라앉히고 이야기를 이어갔다. 이따금 훌쩍거리기는 했지만.

"어렸을 때 우리는 바다에 있는 학교에 갔어. 교장 선생님은 나이가 지긋한 거북이었지. 우리는 그분을 민물거북이라고 불렀어."

앨리스가 물었다.

"바다거북인데 왜 민물거북이라고 불렀어?"

거북이가 화를 내며 말했다.

"우리를 가르쳤으니까 민물거북이라고 불렀지.[14] 너 정말 멍청하구나!"

그리핀이 거들었다.

"그런 걸 질문이라고 하다니 창피하지도 않니?"

그러고 나서 둘은 아무 말 없이 앉아 가엾은 앨리스를 쳐다보았다. 앨리스는 땅속으로 꺼져버리고 싶은 심정이었다. 이윽고 그리핀이 가

---

14 영어에서 '우리를 가르쳤다(taught us)'와 '민물거북(tortoise)'은 발음이 비슷하다.

짜 거북에게 말했다.

"계속해, 친구! 얘기하는 데 하루 종일 걸리지 말고!"

가짜 거북이 말을 이었다.

"넌 바다 밑에서 살아 본 적이 별로 없을 거야." (앨리스는 "한 번도 없어." 하고 말했다.)

"바닷가재와 인사를 나눈 적도 없겠지." (앨리스는 "한 번 먹어 본……" 이라고 말을 꺼냈다가 얼른 "아니, 한 번도 없어." 하고 얼른 말을 바꿨다.)

"그러니 바닷가재 카드리유[15]가 얼마나 재밌는지도 모를 테고!"

앨리스가 말했다.

"몰라. 그게 어떤 춤이야?"

그리핀이 말했다.

"그러니까 바닷가를 따라 쭉 한 줄로 선 다음에……"

가짜 거북이 소리쳤다.

"두 줄이야! 물개, 거북, 연어 등등. 그리고 두 발짝 앞으로 나가서……"

그리핀이 소리쳤다.

"저마다 바닷가재와 짝이 되어!"

가짜 거북이 말했다.

"물론이지. 두 발짝 앞으로 나가서 짝을 정하고……"

15 카드리유(quadrille)는 18세기 후반과 19세기에 프랑스, 영국, 독일 등지에서 유행했던 춤. 네 쌍의 남녀가 사각형을 이루어 춤을 춘다.

그리핀이 끼어들었다.

"바닷가재를 바꾼 다음, 같은 순서로 뒤로 물러난 뒤……"

가짜 거북이 말을 이었다.

"그런 다음 바닷가재를……"

그리핀이 공중으로 펄쩍 뛰어오르며 소리쳤다.

"던지는 거야!"

"있는 힘껏 바다 저 멀리……"

그리핀이 외쳤다.

"바닷가재를 따라 헤엄을 쳐!"

가짜 거북이 신이 나 껑충껑충 뛰며 말했다.

"바닷속에서 공중제비를 돌고!"

그리핀이 목청껏 소리 질렀다.

"바닷가재를 다시 바꾸는 거야! 그리고……"

가짜 거북이 갑자기 목소리를 낮춰 말했다.

"그게 다야."

그리고 그때까지 미친 듯이 날뛰던 가짜 거북과 그리핀은 다시 자리에 앉아 슬픈 표정으로 말없이 앨리스를 바라보았다.

앨리스가 조심스럽게 말했다.

"정말 멋진 춤 같아!"

가짜 거북이 말했다.

"조금 보여 줄까?"

앨리스가 말했다.

"응, 정말 보고 싶어."

가짜 거북이 그리핀에게 말했다.

"그럼 첫 번째 동작만 해 보자! 바닷가재가 없어도 할 수 있을 거야. 그런데 노래는 누가 부르지?"

그리핀이 말했다.

"아, 네가 해. 난 가사를 까먹었어."

가짜 거북과 그리핀은 앨리스 주변을 돌며 엄숙하게 춤을 추기 시작했다. 그 둘은 때로는 너무 가까이 지나가다가 앨리스의 발가락을 밟기도 했고, 때로는 박자를 맞추기 위해 앞발을 까닥거리기도 했다. 그러면서 가짜 거북은 아주 느릿느릿 구슬프게 노래했다.

바다 아래에
무지무지 다정한 바닷가재가 산다네.
바닷가재는 너랑 나랑 춤추는 걸 좋아하지.
사랑스러운 나의 연어야!

그리핀이 합창 부분을 함께 따라 불렀다.

연어야 올라와! 연어야 내려와!
연어야 꼬리를 휘 감으며 이리 와!
바다의 모든 물고기 중에
연어만큼 훌륭한 춤꾼은 없다네!

"고마워."

앨리스는 마침내 춤이 끝나 다행이라고 여기며 말했다.

그리핀이 말했다.

"바닷가재의 카드리유 다음 동작을 해 볼까? 아니면 다른 노래를 듣고 싶어?"

"아, 노래가 좋겠다."

앨리스가 아주 간절하게 대답하자, 그리핀이 살짝 토라진 목소리로 말했다.

"흥! 취향하고는! 저 아이에게 「거북 수프」를 불러 줘, 친구."

가짜 거북이 한숨을 푹 쉬더니, 때때로 터져 나오는 울음을 삼키며 노래를 부르기 시작했다.

진하고 푸르스름한, 아름다운 수프!
뜨거운 그릇에서 나를 기다리네!
이렇게 맛있는 음식 앞에서 누군들 멈추어 서지 않겠어?

저녁에 먹는 수프, 아름다운 수프!

저녁에 먹는 수프, 아름다운 스프!

아-르음다운 수우-프!

아-르음다운 수우-프!

저-어녁에 먹는 수우-프.

아름다운, 아름다운 수프!

그리핀이 소리쳤다.

"후렴 한 번 더!"

가짜 거북이 후렴을 다시 부르려는 순간, 멀리서 "재판이 시작됩니다!" 하고 외치는 소리가 들려왔다.

그리핀이 소리쳤다.

"가자!"

그리핀은 가짜 거북의 노래가 끝나기도 전에 앨리스의 손을 잡고 서둘러 길을 떠났다.

앨리스가 달리느라 숨을 헐떡이며 물었다.

"무슨 재판인데?"

하지만 그리핀은 "어서!" 라고만 대꾸할뿐 점점 더 빨리 달렸다. 그러자 바람결에 실려 오는 가짜 거북의 구슬픈 노래가 아스라이 사라져 갔다.

저-어녁에 먹는 수우-프.

아름다운, 아름다운 수프!

앨리스와 그리핀이 도착했을 때 하트 왕과 하트 여왕은 왕좌에 앉아 있었고, 그 주위에는 군중들이 잔뜩 모여 있었다. 잭은 묶여 있었고, 왕 앞에는 흰 토끼가 한 손에는 나팔을, 다른 한 손에는 양피지[16] 두루마리를 들고 서 있었다.

왕이 말했다.

"전령, 고소장을 낭독하시오!"

그러자 흰 토끼가 나팔을 세 번 분 뒤, 양피지 두루마리를 펴서 다음과 같이 읽어 내려갔다.

어느 여름 날
하트 여왕이 타르트를 만들었지.
하트 잭은 그 타르트를 훔쳐
멀리 달아났네!

16 양피지(羊皮紙; parchment)는 소, 양, 새끼 염소의 가죽을 펴 약품 처리한 뒤 말린 것. 그 위에 글을 쓸 수 있다.

왕이 말했다.

"이제 증언을 시작하지. 그리고 선고를 내릴 테니."

"아니! 선고가 먼저고 증언은 그 다음이야!"

여왕이 말했다.

"말도 안 돼! 선고부터 내리다니!"

앨리스가 큰 소리로 외치자 모두들 깜짝 놀라 일어섰다.

여왕이 말했다.

"입 닥쳐!"

앨리스가 말했다.

"싫어! 너희들은 고작 카드일 뿐이야! 누가 겁낼 줄 알아?"

이 말에 모든 카드들이 공중으로 날아오르더니 앨리스를 향해 떨어졌다. 앨리스는 겁이 나서 작은 비명을 지르며 날아오는 카드들을 쳐내려 했다. 그 순간 앨리스는 언니의 무릎을 베고 강둑에 누워 있었다. 언니는 앨리스의 얼굴에 떨어진 나뭇잎들을 살포시 쓸어내리고 있었다.

언니가 말했다.

"일어나, 앨리스! 너 정말 오래 잘도 잔다!"

"아, 나 정말 이상한 꿈을 꿨어!"

앨리스는 언니에게, 여러분이 읽은 땅 속 나라에서의 모험에 대해 전부 이야기해 주었다. 앨리스가 이야기를 마치자 언니는 앨리스에게 입을 맞추며 말했다.

"정말 이상한 꿈이구나. 하지만 이제 얼른 차를 마시러 가야 해. 늦겠다."

앨리스는 자리에서 일어나 달려갔다. 그리고 달리면서 생각했다. 정말 멋진 꿈이었다고.

* * * * *

앨리스의 언니는 동생이 떠난 뒤에도 자리에 좀 더 앉아 있었다. 그리고 저무는 해를 바라보며 동생 앨리스와 앨리스의 모험에 대해 생각했다. 잠시 후 언니도 꿈을 꾸기 시작했다. 언니의 꿈은 다음과 같았다.

언니는 오래된 도시를 보았다. 가까이에는 들판을 따라 강이 조용히 굽이쳐 흐르고 있었다. 즐거운 아이들이 탄 배가 미끄러지듯 천천히 강을 거슬러 올라갔다. (아이들의 목소리와 웃음소리가 음악처럼 물 위에 퍼져나갔다.) 그 중에 이야기를 듣기 위해 눈을 반짝이며 앉아 있는 또 다른 어린 앨리스도 있었다. 언니도 이야기에 귀를 기울였다. 그런데 아! 그건 어린 동생의 꿈 이야기였다. 빛나는 여름날, 배는 즐거운 뱃사공들의 목소리와 웃음이 어우러진 음악을 싣고 천천히 강을 따라 구불구불 흘러갔다. 굽이쳐 흐르는 강물을 돌아 나가자 배는 더 이상 보이지 않았다.

(꿈속에서) 언니는 이 어린 앨리스가 나중에 자라서 어른이 된 모습을 상상해 보았다. 시간이 흘러 성숙한 여인이 되어도 어린 시절의 순진하고 다정한 마음을 간직하고 있는 모습을. 아이들을 모아 놓고 그들의 눈을 초롱초롱 빛나게 할 온갖 멋진 이야기들을 해주는 모습을.

오래 전 어린 앨리스가 겪은 신기한 모험담을 들려주는 모습을. 그리고 자신의 어린 시절과 행복했던 여름날을 기억하면서 아이들의 순수한 슬픔을 함께 느끼며 아이들의 순수한 기쁨 속에서 즐거움을 찾는 어른이 된 앨리스의 모습을.

부록 I

요정이 아이들에게 전하는

크리스마스 인사

사랑스런 아이야,

요정들이 잠시

교묘한 속임수와 짓궂은 장난을 멈춘다면

'성탄시기'[17]가 온 거란다.

우리는 아이들이 말하는 걸 들었지.

다정한 아이들, 우리가 사랑하는 아이들이

아주 오래 전 크리스마스 날

천상에서 보내온 메시지를.

지금도 '성탄시기'가 돌아오면

요정들은 그 메시지를 기억한단다.

17 12월 24일부터 1월 6일까지(聖誕時期 ; Christmas-tide)를 가리킨다. 특히 1월 6일은 크리스마스 때부터 12일 째 되는 '십이야'(十二夜 ; The Twelfth Night)라고 하는데, 셰익스피어 연극의 제목이기도 하다.

"땅위에 평화를, 인류에 친절을!"
천상의 손님들이 머무르는 곳에서
그들의 마음은 아이와 같아.
아이들까지 신이 나는 건
1년 중 '성탄시기'이지!
그래서 우린 속임수와 장난을
잠시 잊고, 너를 위해 기도하지.
사랑스런 아이야,
즐거운 크리스마스 보내고 새해 복 많이 받아!

1867년 크리스마스에
루이스 캐롤이

부록 II

'앨리스'를 사랑하는 모든 아이들에게 보내는

부활절 인사

얘야,

할 수 있다면 진짜 편지를 읽고 있다고 상상해 보렴. 전에 본 적 있는, 목소리를 듣고 싶었던 진짜 친구에게서 받은 편지 말이야. 난 정말 행복한 부활절을 보내고 있단다.

넌 달콤한 꿈같은 기분을 아니? 여름날 아침, 공기 중에 울려 퍼지는 새들의 지저귐과 창문으로 들어오는 상쾌한 바람결에 막 눈을 떴을 때의 기분 말이야. 반쯤 눈을 감고 한가롭게 누워 꿈에서 본 것처럼 초록 나뭇가지의 흔들림과 황금빛으로 퍼져나가는 잔물결을 느꼈을 때의 기분 말이야. 그건 슬픔에 가까운 기쁨이란다. 아름다운 그림이나 시처럼 눈물이 나지. 엄마가 부드러운 손으로 커튼을 열어젖히고, 달콤한 목소리로 일어나라고 부를 때의 기분 같은 거? 엄마의 손길은 어서 일어나 너를 겁에 질리게 한 무서운 꿈을 잊고, 너를 어두컴컴한

곳에서 아름다운 햇살 아래로 보내준 보이지 않는 친구에게 고맙다고 인사하고, 또 다른 행복한 날을 즐기라고 말하지.

동화 '앨리스'를 쓴 아저씨가 이상한 소리를 한다고? 말도 안 되는 이야기를 하는 이상한 편지라고? 그럴지도 모르지. 어떤 사람들은 나를 보고 어두운 것과 즐거운 것을 마구 섞는다고 말하겠지. 또 어떤 사람들은 미소를 지으며 일요일에 교회 밖에서 엄숙한 이야기를 하는 것이 특이하다고 말하겠지. 하지만 내 생각에는 그게 다가 아닐 거야. 어떤 아이들은 이 편지를 다정하고 사랑스럽게 읽으면서 내 마음을 알아줄지도 몰라.

난 주님께서 우리 삶을 두 가지로 나눠놓았다고 믿지 않는단다. 일요일엔 엄숙한 얼굴을 해야 하고, 평일엔 주님에 대해 이야기하는 것이 맞지 않다는 식으로 말이야. 주님께서 무릎 꿇고 앉아 기도하는 것만

보고 듣는다고 생각하니? 햇살 아래에서 양이 뛰노는 모습과 건초더미 위에서 뒹구는 즐거운 아이들의 웃음소리는 사랑하지 않을까? 아이들의 순수한 웃음소리는 분명 엄숙한 대성당의 어둡고 신성한 불빛 아래에서 울려 퍼지는 가장 위대한 찬송가만큼이나 주님의 귀에 달콤할 거야.

만약 내가 사랑하는 아이들을 위해 책에 모아둔 순수하고 건강한 즐거움에 무언가를 덧붙인다면, 그건 분명 내가 어둠의 골짜기를 지나가야 할 때가 되었을 때, 부끄러움과 슬픔 없이 돌아보길 바라는 그 어떤 것일 거야. (인생의 얼마나 많은 부분들을 돌아보게 되는지!)

사랑하는 아이야, 이번 부활절엔 네게 해가 뜰 거란다. 온 몸에 생명이 샘솟는 기분이 들면서 상쾌한 아침 공기를 마시기 위해 얼른 뛰쳐나가고 싶을 거야. 수많은 부활절을 맞이하고 나면 넌 머리가 세고 힘없는 노인이 되어 다시 한번 햇볕을 쬐기 위해 피곤한 몸을 이끌겠지. 하지만 그래도 좋아. 가끔씩 '정의로운 해가 떠올라 햇살이 너를 치료할' 그 멋진 아침에 대해 생각해보는 것도 좋거든.

그땐 너의 기쁨에 이보다 더 밝은 새벽을 볼 수 있을까 하는 생각 따위는 필요 없을 거야. 살랑대는 나뭇잎이나 잔잔한 물결보다 더 사랑스러운 풍경을 보았을 때. 천사의 손이 커튼을 젖히고 사랑하는 엄마의 속삼임보다 더 달콤한 목소리로 영광스러운 새 날들을 위해 너를 깨울 때. 이 작은 땅에서의 삶을 어둡게 만든 모든 죄와 슬픔이 스쳐지나가는 한밤의 꿈처럼 잊혀져버릴 때 말이야!

1876년 부활절에
사랑하는 친구 루이스 캐롤이

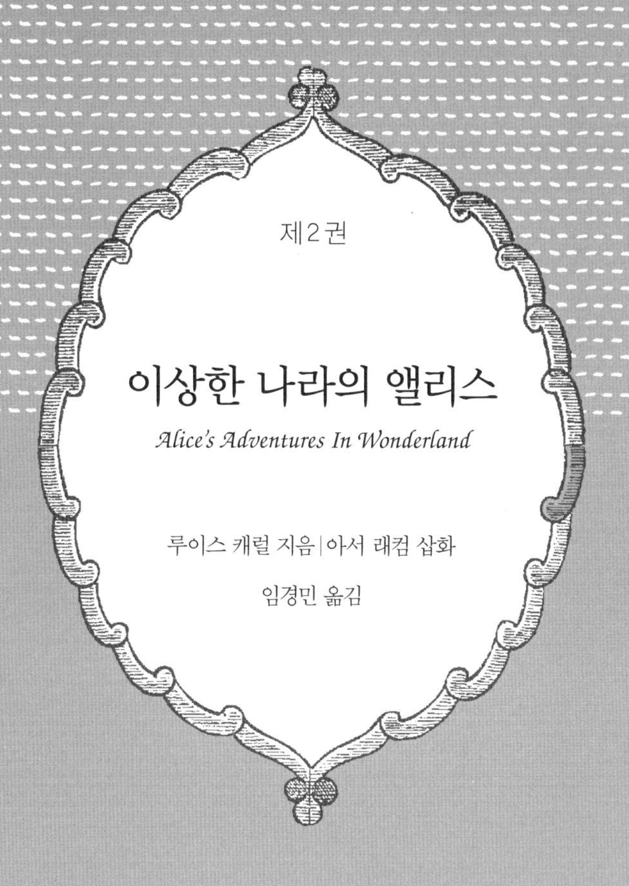

제2권

이상한 나라의 앨리스

Alice's Adventures In Wonderland

루이스 캐럴 지음 | 아서 래컴 삽화

임경민 옮김

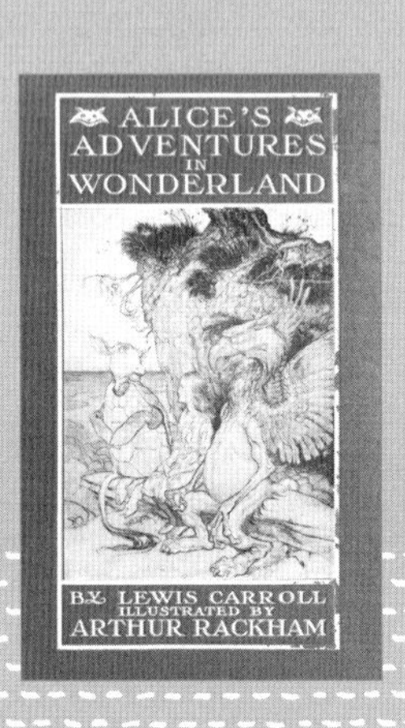
ALICE'S
ADVENTURES
IN
WONDERLAND
BY LEWIS CARROLL
ILLUSTRATED BY
ARTHUR RACKHAM

'Tis two score years since Carroll's art,
With topsy-turvy magic,
Sent Alice wondering through a part
Half-comic and half-tragic.

Enchanting Alice! Black-and-white
Has made your deeds perennial;
And naught save "Chaos and old Night"
Can part you now from Tenniel;

But still you are a Type, and based
In Truth, like Lear and Hamlet;
And Types may be re-draped to taste
In cloth-of-gold or camlet.

Here comes afresh Costumier, then;
That Taste may gain a wrinkle
From him who drew with such deft pen
The rags of Rip Van Winkle!

- 오스틴 돕슨(AUSTIN DOBSON)

금빛 찬란한 오후 내내
우리는 한가로이 물 위를 흘러가네.
서툴지만 작은 팔들이
부지런히 노를 젓고
작은 손들은 우리 여행을
안내하는 척 하네.

아, 잔인한 세 아이들! 이런 시간,
이렇게 꿈같은 날에
조그만 깃털 하나 살랑일 수 없는
약한 숨결로 이야기를 해달라니!
하지만 가련한 목소리 하나가
세 아이의 한목소리를 어찌 이길까?

오만한 첫째가 명령하네.
"시작하세요!"
둘째가 상냥하게 부탁하네.
"재미있는 게 나와야 해요!"
셋째는 일 분마다
이야기에 끼어드네.

곧 갑작스러운 침묵이 흐르고
아이들은 환상 속으로 빠져드네.

신비하고 낯선 이상한 나라에서
새와 동물과 친구처럼 이야기하는
꿈의 아이를 쫓아가네.
그 모든 걸 사실이라 믿으면서.

이야깃거리는 떨어지고
상상의 우물도 바닥이 나서
지친 이야기꾼이 힘없이 말하네.
"나머지는 다음에."
"지금이 다음이에요!"
행복한 목소리들이 외치네.

그리하여 이상한 나라 이야기가 나왔네.
서서히, 하나씩 하나씩
신기한 사건들이 생겨났네.
이제 이야기는 끝나고
우리 즐거운 뱃사공들은 노를 저어 집으로 돌아가네.
저물어 가는 햇살 속에서.

앨리스! 이 어린아이 같은 이야기를
그 부드러운 손으로 받아주렴.
어린 시절의 꿈으로 엮은
기억의 신비로운 띠 속에 놓아주렴.

아주 먼 나라에서 꺾은

순례자의 시든 꽃다발처럼.

차례

이상한 나라의 앨리스

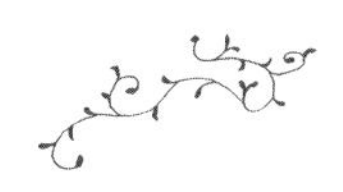

Alice

제 1 장

토끼 굴로 떨어지다

앨리스는 언덕 위에서 책을 보고 있는 언니 곁에서 아무 하는 일 없이 앉아 있는 것이 슬슬 지겨워지기 시작했다. 언니가 읽고 있는 책을 한두 번 힐끔 훔쳐보기도 했지만 그림 하나, 대화 한 줄 보이지 않는 그 책에 도통 구미가 당기지 않았다.

"그림 하나 대화 한마디 없는 저런 따분한 책을 왜 보는 걸까?"

그래서 앨리스는 데이지 꽃이나 꺾어 목걸이나 만들어 볼까 하는 생각을 해보았다.(그럴 만도 한 것이, 날씨까지 어찌나 덥던지 졸음은 쏟아지고 머릿속은 텅 비어 멍해지고 있었기 때문이다.) 하긴 자리를 털고 일어나 꽃을 꺾으러 돌아다니는 것이 귀찮기는 했지만 데이지 꽃을 꿰어 목에 걸어보는 것도 그런대로 근사한 일일 것 같았다. 그런데 바로 그 순간 빨간 눈에 털이 새하얀 토끼 한 마리가 앨리스의 바로 코앞을 스쳐 지나갔다. .

그깟 토끼 한 마리 지나간 것이 무슨 대수일까? 그래서 토끼가 혼잣말로 "이를 어째? 큰일 났네! 이러다간 늦겠는걸!" 하고 중얼대는 소리를 들었을 때도 앨리스는 이를 터무니없는 일이라고 생각하지 않았다. (나중에 생각해 보니 놀라지 않은 게 이상한 일이었으나, 그 당시에는 너무도 자연스런 일로 느껴졌다.) 하지만 토끼가 조끼 주머니에서 시계를 꺼내 들여다보고는 서둘러 달려가기 시작하자, 앨리스는 자리에서 벌떡 일어났다. 도대체 토끼라는 족속이 조끼를 입고서 호주머니에서 시계를 꺼내 본다는 게 어디 가당키나 한 일이냐는 생각이 불현듯 들었던 것이다. 앨리스는 치미는 호기심을 억누를 수 없었다. 그래서 들판을 가로질러 토끼의 뒤를 부리나케 쫓아갔다. 마침 산울타리 아래 커다란 토끼 굴로 폴짝 뛰어 들어가는 토끼의 모습을 볼 수 있었다.

앨리스는 전혀 망설임 없이 토끼의 뒤를 따라 굴로 들어섰다. 앨리스에게는 어떻게 다시 굴 밖으로 나올 것인가를 생각할 겨를조차 없었다.

얼마를 갔을까? 기차 터널처럼 반듯하게 뚫려 있는 것 같던 토끼굴이 갑자기 밑으로 쑥 꺼졌다. 너무 갑작스러운데다 너무 가파른 경사라 멈춰서야 한다는 생각마저 할 겨를도 없이 앨리스의 몸은 허공에 떠 깊고 깊은 우물 같은 구덩이 속으로 떨어져 내리고 있었다.

구덩이가 한없이 깊은 것인지, 아니면 그녀의 몸이 아주아주 천천히 떨어져 내리고 있는 것인지는 몰라도 주위를 두리번거릴 여유와 함께 앞으로 닥칠 일을 염려할 만큼 충분한 시간이 있었다. 우선 밑을 내려다보면서 저 아래에 무엇이 기다리고 있을지를 살펴보려 했으나, 아래는 그야말로 깜깜절벽이었다. 그래서 떨어져 내리고 있는 구덩이의 벽을 살펴보았는데 그 벽면은 온통 찬장과 책장으로 꽉 들어차 있는 것이 아닌가? 여기저기에 지도나 그림 따위가 못에 걸려 있는 것도 볼 수 있었다. 너무도 신기한 나머지 선반 위에 놓여 있는 항아리 하나를 냉큼 낚아채 들고 보니 앨리스가 너무도 좋아하는 '오렌지 마멀레이드'라는 라벨이 붙어 있었지만 실망스럽게도 항아리는 텅 비어 있었다. 그래도 그녀는 항아리를 던져버리지 못했다. 혹시 저 아래에 누군가가 있다면 그 사람의 목숨을 끊는 일일 수도 있기 때문이었다. 그녀는 정신없이 떨어져 내리면서도 그것을 어느 선반 위에 가까스로 올려놓았다.

"그렇지!"

앨리스의 머릿속으로 이런 생각이 스치고 지나갔다.

'한번쯤 이렇게 떨어져 보면 앞으로는 계단에서 구르는 것쯤은 겁낼 일도 아니겠지! 식구들이 이걸 알면 날 얼마나 용감하다고 할까! 이제부터 난 입도 뻥긋 하지 않을 거야. 지붕 꼭대기에서 떨어진다고 해도!' (이건 정말 그럴듯한 이야기였다.)

밑으로 끝없이 떨어져 내리고만 있었다. 도대체 끝은 어디란 말인가?

"지금까지 몇 마일이나 떨어져 내린 걸까?"

앨리스가 큰 소리로 말했다.

"아마 지구 땅 속 한가운데쯤 어딘가가 틀림없어. 4천 마일쯤 된다고 했으니까……. (짐작하시겠지만 앨리스는 과학시간에 이런 것들을 배운 적이 있었다. 지금은 아무도 들어줄 사람이 없어 자신의 지식을 자랑하기엔 그다지 좋은 기회는 아니었지만, 그래도 이렇게 되풀이해서 말해보는 것도 훌륭한 공부가 될 것이라는 생각이 들었다.) 그래, 그 정도 거리쯤 될 거야. 그렇다면 위도나 경도로는 어떻게 될까?" (사실 앨리스는 위도나 경도에 대해서 별로 아는 것이 없었지만 막상 입으로 발음해 보니 아주 멋진 단어라는 생각이 들었다.)

앨리스는 계속 중얼거렸다.

"이러다간 지구를 뚫고 나가게 될 거야! 머리를 아래로 향한 채 걷고 있는 사람들 사이로 내가 불쑥 나타난다면 얼마나 재미있을까! 그러니까 거기를 유식한 말로 반목점이라고 하지, 아마? (앨리스는 이번엔 아무도 듣지 않아 다행으로 생각했다. 자기가 생각해도 괴상한 단어였기 때문이다.) 하지만 그곳이 어느 나라인지 물어는 봐야지. '저 아주머니, 말씀 좀 여쭙겠습니다만 여기가 뉴질랜드인가요, 아니면 오스트레일리아인가요?' (앨리스는 이렇게 말하면서 왼쪽 발을 뒤로 빼고 무릎을 굽혀 정중히 절을 했다. - 허공으로 떨어져 내리면서 이렇듯 예의를 갖춘 절이라니! 여러분이라면 그럴 수 있을 것 같아요?) 그런 걸 묻는다면 그 아줌마는 날 얼마나 무식한 꼬마 계집아이라고 생각할까? 아냐, 절대로 물어보면 안 돼. 어딘가에 틀림없이 쓰여 있을 거야."

그저 허공으로 자꾸만 자꾸만 떨어져 내리고 있을 뿐 앨리스는 별로 할 일이 없어 다시 중얼거리기 시작했다.

"다이나가 오늘 밤 날 무척 찾을 거야. 내가 왜 미처 그 생각을 못했지! (다이나는 그녀가 키우는 고양이였다.) 차 마시는 시간에 누군가 우유를 꼭 챙겨줘야 할 텐데. 귀여운 다이나, 지금 네가 내 옆에 있다면 얼마나 좋겠니? 이런, 허공엔 쥐가 없잖아! 그렇지, 박쥐는 있을 거야.

박쥐는 쥐를 거의 빼다 박았거든. 하지만 고양이가 박쥐를 먹을지 몰라……?"

그런데 도대체 이런 상황에서 앨리스는 졸음이 오기 시작했다. 앨리스는 마치 꿈속에서처럼 계속해서 중얼거렸다. "고양이가 박쥐를 먹을까? 고양이가 박쥐를 먹을까?" 하다가는 가끔씩 "박쥐가 고양이를 먹을까? 박쥐가 고양이를 먹을까?" 하고 계속 주절대는 것이었다. 어차피 그 어느 쪽 질문에도 대답할 수 있는 상황이 아니었기 때문에, 어떻게 중얼대든 상관없는 일이었다. 어느덧 잠에 빠져든 그녀는 꿈속에서 다이나와 손을 마주잡고 다정하게 이야기하고 있었다.

"다이나야, 솔직히 말해봐! 너 박쥐 먹어본 적 있어? 없어?"

바로 그 순간 그녀는 '쿵' 소리와 함께 마른 풀과 나뭇가지가 수북이 쌓인 더미 위에 엉덩방아를 찧었다. 이제야 떨어져 내리는 동굴여행도 끝이 난 모양이었다.

털끝만큼도 다친 데가 없다는 걸 깨달은 앨리스는 벌떡 일어나 사방을 두리번거렸다. 고개를 젖혀 머리 위를 쳐다보니 거기는 칠흑 같은 어둠뿐이어서 아무것도 보이지 않았다. 앞쪽을 쳐다보니 또 다른 길이 기다랗게 뚫려 있었다. 저 멀리 그 하얀 토끼가 두 귀를 나풀거리며 허둥지둥 뛰어 내려가는 모습이 눈에 들어왔다. 망설일 시간이 없었다. 앨리스는 바람처럼 토끼 뒤를 쫓아갔다. 그때 모퉁이 길을 막 돌아서며 토끼가 혼잣말하는 소리가 들렸다.

"빌어먹을, 요놈의 귀, 요놈의 수염. 너무 늦어서 큰일 났는걸."

앨리스는 토끼의 뒤를 바짝 쫓아 모퉁이를 돌아섰다. 그런데 이게 웬일인가! 토끼의 모습은 온데간데없고 어느새 앨리스는 천장이 낮은 기다란 홀 안에 홀로 서 있었다. 천장에 일렬로 매달린 램프 빛이 홀을 환히 비추고 있었다.

사방으로 문들이 나 있었지만 한결같이 잠겨 있었다. 앨리스는 홀을 오르내리며 문들을 일일이 열어보려고 애썼지만 소용이 없었다. 그녀는 홀 한가운데로 내려오며 슬슬 걱정이 되기 시작했다.

"도대체 여기를 어떻게 빠져 나간담?"

문득 다리가 세 개 달린 탁자가 눈에 띄었다. 온통 단단한 유리로 되어 있는 것이었다. 탁자 위에는 자그마한 황금열쇠 하나만이 달랑 놓여 있었다. 그것을 본 순간 앨리스는 그것으로 어느 문인가를 열 수 있을 것이라는 생각이 들었다. 그러나 아쉽게도, 자물쇠가 너무 큰 것인지 열쇠가 너무 작은 것인지 도대체 제 짝을 찾을 수가 없었다. 그래도 아쉬움이 남아 다시 한번 이 문 저 문 돌아가며 짝을 맞춰 보고 있는데 아까는 그냥 지나쳐 보지 못한 낮게 드리워진 커튼이 눈에 띄었다. 커튼을 들추자 높이가 40센티 정도 되는 자그마한 문이 나타났다. 혹시나 하는 생각으로 황금열쇠를 자물쇠에 꽂으니 세상에, 꼭 맞지 않은가!

문을 열어 보니 쥐구멍만한 자그마한 구멍이 나 있었다. 무릎을 꿇고 그 구멍을 들여다보니 이제껏 한 번도 본 적이 없는 아름다운 정원이 눈앞에 펼쳐져 있었다. 어둠침침한 이 홀을 빠져나가 저 빛나는 꽃밭과 시원스런 분수 사이를 거닐 수 있다면 얼마나 좋을까! 그러나 그 구멍으로는 그녀의 머리조차 빠져나갈 수 없었다.

"칫, 머리가 빠져나간다고 해도 무슨 소용이람……. 그다음은 어깨가 걸릴 게 아냐……. 내 몸을 망원경처럼 작게 접을 수 있다면 얼마나 좋을까! 어쩌면 묘안이 있을지도 몰라."

하도 믿기지 않는 일들이 연달아 일어나는 통에 앨리스는 어느새 불가능한 일이란 없다고 생각하게 되었다.

작은 문 옆에서 얼쩡거리고 있어봐야 별 소용이 없을 거라는 데 생각이 미쳤다. 앨리스는 혹시 또 다른 열쇠가 있을지도 모른다는 생각에, 아니면 몸을 망원경처럼 줄어들게 하는 묘책이 적힌 책이 있어 주기를 막연히 기대하며 테이블이 있는 곳으로 돌아왔다. 그런데 이번에는 테이블 위에 작은 병 하나가 놓여 있는 게 아닌가!

"아까는 분명히 없었는데……?"

앨리스는 고개를 갸우뚱거리며 중얼거렸다. 그 병의 목 부분에는 '나를 마셔 봐요!'라는 커다란 글씨가 예쁘게 인쇄된 꼬리표가 매달려 있었다.

'나를 마셔 봐요!'라는 말이 아주 멋지게 들렸지만 영리한 앨리스는 서두르지 않았다.

"아니지, 우선 먼저 '독극물'이라고 쓰여 있나 살펴볼 필요가 있어."

그녀는 자신을 타이르듯 말했다.

앨리스는 아이들이 불에 데거나 야수에게 잡혀 먹히는 따위의 봉변을 당하는 이야기를 갖가지 책들을 많이 읽어서 이미 알고 있었다. 그 아이들은 친구들이 명심하라고 일러줬던 것들을 무시해버렸던 것이다.

가령 빨갛게 달아오른 부지깽이를 너무 오래 잡고 있으면 살이 타들어 간다거나 칼이 손가락을 너무 깊숙이 파고들면 피가 난다거나 하는 경고들이었다. 그런데 그 중에서도 앨리스가 결코 잊을 수 없었던 것은 병에 '독극물'이라는 딱지가 붙어 있는 액체를 너무 많이 마시면 분명 얼마 안 있어 몸에 탈이 날 거라는 경고였다.

그러나 염려했던 것과는 달리 그 작은 병 어디를 살펴봐도 '독극물'이라는 표시는 없었다. 앨리스는 시험삼아 한번 맛보기로 결심했다. 그런데 그게 기가 막히게 맛이 있었다. (뭐라고 할까. 체리파이, 커스터드, 파인애플, 캔디, 칠면조 구이, 버터를 듬뿍 발라 갓 구워낸 따끈따끈한 토스트 등을 몽땅 하나로 섞어 놓은 것 같다고나 할까?) 앨리스는 단숨에 마셔 버렸다.

"정말 이상한 기분이군?"

앨리스가 중얼거렸다.

"내 몸이 망원경처럼 줄어든 것 같아!"

그것은 정말이었다. 그녀의 키는 잘해야 25센티미터가 될까 말까 하게 줄어들어 있었다. 순간 앨리스의 표정이 환하게 밝아졌다. 이제는 아름다운 정원으로 나갈 수 있지 않은가! 하지만 혹시 몸이 더 줄어들지도 모른다는 생각에 잠시 기다려보았다. 앨리스는 은근히 걱정이 되기 시작했다.

"이러다가 내 몸이 양초처럼 흔적도 없이 사라져 버리는 것은 아닐까? 그러면 나는 어떻게 되는 걸까?"

그리고 양초가 다 타고 나면 불꽃이 어떤 모양을 하게 되는지 상상을 해 보려고 했지만 도대체 그런 걸 본 기억조차 없었다.

잠시 기다리던 앨리스는 더 이상 몸에 아무런 일도 일어나지 않자 곧장 정원으로 들어가 보기로 마음먹었다. 그러나 아, 이를 어쩌나! 문에 이르러서야 조그만 황금 열쇠를 테이블 위에 놓고 왔다는 게 생각났다. 테이블이 있는 곳으로 급히 달려온 앨리스는 크게 낙담하고 말았다. 유리를 통해 황금 열쇠가 빤히 보였지만 테이블 위는 이제 그녀로서는 까마득히 높은 것이었기 때문이었다. 그래도 탁자 다리를 붙잡고 기어오르려 안간힘을 써봤지만, 유리로 된 다리는 너무도 미끄러워 힘만 빠질 뿐이었다. 불쌍한 앨리스는 그 자리에 주저앉아 울음을 터뜨렸다.

"자, 운다고 달라질 건 없어!"

울던 앨리스는 제법 엄한 목소리로 자신을 꾸짖었다.

"내 너에게 충고하겠는데, 당장 이곳을 떠나라고!"

가끔씩 앨리스는 자신에게 이렇듯 그럴듯한 충고를 하는 버릇이 있었는데(물론 그 충고를 따른 적은 거의 없었지만) 어떤 때는 눈물이 쏙 빠지도록 엄하게 자신을 꾸짖는 때도 있었다. 언젠가 혼자서 크로케 놀이를 하다가 자기 생각과는 반대로 속임수를 쓰고는 주먹으로 자기 귀를 때리려고 한 적조차 있었던 기억이 떠올랐다. 호기심 많은 앨리스는 혼자서 두 사람인 척하는 것을 아주 좋아했다.

"하지만 지금은 두 사람인 척하는 게 무슨 소용이람! 내 앞가림도 못 하는 주제에!"

그때 앨리스는 문득 탁자 아래에 조그마한 유리 상자가 놓여 있는 것을 보았다. 열어보니 그 안에는 작은 케이크가 들어 있었다. 케이크 위에는 아주 작은 건포도들로 '날 먹어보세요!'라는 글씨가 예쁘게 새겨져 있었다.

"좋아, 먹으라면 못 먹을 줄 알고. 이걸 먹고 키가 쑥 자라면 열쇠를 손에 넣을 수 있을 것이고, 만약 더 작아진다면 문틈 사이로 빠져나갈 수 있을 거야. 어쨌든 저 정원으로 빠져나갈 수만 있으면 되는 거 아냐? 그러니까 어떻게 변하든 상관없어!"

앨리스는 우선 조금 먹어보고는 안절부절못하며 중얼거렸다.

"어느 쪽일까? 커지는 걸까, 작아지는 걸까?"

키가 어떻게 자라는지 느껴보려고 머리 꼭대기에 손을 얹어보았지만 놀랍게도 아무런 변화가 없었다. 케이크를 먹는다고 해서 몸에 어떤 변화가 생기길 기다리는 것이 어리석은 일인지도 몰랐다. 하지만 하도 이상한 일이 많이 일어났기 때문에 이제는 평범한 일들이 오히려 따분하고 멍청한 일처럼 여겨졌다.

그래서 앨리스는 내친 김에 케이크를 마저 먹기로 하고 눈 깜짝할 사이에 말끔히 먹어치워 버렸다.

제 2 장

눈물의 웅덩이

이런, 이런! 뭐야, 뭐야!”

앨리스는 소스라치며 외쳤다. (너무 놀라 제대로 된 단어가 생각나지 않았던 것이다.)

“이제는 이 세상에서 가장 긴 망원경처럼 내 몸이 늘어나고 있잖아? 내 발들아! (아래를 내려다보니 발들이 거의 보이지 않을 정도로 까마득히 멀어져 있었다.) 아, 가엾은 내 작은 발! 이제 누가 너희들에게 구두와 양말을 신겨 줄까? 방법이 없잖아! 너희와는 너무나 멀리 떨어져 있어서 이젠 더 이상 돌봐줄 수가 없을 거야. 그러니까 너희들끼리 알아서 잘 해봐……. 가만, 발들한테 잘못 보였다간 낭패일 텐데.”

앨리스는 곰곰이 생각해 보았다.

"잘못 했다간 저희들 가고 싶은 대로 아무 데나 가버리고 말걸! 옳지! 크리스마스에 새 장화를 사주는 거야."

앨리스는 계획을 짜기 시작했다.

"우체부를 시켜 소포로 보내야 할 거야. 자기 발에게 선물을 보내다니 얼마나 우스꽝스러운 일일까! 그리고 그 주소라는 건 또 얼마나 이상할까!

사랑하는 앨리스 보냄
벽난로 앞 난로 울 근처 깔개 위
앨리스의 오른발 귀하.

세상에, 말도 안 돼!"

바로 그때 그녀의 머리가 홀 천장에 부딪쳤다. 키가 3미터 가까이 커져 있었던 것이다. 아차 싶어서 앨리스는 황급히 테이블 위의 조그만 황금 열쇠를 집어 들고 정원으로 향하는 문 쪽으로 달려갔다.

가엾은 꼬마 아가씨! 앨리스가 할 수 있는 일이라곤 그저 옆으로 누워 한쪽 눈으로 정원을 내다볼 수 있는 것뿐이었다. 이제 그 구멍을 빠져나가 정원으로 나간다는 것은 아까보다 더 어렵게 되어버리고 만 것이었다. 앨리스는 그 자리에 털썩 주저앉아 다시 울음보를 터뜨렸다.

"창피하지도 않니? 너처럼 덩치가 산만한 애가(사실이 그랬다.) 눈물이나 질질 짜고 있다니! 내 경고하는데 당장 뚝 그쳐!"

그러나 앨리스는 울음을 멈출 수 없었다. 흘러내린 눈물이 몇 양동이나 되도록 그녀는 계속 울어댔다. 어느새 앨리스의 주변은 10센티미터 깊이나 되는 눈물 웅덩이가 생겨 그 눈물이 홀 아래로 흘러내리고 있었다.

잠시 후 앨리스는 멀리서 들려오는 부산스런 발자국 소리를 듣고는 얼른 눈물을 닦고 소리 나는 쪽을 바라다보았다. 멀리서 이쪽으로 되돌아오고 있는 토끼가 보였다. 멋지게 차려입은 토끼는 조그만 흰색 장갑 한 켤레와 커다란 부채를 양손에 나눠 들고 아까처럼 혼자 중얼거리면서 몹시 바쁜 듯 헐레벌떡 뛰어오고 있었다.

“오 이런! 공작부인, 공작부인! 이렇게 늦었으니 지금쯤 화가 머리끝까지 나 계시겠지?”

앨리스는 그야말로 절망해 있었던 터라 정말 아무한테라도 도움을 청해야 할 판이었다. 그래서 토끼가 곁으로 다가오자 겁에 질린 듯 모기만한 목소리로 토끼를 불렀다.

“저기, 저…… 여보세요.”

그러자 토끼는 화들짝 놀란 듯 손에 들고 있던 하얀 장갑과 부채를 떨어뜨린 채 쏜살같이 어둠 속으로 달아나 버렸다.

홀 안은 무척 후텁지근했다. 앨리스는 장갑과 부채를 주워 들고는 계속 부쳐대면서 다시 중얼댔다.

“원 참! 오늘따라 왜 이렇게 이상한 일만 생기는 걸까? 어제까지만 해도 아무 일 없었잖아. 혹시 하룻밤 사이에 내가 어떻게 되어버린 건 아닐까? 한번 잘 생각해보라고. 오늘 아침 일어났을 때 뭔가 달라진 걸 못 느꼈냐고? 그러고 보니까 조금 이상했던 것 같아. 하지만 만약 내게 무슨 일이 생겼다면 그다음 질문은? 맞아, 바로 그거야. 지금의 나는 도대체 누구냐 이거지. 아, 이거야말로 수수께끼 중에 수수께끼다!”

앨리스는 자기가 알고 있는 친구들을 하나씩 떠올려 보기로 했다. 혹시 그들 중 누군가로 변한 건 아닌지 따져봐야 할 것 같았다.

"'에이다'가 아닌 건 분명해. 갠 긴 곱슬머리인데 난 아니거든. 그렇다고 메이블도 아냐. 나야 모르는 게 없는 아인데, 걔? 도대체 걔가 아는 게 뭐냐고! 게다가 그 앤 그 애고 난 나야! 갈수록 수수께끼투성이로군! 그런데 가만 있자, 내가 이제까지 알고 있던 걸 지금도 그대로 알고 있기나 한 걸까? 어디 한 번 머리를 굴려볼까? 4 곱하기 5는 12, 4 곱하기 6은 13, 4 곱하기 7은 …… 아니, 이런 식으로 언제 20까지 갈 거야? 하지만 구구단이 뭐 그리 중요하다고. 이번엔 지리나 해볼까? 파리의 수도는 런던, 로마의 수도는 파리, 로마는 …… 아냐, 전부 다 엉터리잖아! 틀림없어! 난 메이블로 변한 거야! 아냐, 아냐, 그럴 리 없어! '꼬마 악어……' 어쩌고 하는 노래를 외워보면 알 수 있어."

앨리스는 수업시간에 하듯이 무릎 위에 두 손을 모으고 시를 외우기 시작했다. 그러나 여느 때와는 달리 쉰 목소리에 가사도 엉망이었다.

꼬마 악어 한 마리가
번쩍이는 꼬리를 흔들어대며
나일 강 물을 퍼다가
황금빛 비늘 위에 뿌려요!

즐거운 듯 히죽히죽 이빨을 드러내며
단정하게 발톱을 내세우고
잔잔히 웃음 띤 턱뼈 사이로
앙증맞은 물고기들을 맞아들여요!
……

"이것들도 분명히 틀렸을거야."

불쌍한 앨리스는 아까처럼 다시 눈물을 글썽였다.

"난 정말 메이블이 됐나봐. 그럼 장난감도 하나 없이 그 코딱지만 한 집에서 살아야 하고, 그리고 또 지겹게 공부만 해야 하잖아! 아냐, 절대 그럴 순 없어. 내가 정말 메이블이라면 난 차라리 여기서 그냥 살 거야! 사람들이 와서 이 굴 속에 얼굴을 들이밀고서 '어서 올라오거라, 얘야!' 해도 난 올려다보면서 이렇게 대답할 거야. '좋아요. 그럼 내가 누군데요? 그걸 먼저 말해 줘요. 만약 그 사람이 내 맘에 맞으면 올라갈게요. 그게 아니면 나를 내 맘에 맞는 사람으로 불러줄 때까지 여기서 그냥 눌러 살래요!' 하지만 그럼 나는……!"

앨리스의 눈에서 갑자기 눈물이 왈칵 쏟아졌다.

"누군가 이 굴 속을 들여다봐 준다면 얼마나 좋을까? 여기 이렇게 혼자 떨어져 있는 것도 이젠 지쳤어!”

이렇게 흐느끼다가 문득 손을 내려다본 앨리스는 깜짝 놀랐다. 이런저런 말을 중얼거리는 동안에 아까 토끼가 떨어뜨리고 간 조그만 흰 장갑 한 짝을 어느새 손에 끼고 있었던 것이다.

“아니 어떻게 이런 일이 벌어질 수 있지? 내 몸이 다시 줄어들고 있는 게 틀림없어.”

그녀는 벌떡 일어나 테이블 쪽으로 달려갔다. 키를 재보기 위해서였다. 틀림없는 사실이었다. 앨리스의 생각대로 몸은 대충 60센티미터 정도로 줄어들어 있었고, 그 순간에도 계속해서 아주 빠르게 줄어들고 있었다. 그때 앨리스는 자신의 키가 이렇게 줄어드는 게 바로 손에 들고 있는 부채 때문이라는 걸 깨닫고 얼른 부채를 내동댕이쳤다. 이대로 줄어들다간 몸이 아예 없어져 버릴 판이었다.

“휴, 하마터면 큰일 날 뻔했어!”

앨리스는 이 갑작스런 변화에 적잖이 놀랐지만, 그래도 아직은 자기 몸이 남아 있다는 게 너무 기뻤다.

“이제 정원으로 나갈 수 있겠어!”

앨리스는 쏜살같이 아까의 그 작은 문으로 달려갔다. 하지만 맙소사! 그 작은 문은 잠겨 있었고, 자그만 황금 열쇠는 여전히 유리 탁자 위에 그대로 있었다.

“엎친 데 덮친 격이라더니! 이렇게까지 작아져 버릴 수가! 이제 다 틀려버렸어. 정말 끝장이야!”

앨리스가 이렇게 말하며 한숨을 쉬는 순간 발이 주욱 미끄러지더니 풍덩! 하고 가슴까지 올라오는 소금물 속에 빠져버렸다. 처음에 앨리스는 문득 바다에 빠졌다는 생각이 들었다.

"그렇다면 기차를 타고 돌아갈 수 있겠구나." (그때까지 앨리스는 딱 한 번 바닷가에 가 본 적이 있었는데, 그 후로 영국의 해변에는 한결같이 수많은 이동 탈의차가 있고, 아이들이 나무 삽으로 모래를 파고, 민박집이 늘어서 있고, 그 뒤로는 기차역이 있을 것으로 생각하게 되었다.)

그런데 앨리스가 빠진 곳은 바다가 아니라 사실은 키가 3미터 가까이 됐을 때 흘린 눈물 웅덩이였다.

"아까 괜히 눈물을 많이 흘렸어!"

앨리스는 이리저리 헤엄을 쳐 빠져나갈 곳을 찾으며 중얼거렸다.

"눈물을 펑펑 쏟은 벌로 이제 내 눈물에 빠져 죽게 되는구나! 누가 이런 일이 일어났다고 믿겠어! 오늘은 모든 게 이상하게 꼬이기만 하는 날이구나."

바로 그때 얼마 떨어지지 않은 곳에서 첨벙거리는 소리가 들렸다. 앨리스는 무슨 일인가 알아보려고 헤엄을 쳐 그쪽으로 다가가 보았다. 처음에 앨리스는 그 소리의 주인공이 해마다 하마가 아닐까 하고 생각했다. 하지만 그것은 틀림없는 생쥐였다. 앨리스는 자기 몸이 형편없이 줄어들어 버렸다는 사실을 기억해냈다. 그 생쥐도 앨리스처럼 눈물 웅덩이에 빠졌던 것이다.

'저 생쥐에게 말을 걸어보면 어떨까? 미리 포기할 것 뭐 있담. 어차피 이곳은 이상한 일투성이인데. 저 생쥐가 뜻밖에도 말을 할 줄 누가 알아? 어쨌든 말 한 번 걸어본다고 손해 볼 것 없으니까.'

여기까지 생각한 앨리스는 선뜻 생쥐에게 말을 걸었다.

"얘, 생쥐야. 넌 이 웅덩이에서 빠져나가는 길을 알고 있니? 이리저리 헤엄치는 데 아주 지쳤거든. 얘, 생쥐야!" (앨리스는 생쥐에게는 이런 식으로 말하는 게 옳다고 생각했다. 단 한 번도 생쥐에게 말을 걸어본 적은 없지만 언젠가 오빠의 라틴어 문법책에서, '생쥐-생쥐의-생쥐에게-생쥐-얘, 생쥐야!'라고 적혀 있는 것을 본 기억이 났다.)

생쥐는 호기심어린 표정으로 앨리스를 바라보았다. 앨리스에게는 생쥐가 작은 눈 한 쪽으로 자기에게 윙크하고 있는 것처럼 보였다. 하지만 생쥐는 한마디 대꾸조차 하지 않았다.

'영어를 모르는 모양이구나. 그렇다면 정복 왕 윌리엄과 함께 건너온 프랑스 쥐인 게 분명해.' (앨리스가 알고 있는 쥐꼬리만 한 역사 지식으로는 도대체 언제 어떤 일이 일어났는지 알쏭달쏭하기만 했다.)

그래서 앨리스는 불어로 물어 보았다.

"우 에 마 샤뜨?" (프랑스어로 '내 고양이는 어디에 있니?'라는 뜻)

이 말은 프랑스어 교과서에 나오는 맨 첫 문장이었다. 그러자 생쥐는 물 위로 펄쩍 뛰어 오르며 새파랗게 겁에 질린 것처럼 보였다. 앨리스는 이 가엾은 동물의 감정을 상하게 하지나 않았을까 걱정이 되어 서둘러 외쳤다.

"아, 미안해. 용서해 줘! 난 네가 고양이를 좋아하지 않는다는 걸 깜빡 잊고 있었구나!"

"고양이를 좋아하지 않는다고?"

생쥐는 날카롭고 성난 목소리로 내뱉었다.

"만약 네가 나라면 고양이를 좋아하겠니?"

"맞아 …… 아마 나라도 좋아할 수 없을 거야."

앨리스는 달래듯 말했다.

"화내지 마. 하지만 우리 집 고양이 다이나를 네게 보여주고 싶어. 다이나를 보기만 하면 너도 고양이를 좋아하게 될 거야. 정말 귀엽고 얌전한 고양이거든."

앨리스는 느릿느릿 헤엄을 치면서 혼잣말처럼 중얼댔다.

"난롯가에 웅크리고서 기분 좋게 그르렁거리는가 하면 앞다리를 핥거나 얼굴을 씻기도 하지. 그뿐인 줄 알아. 털을 쓰다듬고 있으면 얼마나 부드러운지 몰라. 그런데 그 녀석 주특기가 뭔지 알아? 바로 생쥐 잡는 거라고! …… 아차, 또 실수! 미안해."

눈물의 웅덩이

앨리스는 아차 싶어 입을 다물었다. 생쥐는 이번에는 털을 잔뜩 곤두세우고는 실제로 공격을 당하고나 있는 양 어쩔 줄 몰라 했다.

"네가 싫다면 다이나 이야기는 우리 당장 그만두자."

"뭐, 우리라고!"

생쥐가 꼬리 끝까지 부르르 떨면서 소리쳤다.

"내가 그런 걸 화제삼아 입에 담고 싶어 한다고 생각해? 천만에 우리 집안은 고양이라면 하나같이 치를 떤다고! 두 번 다시 내 앞에서 고양이의 고자도 들먹이지 마!"

"알았어, 맹세할게!"

그러고는 서둘러 화제를 바꾸었다.

"그럼 너, 강……강아지는 좋아하니?"

생쥐가 입을 다물고 있자 앨리스는 열을 올리며 계속 말했다.

"우리 옆집에는 아주 예쁘고 귀여운 강아지가 한 마리 살고 있는데 그 녀석을 너에게 보여줄 수 있다면 얼마나 좋을까! 눈동자는 초롱초롱하고 갈색 털은 길고 곱슬곱슬한 테리어 종인데 이만저만한 재주꾼이 아냐. 뭘 던지면 비호같이 냉큼 물어오기도 하고 앞발을 들고 앉아서는 저녁을 달라고 온갖 재롱을 떨기도 하지. 하여간 못하는 짓이 없는데 다 기억할 수 없다는 게 안타까울 따름이라고. 그 강아지의 주인은 어떤 농부 아저씨인데 아주 쓸모가 많아서 팔기로 하면 수백 파운드는 문제없이 받아낼 수 있다는 거야. 쥐란 쥐는 보는 족족 모두 잡아 없애버린다나 어쩐대나 …… 이크! 이런."

앨리스는 안타까운 듯 또다시 외쳐댔다.

"이를 어째! 네 마음에 또 상처를 주다니!"

생쥐는 웅덩이 수면에 요란스런 파문을 일으키며 정신없이 꽁무니를 빼고 있었다. 그러자 앨리스는 한껏 부드러운 목소리로 생쥐를 불렀다.

"귀여운 생쥐야, 제발 다시 돌아와 줘. 네가 싫다면 고양이나 강아지 이야기 따윈 다신 입에 담지도 않을게!"

이 말을 들은 생쥐는 몸을 돌려 슬금슬금 헤엄쳐 다가왔다. 새파랗게 질린 생쥐는(앨리스는 생쥐가 성이 잔뜩 나 있다고 생각했다.) 떨리는 목소리로 말했다.

"먼저 이 웅덩이를 빠져나가자고. 나간 다음에 내 이야기를 해줄게. 그러면 내가 왜 고양이나 개를 미워하는지 이해할 수 있을 거야."

웅덩이를 빠져나가기엔 안성맞춤인 때였다. 이제 웅덩이에는 어느덧 그들 외에도 갖가지 새들과 동물들이 빠져들어서 꽤나 북적대고 있었기 때문이다.

오리, 도도새, 진홍 잉꼬, 새끼 독수리, 그 밖에도 여러 신기한 동물들이 앨리스와 같은 신세가 되어 있었다.

앨리스가 앞장을 서자 나머지 동물들이 앨리스의 뒤를 따라 일제히 헤엄쳐 나가기 시작했다.

제 3 장

코커스 경주와 긴 이야기

물웅덩이를 빠져나와 기슭에 모인 동물들의 꼬락서니란 한마디로 꼴사나운 것이었다.

새들은 땅에 질질 끌린 깃털로 우스꽝스러웠고 다른 짐승들도 한결같이 털이 몸에 착 달라붙어 있어 볼썽사나운 몰골을 하고 있었다. 모두들 털에서는 물방울이 뚝뚝 떨어지고 있는데다 시무룩하고 뭔가에 불쾌하다는 듯한 표정을 짓고 있었다.

말할 것도 없이 그들이 맨 먼저 풀어야 할 숙제는 어떻게 빨리 몸을 말리느냐 하는 것이었다. 그들은 이 문제를 놓고 머리를 맞댔다. 얼마 안 있어 앨리스는 마치 예전부터 그들과 친했던 것처럼 스스럼없이 어울려 이야기를 나누고 있었다. 실제로 앨리스는 진홍잉꼬와 꽤나 긴 토론을 했는데, 마침내 진홍잉꼬가 화를 벌컥 내며 쏘아붙였다.

"내가 너보다 나이가 많으니까 당연히 아는 것도 더 많아!"

그러나 진홍잉꼬가 얼마나 나이를 먹었는지 모르는 앨리스로서는 진홍잉꼬의 말을 곧이곧대로 받아들일 수 없었다. 게다가 진홍잉꼬는 끝내 자기 나이를 밝힐 수 없다고 고집을 부렸다. 그래서 서로 간에 말문이 막혀버렸다.

마침내 이들 중에서 그래도 가장 권위가 있어 보이는 생쥐가 나섰다.

"자, 모두들 앉아서 내 말을 들어 봐. 당장 너희들 몸을 말려줄 테니까!"

그 말에 동물들은 생쥐를 중심으로 둥그렇게 원을 그리고 앉았다. 앨리스도 빨리 몸을 말리지 않았다가는 무서운 독감에 걸릴 것 같아 걱정스런 눈으로 생쥐를 쳐다봤다.

"에헴!"

생쥐는 뭔가 중요한 얘기가 튀어나올 것 같은 분위기를 잡은 다음 입을 뗐다.

"자, 다들 준비는 됐겠지? 이건 내가 알고 있는 것 중에서 가장 메마른 이야기야. 자, 자! 모두들 조용히 하고 들어봐요. 정복 왕 윌리엄은 교황의 은총을 받을 만한 대의를 내세워, 당시 지도자를 갈구하고 있던 영국을 순식간에 집어삼키더니 침략과 정복을 일삼았지. 머시아와 노덤브리아의 백작이었던 에드윈과 모카는……."

"어휴!"

진홍잉꼬가 몸을 진저리치며 한마디 했다.

"지금 뭐라고 했지? 네가 그런 거야?"

생쥐가 얼굴을 찌푸리면서도 제법 정중하게 물었다.

"나? 아니. 난 아니야."

진홍잉꼬가 황급히 시치미를 뗐다.

"난 네가 그런 줄 알았지. 그럼 계속할게. 머시아와 노덤브리아의 백작 에드윈과 모카는 그의 편에 섰고 애국심이 강했던 캔터배리 대주교 시티갠드까지도 그것이 현명하다는 사실을 발견하고……."

"뭘 발견했다고?"

오리가 끼어 들었다. 그러자 생쥐는 짜증스럽다는 듯 내뱉었다.

"그것을 발견했단 말이야! 너도 알잖아? 그것 말이야, 그것, 그것."

오리가 고집스럽게 대꾸했다.

"내가 발견할 때야 그것이 뭔지 잘 알지. 하지만 내가 발견하는 것은 대개 개구리나 지렁이 따위거든. 그러니까 내 말은, 그 대주교란 사람이 발견한 게 뭐냔 말이야?"

그러나 생쥐는 오리의 물음에는 대꾸도 않고 서둘러 하던 이야기를 계속했다.

"……애드거 애슬링과 함께 윌리엄을 만나 그를 왕으로 추대하는 게 현명하다는 사실을 발견했지. 처음 얼마 동안은 윌리엄도 절도가 있었지. 그런데 윌리엄의 노르만인 부하들의 오만이 …… 어이, 귀여운 아가씨, 어때 좀 마른 것 같지 않아?"

생쥐는 앨리스에게로 고개를 돌려 물었다. 앨리스가 시무룩한 목소리로 말했다.

"여전히 축축한걸. 그런 얘기로는 내 몸을 말릴 수가 없나 봐."

그러자 도도새가 자못 엄숙한 표정으로 일어서며 말했다.

"이렇게 하면 어떨까? 이만 토론을 끝내고 좀더 강력한 처방을 찾아보는 거야. 그래서 즉각 그 처방을 써먹는 거지."

그때 꼬마 독수리가 소리쳤다.

"쉬운 말로 해! 그렇게 긴 말은 도무지 알아들을 수가 없어. 좀더 어쩌자는 건데. 당신이라고 별 수 있겠어?"

새끼 독수리는 터져 나오는 웃음을 감추려고 고개를 숙였고, 다른 새 몇몇은 아주 소리까지 내며 키득거렸다.

도도새가 기분이 나쁘다는 표정으로 말했다.

"내가 말하려 했던 것은 몸을 말리는 데는 코커스 경주가 최고라는 것이었어!"

"코커스 경주? 그게 뭔데?"

앨리스가 물었다. 사실 코커스 경주가 뭔지 별 관심은 없었지만, 도도새가 누군가 물어오기를 기다리는 듯 말을 멈추고 있었는데도 아무도 묻지 않았기 때문이었다.

도도새가 말했다.

"뭐냐고? 그야 백문이 불여일견이지?" (어느 겨울날 여러분도 코커스 경주를 한번 해보고 싶다면 도도새가 어떻게 했는지 이야기해 주겠다.)

먼저 도도새는 둥그렇게 경주 코스를 그렸다. (도도새는 모양이 조금 비뚤어져도 상관없다고 말했다.) 그러고는 모든 동물이 코스에 여기저기 늘어섰다.

"하나, 둘, 셋, 출발!"이라는 신호조차 없었다. 그냥 마음이 내키면 뛰기 시작했고, 그만두고 싶으면 멈춰 섰다. 그래서 경주가 언제 끝날지 도통 종잡을 수가 없었다. 대충 반시간쯤 달렸을까? 동물들의 몸이 완전히 말랐을 무렵 도도새가 갑자기 소리쳤다.

"경기 끝!"

그러자 동물들은 가쁜 숨을 몰아쉬며 도도새를 둘러싼 채 물었다.

"그런데 누가 이긴 거야?"

대답하기 쉽지 않은 질문이었다. 모두들 숨을 죽이고 기다리고 있고 도도새도 한참동안 한 손가락으로 이마를 누른 채 앉아 있었다. (초상화에서 셰익스피어가 하고 있던 모습과 비슷한 자세였다.)

마침내 도도새가 입을 열었다.

그들은 모두 숨을 헐떡이며 그 주위에 몰려 들었다. "그러면 누가 이겼나요?"

"모두 다 이겼어. 그러니까 모두 상을 받아야 해."

"하지만 누가 상을 주지?"

동물들이 마치 합창을 하듯 물어왔다.

"물론 이 아가씨지!"

도도새가 한 손가락을 치켜들고 앨리스를 가리키며 말하자 순식간에 모든 동물들이 앨리스를 둘러싸고 아우성치기 시작했다.

"상을 줘! 상을 줘!"

앨리스는 그 순간 어찌할 바를 몰랐다. 그러다가 에라 모르겠다 하는 심정으로 주머니에 손을 넣었는데 거기에 마침 사탕이 든 상자가 있었다. (다행스럽게도 상자 안으로는 물이 들어가지 않았다.) 그래서 앨리스는 사탕을 꺼내 하나씩 상으로 쥐어 주었다. 신기하게도 사탕은 모두에게 딱 한 개씩 골고루 돌아갔다.

이때 생쥐가 나서며 말했다.

"쟤는 없잖아. 쟤도 상을 받아야지, 안 그래?"

"그야 물론이지."

도도새가 진지한 목소리로 대답했다.

"주머니 속에 다른 건 없어?"

도도새가 앨리스에게 물었다.

"골무밖에 없어."

앨리스가 풀이 죽어 대답했다.

"됐어. 그걸 이리 줘봐."

도도새가 말했다.

그러자 모두들 다시 앨리스 주위로 우르르 몰려들었다. 도도새는 골무를 앨리스에게 상으로 주면서 진지하게 말했다.

"귀하께서 이 품위 있는 골무를 받아주시길 진심으로 청원하는 바입니다."

이 몇 마디도 안 되는 연설이 끝나자 모두들 환호성을 질렀다. 앨리스는 이런 모든 일들이 어처구니없다는 생각이 들었지만 모두들 한결같이 너무 진지해서 감히 웃을 엄두조차 내지 못했다. 그렇다고 딱히 할 말이 생각나는 것도 아니어서 그저 고개를 숙여 인사를 해보이고 한껏 엄숙한 표정으로 골무를 받았다.

다음은 사탕을 먹을 차례였다. 사탕을 먹으면서는 약간의 소란과 혼란이 일어났다. 몸집이 큰 새들은 간에 기별도 안 간다고 투덜댔고, 작은 새들은 사탕이 목에 걸리는 바람에 등을 두들겨 주어야 하는 등 법석을 떨었다. 한바탕 소동 끝에 사탕을 다 먹은 동물들은 다시 동그랗게 둘러앉아 생쥐에게 이야기를 더 해 달라고 졸랐다.

앨리스가 나서서 말했다.

"아까 네가 살아온 이야기를 해 주겠다고 약속했잖아, 기억 안 나?"

그러고는 혹시 생쥐가 또 기분이 상할까봐 속삭이듯 덧붙였다.

"그리고 '고양이'와 '강아지'를 왜 싫어하게 됐는지도……."

"그건 매우 길고도 슬픈 이야기야."

생쥐가 앨리스를 돌아보며 한숨을 쉬며 말했다.

"정말로 꼬리가 길긴 길구나. 그런데 꼬리가 슬프긴 왜 슬퍼?" (영어로는 '이야기(tale)'와 '꼬리(tail)'의 발음이 같아서 앨리스는 생쥐의 말을 잘못 이해하고 있다.)

앨리스는 생쥐의 꼬리를 놀랍다는 눈초리로 내려다보며 말했다.

그리고 앨리스는 생쥐가 이야기하고 있는 내내 꼬리가 슬프다는 말이 마치 수수께끼처럼 아리송했다. 그래서 생쥐의 이야기를 앨리스는 대충 이런 식으로 이해했다.

분노의 여신이
집 안에서 생쥐와
딱 마주쳤지.
그래서 생쥐에게
이렇게 말했어.
"나와 함께 재판정으로 가줘야겠어.
난 너를 고소할 거니까.
어서 이리와.
빠져나갈 구멍은 없어.
우린 널 재판에 꼭 부치고
말 거야. 오늘 아침
할 일도 없는데

마침 잘 됐다."

그러자

생쥐는 그 불한당한테

이렇게 말했다.

"참, 이상한 재판도 다

있군요? 재판장도

배심원도 없이

공연한 헛수고

아닐까요?"

"내가 재판장이고

곧 배심원이지!"

교활하고 늙어빠진

분노의 여신이 말했다.

"어쨌든 난 모든 수단과

방법을 총 동원

해서 너에게

사형을

언도 할

것이

다."

"내 얘기를 듣고 있지 않잖아! 도대체 무슨 생각을 하고 있는 거야?"

생쥐가 갑자기 역정을 내며 소리쳤다.

"미안해, 용서해 줘. 그런데 지금 다섯 번째 꼬부라지는 대목까지 얘기한 거, 맞지?"

앨리스가 계면쩍어 하며 말했다.

"아니야!"

생쥐가 몹시 화난 목소리로 거칠게 소리쳤다.

"맞아, 매듭! 그걸 푸는 데 내 힘도 보탤게!" (영어로는 '아니다(not)'와 '매듭(knot)'의 발음이 같아서 앨리스는 또 혼동을 하고 있다.)

앨리스는 항상 남에게 폐 끼치는 일을 싫어하는 성격이었기 때문에 주변을 조심스럽게 둘러보며 말했다.

"싫어. 난 그 따위 짓 안 해! 넌 그런 엉터리 같은 말로 날 모욕했어!"

생쥐는 이렇게 말하며 벌떡 일어서더니 앨리스에게서 멀어져 갔다.

가련한 앨리스는 간청하다시피 하며 말했다.

"그런 뜻은 아니었는데. 하지만 넌 별일 아닌 걸 가지고 화를 내는구나!"

그러나 생쥐는 씩씩거리기만 할 뿐 대꾸도 하지 않았다.

"제발 그만 돌아와서 이야기를 마저 해 줘!"

앨리스의 말에 다른 동물들도 그녀를 따라 한목소리로 외쳤다.

"그래 얼른 해줘!"

그러나 생쥐는 짜증스럽게 고개를 좌우로 연신 흔들면서 제 갈 길을 재촉할 뿐이었다.

"그냥 가버리다니, 정말 아쉽군."

생쥐가 시야에서 영영 사라지자 진홍잉꼬가 한숨을 내쉬며 말했다. 그러자 늙은 게가 이 기회를 틈타 딸에게 말했다.

"잘 봐 두거라. 제 성질을 못 이기면 낭패를 겪는다는 걸 명심해야 한다."

"입 좀 다물고 계세요, 엄마."

어린 게가 투덜거렸다.

"굴의 인내심도 엄마의 잔소리는 못 당해낼 거예요."

"아. 이럴 때 다이나가 있었더라면 얼마나 좋을까! 당장 저 생쥐를 붙잡아 이리로 데려왔을 거야."

앨리스가 누구에게랄 것도 없이 혼자서 큰 소리로 탄식했다.

"다이나가 누군지 물어봐도 되니?"

진홍잉꼬가 조심스럽게 물어왔다. .

앨리스는 다이나에 대한 이야기라면 언제라도 기꺼이 줄줄 풀어낼 준비가 되어 있다는 듯 의기양양하게 대답했다.

"다이나는 우리 고양이야. 한마디로 쥐를 잡는 덴 따라갈 녀석이 없어. 아마 상상도 못 할걸. 그뿐인 줄 알아? 새는 또 얼마나 잘 잡는다구. 한번 보여주면 다들 놀라 자빠질 텐데. 조그만 새는 눈에 띄는 순간 벌써 다이나의 목구멍을 넘어가고 있다니까."

앨리스의 말이 끝나자 갑자기 동물들 사이에 큰 소란이 일어났다. 그중 새 몇 마리는 뒤도 안 돌아보고 날아가버렸고 늙은 까치도 몸을 움츠리며 말했다.

"이젠 그만 집에 돌아가 봐야겠는걸. 밤공기를 쐬면 목구멍에 해롭거든."

카나리아가 떨리는 목소리로 새끼들을 불러 모았다.

"얘들아. 어서 가자. 잠자리에 들 시간이구나."

동물들은 저마다 그럴듯한 구실을 대며 떠나 버리고, 잠시 후에는 앨리스만 혼자 그곳에 남게 되었다.

앨리스는 슬픔에 잠겨 중얼거렸다.

"다이나 얘기는 하지 말았어야 했어! 여기, 아래 세상에서는 그 누구도 다이나를 좋아하지 않는 것 같아. 하지만 누가 뭐래도 다이나는 이 세상에서 가장 멋진 고양이야! 아, 사랑스런 다이나! 널 다시는 볼 수 없게 될까봐 너무 두려워!"

불쌍한 앨리스는 너무도 외롭고 낙담한 나머지 마침내 울음을 터뜨리고 말았다. 그런데 잠시 후 앨리스는 멀리서 꽤 서두는 듯한 후다닥거리는 발자국 소리를 들을 수 있었다. 앨리스는 생쥐가 행여나 마음을 고쳐먹고 되돌아와 아까 하던 이야기를 마저 해주지나 않을까 하는 기대에 부풀어 소리 나는 쪽을 눈이 빠지도록 바라보았다.

제 4 장

토끼가 꼬마 빌을 내려보내다

발자국 소리의 주인공은 흰 토끼였다. 허둥지둥 돌아오는 토끼가 무언가 잃어버린 듯 주위를 두리번거리며 중얼대는 소리가 들려왔다.

"공작부인! 공작부인! 오! 불쌍한 내 다리! 내 털도 수염도 가여워! 공작부인이 날 처형시키고 말 거야! 그건 흰 족제비가 흰 족제비인 것만큼 확실한 일이야. 그나저나 도대체 이것들을 어디다 떨어뜨렸을까?"

그 말을 듣는 순간 앨리스는 토끼가 부채와 장갑을 찾고 있다는 생각이 들었다. 천성이 착한 앨리스는 그걸 찾아주기 위해서 주위를 두리번거리기 시작했다. 그러나 아무리 둘러봐도 그것들은 눈에 띄지 않았다. 눈물 웅덩이에 빠져 허우적댄 뒤로 모든 것이 변해버린 것 같았다. 널찍한 홀도 유리 탁자도 조그만 문도 모두 감쪽같이 사라져 버렸던 것이다.

잠시 후 토끼는 물건을 찾느라 주변을 기웃거리는 앨리스를 발견하고는 성난 목소리로 말했다.

"아니, 메리 앤, 여기서 뭘 하는 거야? 지금 당장 집으로 달려가서 내 장갑하고 부채를 가져와. 어서!"

"왜, 메리 앤, 여기서 무슨 일이야?"

화들짝 놀란 앨리스는 미처 토끼가 자기를 엉뚱한 사람으로 잘못 알아봤다는 걸 설명해주지도 못하고 토끼가 가리키는 방향으로 달려가기 시작했다.

그녀는 뛰어가며 혼자 중얼거렸다.

"참 내! 지금 누구를 자기 집 하녀 취급하는 거야? 내가 누구라는 걸 알게 되면 뒤로 나자빠지겠지! 하지만 우선 먼저 장갑과 부채를 가져다주는 게 좋겠어."

그렇게 중얼거리는 동안 앨리스는 어느덧 '흰 토끼'라는 밝은 놋쇠 문패가 붙은 산뜻하고도 아담한 집 앞에 이르렀다. 앨리스는 진짜 메리 앤에게 들키기라도 하면 장갑과 부채를 찾기도 전에 쫓겨날지도 모른다는 생각에 노크도 없이 집 안으로 들어가 곧장 위층으로 향했다.

앨리스는 또다시 중얼거렸다.

"내 참! 기가 막혀! 토끼 심부름이나 하고 있는 꼴이라니! 이러다간 이 담엔 우리 집 다이나까지 나에게 심부름을 시키겠군!"

앨리스는 엉뚱한 상상을 하기 시작했다.

"'앨리스 아가씨, 빨리 와서 산책하러 나갈 준비해요!' '곧 갈게요, 유모! 하지만 난 다이나가 돌아올 때까지 이 쥐구멍을 지키고 있어야 하는데. 쥐가 못 빠져나가도록 말예요.'"

앨리스는 계속 생각했다.

"흥! 그런 식으로 고양이가 사람들에게 명령을 하면 다이나는 당장 집에서 쫓겨날걸."

이런 말도 안 되는 상상을 하는 사이에 그녀는 작고 아담한 방에 이르렀다. 창문 옆 탁자 위에는(그녀가 바라던 대로) 부채 하나와 작고 하얀 장갑 두세 켤레가 놓여 있었다. 부채와 장갑 한 켤레를 집어 들고 막 방을 나가려는데 거울 옆에 놓여 있는 자그마한 병이 눈에 띄었다. 이 병에는 '나를 마셔 봐요.'라고 쓰인 라벨 같은 건 붙어 있지 않았지만, 앨리스는 서슴없이 마개를 따 입으로 가져갔다.

"틀림없이 뭔가 재미있는 일이 일어날 거야. 뭘 마시거나 먹기만 하면 그랬잖아. 이걸 마시고 나면 무슨 일이 일어날지 궁금하군. 다시 커졌으면 좋겠어. 이런 작은 모습은 이제 정말 못 참겠어!"

실제로 앨리스가 바라던 일은 생각보다 훨씬 빨리 일어났다. 병 안에 든 것을 채 반도 마시지 않았는데 머리가 천장까지 닿아 목이 부러지지 않도록 고개를 숙여야 했다. 앨리스는 당황한 나머지 얼른 병을 내려 놓았다.

"이 정도로 충분해. 더 이상 커지지 말아야 할 텐데. 그랬다간 이 문을 빠져나갈 수 없을 거야. 혹시 너무 많이 마신 건 아닐까?"

오! 그러나 때는 이미 늦어 있었다. 몸이 걷잡을 수 없이 자라고 또 자라서 마침내 바닥에 무릎을 꿇어야 했고, 얼마 안 있어 그 자세로도 버틸 수 없어 한 팔꿈치는 문을 누르고 다른 한 팔은 머리를 감싸고 누워야 했다. 그런데도 몸은 멎지 않고 계속 자랐다. 앨리스는 마침내 한 팔은 창 밖으로 내밀고 한 발은 굴뚝 위로 내뻗은 자세로 중얼거렸다.

"이제 무슨 일이 일어나든 더는 어떻게 해 볼 방도가 없어, 난 이제 어찌 되는 걸까?"

그나마 다행스러운 것은 그 작고 신기한 병에 들어 있던 액체의 효능이 다했는지 더 이상 몸이 커지지 않는다는 것이었다. 하지만 몸은 여전히 옴짝달싹 할 수 없어 여간 불편한 게 아니었다. 이렇게 큰 몸집으로는 이 방에서 빠져나갈 재간이 없었다. 어찌 불행하다고 느끼지 않을 수 있겠는가.

가엾은 앨리스는 생각에 잠겼다.

"집에 있을 때가 좋았어. 몸이 커졌다 작아졌다 하지도 않았고, 토끼나 생쥐 같은 짐승한테 명령을 받을 필요도 없었잖아. 그 토끼 굴도 들어오지 말았어야 했어…… 하지만 아직은…… 하지만 아직은 이런 인생도 멋져 보여. 앞으로 또 무슨 일이 일어날까? 재미있는 동화책을 읽을 때면 그런 일은 이 세상에서는 절대로 일어나지 않을 거라고 생각했었는데, 지금 내가 바로 그 동화책의 주인공처럼 됐잖아. 정말 멋진 동화책 이야기꺼리야. 아무렴. 내가 이담에 어른이 되면 이 이야길 책으로 펴내야지…… 하지만 난 지금 벌써 이렇게 커 버렸잖아!"

그러고는 슬픔에 젖어 덧붙였다.

"하지만 적어도 이 방 안에서는 더 이상 클 자리가 없어."

"아하, 그렇다면."

앨리스의 생각은 꼬리를 물었다.

"더 이상 자라지 않는다면 늙는 일도 없을 게 아냐? 그것 참 재미있겠는데. 영영 할머니가 되지 않는다는 건. …… 하지만 그러면 언제까지고 그 지겨운 공부를 해야 한다는 얘기 아냐? 아냐, 그것만은 싫어!"

그러다가 앨리스는 깨달았다.

"이런 바보 멍청이 같으니! 여기서 어떻게 공부를 해! 제대로 몸을 움직일 수도 없는데 책은 어디다 놓고 본다는 거야!"

앨리스는 마치 누군가와 대화를 하듯 혼자 묻고 대답하며 떠들어 대고 있었다. 얼마 동안을 그러고 있자니까 밖에서 무슨 소리가 들려오는 것 같았다. 앨리스는 귀를 쫑긋 했다.

"메리 앤! 메리 앤! 장갑을 갖다달라니까 뭘 하고 있어?"

그러더니 또각또각 계단을 올라오는 소리가 들렸다. 앨리스는 토끼가 자기를 찾고 있음을 알 수 있었다. 앨리스는 자신의 몸이 토끼보다 천 배나 더 커져 있어서 토끼 따위를 두려워 할 이유가 하나도 없다는 걸 까맣게 잊고 집채가 온통 흔들릴 정도로 덜덜 떨었다.

토끼는 곧장 문 쪽으로 다가와 문을 열려고 했다. 하지만 그 문은 앨리스가 팔꿈치로 밀고 있어서 꼼짝도 하지 않았다. 그러자 토끼가 중얼거리는 소리가 들렸다.

"어쩔 수 없군. 밖으로 돌아나가 창문으로 들어가는 수밖엔."

'흥, 그렇게는 안 될걸!'

앨리스는 토끼가 창문 바로 아래까지 오기를 기다렸다가 이때다 싶어 손을 활짝 펴 창밖으로 쑥 내밀어 휙 저었다. 손에 잡히는 건 아무것도 없었지만 작은 비명 소리와 함께 무언가 떨어지면서 유리 같은 게 와장창 부서지는 소리가 들렸다. 앨리스의 짐작이 맞는다면 토끼는 오이를 재배하는 온실 같은 데로 떨어진 게 분명했다.

이어 머리끝까지 화가 난 듯한 목소리가 들려왔다. 토끼의 목소리였다.

"팻, 팻! 도대체 어디 있는 거야?"

그러자 새로운 목소리가 대답하고 있었다.

"예, 여기 있습니다요. 사과를 캐고 있는뎁쇼, 나리."

"뭐, 사과를 캔다고? 내 원 참!"

토끼는 화가 잔뜩 나서 소리쳤다.

"어서 와서 날 꺼내주지 못해?" (유리 깨지는 소리가 다시 들려왔다.)

"그런데 말이야. 팻, 저 창문으로 나와 있는 게 뭐지?"

"그야 물론 팔입죠, 나리." (팻은 팔을 '파울'이라고 발음했다.)

"팔이라고? 이런 바보 멍청이 같으니라구! 아니 저렇게 큰 팔이 어딨어? 창을 온통 막고 있잖아!"

"하긴 그렇습니다만요. 어쨌거나 저건 틀림없는 팔입니다요, 나리."

"알았어, 알았어. 뭐가 됐든 상관없어. 당장 치워버려!"

그러고는 꽤 오랫동안 잠잠했다. 이따금씩 그들이 떠들어대는 소리가 작게 들려올 뿐이었다.

"나리, 저는 죽어도 그런 짓은 하기 싫어요. 정말, 정말로요!"

"내가 시키는 대로 해. 이 겁쟁이야!"

앨리스는 다시 한번 손을 쫙 펴 허공에 대고 휘저었다. 이번에는 두 목소리의 비명이 작게 들리더니 아까보다 더 요란하게 유리 깨지는 소리가 들려왔다.

앨리스는 골똘히 생각했다.

"오이 온실이 꽤나 많은가 보네! 다음 일이 궁금한데? 날 여기서 끌어낼 거라면 제발 빨리 그렇게 좀 해줘. 나도 더 이상 여기에 있는 게 싫으니까."

더 이상 아무 소리도 들리지 않았다. 앨리스는 잠자코 기다렸다. 이윽고 작은 수레바퀴 소리와 함께 여럿이서 왁자지껄 떠들어대는 소리가 들려왔다.

"사다리 하나는 어디에 있어?"

"아니, 나 혼자서 두 개를 다 들고 오란 말이야? 또 하나는 빌(도마뱀)이 가지고 오고 있어."

"빌! 그걸 이리 가져와! 여기 이 구석에 세워. 아니, 먼저 두 개를 이어야겠어. 아직 반도 안 닿았잖아."

"좋아, 됐어. 별 거 아냐!"

"빌! 여기, 밧줄을 잡아!"

"저 흔들거리는 슬레이트 조심해!"

"야, 떨어진다! 머리 숙여!"

(와장창 요란하게 부서지는 소리)

"어느 녀석이야?"

"누구긴 누구야, 빌이겠지!"

"굴뚝 속으로 누가 들어갈 거야?"

"나? 싫어! 네가 들어가!"

"왜 나야? 절대 못해!"

"그럼 빌더러 내려가라고 해."

"이것 봐, 빌! 나리께서 자네가 굴뚝으로 들어가라고 하시는데."

귀를 기울이고 있던 앨리스는 또 혼자 중얼거렸다.

"저런, 그럼 빌이 내려오겠군. 그나저나 저것들은 왜 모든 일을 빌한테만 떠넘기지? 난 어떤 일이 있어도 저 빌이란 녀석처럼 되고 싶진 않아. 그나저나 이 벽난로가 너무 좁아서 안 되겠는걸. 그렇지, 내려오는 듯하면 살짝 차서 내질러버리는 수가 있겠구나."

그녀는 다리를 굴뚝 속에서 한껏 아래로 끌어당기고 기다렸다. 이윽고 조그만 동물이(어떤 동물인지는 짐작이 가지 않았다.) 굴뚝 벽을 긁으며 기어 내려오는 소리가 들려왔다.

"빌일 거야!"

앨리스는 이렇게 생각하며 발을 힘껏 내지르고는 다음 일을 기다렸다.

처음 앨리스 귀에 들려온 소리는 여럿이서 동시에 질러대는 외침이었다.

"저기 빌이 떨어진다!"

이어 토끼의 고함소리가 홀로 들려왔다.

"빨리 받아라. 저기 울타리 쪽에 있는 녀석들!"

그러고는 잠시 조용하더니 이내 여러 목소리가 한데 섞여 시끌벅적하게 들려왔다.

"고개를 받쳐 줘!"

"브랜디를 가져와!"

"숨 막히겠어. 조심해!"

"좀 어때, 빌? 무슨 일이 벌어진 거야? 말 좀 해 봐!"

이윽고 숨넘어가는 듯한 소리가 작고 가냘프게 들려왔다. (앨리스는 그 목소리의 주인공이 빌일 것으로 짐작했다.)

"글쎄, 나도 뭐가 뭔지 잘 모르겠어…… 이제 그만…… 고마우이……. 훨씬 나아졌어…… 하지만 도통 정신이 없어 말을 못 하겠어. 상자에서 용수철 인형이 튀어나오듯 웬 것이 내게 달려들었던 것 같긴 한데, 어느 틈엔가 내 몸이 로케트처럼 하늘로 붕 떠올랐으니까!"

"맞아, 아닌 게 아니라 자네가 붕 떠서 날더라구!"

그때 토끼의 목소리가 끼어들었다.

"이 집을 확 불 질러 버려야겠어."

앨리스는 깜짝 놀라 있는 힘껏 소리쳤다.

"그러기만 해봐라! 다이나를 불러 모두 혼내줄 테니까!"

순간 쥐 죽은 듯 조용해졌다. 앨리스는 속으로 생각했다.

'이젠 어쩌지? 저것들이 조금만 머리가 돌아가는 녀석들이라면 지붕을 걷어낼 텐데.'

잠시 뒤 잠잠하던 동물들이 다시 부산을 떠는 소리와 토끼의 목소리가 들려왔다.

"손수레 한 대 분이면 충분할 거야. 자, 시작해."

'갑자기 웬 손수레일까?'

그러나 앨리스가 채 생각할 겨를도 없이 창을 통해 조그만 돌멩이들이 빗발치듯 쏟아져 들어왔다. 그 중 몇 개는 그녀의 얼굴에 떨어졌다.

"내 이것들을 그냥!"

이렇게 중얼거리던 앨리스는 다시 악을 써댔다.

"그만 두는 게 네 녀석들 신상에 좋을걸!"

그러자 다시 사방이 찬물을 끼얹은 듯 조용해졌다. 그러다가 앨리스는 깜짝 놀랐다. 방바닥에 떨어져 있던 돌멩이들이 온통 조그만 과자로 변하고 있었던 것이다. 그 순간 앨리스의 머리를 스쳐가는 생각이 있었다.

'이 과자를 먹으면 또 내 몸에 무슨 변화가 생길 게 틀림없어! 그리고 아마 이 상태에서 더 커지지는 못할 테니까 줄어들 듯도 한데.'

얼른 과자 하나를 집어 꿀꺽 삼키자 다행스럽게도 그 즉시 몸이 줄어들기 시작했다. 몸이 문을 빠져나갈 만큼 줄어들자 앨리스는 얼른 그 집을 빠져나왔다. 밖에는 조그만 동물들과 새들이 떼를 지어 있었고 그 한가운데에는 기니피그 두 마리가 도마뱀 빌을 부축하고서 병에 든 무언가를 입 속에 넣어주고 있었다. 그러다 앨리스의 모습을 보자 동물들이 우르르 달려들었다. 꽁지가 빠지게 도망치던 앨리스는 울창한 숲속으로 들어서서야 비로소 안도의 한숨을 내수를 수 있었다.

앨리스는 숲속을 거닐며 생각에 골몰했다.

'내 본래의 모습을 되찾는 게 무엇보다 우선이야. 그다음엔 아까 본 그 아름다운 정원으로 가는 길을 찾는 거야. 내가 생각해도 그게 최고로 멋진 계획이야.'

계획으로 치자면 이처럼 멋진 계획이 없을 성싶었다. 또 그렇게만 하면 만사가 술술 풀릴 것만 같았다. 문제는 어떻게 그 계획을 실천에 옮기느냐 하는 것이었다. 무슨 좋은 수가 없을까 하며 나무들 사이를 두리번거리고 있을 때, 머리 위에서 조그맣지만 날카롭게 짖어대는 소리가 들려 화들짝 놀라 올려다보았다.

집채만 한 강아지가 커다랗고 동그란 눈을 끔뻑이며 앨리스를 내려다보고 있었다. 강아지는 힘없이 앞발을 뻗어 앨리스를 만지려 하고 있었다.

"가엾은 것!"

앨리스는 강아지를 구슬려보려고 휘파람을 불어 주려 했지만 소리가 나질 않았다. 그러다가 어느 순간, 만약 강아지가 지금 배가 고프다면 아무리 어르다 하더라도 그녀를 잡아먹을지도 모른다는 생각에 왈칵 겁이 났다.

어찌할 바를 모르다가 앨리스는 나뭇가지 하나를 집어 강아지에게 내밀었다. 그러자 엎드려 있던 강아지는 네 발로 껑충 뛰어올라 반갑다는 듯 짖어대며 나뭇가지로 달려들었다. 마치 나뭇가지를 물고 흔들며 장난을 치고 싶다는 투였다. 서로 부딪힐 기세여서 앨리스는 커다란 엉겅퀴 덤불 뒤로 몸을 숨겼다. 그러고는 이번에는 얼른 다른 쪽으로 얼굴을 빼꼼히 내밀었다. 강아지는 이번에도 나뭇가지로 달려들었다. 강아지는 나뭇가지를 허겁지겁 물려다가 발과 얼굴이 한순간 엉켰다. 앨리스는 마치 말과 장난을 치는 듯한 느낌이 들었다. 강아지한테 밟힐 것 같으면 얼른 몸을 숨기기를 반복하며 엉겅퀴 주위를 뱅뱅 맴돌았다. 강아지는 싫증나지도 않는 듯 캉캉 짖어대며 나뭇가지를 물려고 멀찍이 물러났다 다시 달려들기를 거듭했다. 그러더니 이윽고 혀를 쑥 빼물고 커다란 눈은 반쯤 감은 채 가쁜 숨을 몰아쉬며 멀찌감치 물러나 털썩 주저앉았다.

기회는 이때다 싶어 앨리스는 걸음아 날 살려라 하고 도망쳤다.

숨이 턱에 차도록 달려 완전히 지쳐버렸을 대 강아지 짖는 소리가 저 멀리서 아득히 들려왔다.

"그래도 아주 깜찍한 강아지였어!"

앨리스는 미나리아재비 줄기에 몸을 기댄 채, 그 이파리 하나를 따 부채질을 하면서 땀을 식혔다.

"내 몸이 이렇게 줄어들지만 않았어도 그 녀석에게 갖가지 묘기들을 가르쳐 줄 수 있었을 텐데……. 아참, 내 정신 좀 봐! 그러고 보니까 다시 커져야 한다는 걸 깜빡 잊고 있었잖아! 가만 있자. 뭔가를 먹거나 마시면 될 텐데. 도대체 뭘 먹어야 하는 거냐구, 뭘?"

바로 그 '무엇'을 찾는다는 게 보통 큰 문제가 아니었다. 주변에 널려 있는 꽃이며 나무, 풀잎 등을 눈여겨 살펴보았으나, '바로 이거다.' 싶은 것은 도무지 찾을 수 없었다. 그런데 앨리스 바로 옆에 자신의 키와 비슷한 커다란 버섯이 자라고 있었다. 앨리스는 버섯의 위, 양 옆, 뒤쪽을 두루 살펴보고는 버섯의 꼭대기에 무엇이 있는지도 살펴보는 게 좋겠다고 생각했다.

까치발을 하고 버섯의 꼭대기를 살펴보던 앨리스는 그 위에 앉아 있는 파란색의 커다란 애벌레와 눈이 딱 마주쳤다. 애벌레는 앨리스나 그 주위의 일들은 안중에도 없다는 듯 조용히 팔짱을 끼고 앉아 기다란 물 담뱃대를 빽빽 빨아대고 있었다.

제 5 장

애벌레의 충고

둘은 한동안 말없이 서로를 마주보고 있었다. 이윽고 애벌레가 물 담뱃대를 입에서 떼며 졸린 목소리로 맥없이 말했다.

"넌 누구지?"

서로 대화를 트는 데 적당한 말은 아니라고 생각했지만, 그래도 앨리스는 약간 수줍은 듯 대답했다.

"저…… 지금은 저도 제가 누군지 잘 모르겠어요. 오늘 아침까지만 해도 알고 있었지만 그 후로 워낙 여러 번 바뀌는 바람에……."

"도대체 지금 무슨 소리를 하고 있는 거야? 네가 누구냐니까?"

애벌레가 쌀쌀맞게 말했다.

"죄송하지만, 제가 누군지 설명할 길이 없어요. 아시다시피 저는 지금 제가 아니거든요."

"그럼 내가 알겠니?"

"더 분명하게 말씀드릴 수 없어 죄송해요. 무엇보다도 제 스스로 이런 상황을 이해할 수 없으니까요. 오늘 하루 사이에 몇 번씩이나 커졌다 작아졌다 해서 헷갈려요."

앨리스가 공손히 말했다.

"그렇지 않아."

애벌레는 무슨 생각에서인지 고집스럽게 말했다.

"무슨 뜻인지 잘 모르시는 모양이군요?"

앨리스도 조금 짜증스러워졌으나 참을성 있게 설명했다.

"하지만 당신도 갑자기 번데기로 변했다가 조금 후에는 나방으로 변해 버린다면 어리벙벙해질 거예요. 그렇죠?"

"헷갈릴 게 뭐 있어."

애벌레가 뇌까렸다.

"글쎄요. 아직 한 번도 생각해 보신 적이 없으신 모양인데요. 아시다시피 당신도 언젠가는 번데기로 변해야 할 건데, 그랬다가 어느 날 또 나비로 변해야 한다면 그게 좀 이상하다는 기분이 안 들겠어요?"

앨리스가 말했다.

"아니, 전혀!"

"글쎄, 혹시 당신이라면 좀 다른 느낌이 들지도 모르겠군요. 어쨌든 제가 제 자신에 대해서 아주 이상한 느낌을 받고 있는 건 사실이에요."

애벌레가 이번엔 얕보는 듯 소리쳤다.

"알았어. 그러니까 도대체 넌 누구냐니까?"

이렇게 되자 그들의 대화는 다시 원점으로 되돌아가 버렸다. 앨리스는 애벌레의 짧게 내던지는 듯한 말투에 은근히 부아가 치밀었다. 그래서 마음을 가다듬고 정색을 하며 말했다.

"그러는 당신은 누구신데요? 그걸 먼저 밝히는 게 도리가 아닐까요?"

"왜!"

이래서 수수께끼 하나가 새로 생겨났다. 그럴듯한 이유가 선뜻 떠오르지 않았다. 그리고 애벌레의 기분도 아주 나쁜 상태인 것 같아서 앨리스는 대화를 포기하고 돌아섰다.

애벌레의 충고

"돌아와! 꼭 해야 할 말이 있어!"

애벌레가 그녀의 등에 대고 소리쳤다.

틀림없이 뭔가 작정을 한 소리 같아서 앨리스는 다시 돌아왔다.

"성질 좀 죽여라."

"아니, 겨우 그 말 하자고 가는 사람 불러 세웠어요?"

앨리스는 또다시 화가 치밀어 오르는 것을 꾹꾹 눌러 참아가며 말했다.

"아니."

앨리스는 딱히 할 일도 없는데다 혹시 애벌레가 도움이 될 만한 말을 해줄지도 모른다는 생각이 들어 잠자코 기다려보기로 했다. 애벌레는 한동안 말없이 담뱃대만 빨아대더니 이윽고 팔짱을 풀고 담뱃대를 입에서 뗀 다음 입을 열었다.

"그러니까, 너는 너 자신이 변했다고 생각한다 이거지?"

"안타깝게도 그런 것 같아요. 전에 알고 있던 것들도 통 생각이 안 나고…… 몸이 10분도 채 안 돼 커졌다 작아졌다 하구요."

"뭘 기억할 수 없는데?"

"글쎄, '꼬마 벌은 너무 바빠요.'를 외우려고 했더니 전혀 엉뚱한 시가 튀어나오지 뭐예요!"

앨리스는 자기도 한심한 듯 한숨을 푹 쉬며 말했다.

"그럼 '윌리엄 신부님, 이젠 늙으셨어요'를 외워봐라."

애벌레는 마치 선생님이라도 된 듯 명령했다.

앨리스는 양손을 깍지 끼고 시를 외우기 시작했다.

젊은이가 말하기를,

"이젠 늙으셨어요, 윌리엄 신부님.
호호백발이 다 되셨군요.
그런데도 줄곧 물구나무를 서고 계시니.
그 나이에 어울린다고 생각하세요?"

윌리엄 신부님이 젊은이에게 대답하기를,
"내 젊은 시절엔
머리를 다칠까봐 겁이 났는데
이젠 머릿속이 텅텅 비어 있으니
자꾸자꾸 하게 되는구나."

젊은이가 말하기를,

"말씀드렸다시피, 이젠 늙으셨어요.
그리고 너무너무 뚱뚱해지셨는데
문간에서 공중제비를 넘으시다니
도대체 그 이유가 뭔가요?"

그 똑똑한 노인네가 백발을 흔들며 말하기를
"내 젊은 시절에
한 통에 1실링 하는 이 연고로
팔다리를 언제나 부드럽게 해두었지.
너도 두어 통 사지 않을래?"

젊은이가 말하기를,

"이젠 늙으셨어요.
턱도 너무 약해져 비곗살보다 딱딱한 것은 씹지도
못하실 텐데
거위를 뼈다귀와 부리까지 통째로 드시다니
도대체 그 비결이 무엇이죠?"

신부님이 말하기를
"내 젊은 시절에
법률 공부에 재미를 붙여
사사건건 마누라와 입씨름을 벌이느라
턱 근육이 튼튼해져서
이렇게 여생을 즐기고 있지."

젊은이가 말하기를,

"이젠 늙으셨어요.
그런데 어쩌면 시력이 그토록 좋으실까!
코 끝에 뱀장어를 세우고 부릴 줄도 아시니
어쩌면 그렇게 재주가 좋으세요?"

신부님이 말하기를
"세 가지나 대답해 주었으면 됐지,
잘난 척하지 말게!

그 따위 바보 같은 소리에 하루 종일 대꾸해줄 생각 없네.
꺼져버려! 안 그러면 아래층으로 차버릴 테니!"

애벌레가 고개를 가로저으며 말했다.

"틀렸어!"

"백점짜리가 아니란 건 알고 있어요. 죄송해요. 단어 몇 마디가 바뀐 것 같아요."

앨리스가 기어 들어가는 소리로 말했다.

"처음부터 끝까지 몽땅 틀렸어."

애벌레가 단호한 어조로 말하자 한동안 둘 사이에 침묵이 흘렀다.

침묵을 깬 것은 애벌레 쪽이었다.

"키가 얼마 정도면 되겠니?"

앨리스가 서둘러 대답했다.

"키가 얼마든 별 상관없어요. 그저 몸이 자주 변하는 게 싫을 뿐이에요. 아시겠어요?"

"모르겠어."

앨리스는 입을 꾹 다물어 버렸다. 이렇게 말이 안 통하는 상대는 이제껏 처음이었다. 앨리스는 슬슬 부아가 치밀었다.

"지금 키 정도면 어때?"

애벌레가 물어왔다.

"글쎄요, 당신만 상관없다면 지금보다 조금만 더 컸으면 좋겠어요. 8센티미터는 좀 초라할 것 같아요?"

앨리스가 머뭇머뭇 말했다.

"뭐라구, 아주 적당한 키야!"

애벌레는 화를 벌컥 내며 일어나 몸을 꼿꼿이 세웠다. (그의 키는 정확히 8센티미터였다.)

가엾은 앨리스는 거의 사정 조로 말했다.

"하지만 난 이렇게 작은 게 왠지 어색해요!"

그러면서 속으로 생각했다.

'동물들은 어찌 이렇게 화를 잘 내는지 몰라.'

애벌레가 태평스럽게 말했다.

"머지않아 익숙해질 거다."

애벌레는 다시 물 담뱃대를 입으로 가져가 빽빽 빨아대기 시작했다.

앨리스는 이번에는 애벌레가 다시 입을 열 때까지 참을성 있게 기다렸다. 잠시 후 입에서 담뱃대를 뗀 애벌레는 하품을 두어 번 늘어지게 한 다음 몸을 한번 부르르 떨었다. 그러더니 버섯에서 내려와 풀숲으로 기어 사라져가며 말했다.

"한쪽은 네 키를 키워줄 거고 다른 쪽은 줄여줄 거야."

앨리스는 고개를 갸웃거리며 생각했다.

'아니, 무엇의 한쪽이고 무엇의 다른 쪽이란 말일까?'

"버섯 말이야."

애벌레는 마치 앨리스의 마음을 훤히 읽기라도 한 듯 이렇게 말하고는 잠시 후 시야에서 사라졌다.

홀로 남게 된 앨리스는 한동안 버섯을 바라보며 골똘히 생각에 잠겼다. 어느 쪽이 한쪽이고 어느 쪽이 다른 쪽인지 구분해 보고 싶었던 것이다. 하지만 버섯이 워낙 둥그런 몸통을 가져서 그걸 구별하기란 그리 쉬운 일이 아니었다. 앨리스는 이윽고 양팔을 한껏 벌려 버섯 몸통을 껴안고는 양손으로 가장자리 부분을 각각 한 움큼씩 뜯어냈다.

"그나저나 어느 쪽이 어느 쪽이지?"

앨리스는 우선 오른손에 쥐고 있던 버섯 조각을 조금 뜯어 먹었다. 무슨 일이 벌어질지 궁금했다. 그 순간 턱 밑에 강한 충격이 느껴졌다. 어느새 턱이 발에 부딪히고 만 것이었다.

앨리스는 갑작스러운 변화에 놀랐지만 순간 머뭇거릴 시간이 없음을 느꼈다. 부리나케 왼손에 든 버섯 조각을 입에 넣으려 했으나 턱이 발에 맞붙어 입을 벌리기조차 쉽지 않았다. 가까스로 버섯 조각을 입에 넣고 꿀꺽 삼켰다.

"아, 이제 머리를 마음대로 움직일 수 있구나!"

앨리스는 이루 말할 수 없는 기쁨에 환호했다. 하지만 다음 순간 그 환호성은 놀라움으로 바뀌고 말았다. 아무리 아래를 내려다 봐도 자신의 어깨가 온 데 간 데 없었던 것이다. 보이는 것이라고는 그저 기다랗게 늘어난 목뿐이었다. 앨리스의 목은 저 아래 아득한 곳에 푸른 바다처럼 펼쳐진 숲 위로 마치 식물의 줄기처럼 솟아올라 있었다.

"저 아래 펼쳐진 푸른 것들은 뭐지? 그리고 내 어깨는 도대체 어디로 사라져버린 것일까? 아 불쌍한 내 손! 너희들은 또 어디에 있는 거니?"

이렇게 말하며 앨리스는 손을 움직여 봤지만 저 아래 먼 푸른 숲의 나무 이파리들만 그저 살랑살랑 흔들리다 말 뿐이었다.

이런 형편이고 보니 손을 도저히 머리 쪽으로 들어올릴 수 없을 것 같았다. 그래서 앨리스는 머리를 손 쪽으로 숙여 보기로 했다. 다행스럽게도 자신의 목이 뱀처럼 마음먹은 대로 부드럽게 구부려진다는 사실을 깨닫고 무척 기뻤다. 앨리스는 목을 S자 모양으로 매끄럽게 구부려 나뭇잎들 사이로 쏙 집어넣었다. 그 나뭇잎들이란 바로 앨리스가 아까 헤매고 다녔던 그 숲속 나무들의 꼭대기였을 뿐이었다. 바로 그때 어디선가 휙 하는 소리가 날카롭게 들려왔다. 앨리스는 멈칫 하며 몸을 웅크렸다. 큼지막한 비둘기 한 마리가 달려들어 앨리스를 날개로 사납게 후려치고 있었다.

"뱀이다!"

비둘기가 외마디 비명을 질렀다.

"난 뱀이 아냐! 저리 가, 저리 가라구!"

앨리스도 화가 나서 소리쳤다.

"뱀 맞잖아!"

같은 말을 반복하고 있었지만 그 목소리는 조금 누그러진 것이었다. 비둘기는 울먹이며 덧붙였다.

"온갖 짓을 다 해 봤지만 걔들에게 딱 맞는 곳이 없어!"

앨리스가 어리둥절해서 말했다.

"도무지 무슨 말인지 원, 알아들을 수가 없구나."

"나무 등걸, 강둑, 산울타리, 모두 찾아보았지만, 어딜 가나 그놈의 뱀들 때문에 도통 걔들이 편할 날이 없으니!"

비둘기는 그녀가 안중에도 없는 듯 말했다.

앨리스로서는 갈수록 수수께끼 같은 말이었지만 비둘기가 이야기를 끝낼 때까지는 무슨 말을 해도 소용이 없을 거라는 생각이 들었다.

"알 품는 고생으로도 모자라서, 뱀들이 쳐들어오지 않나 밤낮없이 망을 봐야 하니, 원! 그놈들 지키느라고 3주 너머 눈 한번 못 붙여 봤다구!"

그제서야 앨리스는 비둘기가 무슨 말을 하는지 알아들을 수 있었다.

"고생이 심했겠구나. 정말 안됐다."

"그래서 제일 키가 큰 나무에 막 둥지를 틀고서, 이제 하늘에서 꿈틀거리며 떨어지지 않는 한 설마 이곳까지 뱀들이 쳐들어오지는 못하겠지 하고 안도의 숨을 내리쉬고 있던 참이었는데, 이 원수 같은 뱀 같으니라구!"

비둘기는 바락바락 악을 써댔다.

"난 뱀이 아니라고 했잖아! 난…… 나는……."

앨리스가 머뭇거리자 비둘기가 몰아붙였다.

"말해 봐! 넌 도대체 뭔데? 얼렁뚱땅 둘러댈 생각 말아!"

"난…… 난 꼬마 여자애야."

이렇게 말하면서도 앨리스는 그날 겪었던 수많은 변화를 머릿속에 떠올리며 제 스스로도 확신이 서지 않았다.

그러자 비둘기는 아니꼽다는 듯 말했다.

"아주 그럴듯하군. 그래! 내 이제껏 계집애들을 수도 없이 봐왔지만 너처럼 목이 긴 아이는 처음이야! 어림없어! 넌 뱀이 분명해! 아무리 아니라고 해봤자 소용없어. 자, 이번에는 새알 같은 건 입에 대 본 적도 없다고 둘러대 보시지 그래?"

"무슨 소리야? 난 새알을 먹어봤어. 하지만 너도 알다시피 꼬마애들은 뱀이 먹는 것만큼이나 알을 먹잖아."

평소 아주 정직했던 앨리스가 당당하게 대답했다.

"믿을 수 없어! 하지만 만약 걔들이 새알을 먹는다면, 뭐 걔들도 뱀이라고 밖엔 말 못해. 왜, 내 말이 틀려?"

너무도 어이없는 말에 앨리스가 어안이 벙벙해 있는 틈을 타서 비둘기가 덧붙였다.

"넌 새알을 찾고 있었던 거야. 맞지? 내 눈은 못 속여. 그러니까 네가 꼬마 여자앤지 뱀인지는 몰라도 나한테는 그게 중요한 게 아냐!"

앨리스는 서둘러 말했다.

"그건 나한테는 아주 중요한 문제야. 하지만 내가 지금 알을 찾고 있지 않았던 건 사실이야. 혹시 찾고 있었다 해도 네 알을 먹지는 않았을 거야. 난 알을 날것으론 먹지 않아."

"그렇다면 썩 꺼져버려!"

비둘기는 골난 표정으로 이렇게 말하고 다시 제 둥지로 날아가 버렸다. 앨리스는 나뭇가지에 목이 온통 뒤엉킨 채였기 때문에 나무들 사이로 조심스럽게 몸을 웅크렸다. 그리고 때때로 주춤거리며 엉킨 목을 풀었다. 그러다가 앨리스는 자신의 손에 아직까지 버섯 조각이 남아 있었다는 걸 깨달았다. 그래서 양손에 있는 버섯 조각을 조금씩 번갈아 먹어가며 키를 조절하기 시작했다. 몸은 커졌다 작아졌다 하면서 이윽고 평상시의 키로 되돌아왔다.

하도 오랜만에 원래의 키로 되돌아온 까닭에 처음엔 너무도 이상하고 어색했지만 머지않아 다시 제 몸에 익숙해질 수 있었다. 여유를 되찾은 앨리스는 평소 버릇대로 자신에게 중얼대기 시작했다.

"자, 이제 계획의 절반은 이루어졌다고 봐야겠지! 몸이 이리 바뀌고 저리 바뀌다 보니까 도대체 정신을 차릴 수가 없군! 바로 몇 분 뒤에 또 어떻게 변할지 누가 알아! 하지만 어찌 됐든 제 모습으로 돌아왔으니 다음 차례로…… 맞아, 이제 그 아름다운 정원으로 들어갈 순서군. 무슨 뾰족한 수가 없을까?"

이렇게 말하고 있는데 갑자기 앨리스 앞에 탁 트인 들판이 나타났다. 그곳에는 높이가 1미터 좀 더 돼 보이는 자그마한 집 한 채가 서 있었다.

앨리스는 잠시 생각했다.

'저곳에 누가 살고 있든 지금 이런 몸집을 보여줄 순 없어. 다들 놀라서 뒤로 나자빠질 테니까!'

앨리스는 오른손에 든 버섯 조각을 조금 뜯어먹고는 키가 23센티 정도로 줄어들자 그 집을 향해 발걸음을 옮겼다.

제 6 장

돼지와 후춧가루

잠시 앨리스가 그 집을 쳐다보며 다음 행동을 궁리하고 있는데, 갑자기 제복을 입은 하인(앨리스는 그가 제복을 입고 있어서 하인이라고 생각했는데 그의 얼굴을 보는 순간 '물고기'라고 부르는 게 낫겠다고 생각했다.) 한 사람이 숲에서 허둥지둥 달려오더니 주먹으로 대문을 쾅쾅 두드렸다.

문을 열고 나온 이는 얼굴이 둥글고 개구리처럼 눈이 커다란, 제복 차림의 또 다른 하인이었다. 자세히 살펴보니 하인들은 둘 다 하나같이 곱슬머리에 파우더를 잔뜩 뿌리고 있었다. 슬슬 호기심이 발동한 앨리스는 그들이 하는 얘기를 엿들으려고 숲에서 살금살금 기어 나왔다.

물고기 하인이 겨드랑이에 끼고 있던 그의 몸집과 거의 맞먹을 정도로 큰 편지를 꺼내 개구리 병정에게 건네주며 제법 근엄한 목소리로 말했다.

"공작부인께, 여왕 폐하께서 보내시는 크로케 경기 초대장이외다."

그러자 개구리 하인도 말의 순서만 약간 바꿔서 물고기 하인의 말을 똑같이 근엄한 말투로 복창했다.

"여왕 전하께서, 공작부인을 크로케 경기에 초대하신 초대장이외다."

두 하인은 서로 마주보고 허리를 깊숙이 숙여 절을 하다가 그만 두 곱슬머리가 뒤엉켜버렸다.

이런 광경을 바라보던 앨리스는 배를 움켜잡고 깔깔대며 웃다가 그들에게 웃음소리가 들렸을지도 모른다는 생각에 황급히 숲속으로 몸을 숨겼다. 그녀가 다시 얼굴을 내밀고 쳐다보았을 때는 이미 물고기 하인의 모습은 보이지 않고 개구리 하인만 현관 근처 바닥에 주저앉아 멍하니 하늘을 올려다보고 있었다.

앨리스는 조심스럽게 다가가 문을 두드렸다.

그러자 개구리 하인이 말했다.

"두드릴 필요 없어. 그건 두 가지 이유에서지. 첫째는 내가 너처럼 문 밖에 나와 있기 때문이고, 둘째는 집 안이 몹시 소란스러워 문 두드리는 소리를 아무도 듣지 못할 것이기 때문이야."

정말 집 안에서는 뭔가 심상치 않은 소리가 시끄럽게 들려오고 있었다. 끊임없이 고함을 지르거나 짖어대는 듯한 소리가 나는가 하면, 가끔씩 접시나 주전자가 산산조각 나는 듯한 소리가 들려왔다.

앨리스가 말했다.

"그렇다면, 미안하지만 저 안으로 들어가려면 어떻게 해야 하죠?"

하인은 앨리스에게 눈길 한 번 주지 않고 자기 말만 했다.

"노크가 뭔가 의미가 있으려면 우리가 문을 사이에 두고 있어야 한단 말씀이야. 이를테면 네가 안쪽에서 문을 두드리면 내가 너를 밖으로 내보내줄 수도 있지. 알간?"

하인은 이렇게 말하는 내내 여전히 하늘만 뚫어지게 올려다보고 있었다. 이런 행동 때문에 앨리스는 너무도 그가 무례하다고 생각했다.

그러다 혼자서 중얼거렸다.

"하긴 눈이 저렇듯 거의 머리 꼭대기 근처에 달려 있으니 자기로서도 어쩔 수 없는 일인지 몰라. 어쨌든 대답이야 못 해줄라고."

그래서 다시 목청을 높여 물었다.

"어떻게 해야 안으로 들어갈 수 있냐고요?"

"난 여기 앉아 있을 거야, 내일까지……."

개구리 하인은 여전히 동문서답이었다.

바로 그 순간 문이 왈칵 열리더니 커다란 접시 하나가 하인의 얼굴을 향해 날아왔다. 접시는 곧장 하인의 코를 아슬아슬하게 스치고 뒤에 서 있던 나무에 부딪혀 산산조각이 나버렸다. 그러나 개구리 하인은 눈썹 하나 까딱 않고 조금 전과 똑같은 말투로 말하고 있었다.

"…… 아니, 어쩌면 그 다음날까지도."

"어떻게 하면 들어갈 수 있죠?"

앨리스가 아까보다 더 큰 소리로 다시 물었다.

하인이 말했다.

"도대체 누가 저길 들어갈 수 있다고 했어? 들어갈 수 있는지 그것부터 물어봐."

듣고 보니 맞는 말이었다. 하지만 앨리스로선 기분이 좋을 리 없었다.

앨리스는 또다시 중얼거렸다.

"정말 지긋지긋하군. 어찌 동물들은 하나같이 한 번 붙어보자는 투야! 미칠 노릇이군!"

앨리스가 중얼거리고 있는 사이에 하인은 좋은 기회라도 만난 듯이 같은 소리를 말만 슬쩍 바꿔 되풀이할 생각인 듯했다.

"난 나타났다 사라졌다 하면서 몇 날 며칠이고 여기 앉아 있을 거야."

"그럼 난 어떡하고요?"

"네 좋을 대로 해."

하인은 이렇게 말하고는 이제 휘파람을 불어대기 시작했다.

"이런 자와 이야기 해봐야 아무런 소용이 없겠어. 바보천치가 따로 없군!"

이렇듯 자포자기하는 심정으로 혼잣말을 하고서 앨리스는 스스로 문을 열고 안으로 들어섰다.

그 문은 곧장 넓은 부엌으로 이어져 있었다. 부엌은 온통 연기로 자욱했다. 공작부인은 한복판에 놓여 있는 세 발 달린 의자에 앉아 아기를 어르고 있었으며, 요리사는 아궁이 쪽으로 몸을 구부리고 수프가 들어 있을 것으로 보이는 커다란 솥을 젓고 있었다.

"수프 속에 후춧가루를 너무 많이 넣은 것 같군!"

앨리스는 재채기를 해대며 간신히 중얼거렸다.

방 안 공기 중에도 후춧가루가 온통 떠다니는 게 틀림없었다. 공작부인도 이따금 재채기를 하고 있었고, 아기는 연신 재채기를 하다가 앙앙 울어대다 하고 있었다. 숨이 붙어 있는 것들 중 부엌 안에서 재채기를 안 하는 것은 요리사와 아궁이 앞에 앉아 입이 찢어져라 웃고 있는 커다란 고양이뿐이었다.

"저, 이야기 좀 해주세요."

먼저 말을 거는 게 혹 실례는 아닐까 걱정하며 앨리스는 조심스럽게 말을 붙였다.

"저기, 고양이가 왜 저다지 웃고 있는지요?"

"체셔 고양이라서 그런단다. 바로 그때문이지, 이 돼지야!"

공작부인의 마지막 말이 어찌나 갑작스럽고 사납게 들렸던지 앨리스는 화들짝 놀랐다. 그러나 곧바로 그것이 자기에게 하는 소리가 아니라 아기에게 한 말이라는 걸 깨닫고 용기를 내어 말을 이었다.

"체셔 고양이는 항상 웃는다는 걸 몰랐어요. 사실 전 고양이가 웃을 수 있다는 것조차 금시초문인걸요."

공작부인이 말했다.

"모든 고양이는 웃을 수 있지. 그리고 거의 모든 고양이가 실제로 웃는단다."

앨리스는 공작부인과 대화를 나눌 수 있게 된 것이 기쁘기 한량없어 공손하게 말했다.

"어느 고양이나 웃는다는 것은 처음 들었어요."

"넌 모르는 게 많구나. 어쨌든 그건 사실이다."

공작부인이 말했다.

앨리스는 공작부인의 말투가 영 못마땅했지만 화제가 바뀌면 나아질지도 모른다고 생각했다. 그녀가 다른 화제를 찾아 생각을 집중하고 있을 때, 요리사가 아궁이에서 수프 솥을 내려놓더니 느닷없이 닥치는 대로 물건을 집어 공작부인과 아기를 향해 던지기 시작했다. 먼저 부지깽이가, 그리고 그 뒤를 이어 소스 냄비, 쟁반, 접시 등이 우박처럼 쏟아져 날아왔다. 공작부인은 날아든 물건에 맞고도 눈썹 하나 까딱 하지 않았다. 아기는 아까부터 울고 있었던 까닭에 날아온 물건에 맞아 우는 건지 아닌지 알 도리가 없었다.

앨리스는 공포에 질려 길길이 뛰며 고래고래 고함을 질러댔다.

"아, 이게 도대체 무슨 짓이에요! 아기의 귀여운 코 쪽으로 날아가고 있잖아요!"

어마어마하게 큰 소스 냄비가 아기의 코앞을 아슬아슬하게 비껴 지나갔던 것이다.

공작부인이 투박한 소리로 투덜거렸다.

"모든 사람들이 자기 일에만 열심이라면 이 세상은 지금보다 더 빨리 돌아갈 텐데."

비정상적으로 큰 냄비가 그곳 가까이 날아갔다.

앨리스는 자신의 지식을 조금이나마 자랑할 기회가 생긴 게 기쁜 나머지 서둘러 대꾸했다.

"그게 반드시 좋은 것만은 아니에요. 밤과 낮이 뒤바뀌면 어떡하죠? 아시다시피 지구가 그 축을 중심으로 한 바퀴 도는 데 스물네 시간이 걸리는데……."

갑자기 공작부인이 앨리스의 말을 끊으며 소리쳤다.

"도끼라 이거지? 그래, 당장 저 애의 목을 쳐라!" (영어로 '축(axis)'와

'도끼(axes:도끼의 복수형)'은 발음이 비슷하다.)

앨리스는 공작부인이 왜 갑자기 이런 말을 하는지 뭔가 단서를 얻어보려고 요리사를 조금은 걱정스럽게 힐끔 바라보았다. 그러나 요리사는 수프를 젓느라 바빴다. 이쪽으로는 전혀 귀를 기울이고 있지 않는 듯했다. 그래서 앨리스는 다시 말을 이었다.

"스물네 시간이 걸릴 거예요. 아니, 열두 시간이던가?"

그러자 공작부인이 말했다.

"귀찮게 좀 굴지 말거라. 난 숫자라면 아주 질색이다."

공작부인은 다시 아기를 어르기 시작했다. 그녀는 자장가 비슷한 노래를 아기에게 불러주면서 한 소절이 끝날 때마다 아기를 난폭하게 흔들어댔다.

네 아기한테는 모질게 말하고
재채기를 하면 때려 주거라.
아기는 오로지 화를 돋우고 싶은 게지.
그게 괴롭혀주는 일인 걸 뻔히 아니까.

후렴

(그러자 요리사와 아기가 따라 부른다.)

와우! 와우! 와우!

2절을 부르는 동안 공작부인이 계속해서 아기를 위 아래로 거칠게 흔들어대자 그 불쌍한 어린 것이 어찌나 자지러지듯 울어대던지 앨리스는 가사를 거의 못 알아들을 지경이었다.

난 내 아기한테는 엄하게 말하고
재채기 하면 때려 주지.
아기가 기분 내킬 땐 언제라도
후춧가루를 즐길 태세가 돼 있으니깐!

후렴
와우! 와우! 와우!

"자, 원한다면 네가 한 번 아기를 달래 봐! 난 여왕 폐하와 크로케 경기를 할 채비를 하러 가야겠다."

공작부인은 이렇게 말하며 안고 있던 아기를 내팽개치듯 앨리스에게 내밀었다.

그러고는 서둘러 식당에서 나가 버렸다. 그녀가 나갈 때 요리사가 또다시 프라이팬을 던졌지만 다행히 그녀를 비껴 지나갔다.

앨리스는 아기가 이상하게 생긴데다 팔과 다리를 사방으로 내뻗고 있어서 안아들기가 꽤나 어려웠다. 앨리스는 '꼭 불가사리 같아.' 하고 생각했다. 앨리스가 아기를 안아 들자 불쌍한 어린 것은 마치 증기기관차의 엔진처럼 거칠게 숨을 몰아쉬면서 연신 몸을 잔뜩 오므렸다가 폈다가 했다. 그때문에 처음 몇 분 동안은 아기를 붙잡고 있기도 힘들었다.

아기를 제대로 안아들자마자(그 방법이란, 마치 매듭을 묶듯이 아기를 비틀어서 오른쪽 귀와 왼발을 꽉 졸라매듯 한다. 그러면 저절로 풀어지지 않는다.) 앨리스는 집 밖으로 나섰다.

앨리스는 아기를 바라보며 생각했다.

'이 아기를 내가 데리고 가지 않으면 하루나 이틀 사이에 이 아기를 죽이고 말 게 틀림없어.'

그러다가 큰 소리로 외쳤다.

"그럴 줄 뻔히 알면서도 그냥 모른 채 떠나버리는 건 아이를 죽이는 것이나 다름없어!"

앨리스가 이렇게 말하자 아기는 대답이라도 하듯 꿀꿀거렸다. (어느새 재채기는 멎어 있었다.)

"꿀꿀, 꿀꿀. 그런 소리 내지 마! 그런 소리로 네 생각을 표현하는 건 적당치 않아."

그런데 아기가 다시 꿀꿀거리자 앨리스는 이상한 생각이 들어 걱정스런 눈길로 아기의 얼굴을 자세히 살펴보았다. 아기의 코는 한껏 치켜 올라간 들창코였는데 사람의 코라기보다는 짐승의 코에 훨씬 가까운 게 사실이었다. 눈도 아무리 아기의 눈이라 해도 심하다 싶을 정도로 작아서 다시는 들여다보기조차 싫은 그런 얼굴이었다.

'아냐, 어쩌면 울어서 이렇게 됐는지 몰라.'

여기에 생각이 미치자 앨리스는 눈에 눈물이 고여 있는지 다시 한 번 들여다보았다.

그런데 어찌 된 일인지 눈물은 한 방울도 보이지 않았다.

앨리스는 심각해져서 아기에게 말했다.

"만약 네가 돼지로 변한다면 난 너랑은 더 이상 같이 있지 않을 거야. 알았지?"

그러자 불쌍한 아기가 다시 훌쩍거렸다. (아니면 꿀꿀거렸다고 해야 할까? 아무튼 어느 쪽이라고 꼬집어 이야기할 수 없었다.) 그리고 그들은 한동안 말없이 그저 걷기만 했다.

앨리스는 다시 생각에 잠겼다.

'이 녀석을 집으로 데려가면 난 도대체 무얼 어떻게 해야 하는 걸까?'

다시 아기가 요란스럽게 꿀꿀거리기 시작하자 앨리스는 약간 놀라서 아기를 들여다보았다. 이번에야말로 확실했다. 요지부동, 틀림없는 새끼 돼지였다. 그렇다면 돼지를 더 이상 안고 가는 것은 정말로 어리석은 일이라는 생각이 들었다.

그래서 땅에 내려놓자 새끼 돼지는 조용히 숲속으로 뛰어 사라졌다. 이내 앨리스의 마음은 날아갈 듯 홀가분해졌다.

앨리스는 또 중얼거리고 있었다.

"저것이 자라게 되면 보나마나 굉장히 못생긴 아기가 될 거야. 하지만 돼지라면 꽤 잘생긴 편일 거야."

어느새 앨리스는 자기가 잘 아는 아이들 중에서 돼지같이 구는 아이들을 떠올리고 있었다.

'걔들을 바꿔놓을 묘책을 누군가 알고 있다면…….'

그때 앨리스는 몇 미터 앞 나뭇가지에 체셔 고양이가 앉아 있는 것을 발견하고는 약간 겁이 났다.

그녀는 마음씨 착한 고양이의 얼굴을 다시 내려다보았다.

그러나 그녀를 바라보는 고양이는 여전히 웃고 있었다. 마음씨 착한 고양이로 보였다. 하지만 발톱이 길고 이빨이 엄청나게 많은 것을 보고 조심스럽게 대해야겠다고 생각했다.

"체셔 고양이야."

앨리스는 고양이가 이렇게 부르는 것을 좋아할지 몰라 머뭇거리며 고양이를 불러보았다. 그러나 고양이는 입을 좀더 크게 벌리고 웃기만 할 뿐이었다.

'옳지, 아직까지는 기분이 그리 나빠 보이지 않는군.'

그렇게 생각한 앨리스가 말을 이었다.

"여기서 어디로 가야 할지 길 좀 가르쳐주겠니?"

"그거야 네가 가고 싶은 곳이 어디냐에 따라 달라지지."

고양이가 말했다.

"난 어딜 가든 별 상관없어……."

"그럼 네가 가고 싶은 길로 가."

"…… 어딘가로 가기만 한다면."

앨리스가 좀 더 설명해준다는 말이 이런 식이었다.

"오호, 그렇다면 걱정 마. 넌 할 수 있어. 계속 걷다보면 그곳이 어디든 좌우간 도착하게 되거든."

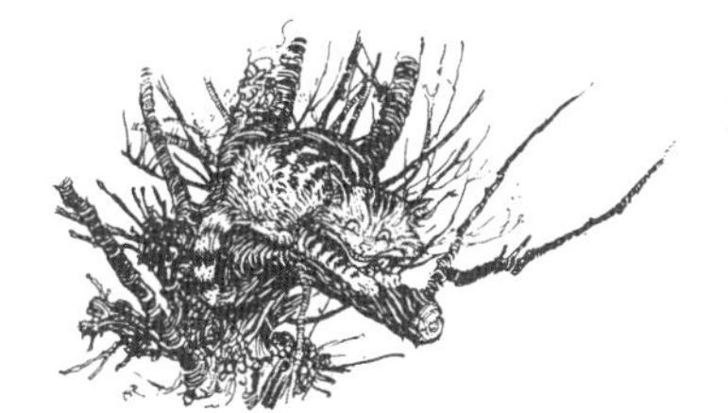

고양이의 말은 어김없는 사실이었다. 그래서 앨리스는 질문을 바꿔보기로 했다.

"여기엔 어떤 사람들이 살고 있지?"

고양이가 오른발을 빙빙 돌리면서 말했다.

"저쪽으로 가면 '모자 장수'가 살고 있고……."

이번엔 왼발을 흔들며 말했다.

"저쪽 방향으로 가면 '3월의 산토끼'가 살고 있지. 둘 다 미쳤으니까, 너 내키는 대로 찾아가 봐."

"미친 사람들 속에 끼어들고 싶진 않아."

그러자 고양이가 말했다.

"글쎄, 너라도 어쩔 수 없을걸. 여기 있는 것들은 하나같이 다 미쳐 있으니까. 나도 미쳤고, 너도 미쳤어."

"내가 미쳤는지 어떻게 알지?"

앨리스는 부아가 치밀었지만 꾹꾹 눌러 참으며 물었다.

"아무렴, 미쳤고말고. 안 그러면 이런 델 왔을 리가 없잖아?"

앨리스는 고양이의 말이 옳다고 생각지는 않았다. 하지만 계속해서 물었다.

"그럼 너는 너 자신이 미쳤다는 걸 어떻게 알았지?"

"우선, 개를 생각해보자구. 개가 미쳤다고 생각해? 안 미쳤지?"

"아마 그럴 거야."

고양이는 신이 나서 말했다.

"좋아. 그렇다면, 너도 개가 화가 나면 으르렁대고 기분이 좋으면 꼬리를 흔든다는 것쯤은 알고 있겠지? 그런데 난 반대야. 기분이 좋으면 으르렁대고 화가 나면 꼬리를 흔들어. 그러니까 난 미친 거야."

"난 고양이가 으르렁댄다는 말은 안 써. 그럴 땐 가르랑거린다고 말해."

"그런 건 아무래도 좋아!"

여기서 고양이는 갑자기 화제를 바꿨다.

"그나저나, 너도 오늘 여왕님과 크로케 경기를 하니?"

앨리스가 대꾸했다.

"나도 그 경기를 너무너무 좋아하지만 아직 초대받지 못했는걸."

"거기 오면 날 볼 수 있을 거야."

이 말을 남기고 고양이는 사라져 버렸다. 그러나 이제 이상한 일에 익숙해질 대로 익숙해진 앨리스는 별로 놀라지 않았다. 어떻게 해야 할지 몰라 고양이가 앉아 있던 자리를 한동안 바라보고 서 있는데 고양이가 다시 불쑥 나타나 물었다.

"깜빡 잊고 있었는데, 아기는 어떻게 됐지?"

앨리스는 고양이가 다시 나타난 게 당연하다는 듯 아무렇지도 않게 대답했다.

"돼지로 변해 버렸어."

"내 그럴 줄 알았지."

고개를 끄덕이던 고양이는 금세 다시 사라져 버렸다.

앨리스는 고양이가 다시 나타나기를 은근히 바라며 그 자리를 잠시 지키다가 그 기대가 무너지자 '3월의 산토끼'가 산다는 방향으로 걷기 시작했다.

"모자 장수는 여럿 본 일이 있거든. '3월의 산토끼'를 만나는 게 훨씬 재미있을 거야. 그리고 지금이 5월이니까 아무래도 3월처럼 헛소리를 할 정도로 미쳐 있진 않겠지." (토끼는 3월이면 짝짓기 철이어서 여러모로 거칠고 사나워진다.)

이렇게 중얼거리며 문득 위를 보니 나뭇가지 위에 다시 고양이가 나타나 앉아 있었다.

"너 아까 '돼지'라고 했어, '대지'라고 했어?" (영어본에서는 각각 pig(돼지)와 fig(무화과)로 되어 있음. 역시 두 단어의 발음이 비슷해서 오는 혼동임.)

고양이가 물어왔다.

"'돼지'라니까! 그리고 그렇게 갑자기 나타났다 사라졌다 하지 마! 너만 보면 정신이 온통 산란스러워진다구!"

"알았어."

이렇게 대답하고 난 고양이는 이번엔 꼬리 끝부터 점점 사라지기 시작하더니 맨 마지막으로 웃는 얼굴이 서서히 사라져갔다. 고양이의 웃는 모습은 몸뚱어리가 모두 사라진 후에도 한동안 그대로 남아 있었다.

'세상에! 웃지 않는 고양이를 자주 본 적은 있지만, 고양이 없는 웃음이란 듣도 보도 못했어! 내가 겪어본 일 중에서 아마 가장 이상한 일일 거야!'

앨리스는 얼마 가지 않아 '3월의 산토끼' 집을 발견할 수 있었다. 토끼 귀를 닮은 굴뚝 하며 털로 덮인 지붕으로 볼 때 그 집이 틀림없었다. 그 집은 꽤 커 보였다. 앨리스는 키가 60센티 정도로 늘어날 때까지 왼손에 들고 있던 버섯 조각을 뜯어먹었다. 키가 커지고 나서도 앨리스는 아주 조심스럽게 그 집으로 다가갔다.

"혹시 토끼가 미쳐서 몹시 날뛸지도 몰라! 모자 장수네 집으로 갈 걸 그랬나봐!"

제 7 장

미치광이들의 티 파티

그 집 앞에 나무 밑에는 식탁이 하나 마련되어 있었다. '3월의 산토끼'와 '모자 장수'가 그 식탁에 앉아 차를 마시고 있었다. 그들은 자기들 사이에 끼어 앉아 세상모르게 잠들어 있는 겨울잠쥐(쥐의 일종으로 동면을 하고 야행성이라 낮에도 거의 잠을 잔다.)를 쿠션 삼아 그 위에 팔꿈치를 얹고 쥐의 머리 너머로 이야기를 나누고 있었다.

'겨울잠쥐가 얼마나 불편할까? 하지만 잠에 빠져 있어 모르고 있겠지.'

앨리스는 생각했다.

식탁은 제법 널찍했는데도 웬일인지 그들 셋은 한쪽에 몰려 앉아 있었다. 그리고 앨리스가 다가오는 걸 보고는 이렇게 소리쳤다.

"자리가 없어! 우리만으로도 비좁아!"

앨리스는 화를 벌컥 내며 소리쳤다.

"자리만 많은데 뭘! 이렇게 넉넉하잖아!"

앨리스는 식탁 한쪽에 놓여 있는 커다란 안락의자를 차지하고 앉았다.

"포도주 한 잔 마실 거야?"

'3월의 산토끼'가 다독거리듯 말했다. 그러나 아무리 둘러봐도 식탁 위에는 차 외엔 아무것도 눈에 띄지 않았다.

"포도주가 어디 있다고 그래?"

앨리스가 약간 어리둥절해서 토끼를 바라보았다.

"없어. 포도주라곤 한 방울도 없어."

토끼가 이죽거렸다.

"있지도 않은 걸 권하는 건 실례야."

앨리스가 화를 내며 말했다.

"권하지도 않았는데 멋대로 식탁에 앉는 건 실례가 아닌가?"

토끼도 지지 않았다.

"이 식탁이 네 것인 줄 몰랐어. 게다가 세 사람도 훨씬 넘게 앉을 수 있어 보여서."

앨리스가 대답했다.

"머리를 잘라야 되겠구나."

모자 장수가 입을 열었다. 호기심에 가득 찬 눈으로 한동안 앨리스를 넌지시 바라보고 있던 그의 첫 마디였다.

"남의 일에 시시콜콜 간섭하지 않는 것부터 배워야겠군. 그건 무례

한 짓이야."

앨리스가 따끔하게 한마디 했다.

이 말에 모자 장수의 눈이 휘둥그레졌으나 정작 입에서는 엉뚱한 소리가 튀어나오고 있었다.

"갈가마귀는 왜 착상처럼 생겼을까?"

'오호라, 이거 재미있겠는걸?'

앨리스는 이렇게 생각하며 큰 소리로 말했다.

"수수께끼라면 대환영이야……. 알 것도 같은데?"

미치광이들의 티파티

"그렇담, 네가 답을 알아맞힐 수 있다는 뜻이야?"

토끼가 비아냥거리듯 말했다.

"그렇다니까!"

"그럼 알아 맞춰 봐."

"어려울 거 없지. 난 적어도…… 적어도 내가 말하고 있는 것은 벌써 내가 생각하고 있는 거야……. 뭐 둘 다 똑같은 거 아니겠어? 아는 걸 말하는 거나, 말하는 걸 아는 거나."

"그게 어떻게 같을 수 있어! '나는 내가 먹는 그것을 본다.'랑 '나는 내가 보는 그것을 먹는다.'가 같단 말이야?"

모자 장수가 나섰다. 그러자 '3월의 산토끼'도 한마디 거들었다.

"그래, 네 말이 맞아. '나는 내가 가진 걸 좋아한다.'랑 '나는 내가 좋아하는 것을 가진다.'가 같을 순 없으니까 말이지."

이때 잠들어 있던 겨울잠쥐까지도 잠꼬대를 하듯 끼어들었다.

"그러니까 이런 결국 이런 얘기잖아. '나는 잠잘 때 숨을 쉰다.'가 '난 숨 쉴 때 잔다.'와 다를 게 없다 뭐 이런 얘기."

"그건 너한테나 같은 거지!"

모자 장수의 말을 끝으로 대화는 중단되고 어색한 침묵만이 계속됐다. 그 사이 앨리스는 갈가마귀와 책상에 대해 아는 걸 죄다 기억해 내려고 했지만 도대체 아는 게 몇 가지 되지 않았다.

먼저 침묵을 깬 것은 모자 장수였다.

"오늘이 며칠이지?"

그는 앨리스 쪽을 돌아보며 이렇게 묻고는 주머니에서 시계를 꺼내 걱정스러운 듯 쳐다보고는 시계를 흔들어 보기도 하고 귀에 대고 소리를 들어 보기도 했다.

앨리스는 잠깐 생각해 보고 나서 대답해 주었다.

"4일이야."

"이런, 이틀이나 틀리는군."

모자 장수가 한숨을 내쉬었다. 그러고는 토끼를 화난 눈길로 쳐다보며 말했다.

"버터가 이 시계에 안 좋다고 했잖아!"

"그래도 최고급 버터였는데."

토끼가 풀이 죽어 대답했다.

"그건 알아. 그렇다면 빵 부스러기가 들어간 게 분명해. 빵 칼로 집어넣는 게 아니었어!"

모자 장수는 여전히 화가 안 풀린 것 같았다.

토끼는 모자 장수로부터 시계를 받아들고는 우울한 시선으로 바라보다가 이번에는 찻잔 속에 담그고 다시 들여다보았다. 그러나 달리 떠오르는 말이 없는지 조금 전에 한 말을 되풀이했다.

"그래도 최고급 버터였는데."

'3월의 산토끼' 어깨 너머로 호기심에 가득 차 시계를 바라보고 있던 앨리스가 이상하다는 듯 입을 열었다.

"참 이상한 시계도 다 있네. 시간은 안 나타나고 날짜만 나타나네!"

그러자 모자 장수가 투덜거렸다.

"그게 뭐가 이상해? 그럼 네 시계에는 올해가 몇 년이라는 것도 나와 있니?"

앨리스는 심드렁하게 대답했다.

"물론 안 나와. 일 년은 매우 기니까 굳이 나타낼 필요가 없잖아."

"내 시계가 바로 그런 경우지."

앨리스는 마치 여우에게 홀린 기분이었다. 모자 장수가 쓰는 말이 영어인 건 분명했지만 앨리스에게는 거기에 아무런 뜻도 담겨 있지 않은 것처럼 들렸기 때문이다.

"뭐라고 하는지 도통 알아들을 수가 없어."

앨리스는 한껏 공손하게 말했다.

"겨울잠쥐가 다시 잠들었구나."

이렇게 말하며 모자 장수는 잠든 겨울잠쥐의 코에 뜨거운 찻물을 살짝 들이부었다.

겨울잠쥐는 귀찮다는 듯 머리를 흔들어대더니 여전히 눈도 뜨지 않은 채 말했다.

"맞아, 맞아. 내가 하고 싶었던 말도 바로 그거야."

모자 장수가 다시 앨리스를 돌아보며 물었다.

"아직도 수수께끼를 생각하고 있니?"

앨리스가 대답했다.

"아니, 난 포기했어. 그나저나 해답은 뭐지?"

"난 감도 잡히질 않아."

모자 장수가 이렇게 말하자 토끼도 맞장구를 쳤다.

"나도 그래."

앨리스는 어처구니가 없어 한숨을 내쉬었다.

"그 시간에 다른 걸 하는 게 낫겠어. 해답도 모르는 수수께끼를 푸느라 그것을 낭비하느니 말이에요."

그러자 모자 장수가 말했다.

"네가 나만큼 시간에 대해 잘 안다면 '그것'을 낭비한다고 말하진 않았을 거야. '그 분'을 낭비한다고 말하지."

"무슨 소리야?"

앨리스가 머리를 갸우뚱거리며 말했다. 그러자 모자 장수가 고개를 치켜들고 깔보듯 말했다.

"알 턱이 있나! '시간'과 말 한마디 나눠 본 적도 없을 테니까."

"그럴지도 몰라. 하지만 음악을 배울 때면 박자를 맞춰야 하는데."

이 말을 듣던 모자 장수가 무릎을 치며 말했다.

"오라, 바로 그거야! 그래서 시간이 두들겨 맞는 걸 못 참는구나. (영어에서는 '박자를 맞추다.'와 '두들기다.'가 단어 하나로 쓰인다.) 시간에게 말만 잘하면 네가 원하는 것을 거의 다 들어줄 거야. 한 가지 예를 들어 볼까? 지금이 아침 아홉 시라고 치자고. 수업이 시작될 시간이잖아? 이럴 때 시간에게 살짝 속삭이기만 해보라구. 그러면 시간은 눈 깜짝할 사이에 시곗바늘을 돌려놓지! 오 예! 한 시 반, 바로 점심시간이 되는 거야!"

'그렇게만 된다면 얼마나 좋을까!'

토끼는 남에겐 안 들리게 작은 소리로 중얼거렸다.

앨리스가 생각에 잠겨서 말했다.

"그렇게만 된다면 정말 멋지겠는데. 하지만 그 시간엔…… 배가 고프지 않을 텐데. 어떡하지?"

모자 장수는 의기양양해졌다.

"처음엔 그럴지도 모르지. 하지만 네가 원한다면 시간을 한 시 반에 붙잡아 놓을 수도 있어."

"너도 그렇게 하고 있니?"

모자 장수는 슬픈 표정이 되더니 고개를 가로저었다.

"난 안 돼! 우린 지난 3월에 싸웠거든. 바로 저 친구가 미치기 직전에 말이야. (모자 장수는 찻숟가락으로 토끼를 가리켰다.) 하트 여왕 폐하가 개최한 대음악회에서 노래를 하다 그만 그렇게 됐어. 이런 노래를 했거든."

반짝, 반짝, 꼬마 박쥐!
넌 지금 뭘 하고 있니!

"아마 너도 이 노래를 알 거야."

"글쎄, 그 비슷한 노래를 들어본 적은 있어."

"내친 김에 계속해 볼까? 그 다음은 이런 식이거든."

모자 장수가 노래를 이어갔다.

하늘을 나는 찻쟁반처럼
세상 저 너머로 날아가네.
반짝 반짝…….

이때 겨울잠쥐가 몸을 부르르 떨더니 잠결에 노래를 따라 부르기 시작했다.

"바짝, 반짝, 반짝, 반짝……."

그대로 두면 노래가 한도 끝도 없이 계속될 것 같자 그들이 겨울잠쥐를 꼬집어 입을 다물게 했다.

겨울잠쥐가 입을 다물자 모자 장수가 얘기를 계속했다.

"그런데 말이야. 그대 난 1절도 채 끝내지 못한 상태였는데, 여왕 폐하께서 갑자기 호통을 치시는 거야. '저 녀석이 시간을 죽이고 있구나! 당장 저 놈의 목을 베어버려라!'"

"너무 야만적이야!"

앨리스가 소리쳤다. 모자 장수가 서글픈 목소리로 말을 이었다.

"그리고 그때부터 '시간'은 내가 부탁하는 건 하나도 들어주지 않게 됐어. 그래서 요즘은 항상 여섯 시야."

그 말을 듣고 나자 앨리스의 머릿속에 퍼뜩 떠오르는 게 있었다.

"아, 그래서 여기에 찻그릇들이 이렇게 널브러져 있구나!"

모자 장수가 한숨을 쉬며 말했다.

"그래 맞아. 하루 내내 차 마시는 시간이라 그릇을 닦을 새도 없다 보니 그렇게 됐어."

"그래서 탁자 주변을 옮겨 다니며 살고 있구나?"

앨리스가 안타깝다는 듯 말했다.

"바로 맞췄어. 이번 차 마시는 시간이 끝나면 또 다음 자리로 옮기는 거지."

모자 장수가 또다시 한숨을 쉬며 말했다. 앨리스는 용기를 내어 물었다.

"하지만 그렇게 자리를 옮겨 앉다보면 언젠간 제자리로 돌아올 텐데. 그땐 어떻게 하니?"

"화제를 바꾸는 게 좋겠군."

'3월의 산토끼'가 하품을 늘어지게 하면서 이야기 중간에 끼어들었다.

"이 이야기엔 이제 신물이 났어. 아가씨가 재미있는 이야기 하나 해 보는 게 어때?"

갑작스런 제안에 앨리스는 깜짝 놀라며 말했다.

"이걸 어쩌지, 아는 얘기가 하나도 없는데."

그러자 토끼와 모자 장수가 동시에 소리쳤다.

"그럼 겨울잠쥐에게 시켜보지, 뭐! 어이, 겨울잠쥐. 일어나 봐!"

그러더니 양쪽에서 쥐를 꼬집어댔다.

잠자던 쥐가 슬그머니 눈을 떴다.

"난 자지 않았어. 너희들이 하는 얘기 하나도 빼놓지 않고 다 들었다구."

잠이 덜 깨 거칠고 힘없는 목소리였다.

"이야기 하나만 해 줘!"

'3월의 산토끼'가 졸랐다.

"그래, 부탁이야! 하나만."

앨리스도 거들었다.

"빨리 해! 그렇지 않으면 입도 떼기도 전에 또 잠들어 버릴 테니까!"

모자 장수도 지지 않았다.

겨울잠쥐가 서둘러 이야기 보따리를 풀었다.

"옛날 옛날에 엘시, 레시, 틸리라는 세 자매가 우물 밑에서 살았어…….”

“그런 데서 뭘 먹고 살았지?”

언제나 먹고 마시는 것에 관심이 많은 앨리스가 물었다. 한참 생각을 하고 난 겨울잠쥐가 대답했다.

“당밀을 먹고 살았어.”

그러자 앨리스는 점잖게 말했다.

“세 자매는 당밀을 먹을 수 없었어. 알겠지만 세 자매 모두 아팠잖아.”

겨울잠쥐가 인정을 했다.

“그래 맞아. 그것도 아주 심하게.”

앨리스는 우물 밑에서의 생활엔 뭔가 색다른 게 있을 것 같아 상상해보려고 했지만 그건 너무 수수께끼 같아서 그냥 다음 질문으로 넘어갔다.

“왜 하필 우물 밑에서 살았을까?”

“차나 한 잔 더 마시지 그래.”

토끼가 앨리스에게 아주 간곡하게 말했다.

“지금까지 한 잔도 마시지 않았는데 어떻게 ‘더’ 마실 수 있단 말이야.”

앨리스가 화가 난 표정으로 툴툴댔다. 그러자 모자 장수가 말했다.

“덜 마실 수 없단 말이겠지. 더 마시기는 아주 쉬운 일이야.”

앨리스가 말했다.

“네 의견을 물은 게 아니니까 끼어들지 좀 마!”

“지금 이야기 도중에 제 개인적인 얘기로 끼어든 게 누구지?”

모자 장수가 기다렸다는 듯 말했다.

대꾸할 말이 궁색해진 앨리스는 하는 수 없이 차를 몇 모금 홀짝거리고 버터 바른 빵을 조금 먹고 나서 겨울잠쥐에게 다시 물었다.

"그들은 왜 하필 우물 밑에서 살았지?"

겨울잠쥐는 한참 생각에 잠기더니 대답했다.

"그곳은 당밀 샘이었어."

"세상에 그런 게 어디 있어!"

앨리스는 몹시 화가 나기 시작했으나, 모자 장수와 '3월의 산토끼'는 동시에 '쉿! 쉿!' 하며 눈치를 줬다. 겨울잠쥐는 뚱한 표정으로 말했다.

"잠자코 듣지 않으려면 나머지 이야기는 네가 해!"

앨리스가 난감하다는 듯 사정조로 말했다.

"아냐, 제발 계속해 줘! 다신 방해하지 않을게. 다시 생각해보니 그런 것도 있을 수 있겠다."

"두 말 하면 잔소리지. 암, 있고말고!"

겨울잠쥐는 화를 벌컥 내면서도 이야기는 이어 나갔다.

"그 세 자매는 그곳에서 뭔가를 긷는 법을 배우고 있었지……."

"긷다니 뭘 긷는데?"

조금 전의 약속을 까맣게 잊고 앨리스가 다시 물었다. 그러자 겨울잠쥐는 이번엔 망설이지 않고 즉시 대답했다.

"당밀!"

그때 모자 장수가 끼어들었다.

"난 깨끗한 컵이 필요해. 모두 한 자리씩 옆으로 옮기는 게 어때."

모자 장수는 말을 하면서 벌써 엉덩이를 들어 올리고 있었고 겨울잠쥐가 그 뒤를 따랐다. 그렇게 되니 토끼는 겨울잠쥐의 자리로 가야 했고, 앨리스는 내키지 않았지만 미친 토끼의 자리로 옮겨야 했다. 자리바꿈으로 해서 이득을 얻은 건 모자 장수뿐이었고, 특히 앨리스는 더 나빴다. 방금 토끼가 우유단지를 접시에 엎어서 그 자리는 한마디로 엉망이었던 것이다.

겨울잠쥐가 다시 화내는 것을 원치 않았으므로 앨리스는 아주 조심스럽게 입을 열었다.

"이해가 안 돼. 도대체 그들이 어디에서 당밀을 길은 거야?"

그러자 모자 장수가 대신 대답했다.

"그야 당연히 물은 우물에서 긷고 당밀은 당밀 샘에서 긷는 거지. 이런 멍청한 녀석 같으니라구!"

"하지만 그들은 우물 속에서 살고 있다며?"

앨리스는 모자 장수의 마지막 말을 애써 무시하고 겨울잠쥐에게 말했다.

"물론 우물 속에서 살았지."

겨울잠쥐의 대답에 가엾은 앨리스는 점점 더 헷갈릴 수밖에 없었다. 앨리스는 하는 수 없이 겨울잠쥐의 다음 말을 잠자코 들어보는 수밖에 없었다.

겨울잠쥐는 졸음이 오는지 계속 하품을 해대고 눈을 비벼가며 이야기를 계속했다.

"그들은 이것저것 많은 것을 길어 올렸어…… M자로 시작하는 건 뭐든지 다……."

"왜 하필 M이야?"

"왜냐구? 그러면 안 된다는 법이라도 있어?"

'3월의 산토끼'가 짜증을 냈다.

앨리스는 잠자코 입을 다물었다.

겨울잠쥐는 그새 눈을 감고 깜빡 졸다가 모자 장수가 꼬집는 바람에 깜짝 놀라 낮은 비명과 함께 깨어나서는 다시 이야기를 계속했다.

"그래서 M자로 시작하는 것 - 예를 들면 쥐덫(mouse traps), 달(moon), 추억(memory) 따위를 길어 올렸지. 참, '많음(muchness)'도 길어 올렸는데, 모두 알고 있지? 왜 '대동소이(much of a muchness)'라는 말. 바로 그 말에서 쓰는 '많음'이야. 그나저나 '많음'을 긷는다는 말 전에 들어본 적 있어?"

이제 앨리스는 머리가 온통 뒤죽박죽이 되어 버렸다.

"사실, 네가 물으니까 하는 말인데, 들어본 적이 없는……."

그러자 모자 장수가 그녀의 말을 가로막았다.

"그러면 너는 입 다물고 있어."

앨리스는 이제 더 이상 이런 무례를 참을 수가 없었다. 아주 넌더리가 나 자리를 박차고 벌떡 일어나 뒤도 돌아보지 않고 그 자리를 떠나버렸다. 앨리스는 혹시 그들이 자기를 다시 불러주지나 않을까 해서 두어 번 뒤를 돌아다보았지만 그 사이 겨울잠쥐는 잠에 빠져버렸고 나머지 둘은 앨리스가 떠난 사실에 전혀 관심조차 주질 않았다. 마지막으로 돌아봤을 때, 그들은 겨울잠쥐를 차 주전자에 처넣으려고 낑낑대고 있었다.

"무슨 일이 있어도 다신 저기 안 갈 거야. 내가 이제껏 참석해 본 파티 중에서 저런 엉터리 파티는 처음이야!"

숲속을 걸으며 앨리스는 중얼거렸다.

이렇게 말하는 바로 그 순간, 속으로 들어갈 수 있는 문이 달린 나무 한 그루가 눈에 띄었다.

'세상에 별 이상한 나무도 다 있군! 하지만 오늘은 모든 일이 다 이상하니까! 당장 들어가 봐야겠어!'

이렇게 결심한 앨리스는 곧장 문을 열고 나무 속으로 들어섰다.

그곳엔 아까 본 긴 홀이 있고 가까이에 자그마한 유리탁자가 여전히 놓여 있었다.

"옳지, 이번에는 실수 없이 잘 해봐야지."

이렇게 말한 앨리스는 여전히 테이블 위에 놓여 있는 조그만 황금 열쇠를 집어 들고 정원으로 이르는 자그마한 문의 자물쇠를 열었다. 그러고는 키가 30센티쯤 될 때까지 버섯 조각을 조금씩 뜯어먹었다. (다행히도 버섯 한 조각이 주머니에 남아 있었다.)

그러고는 작은 통로를 걸어 내려갔다. 앨리스는 마침내 밝게 빛나는 꽃밭과 시원스런 분수가 있는 정원으로 들어온 것이다.

제 8 장

여왕의 크로케 경기장

정원 입구에는 커다란 장미나무에 하얀 장미가 탐스럽게 피어 있었다. 그런데 세 명의 정원사가 그 하얀 장미꽃에 붉은 페인트를 칠하느라 정신이 없었다. 이상한 일도 다 있었다. 또다시 호기심이 일어난 앨리스가 더 가까이서 관찰해보고 싶어 그들에게로 다가가자 그들 중 한 정원사의 목소리가 들려왔다.

"이거 봐, 파이브(다섯)! 페인트를 나한테 튀기면 어떡해!"

'파이브'라고 불린 정원사가 볼이 잔뜩 부은 목소리로 대꾸했다.

"일부러 그런 게 아냐. 세븐(일곱)이 내 팔꿈치를 쳤단 말이야."

그러자 아래에 있던 세븐이 그를 올려다보며 소리쳤다.

"그러시겠지. 파이브, 넌 다 좋은데 항상 남의 탓만 하는 게 문제야!"

"넌 잠자코 있는 게 좋을걸! 여왕님께서 바로 어제 너 같은 목이 베여도 싼 녀석이라고 하시는 소릴 들었어!"

파이브가 세븐을 향해 위협적인 목소리로 소리쳤다.

"무엇 때문에?"

맨 처음 말한 정원사의 목소리였다.

"이것 봐, 투. 너와는 상관없는 일이야."

세븐이 투에게 말했다. 그러자 파이브가 맞장구치며 말했다.

"그래, 그건 이 친구 세븐의 일이야. 내가 말해주지. 요리사에게 양파를 가져다 줘야 하는데 튤립 뿌리를 갖다줬기 때문이야."

그 말을 들은 일곱이 들고 있던 페인트 솔을 휙 던져 버리며 말했다.

"모든 것이 부당하기 짝이 없어……."

그러다 자기들을 바라보고 있는 앨리스의 모습을 발견하자 세븐은 얼른 입을 다물었다. 세븐이 갑자기 말을 멈추자 다른 정원사들도 주위를 둘러보더니 앨리스가 서 있는 것을 보았다. 그 순간 이들이 모두 앨리스를 향해 깊숙이 고개 숙여 절을 했다.

앨리스는 조심스럽게 말을 건넸다.

"실례가 안 된다면 왜 하얀 장미에다 빨간색을 칠하고 있는지 말해 주실 수 있으세요?"

다섯과 일곱은 대답하지 않고 둘만 바라보고 있었다. 그러자 둘이 누가 들을세라 소리를 죽여 대답했다.

그러자 파이브와 세븐은 입을 굳게 다문 채 투를 바라보았다. 투가 착 가라앉은 목소리로 대답했다.

"아가씨, 그게 글쎄, 여기에 붉은 장미를 심어야 하는 건데 우리가 실수로 그만 하얀 장미나무를 심었거든요. 만약 여왕님께서 이걸 아시는 날엔 우리는 당장 목이 날아가요. 그래서 보시다시피 여왕님이 오시기 전에 우리 나름대로 최선을 다하고…….”

바로 이때 불안한 눈길로 정원 저쪽을 살피고 있던 파이브가 다급하게 소리쳤다.

“여왕 폐하시다! 여왕 폐하!”

정원사들은 모두 얼굴을 땅바닥에 대고 납작 엎드렸다. 여럿의 발자국 소리가 다가오는 게 들려 앨리스는 여왕을 보기 위해 주위를 두리번거렸다.

맨 처음 나타난 것은 클럽을 손에 든 열 명의 병사들이었다. 그들은 정원사들처럼 하나같이 길고 납작한 직사각형 모습이었으며, 네 귀퉁이에 팔과 다리가 달려 있었다. 그 뒤를 따라 열 명의 신하가 나타났다. 병사들처럼 둘씩 둘씩 짝을 지어 나란히 걷고 있는 그들은 온몸을 다이아몬드 무늬로 꾸미고 있었다. 그들 뒤를 이어 열 명의 왕자와 공주들이 나타났다. 귀여운 모습의 그 아이들은 둘씩 손을 마주잡고 즐겁게 뛰고 있었는데 모두들 하트무늬로 장식하고 있었다. 그들을 뒤이어 왕이나 여왕 같은 귀빈들이 따랐다. 앨리스는 그들 중에서 낯익은 모습을 발견했다. 바로 흰 토끼였다. 토끼는 뭔가 서두르는 듯하고 초조한 기색으로 조잘대고 있었으며 남들이 무슨 말을 할 때마다 실실 웃었다. 그런데 흰 토끼는 그녀를 알아보지 못하고 그냥 지나쳤다. 그 뒤를 진홍색 벨벳 쿠션 위에 왕관을 받쳐 든 하트 잭이 뒤따랐고 이 긴 행렬의 마지막으로 하트 왕과 하트 여왕이 모습을 드러냈다.

이때 앨리스는 잠시 헷갈리지 않을 수 없었다. 정원사들처럼 땅바닥에 넙죽 엎드려야 할지 어쩔지 몰라서였다. 그러나 행렬을 만났을 때 반드시 엎드려야 한다는 걸 배운 기억이 없었다.

'모두 다 엎드려 버린다면 아무도 행렬을 볼 수가 없잖아. 아무도 볼 수 없는 행차라면 할 필요가 무에 있담!'

그래서 앨리스는 그대로 선 채 행렬을 기다렸다.

행렬이 앨리스 앞에 이르자 모두들 그 자리에 멈춰 서서 앨리스를 바라보았다. 그러자 여왕이 근엄한 어조로 하트 잭에게 물었다.

"이 아이는 누구냐?"

하지만 하트 잭은 머리를 조아리고 웃을 뿐이었다.

"바보 같은 놈!"

여왕은 못마땅하다는 듯 고개를 흔들고는 앨리스에게로 돌아서서 물었다.

"얘야, 네 이름이 뭐냐?"

"앨리스라고 합니다. 여왕 폐하."

앨리스는 겉으론 공손하게 대답하면서도 혼자서 중얼거렸다.

'아무리 그래 봤자 한낱 트럼프 카드일 뿐이니까. 두려워할 것 없다구!'

"그리고 이것들은 뭐냐?"

여왕이 장미나무 주위에 엎드려 있는 세 명의 정원사를 가리키며 다시 물었다. 왜냐하면 땅바닥에 얼굴을 대고 납작 엎드려 있는데다 등 무늬가 다른 카드와 똑같았기 때문에 그것만으로는 그들이 정원사인지 병사들인지 신하들인지, 아니면 여왕의 자식 셋인지조차도 구별할 수 없었기 때문이다.

"제가 그걸 어떻게 알겠습니까? 저와는 상관없는 일이에요."

이렇게 말하면서 앨리스는 자신의 용기에 놀랐다.

그 말을 듣고 격분하여 얼굴이 새빨개진 여왕은 잠시 앨리스를 성난 맹수처럼 노려보더니 버럭 악을 쓰기 시작했다.

"당장 이 계집의 목을 쳐라! 목을 베란 말이다……."

"어처구니가 없군!"

앨리스가 너무도 크고 당당하게 소리치자 여왕은 순간 멈칫했다.

그러자 왕이 여왕의 팔에 넌지시 손을 얹고는 겁먹은 목소리로 여왕에게 말했다.

"너그럽게 한번 봐주구려. 아직 어린아이지 않소."

여왕은 화가 나서 왕에게서 몸을 돌려 하트 잭에게 명했다.

"저것들을 잡아 뒤집어라."

하트 잭이 한 발로 매우 조심스럽게 그들을 차례차례 뒤집어 놓았다.

"일어서라!"

여왕의 서릿발 같은 명령이 떨어지자 정원사들은 불에라도 덴 듯 벌떡 일어나 왕, 여왕, 왕자와 공주들, 그리고 그 자리에 있는 모든 사람들에게 꾸벅꾸벅 절을 해대기 시작했다.

여왕이 버럭 소리를 쳤다.

"그만두지 못해! 네 녀석들 때문에 머리가 어질어질 하구나."

그러고는 장미나무 쪽을 바라보며 물었다.

"여기서 도대체 무슨 짓들을 하고 있었지?"

"여왕 폐하, 용서해 주십시오. 우리 나름으로는 최선을 다 했습니다만……."

여왕은 화가 나서 왕에게서 몸을 돌려 그들을 돌려보내라고 하트 잭에게 말했다.

투가 무릎을 꿇으며 겁에 질린 목소리로 아뢰었다. 그 사이 장미나무를 이리저리 살펴보던 여왕이 다시 신경질적으로 소리쳤다.

"알 만하구만. 당장 저것들의 목을 날려버려라!"

정원사들의 목을 벨 병사 세 명만 남겨두고 행렬은 다시 움직이기 시작했다. 불쌍한 정원사들은 혼비백산하여 앨리스에게 달려와 도움을 청했다.

"당신들을 죽게 가만 놔두진 않을 거예요."

앨리스는 이렇게 소리치며 정원사들을 근처에 있는 커다란 화분 속에 숨겨 주었다. 그런 줄도 모르고 한참 그들을 찾아 주변을 두리번거리던 병사들은 마침내 포기한 듯 행렬로 되돌아갔다.

병사들이 돌아오는 것을 본 여왕이 소리쳐 물었다.

"목을 베었느냐?"

"분부대로 거행했습니다. 여왕 폐하!"

병사들이 한 목소리로 대답했다.

"잘했다! 그나저나 너 크로케 할 줄 아느냐?"

병사들은 여왕이 분명 앨리스에게 물어보고 있는 걸 거라고 생각하고 아무 말 없이 물끄러미 앨리스를 바라보았다.

"네, 여왕 폐하!"

앨리스가 소리쳐 대답했다.

"그럼, 따라오너라."

여왕의 명령에 앨리스는 이제 무슨 일이 생길까 궁금해하면서 행렬에 끼어들었다.

"날씨…… 날씨 한번 정말 좋다."

그녀 곁에서 누군가 머뭇머뭇 말을 걸어왔다. 하얀 토끼였다. 토끼는 불안한 표정으로 앨리스를 힐끗 쳐다보고 있었다.

"그래, 아주 좋은데! 그런데 공작부인은 어디 계시니?"

"쉬! 조용히 해!"

하얀 토끼는 목소리를 낮춰 황급히 말하고 불안한 눈길로 힐끗 뒤를 살펴보고는 까치발을 하고서 그녀의 귀에 대고 속삭였다.

"공작부인은 사형 선고를 받았어."

"무슨 일로?"

앨리스가 묻자 토끼가 되물었다.

"'안됐구나!'라고 했니?"

"아냐, 난 안됐다곤 생각지 않아. '무슨 일로?'라고 물었어."

"공작부인이 여왕의 따귀를 때렸거든……."

토끼가 입을 떼자마자 앨리스가 소리죽여 낄낄댔다. 토끼가 기겁을 해서 속삭였다.

"오, 쉿, 쉿! 여왕이 들으면 어쩌려고 그래? 공작부인이 좀 늦어서 여왕 폐하가 한 마디……."

"모두 제자리로!"

바로 그때 여왕의 벽력같은 호령이 떨어졌다. 모두들 사방에서 달려오느라 서로 뒤엉켜 우왕좌왕하다 이내 자기 자리를 찾아갔다. 그리고 어느덧 경기가 시작되었다.

앨리스는 이제껏 이렇게 기묘한 크로케 경기장은 한 번도 본 적이 없었다. 마치 밭고랑처럼 온통 울퉁불퉁했다. 크로케 공은 살아 있는 고슴도치였고, 크로케 채 역시 살아 있는 홍학이었으며, 병사들은 손과 발로 땅을 짚고 몸을 굽혀 아치 형태를 만들었다. 그게 골대였다.

가장 어려운 일은 뭐니 뭐니 해도 홍학을 다루는 일이었다. 겨드랑이에 홍학의 몸통을 편안하게 하고 다리는 아래로 늘어뜨리고 기다란 목을 곧추 세웠다. 그런데 머리로 공인 고슴도치를 칠라치면 고개를 외로 꼬아서 어리둥절한 표정으로 그녀의 얼굴을 빤히 바라보는 통에 앨리스는 번번이 웃음을 터뜨리지 않을 수 없었다. 그러다 겨우 머

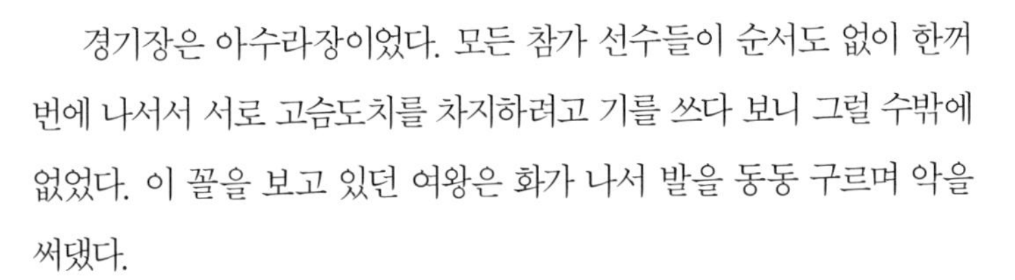

리를 다시 아래로 되돌려 놓고 공을 치려고 하면 이번엔 고슴도치가 몸을 펴고 다른 곳으로 달아나 버렸다. 그뿐 아니었다. 고슴도치를 쳐 보내려는 방향에는 어김없이 고랑과 이랑이 있고, 아치를 이루고 있던 병사들이 몸을 일으켜 다른 곳으로 가버려 보이지 않는 것이었다. 앨리스는 이 크로케 경기야말로 정말 힘들 거라는 결론을 내릴 수밖에 없었다.

경기장은 아수라장이었다. 모든 참가 선수들이 순서도 없이 한꺼번에 나서서 서로 고슴도치를 차지하려고 기를 쓰다 보니 그럴 수밖에 없었다. 이 꼴을 보고 있던 여왕은 화가 나서 발을 동동 구르며 악을 써댔다.

"저 놈의 목을 베라!"

"저 계집의 목을 베라!"

거의 일 분에 한 번꼴로 여왕의 입에서는 명령이 떨어지고 있었다.

앨리스는 점점 불안해지기 시작했다. 아직은 여왕의 심기를 건드리지 않았지만 언제 무슨 불벼락이 자신에게도 떨어질지 모를 일이었다. 앨리스는 두려운 생각이 들었다.

'그러면 난 어떻게 되는 거지? 여기에 있는 이들은 목 베는 걸 무지무지 좋아하나 본데, 여직 살아남은 녀석들이 많으니 정말 알다가도 모를 일이야!'

앨리스는 도망쳐 나갈 궁리를 했다. 그러나 누구의 눈에도 띄지 않고 슬그머니 빠져나가기는 좀처럼 쉽지 않을 것 같았다. 그런데 사방을 살피던 중 공중에 떠 있는 이상한 물체가 눈에 띄었다. 처음엔 무언지 몰랐던 앨리스는, 다음 순간 그것이 웃음 짓고 있는 것을 깨닫고는 중얼거렸다.

'체셔 고양이로구나! 드디어 이야기할 만한 상대가 생겼군.'

"어때? 재미 좋아?"

고양이는 말할 수 있을 정도로 입이 생겨나자마자 이렇게 물었다.

앨리스는 고양이의 눈이 나타날 때까지 기다렸다가 고개를 끄덕여 주며 생각했다.

'아직 귀가 나타나지 않았으니 말해 봐야 전혀 듣지 못할 거야. 둘 중에 하나라도 나타날 때까지 기다려야 해.'

잠시 후 고양이의 얼굴이 모두 나타났다. 앨리스는 이야기를 들어줄 상대가 생긴 게 너무 기뻐서 안고 있던 홍학을 내려놓고 크로케 경기 이야기를 시작했다. 머리만을 드러낸 고양이는 그 정도면 충분하다는 듯 더 이상 몸뚱이는 그 모습을 드러내지 않을 생각인 것 같았다.

앨리스는 볼멘소리로 말하기 시작했다.

"여기 경기는 공정한 경기하고는 거리가 멀어. 자기 말소리도 듣지 못할 정도로 소리를 질러대며 지독하게 싸우기만 하고 있으니. 그리고 도대체 아무런 규칙도 없나 봐. 하긴 있다고 해도 아무도 지키지 않는데 무슨 소용이겠어. 게다가 살아 있는 물체로 크로케 경기를 한다는 게 얼마나 힘든지는 해보기 전에는 상상도 못 할 거야. 공 노릇을 하는 고슴도치는 제멋대로 도망치지, 골문을 만들고 있어야 할 병사들은 걸핏하면 어디로 갔는지 보이지도 않지. 내가 여왕의 고슴도치를 막 치려는데 내 고슴도치가 오니까 도망치질 않나, 한마디로 엉망진창이야!"

고양이가 나지막한 목소리로 물었다.

"여왕은 마음에 드니?"

"천만에."

앨리스는 고개를 절레절레 흔들며 말했다.

"그 여자는 한마디로 말해서……."

바로 그때 여왕이 앨리스 뒤에 바짝 다가와 이야기를 듣고 있다는 걸 깨달은 앨리스는 재빨리 말을 바꿨다.

"……이길 가능성이 아주 높아서 경기를 끝까지 할 필요도 없겠더라구."

이야기를 들은 여왕은 미소를 지으며 앨리스 곁을 지나갔다.

"도대체 누구하고 이야기를 나누고 있는 건가?"

왕이 다가오며 묻다가 공중에 떠 있는 고양이의 얼굴을 발견하고는 호기심 어린 표정이 되었다.

앨리스가 조심스럽게 말했다.

"제 친구 체셔 고양이에요. 소개해 드릴까요?"

그러자 왕이 말했다.

"생긴 게 영 마음에 안 드는구나. 하지만 원한다면 내 손에 입 맞춰도 좋다."

"별로 내키지 않는데요."

고양이가 딱 잘라 말했다.

"건방진 녀석 같으니라구! 그리고 그런 눈으로 날 쳐다보지 마라!"

왕은 이렇게 말하면서 앨리스의 뒤로 몸을 옮겼다.

그러자 앨리스가 나섰다.

"고양이에게도 왕을 바라볼 자유가 있대요. 어느 책에서인지는 잊었지만 읽은 기억이 나요."

"어쨌든 기분 나빠! 없애버려야 해!"

왕은 단호하게 말하고 마침 곁을 지나가는 여왕을 불렀다.

"여보, 당신이 저 고양이를 없애 줬으면 좋겠소."

여왕에게는 크건 작건 어려운 문제를 해결하는 데 딱 한 가지 방법밖에 없었다.

"당장 목을 베!"

여왕은 주위를 돌아보지도 않은 채 누구에게라고 할 것도 없이 명령을 내렸다.

"내가 가서 망나니를 직접 데려오리다."

왕이 신이 나서 말하고는 달려갔다.

앨리스는 멀리서 여왕의 서슬 퍼런 고함소리가 들려오자 차라리 경기장으로 돌아가 경기가 어떻게 돼가고 있는지 알아보는 게 낫겠다고 생각했다. 앨리스는 이미 여왕이 제 차례를 놓쳤다는 이유로 선수 세 사람의 목을 베라고 명령하는 걸 들은 바 있었다. 그런데 경기가 어찌나 혼란스러운지 도대체 지금이 자기 차례인지 아닌지조차 알 수 없었다. 더 이상 지켜보는 것조차 지겨웠다. 앨리스는 자기 고슴도치를 찾아 나섰다.

앨리스의 고슴도치는 다른 고슴도치와 싸우고 있었다. 앨리스는 그 중 한 마리로 다른 한 마리를 쳐서 이길 수 있는 절호의 기회라고 생각했다. 그러나 막상 치려 했으나 방망이인 홍학이 정원의 반대쪽으로 가버린 뒤여서 기회를 놓칠 수밖에 없었다. 홍학은 그곳에서 쓸데없이 나무 위로 날아오르려 안간힘을 쓰고 있었다.

그러다 앨리스가 겨우 홍학을 잡아 돌아왔을 때는 이미 싸움이 끝나 두 고슴도치 모두 사라져버린 후였다. 앨리스는 피식 웃으며 생각했다.

'아무러면 어때. 어차피 이쪽 경기장에서 골문 역할을 하던 병사들도 다 사라져버렸는데.'

앨리스는 잡아 온 홍학이 다시는 도망치지 못하도록 겨드랑이에 바짝 끼고는 친구인 체셔 고양이와 좀 더 이야기를 나누려고 발길을 돌렸다.

앨리스가 체셔 고양이한테 돌아가 보니 놀랍게도 고양이 주위엔 엄청난 군중들이 모여 있었다. 망나니와 왕 그리고 여왕 사이에 말다툼이 벌어지고 있었다. 나머지가 모두 조용히 불안한 표정으로 지켜보고 있는 가운데 셋이서 큰 소리로 한꺼번에 떠벌려대고 있었다.

앨리스가 등장하자 셋이 동시에 달려들어 자기 주장을 되풀이하며 문제를 해결해 달라고 졸라댔다. 하지만 셋의 목소리가 한꺼번에 뒤엉키는 바람에 누가 무슨 말을 하는지 분간하기가 어렵다는 걸 깨달았다.

망나니인 병사가 떠드는 내용은 대충 이랬다. 고양이가 머리만 있고 몸통이 없으니 자기는 목을 벨 수 없다는 것이었다. 이런 경우는 생전 처음 당하는 일인데 하필 이제 와서 그런 일을 시작할 수는 없는 일이라는 것이었다.

그러나 왕의 주장은 달랐다. 세상에 머리가 붙어 있다면 당연히 머리를 벨 수 있는 것 아니냐며 망나니에게 헛소리 말라고 바락바락 댔다.

여왕은 또 다른 얘기를 하고 있었다. 만일 지금 당장 이 문제를 어떤 식으로든 해결하지 않으면 여기 모인 전부의 목을 베어버리겠다는 것이었다. (그곳에 모여 있던 이들을 그토록 무겁고 불안하게 한 것은 바로 여왕의 이 마지막 말이었다.)

이 상황에서 앨리스가 할 수 있는 말이라고는 딱 한마디밖에 없었다.

"저 고양이는 공작부인의 것이니까 그분에게 물어보는 게 좋겠어요."

그러자 여왕이 망나니에게 소리쳤다.

"그 계집은 지금 감옥에 있다. 당장 가서 끌고 와!"

명령을 받은 망나니는 쏜살같이 달려가기 시작했다.

망나니의 모습이 눈앞에서 사라진 순간 고양이의 머리도 서서히 사라지기 시작했다. 그리고 마침내 망나니가 공작부인을 끌고 돌아왔을 때는 이미 흔적도 없이 사라져버리고 없었다. 모여 있던 이들은 다시 크로케 경기를 위해 자리를 뜨고 오직 왕과 망나니만이 고양이의 머리를 찾아 이리저리 허둥지둥 헤매고 있었다.

제 9 장

가짜 거북의 이야기

"요 귀여운 것, 다시 만나게 돼서 얼마나 기쁜지 넌 짐작도 못 할 거야!"

공작부인이 다정스럽게 그녀에게 팔짱을 끼며 말했다. 그러고는 함께 그 자리를 떠났다.

앨리스는 공작부인이 아까와는 달리 기분이 썩 좋아진 걸 보고 무척 기뻤다. 그래서 처음 부엌에서 공작부인이 그처럼 거칠게 행동했던 것은 순전히 매운 후춧가루 때문이었을 것이라는 생각이 들었다.

앨리스는 속으로 생각했다.

'내가 만일 공작부인이라면(하지만 그것을 썩 바라고 있지는 않은 투였다.) 부엌에 후춧가루를 절대 두지 않을 거야. 후춧가루를 안 넣어도

맛만 훌륭한걸. 사람을 성나게 하는 건 바로 후춧가루인지도 몰라.'

앨리스는 새로운 사실을 발견해 낸 걸 기뻐하면서 생각에 잠겼다.

'식초는 사람을 심술궂게 만들고, 카모밀라를 먹으면 냉혹해지고, 그리고…… 또…… 보리엿은 아이들의 성격을 부드럽고 달콤하게 만들 거야. 세상 사람들이 이걸 좀 알아뒀으면 좋겠는데. 그러면 보리엿을 놓고 그렇듯 인색하게 굴진 않을 텐데…….'

생각에 잠긴 앨리스는 공작부인이 옆에 있다는 걸 깜빡 잊고 있었으므로 귓가에 공작부인의 목소리가 들려오자 조금 놀랐다.

"얘야, 아무 얘기도 안 하는 걸 보니 뭔가 골똘히 생각하고 있는가 보구나. 이 말이 주는 교훈을 내 지금 당장 너에게 말해줄 순 없다만 얼마 안 있으면 기억이 날 거다."

"거기에 무슨 교훈 같은 게 있겠어요?"

앨리스가 용기를 내어 말했다.

"쯧쯧, 얘야! 세상 모든 일에는 교훈이라는 것이 있단다. 네가 모르고 있을 뿐이지."

공작부인은 이렇게 말하며 앨리스 옆으로 더 바짝 다가왔다.

앨리스는 그녀가 바짝 다가오는 것이 그다지 달갑지 않았다. 우선 공작부인이 아주 못생겼기 때문이었고, 둘째는 공작부인의 키가 앨리스의 어깨에 턱이 닿을 정도였는데 그 턱이 뾰족해서 불편했기 때문이었다. 그래도 앨리스는 상대방에게 무안을 줄까 봐 참을 수 있는 데까지는 참기로 했다.

앨리스는 무슨 말이라도 해야 할 것 같아 입을 열었다.

"이제 크로케 경기가 좀 봐줄만 한데요."

그러자 공작부인이 말했다.

"그렇구나. 그 말이 주는 교훈은 오, 사랑, 그래 사랑이 세상을 부드럽게 만든다는 거야."

앨리스가 속삭이듯 말했다.

"이런 소릴 한 사람도 있었죠? 모두 자기가 맡은 일에만 신경 쓰면 아무 문제가 없다구요."

"그래. 그러니까 그게 그 말이지. 그 말이 주는 교훈은 '감각에 충실하면 소리는 저절로 되어 나온다.'는 거지."

공작부인은 뾰족한 턱으로 앨리스의 어깨를 눌러대며 말했다. 앨리스는 속으로 생각했다.

'말끝마다 교훈, 교훈, 어쩜 저리도 교훈 찾는 걸 좋아할까?'

잠시 말을 끊었다가 공작부인이 다시 말을 이었다.

"내가 왜 네 허리에 팔을 두르지 않는지 의아스러워 하고 있는 것 같은데. 실은 말이야, 네 홍학의 성질을 내가 몰라서 그러거든. 어찌 나오나 한번 시험해볼까?"

앨리스는 실험 결과야 어찌됐든 상관없다는 투로 조심스럽게 말했다.

"물지도 몰라요."

"맞아. 홍학이나 겨자는 둘 다 물거든. 이 말의 교훈은 '유유상종'이라는 거야."

"하지만 겨자는 새가 아니에요."

"그래, 네 말이 맞아. 넌 어쩜 그리 사리에 밝으니?"

"제 생각엔, 겨자는 광물성일 거예요."

"물론 그럴 테지."

이제 공작부인은 앨리스가 무슨 말을 해도 옳다고 할 것 같았다.

"이 근처에 겨자가 많이 나는 광산이 있지. 그 말이 주는 교훈은 '내 것이 많아질수록 네 것은 그만큼 줄어든다.'는 거지." (영어로 '광산'과 '내 것'은 'mine'이란 한 단어로 쓴다.)

앨리스는 공작부인의 마지막 말을 귀담아 듣지 않고 쾌재를 불렀다.

"아, 이제 알았어요! 겨자는 채소예요. 그렇게 보이지 않지만 사실은 채소예요."

"네 말이 전적으로 옳아."

공작부인은 이번에도 그녀의 말을 그대로 인정했다.

"그 말이 주는 교훈은 '네가 될 것 같은 것이 되어라.'는 것이지. 좀 더 간단히 말해줄까? '남이 보는 나와 나 자신이 다르지 않다고 상상하지 말라.'는 것이다."

앨리스가 예의를 갖춰 말했다.

"무슨 말인지 알아들을 수 있으면 좋겠군요. 글로 써주신다면 모르겠지만 그렇게 말로만 들어서는 도저히 못 알아 듣겠어요."

공작부인은 기분이 좋아졌다.

"내가 진짜 말하고 싶었던 것에 비한다면 그건 아무것도 아니지."

"앞으로는 그렇게 길게 말씀하시느라고 고생하시는 일이 없으셨으면 좋겠어요."

"아. 고생이랄 것도 없지! 지금까지 이야기한 것은 모두 네게 주는 내 선물이니까."

공작부인이 안심하라는 투로 말했다.

'별 시시한 선물도 다 있군! 사람들이 생일선물로 그 따위 것을 주지 않는 게 얼마나 다행인지!'

앨리스는 이런 생각을 하면서도 그것을 감히 입 밖으로 발설할 용기는 없었다.

"또 뭘 생각하고 있구나!"

공작부인이 다시 날카로운 턱으로 어깨를 눌러대며 말했다.

"저에게도 생각할 권리가 있어요!"

앨리스는 좀 성가신 생각이 들어 자신도 모르게 목소리가 날카로워졌다.

"물론 당연한 말이지. 돼지에게도 하늘을 날 권리가 있으니까. 그 말이 주는 교……!"

한데 바로 이때 공작부인은 자기가 그토록 좋아하는 '교훈'이란 말을 하다 말고 갑자기 목소리를 죽이고서 앨리스에게 끼었던 팔을 부르르 떨었다. 앨리스가 위를 올려다보니 그곳엔 여왕이 얼굴을 잔뜩 찌푸린 채 팔짱을 끼고 서 있었다.

"폐하, 옥체 평안하시옵니까?"

공작부인이 기어들어가는 목소리로 겨우 말했다.

여왕이 발로 땅을 탕탕 구르며 소리쳤다.

"좋아, 내 그대에게 분명 경고하건대, 네가 사라질 테냐, 아니면 네 목이 사라질 테냐! 지금 당장 선택해라!"

공작부인의 선택은 두 말 할 것 없었다. 순식간에 그녀의 모습이 눈앞에서 사라져버렸던 것이다.

"자, 그럼 우린 가서 경기를 계속해야지?"

여왕이 앨리스에게 말했다.

눈앞에서 벌어진 일에 잔뜩 겁에 질린 앨리스는 말 한마디 못 하고 여왕의 뒤를 따라 크로케 경기장으로 되돌아갔다.

여왕은 다른 선수들과 말싸움을 하면서 "저 놈의 목을 베어라!" "저 계집의 목을 쳐라!" 소리쳤다.

여왕이 자리를 비운 틈을 타 그늘에서 쉬고 있던 경기장의 손님들은 여왕의 모습이 나타나자마자 허겁지겁 경기를 시작했다. 여왕은 단 한 순간만 늑장을 부려도 목숨을 앗아갈 거라고 말했을 뿐이었다.

경기 내내 여왕은 다른 선수들에게 줄기차게 싸움을 걸면서 걸핏하면 "저 놈의 목을 베어라!", "저 계집의 목을 쳐라!" 하며 고래고래 고함을 질러댔다. 여왕의 명령이 떨어지면 죄인을 끌고 가기 위해 아치를 만들고 있던 병사들이 하나씩 둘씩 자리를 떠나는 바람에 30분쯤 지나자 골대가 남김없이 사라져버렸고, 왕과 여왕 그리고 앨리스를 뺀 나머지 선수들은 모두 사형선고를 받고 감옥으로 끌려가 운동장은 텅 비게 되고 말았다.

그러자 여왕은 경기를 멈추고 가쁜 숨을 몰아쉬며 앨리스에게 물었다.

"얘야, 너 가짜 거북을 본 적이 있느냐?"

앨리스가 대답했다.

"아니오. 전 가짜 거북이 뭔지도 모르는걸요."

그러자 여왕이 말했다.

"뭐긴 뭐겠니. 가짜 거북 수프를 만드는 재료지."

"전 본 적도 들은 적도 없는데요."

"그럼 따라 오너라. 가짜 거북이 제 얘기를 해줄 게다."

여왕과 함께 그곳을 떠나려던 앨리스는 왕이 죄수들에게 나지막한 소리로 말하는 걸 들을 수 있었다.

"너희 모두를 용서한다."

'정말 잘된 일이야!'

여왕에게 사형을 선고받은 자들을 안타까워했던 앨리스는 속으로 안도의 한숨을 내쉬었다.

여왕과 앨리스는 얼마 가지 않아 뙤약볕 아래 깊이 잠들어 있는 그

리핀(그리스 신화에 나오는 상상의 동물로 독수리의 머리와 날개를 하고 몸뚱이는 사자 모습을 하고 있다.)을 만나게 되었다.

여왕이 소리쳤다.

"일어나, 게으름뱅이야! 이 아가씨를 가짜 거북에게 데리고 가서 거북이의 얘기를 듣게 해 줘라. 난 돌아가서 명령한 대로 처형을 했는지 봐야 하니까."

여왕은 앨리스를 그리핀 옆에 홀로 두고 사라져버렸다. 앨리스는 그 동물의 생김새가 전혀 마음에 들지 않았으나 그 야만적인 여왕을 따라가는 것보다는 그 옆에 남아 있는 게 훨씬 안전할 것 같아 잠자코 있었다.

졸린 눈을 비비며 일어나 앉은 그리핀은 여왕의 모습이 완전히 사라질 때까지 지켜보다가 낄낄 웃어대며 앨리스에게 말하는 건지 혼자 말하는 건지 알 수 없게 중얼거렸다.

"정말 우습지 않아?"

앨리스가 물었다.

"뭐가 우스운 거지?"

"몰라서 물어? 여왕 말이야. 모든 게 자신만의 환상일 뿐이야. 처형 같은 건 있지도 않아. 따라와!"

앨리스는 그리핀을 천천히 뒤따라가며 생각했다.

'여기선 모두들 '따라와!'라고 말하는군. 내 평생 이렇게 많은 명령을 받아본 적이 없어, 정말로!'

앨리스와 그리핀은 얼마 가지 않아 멀리 바위 위에 홀로 쓸쓸하게 앉아 있는 가짜 거북을 발견할 수 있었다. 가까이 다가가자 땅이 꺼져라 한숨을 내쉬는 소리가 들렸다. 그러는 가짜 거북이 너무 안쓰러워 그리핀에게 물었다.

"왜 저렇게 슬퍼하는 거지?"

앨리스가 묻자 그리핀은 조금 전과 거의 다름없는 대답을 했다.

"그것도 모두 자신만의 환상일 뿐이야. 거북이 슬퍼할 일은 하나도 없어. 알겠어? 따라와!"

그들이 다가갔을 때도 가짜 거북은 커다란 눈에 눈물이 그렁그렁한 채 그들을 바라보기만 할 뿐 아무 말도 하지 않았다.

그리핀이 말을 건넸다.

"여기 이 어린 아가씨가 자네의 이야기를 듣고 싶다는구먼."

그러자 가짜 거북은 한숨을 쉬며 공허한 목소리로 말했다.

"그럼 이야기를 해 주지. 둘 다 거기 앉아서 내 이야기가 끝나기 전에는 아무 말도 말아줘."

그래서 앨리스와 그리핀은 입을 다물고 한동안 앉아 있었다. 앨리스는 생각했다.

'도대체 이렇게 뜸을 들이다가 언제 다 끝내겠다는 거지?'

하지만 앨리스는 참을성 있게 기다렸다. 마침내 깊은 한숨을 내쉬고 난 가짜 거북이 입을 열었다.

"옛날엔 나도 진짜 거북이였어."

그러나 이 한마디를 해놓고는 다시 아무 말도 하지 않았다. 들리는 소리라고는 그리핀이 이따금 '흐즈크르!' 하는 소리와 가짜 거북이 끊임없이 훌쩍거리는 소리뿐이었다. 앨리스는 당장 일어서서 '재미있는 이야기 잘 들었어.' 하고 말할 뻔했다. 그러나 뭔가 뒤이을 이야기가 있을 게 분명하다고 생각하며 아무 말 없이 앉아만 있었다.

"내가 어렸을 적에는……."

가짜 거북이 이윽고 말을 이었다. 아직도 이따금 훌쩍거리긴 했으나 조금 전보다는 훨씬 마음이 가라앉은 듯했다.

"바닷속 학교에 다녔지. 선생은 늙은 바다거북이었어. 우린 그분을 민물거북이라 불렀지."

앨리스가 갑자기 끼어들며 물었다.

"바다거북이라면서 왜 민물거북이라고 부른 거야?"

그러자 가짜 거북이 화를 벌컥 내며 말했다.

"그분이 우릴 가르쳤기 때문에 민물거북이라고 부른 거야! 넌 정말 그런 것도 몰라?" (영어로 '우리를 가르쳤다(taught us).'와 '민물거북(tortoise)'은 발음이 비슷하다.)

"그렇게 뻔한 걸 묻다니 부끄럽지도 않아?"

그리핀마저 가짜 거북을 편들며 말했다. 그러고는 그리핀과 가짜 거북이 한동안 말없이 자기를 바라보고 있자 앨리스는 쥐구멍이라도 들어가 버리고 싶은 심정이었다. 잠시 후 그리핀이 다시 입을 열었다.

"이거 봐, 늙은 친구, 어서 계속하라구. 이러다가 해 저물겠다."

이래서 가짜 거북의 이야기가 계속되었다.

"우리는 바다 속에 있는 학교에 다녔지. 너는 믿지 않겠지만……."

"믿지 않는다고 말한 적은 없어!"

앨리스가 가짜 거북의 말을 가로막고 단호하게 말했다.

"그랬어!"

가짜 거북도 지지 않았다. 앨리스가 다시 뭔가 대꾸하려 들자 그리핀이 거들었다.

"입 닥치지 못해!"

가짜 거북은 이야기를 계속했다.

"우리는 최고 수준의 교육을 받았어……. 사실이야, 날마다 학교에 갔으니까."

앨리스가 못 참고 또 끼어들었다.

"나도 날마다 학교에 다니고 있어. 그러니까 너무 자랑할 것 없어."

"특별활동도 있어?"

가짜 거북이 조금은 불안한 듯 물었다.

"두말 하면 잔소리지. 불어와 음악을 배웠지."

앨리스가 자랑스럽게 대답했다. 그러자 가짜 거북이 또 물었다.

"세수하는 법도?"

"그런 건 안 배워!"

놀림받고 있다는 생각에 앨리스는 화가 나서 소리쳤다.

"아! 그렇다면 너희 학교는 정말 좋은 학교가 아니야! 우리 학교에서는 수업료 고지서 맨 끝에 '불어, 음악, 세수법은 특별활동' 이렇게 쓰여 있거든."

가짜 거북이 안심했다는 투로 신이 나서 말했다. 그러자 앨리스가 비꼬는 투로 말했다.

"바다 속에 살면 그런 게 그다지 필요치 않을 텐데."

가짜 거북이 다시 한숨을 쉬며 말했다.

"난 특별활동을 할 여유가 없었어. 그래서 정규 수업만 받았어."

"그게 어떤 것들인데?"

앨리스가 묻자 가짜 거북이 대답했다.

"비틀거리기, 몸부림치기부터 시작해서, 그 다음에 산수로는 야망, 착란, 추화, 조롱 따위야."

"'추화'라는 말은 들어본 적이 없는데……. 그게 무슨 뜻이지?"

앨리스는 이번에도 무안당할 각오를 하며 물었다.

그리핀이 놀란 듯 앞발을 쳐들어 흔들며 되물었다.

"아니, 그 말도 모른단 말이야? 설마 '미화'가 뭔지는 알겠지?"

"그건 알아."

앨리스는 별로 자신 없는 목소리로 대답했다.

"그건…… 어떤 것을…… 더 예쁘게 만드는 거야."

"글쎄, 그걸 알면서도 '추화'를 모른다면 넌 바보야!"

그리핀이 딱 잘라 말했다.

앨리스는 더 이상 물어볼 용기가 나지 않아 다시 가짜 거북에게 시선을 옮기는 수밖에 없었다.

"그런 것 말고 또 뭘 배웠지?"

"글쎄, 아, 신비라는 과목이 있었지!"

이렇게 대꾸한 가짜 거북은 지느러미처럼 생긴 앞다리를 꼽아가며 과목을 세기 시작했다.

"고대와 현대의 신비를 배웠지. 그리고 바다 밑의 지리, 그 다음에

느리게 말하기를 배웠어. 느리게 말하기 선생은 늙은 뱀장어였는데, 일주일에 한 번씩 와서 느리게 말하기 말고도 기지개 켜기, 구부려 속이기 등을 가르쳤어."

"어떻게 하는 건데?"

앨리스가 묻자 가짜 거북이 대답했다.

"지금 여기서 보여줄 순 없어. 난 몸이 굳어서 안 되겠고 그리핀은 배우지 못했고."

그리핀이 변명하듯 말했다.

"시간이 없었지. 하지만 난 그 대신 고전을 배웠지. 선생은 늙은 게였어. 맞아."

"난 그걸 못 배웠는데."

가짜 거북이 또다시 한숨을 쉬며 말했다.

"그 선생은 웃는 법과 슬퍼하는 법을 가르쳤다면서?"

"맞아. 그랬어."

이렇게 대답하고 난 그리핀도 한숨을 쉬었다. 두 짐승은 하나같이 풀이 죽어 앞발에 머리를 묻고 있었다.

"그런데 하루에 몇 시간씩 공부했니?"

앨리스가 재빨리 화제를 바꿔 묻자 가짜 거북이 대답했다.

"첫날은 열 시간 공부하고, 다음날은 아홉 시간, 뭐 그런 식이었지."

"그것 참 이상한 시간표로구나!"

앨리스가 고개를 갸우뚱거리며 말하자 이번에는 그리핀이 말했다.

"그러니까 그걸 수업이라고 하는 것 아냐. 날이 갈수록 줄어드니까 말이야." (영어에서 '수업(lesson)'과 '줄어들다(lessen)'은 발음이 같다.)

그것이야말로 앨리스에겐 참으로 새로운 생각이었다. 그래서 잠시 시간을 두고 생각해 보고는 다시 물었다.

"그럼 열하루째되는 날은 수업이 없었겠네?"

"그야 물론이지."

가짜 거북이 자신있게 대답했다.

"그럼 열이틀째 되는 날은 뭘 했니?"

앨리스는 계속해서 간절히 물었다. 그러자 그리핀이 아주 단호하게 앨리스의 말을 가로막았다.

"자, 이제 수업 이야기는 그만하고, 이 아가씨에게 재미있는 놀이 이야기나 들려주는 게 어때?"

제 10 장

바닷가재의 쿼드릴 춤

다시 한번 긴 한숨을 내쉰 가짜 거북은 앞 발등으로 눈을 비비며 앨리스를 바라보았다. 그리고 이야기를 시작하려다가 흐느끼느라 목이 메어 한동안 아무런 말도 하지 못했다.

그리핀이 가짜 거북의 몸을 흔들고 등을 두들겨 주며 말했다.

"목에 가시라도 걸린 것 같군."

잠시 후 목소리를 되찾은 가짜 거북이 뺨으로는 눈물을 줄줄 흘리면서 이야기를 시작했다.

"너는 바다 속에 살아 본 적이 없을 거야." (앨리스는 '그래 한 번도 살아 본 적이 없어.' 하고 말했다.)

"바닷가재와 인사를 나눌 기회도 없었겠지." (앨리스는 '응, 한 번 맛

본 적은…….' 하고 말을 꺼내다가 얼른 말을 바꿔 '응, 한 번도 없어.' 하고 말했다.)

"그러니 바닷가재의 쿼드릴 춤이 얼마나 재미있는지 짐작도 못 하겠지."

앨리스가 대답했다.

"응, 몰라. 그게 어떤 춤인데?"

"가르쳐 주지."

그리핀이 나섰다.

"맨 먼저 바닷가에 일렬로 서는 거야……."

그때 가짜 거북이 끼어들었다.

"두 줄이야! 물개, 거북, 연어 등등이 말이지. 그런데 우선 바닥의 해파리 따위를 깨끗이 치워야 해……."

다시 그리핀이 나섰다.

"그러자면 시간이 좀 걸리지."

그러자 가짜 거북도 지지 않았다.

"…… 두 걸음 앞으로 나가서……."

그러자 그리핀이 고함치듯 말했다.

"각자가 바닷가재와 짝을 이루는 거야!"

가짜 거북이 그 말을 받았다.

"물론이지. 두 걸음 앞으로 나가 자기 바닷가재와 짝을 이루고……."

"짝을 바꾸고……. 같은 식으로 뒤로 물러나고……."

그러자 가짜 거북이 또 말을 받았다.

"그 다음에는 아시다시피 내던지는 거……."

그리핀이 공중으로 팔짝 뛰어오르며 신이 나서 외쳤다.

"바닷가재를!"

"…… 바다 저 멀리 있는 힘껏 던지는 거지……."

그리핀이 다시 소리쳤다.

"그리고 그 뒤를 쫓아 헤엄쳐 가는 거야!"

가짜 거북도 지지 않고 외쳤다.

"물속에서 공중제비를 하면서!"

그러자 그리핀이 목청껏 외쳐댔다.

"그리고 다시 짝을 바꾸는 거야!"

"그리고 뭍으로 다시 돌아오는 거지……. 여기까지가 첫 번째 동작이야."

가짜 거북이 갑자기 목소리를 내리깔면서 말했다.

그러고는 이제껏 내내 미친 듯 날뛰던 두 짐승은 바닥에 주저앉아 슬픈 표정을 지으며 묵묵히 앨리스를 바라보았다.

"아주 멋진 춤이겠구나."

앨리스가 머뭇거리며 이렇게 말했다.

"조금이라도 보여줄까? 보고 싶어?"

"그래, 너무 보고 싶어."

"좋아, 그럼 첫 번째 동작을 시작해 볼까? 바닷가재가 없어도 할 수 있잖아? 그런데 노래는 누가 할까?"

가짜 거북이 그리핀을 바라보며 말했다. 그러자 그리핀이 말했다.

"네가 해라. 난 가사를 까먹었거든."

두 짐승은 제법 진지한 표정으로 앨리스의 주위를 빙빙 돌며 춤을 추기 시작했다. 가끔씩 앨리스 쪽으로 너무 가까이 돌다가 앨리스의 발등도 밟기도 하고, 가짜 거북의 노래에 맞춰 앞발로 박자도 맞추었다. 노래는 느릿느릿 하면서도 슬픈 음조를 띠고 있었다.

대구가 달팽이에게 말했지.
'좀 더 빨리 걸을 수 없겠니?
돌고래가 뒤 쪽에서 내 꼬리를 밟겠어.
저기 바닷가재랑 거북이 춤추는 게 보이지!
조약돌 해변에서 우리를 기다리고 있어.
가서 함께 어우러져 춤추지 않을래?
좋아? 싫어? 좋아? 싫어?
함께 어우러져 춤추지 않을래?'

'그들이 바닷가재랑 우리를 번쩍 들어
바다 저 멀리 내던지면
넌 아마 모를 거야.
그때의 그 기쁨 넌 정말 모를 거야.'
하지만 달팽이는 힐끔 한 번 쳐다보고
'너무 멀어, 너무 멀어.' 대답했지.
그 마음 너무 고맙지만
함께 춤추지는 않겠다고 말했지.

추기 싫고, 출 수 없고,
추기 싫고, 출 수 없고,
함께 춤추기 싫어.
추기 싫고, 출 수 없고,
추기 싫고, 출 수 없고,
함께 춤추기 싫어.

비늘 달린 친구가 대답했네.
'멀리 가면 어때.
바다 저쪽에도 해변이 있잖아.
영국에서 멀어질수록 프랑스엔 가까워지지.
그러니까 겁내지 말고, 사랑스런 친구야.
자, 우리 춤이나 추자구!
좋아? 싫어? 좋아? 싫어?
함께 어우러져 춤추지 않을래?
좋아? 싫어? 좋아? 싫어?
함께 어우러져 춤추지 않을래?'

"고마워. 아주 멋진 춤이구나. 그 대구가 어쩌구 하는 노래도 무척 재미있고."

춤이 마침내 끝난 게 다행스러워 앨리스가 말했다. 그러자 가짜 거북이 말했다.

"아, 대구에 관한 거라면, 대구는…… 물론 본 적이 있겠지?"

"그럼, 가끔 저녁 식……."

앨리스는 무심코 말하려다 황급히 입을 다물었다.

"'저녁 식'이 어디 붙어 있는지는 모르겠지만, 가끔 봤다면 어떻게 생겼는지 잘 알겠네?"

앨리스가 조심스럽게 대답했다.

"응, 꼬리를 입에 물고…… 온몸이 빵가루를 뒤집어쓰고 있지."

"빵가루라니? 그건 말도 안 돼. 그렇다면 바닷물에 벌써 씻겨 내려가 버렸게. 하지만 꼬리를 입에 물고 있다는 건 맞아. 왜냐하면……."

여기까지 말하던 가짜 거북은 늘어지게 하품을 하고는 눈을 감더니 그리핀에게 말했다.

"그 이유와 나머지 이야기는 네가 좀 해줘."

"그 이유는……."

그리핀이 기다렸다는 듯이 이야기를 시작했다.

"대구가 바닷가재와 춤추기를 좋아해서 그래. 그래서 바다 멀리 던져졌어. 그래서 꼬리를 얼른 입에 물었어. 그래서 꼬리를 다시 빼낼 수가 없었어. 그게 이유야, 알겠니?"

"고마워. 아주 재미있는 이야기구나. 사실 대구에 대해선 잘 몰랐거든."

앨리스는 알겠다는 듯 대답했다.

"원한다면 더 이야기 해줄 수 있어. 너 왜 대구를 그렇게 부르는지 알아?"

"그런 건 생각해 본 적이 없어. 왜 그러는데?"

"그것으로 구두나 부츠를 닦기 때문이지."

그리핀이 제법 진지하게 말했다.

앨리스는 도무지 이해할 수가 없어서 되물었다.

"구두나 부츠를 닦는다고?"

"그래, 네 구두는 뭐로 닦지? 내 말은 뭘 가지고 구두의 광을 내냔 말이야?"

그녀는 자기 구두를 내려다보며 잠시 생각한 다음 대답했다.

"검은색 구두약으로 닦지."

그러자 그리핀은 그윽한 말투로 말했다.

"하지만 바다 밑에서는 하얀 가루로 닦거든. 이제 알겠니?" (영어로는 '하얀 가루'와 '대구'를 'whiting'이란 한 단어로 쓴다.)

"그 약은 뭘로 만들지?"

억누를 수 없는 호기심에 앨리스가 물었다.

"가자미랑 뱀장어로 만들지 뭐로 만들겠어? 그 정도는 새끼 새우한테 물어도 알려줄 거야."

그리핀은 짜증스럽다는 듯 대답했다.

앨리스는 여전히 아까 가짜 거북이 부르던 노래 생각에 머물러 있었다. 그래서 이렇게 말했다.

"내가 만약 대구라면 돌고래에게 이렇게 말했을 거야. '따라 오지 마! 우린 너와 함께 놀기 싫어!'"

그러자 가짜 거북이 말했다.

"그렇게는 안 될걸. 돌고래가 없으면 곤란해. 현명한 물고기라면 돌고래 없이는 아무 곳에도 가지 않아."

"아니, 그게 정말이야?"

앨리스는 놀라서 물었다.

"물론이지. 그래서 나는 여행을 한다는 물고기를 만나면 '어떤 돌고래랑 가는 거니?' 하고 묻거든."

"아니, 무슨 '목적'으로 여행 하냐고 묻지 않고?" (영어로 '돌고래(porpoise)'와 '목적(purpose)'은 발음이 비슷하다.)

가짜 거북은 얼굴을 붉히며 벌컥 화를 냈다.

"내가 말한 그대로야!"

그러자 그리핀이 가짜 거북을 거들었다.

"자, 이제 그 이야긴 그만두고. 어때, 네 모험 이야기나 들어볼까?"

앨리스는 약간 머뭇거리며 대답했다.

"그럼 오늘 아침부터 겪은 모험 이야기를 해 줄게. 어제 이야기는 별 쓸모없을 거야. 난 이미 어제와는 다른 사람이 되고 말았으니까."

"처음부터 모두 설명해 줘."

가짜 거북이 말했다. 그러자 그리핀이 조바심쳤다.

"아냐, 아냐, 모험 이야기를 먼저 해. 설명하면 시간이 끔찍스럽게 많이 걸릴 거니까."

이렇게 해서 앨리스는 오늘 아침 하얀 토끼를 만나면서부터 벌어진 모험 이야기를 시작했다. 처음엔 두 짐승이 눈을 둥그렇게 뜨고 입을 헤벌린 채 바짝 다가앉은 바람에 좀 불안했으나, 이야기를 하는 동안에 점차 용기를 얻었다.

두 청취자는 앨리스가 애벌레에게 '윌리엄 신부님, 이젠 늙으셨어요'란 시를 외웠다는 이야기를 할 때까지 군소리 한마디 없이 귀를 쫑긋

세우고 듣고 있었다. 그러나 그 시를 외우는데 어찌된 셈인지 자꾸만 엉뚱한 말이 튀어나오더라는 대목에 이르자 가짜 거북이 길게 한숨을 내쉬며 입을 열었다.

"그것 정말 이상한 일이군!"

그러자 그리핀도 맞장구를 쳤다.

"그래, 그렇게 이상한 일도 없을 거야."

가짜 거북은 생각에 골똘히 잠긴 채 말했다.

"엉뚱한 말이 튀어 나왔다고? 난 지금 이 아가씨가 뭔가 암송하는 걸 듣고 싶어. 시작하라고 얘기해."

이렇게 말하며 가짜 거북은 마치 그리핀이 앨리스를 마음먹은 대로 부릴 수라도 있는 양 그리핀을 바라보았다.

"자, 일어서서 '그건 게으름뱅이의 목소리'를 외워 봐."

'아니, 이 녀석들이 감히 사람에게 명령을 내리고 배운 것을 외워보라는 둥, 한마디로 안하무인이네. 쳇, 차라리 당장 학교에 가는 게 나을 것 같군.'

앨리스는 괘씸한 생각이 들었지만 일어서서 외우는 수밖에 없었다. 그런데 막상 외우려 하자 바닷가재의 쿼드릴 춤 생각으로 머릿속이 가득 차 있어서 앨리스의 입에서는 엉뚱한 말들이 튀어나오고 있었다.

그건 바닷가재의 목소리
나는 그가 선언하는 소리를 들었네.
"날 너무 바짝 구웠구나.

내 머리카락에 설탕을 쳐야겠네."

오리는 눈꺼풀로

바닷가재는 코로

허리띠와 단추를 채우고

발가락을 뾰족 내밀었지.

모래밭이 바짝 마르면

바닷가재는 종달새처럼 즐거워하고

마치 상어나 된 듯

거만하게 지껄이지.

하지만 조수가 밀려들고

상어가 나타나면

바닷가재의 목소리는 겁에 질려

바르르 떨고 있다네.

"내가 어렸을 때 외우던 거랑은 사뭇 다르군."

그리핀이 이해할 수 없다는 듯 고개를 갸우뚱했다.

"난 처음 들어보았지만, 뭔가 앞뒤가 안 맞아."

가짜 거북은 뭔가 의심스럽다는 표정이었다.

앨리스는 아무 대꾸도 하지 않았다. 그녀는 털썩 주저앉아 두 손에 얼굴을 묻었다. 모든 일이 다시 예전처럼 자연스런 상태로 돌아갈 수 있을까 걱정이 앞섰다.

"그 시를 내게 해석해 줄 수 있겠니?"

가짜 거북이 말했다. 그러자 그리핀이 서둘러 말했다.

"이 아인 설명할 수 없을 거야. 다음 연을 외워보도록 해."

가짜 거북도 물러서지 않았다.

"하지만 발가락 부분은 너무 말이 안 돼. 아니 어떻게 코로 발을 뾰족 내밀 수 있겠어?"

이때 앨리스가 끼어들었다.

"그건 춤의 도입 자세야."

가짜 거북이는 긴 숨을 들이쉬며 말했다.
"그것 참 신기하군."

이렇게 말하면서도 앨리스는 모든 게 뒤죽박죽이라서 화제가 바뀌기를 바랐다.

"다음 연을 계속해 봐. 첫 구절은 '나는 그의 정원을 지나갔네.'로 시작돼."

앨리스는 이번에도 뻔히 틀릴 것을 알면서도 감히 그리핀의 명령을 어길 수 없어 떨리는 목소리로 다음 연을 외우기 시작했다.

나는 그의 정원을 지나갔네.
부엉이와 표범이 파이를 나누고 있는 걸
한 눈으로 훔쳐보면서.
부엉이는 자기 몫으로 접시를 가지고
표범은 파이 껍질과 국물과 고기를 먹어치웠네
파이가 다 없어지자
표범은 으르렁거리며 나이프와 포크를 챙기고
부엉이는 고맙게도 스푼을 호주머니에 넣어가는 걸
허락받았지.
이렇게 잔치는 끝이 나고…….

가짜 거북이 앨리스를 가로막았다.

"이렇게 황당한 시는 처음이야. 아무런 설명도 없이 그렇게 주저리 주저리 외워만 대면 무슨 소용이야."

"그래, 이쯤에서 끝내는 게 좋겠다."

그리핀이 이렇게 말하자 앨리스는 그저 기쁠 따름이었다. 그러자 그리핀이 말을 이었다.

"그럼 바닷가재 쿼드릴 춤의 다음 동작을 계속해 볼까? 아니면 가짜 거북에게 노래 한 곡 더 뽑아보라고 시킬까?"

"아, 노래가 좋겠어. 가짜 거북만 괜찮다면."

앨리스가 너무도 간절히 부탁하자 그리핀은 오히려 기분이 나빠진 듯 말했다.

"흥! 못 말리는 취미로군! 그럼 어이 늙다리 친구, 이 아가씨에게 '거북 수프'를 불러주지 않겠나, 친구?"

가짜 거북은 땅이 꺼지도록 한숨을 내쉬고 나서 노래를 시작했다. 이따금 흐느낌에 목이 메기는 했어도 가짜 거북의 노래는 계속됐다.

푸짐하고 푸른 근사한 수프

수프 그릇에 담겨 있네.

그 누가 이 성찬을 마다할 건가?

이 만찬의 수프, 근사한 수프!

이 만찬의 수프, 근사한 수프!

근-사아한 수-우프!

곤-사아한 수-우프!

이 만-차안의 수-우프.

곤사한 수프!

곤사한 수프!

그 누가 생선에, 고기에, 다른 음식에 손을 댈까?

이 곤사한 수프 두 푼어치만 준다면

모든 걸 다 내주겠어.

이 곤사한 수프 한 푼어치만.

곤-사아한 수-우프!

곤-사아한 수-우프!

만-차안의 수-프,

곤사한, 곤-사아한 수-우프!

"후렴만 다시 한번!"

그리핀이 소리치자 가짜 거북이 다시 후렴을 막 반복하려 할 참에, 멀리서 "재판을 시작한다!"는 외침소리가 들려왔다.

"따라 와!"

그리핀이 이렇게 소리치고는 노래가 채 끝나기도 전에 앨리스의 손을 붙잡고 허겁지겁 그 자리를 떠났다.

"무슨 재판이지?"

앨리스는 달리면서 숨을 헐떡이며 물었다. 그러나 그리핀은 "따라 와!" 소리만 할 뿐이었다. 그들이 달리면 달릴수록 바람결에 실려 오는

구슬픈 노랫소리는 점점 희미해져 가고 있었다.

만-차안의 수-프,

곤사한, 곤사한 수프!

제 11 장

누가 파이를 훔쳤을까?

그들이 그곳에 도착했을 때 하트 왕과 하트 여왕이 군중들에 둘러싸여 옥좌에 앉아 있었다. 그 주변에는 카드 한 세트뿐 아니라 온갖 새들과 짐승들이 모여 있었다. 그리고 그 앞에는 두 병사에게 양 팔을 붙들린 채 사슬에 묶인 잭이 서 있었다. 왕 옆에는 흰 토끼가 한 손에는 나팔을, 다른 한 손엔 양피지 두루마리를 들고 서 있었다. 재판정 한복판엔 탁자가 하나 있었고 그 위엔 커다란 파이 접시가 놓여 있었다. 그 파이가 어찌나 먹음직스럽게 보이던지 앨리스는 그것을 보는 순간 시장기를 느꼈다.

침을 꼴깍 삼키며 앨리스가 생각했다.

'재판 같은 건 후다닥 해치우고 저 파이나 좀 나눠 줬으면 좋겠다!'

그러나 그럴 기미는 전혀 보이지 않았다. 그래서 앨리스는 시간을 때우기 위해 주위를 살펴보기 시작했다.

재판정에는 한 번도 가본 적이 없는 앨리스였지만, 재판에 관한 책을 읽은 적이 있어서 거기에 있는 것들의 이름을 대충 알 것 같아 기쁘기 그지없었다.

"큰 가발을 쓰고 있는 걸 보니 저 사람이 재판관이로군!"

앨리스는 혼자서 중얼거렸다.

재판관은 왕이 맡고 있었는데, 커다란 가발 위에 왕관을 얹고 있는 모습이 불편하기 짝이 없어 보이는 데다 어울리지도 않았다.

'저곳이 배심원석이겠지. 그리고 저 열두 마리 동물들이 배심일 거야.' (그들 중 몇은 네 발 달린 짐승이었고 몇몇은 새들이라 동물이라고밖에 할 수 없었다.)

이렇게 생각한 앨리스는 배심이란 말을 소리내어 두세 번 되풀이했다. 자기와 같은 또래의 아이들 중에서 배심이란 말의 뜻을 아는 애가 극히 드물 것 같아 몹시 자랑스러웠던 것이다. 하지만 '배심원'이라고 하는 쪽이 더 나았을지도 모르겠다.

열두 배심원들은 석판 위에 뭔가를 바삐 쓰고 있었다.

"지금 뭘 하고 있는 거지? 재판이 시작되기 전까지는 아무것도 쓸 수 없게 되어 있을 텐데."

앨리스가 그리핀에게 속삭여 물었다.

"그들은 자기 이름을 쓰고 있는 거야. 재판이 끝나기 전에 자기 이름을 잊어버릴까 두려워서 그러는 거지."

누가 파이를 훔쳤을까?

그리핀이 나직하게 대답했다.

"바보 같은 것들이군!"

무심코 이렇게 소리치던 앨리스는 흰 토끼가 "법정에서는 정숙하시오!" 하고 소리치는 바람에 깜짝 놀라 얼른 입을 다물었다. 왕은 안경을 쓰고 누가 떠드는지 찾아내려는 듯 불안한 시선으로 주위를 두리번거리고 있었다.

앨리스는 지금 모든 배심원들이 석판 위에 '바보 같은 것들이군!'이라고 쓰고 있다는 것을 마치 그들 어깨 너머로 훔쳐 본 것처럼 훤히 알 수 있었다. 그리고 개중에는 '바보'라는 글자도 쓸 줄 몰라 옆에 있는 다른 동물에게 물어보아야 할 자들도 있을 게 분명했다.

'재판이 끝나기도 전에 석판들이 엉망이 되고 말겠는걸.'

이렇게 생각하고 있던 중 배심원 하나가 끽끽 소리나는 연필로 쓰고 있는 것을 발견했다. 앨리스는 더 이상 참을 수가 없어 뒤로 돌아가 기회를 엿보다가 잽싸게 연필을 빼앗아 버렸다. 그러나 동작이 어찌나 빨랐던지 그 가련한 조그만 배심원은(바로 도마뱀 빌이었다.) 어찌된 영문인지도 모르고 한참동안 연필을 찾다가 마침내 포기한 듯 손가락으로 석판을 긁적거렸다. 그렇게 한다고 해서 석판에 표시가 될 리 만무했으니 쓸데없는 짓이었다.

"헤럴드, 고소장을 읽어라!"

왕의 명령이 떨어졌다.

그러자 흰 토끼는 들고 있던 나팔을 세 번 힘차게 불고는 양피지 두루마리를 펴서 읽기 시작했다.

하트 여왕께서,

어느 여름날 온종일

과일 파이를 구우셨지.

하트 잭, 그가 그 파이를 훔쳐

어디론가 멀리 가져갔네.

"평결하라!"

왕이 배심원들을 향해 소리쳤다.

"아직, 아직 안 됩니다! 그전에 거쳐야 할 절차들이 산더미 같습니다!"

흰 토끼가 기겁을 하며 가로막았다.

"그 전에 거쳐야 할 절차가 있습니다. 순서대로 해야지요!"

"좋아, 첫 번째 증인을 불러라!"

왕이 다시 명령을 내리자 흰 토끼가 다시 나팔을 힘차게 세 번 불고 나서 소리쳤다.

"첫 번째 증인!"

첫 번째 증인은 모자 장수였다. 그는 한 손에는 찻잔을, 다른 한 손에는 버터 바른 빵을 들고 있었다.

"용서해 주십시오, 폐하. 이런 걸 들고 와서 죄송합니다만, 부르심을 받았을 때, 미처 티타임이 끝나지 않은 상태라서 그만……."

그러자 왕이 말했다.

"다 끝내고나 올 일이지. 도대체 티타임은 언제부터 시작됐느냐?"

모자 장수는 겨울잠쥐와 팔짱을 끼고 이제 막 재판정에 들어선 '3월의 산토끼'를 바라보며 입을 열었다.

"제 생각으론 3월 14일이었던 것 같습니다."

그러자 '3월의 산토끼'가 말했다.

"15일이에요."

겨울잠쥐도 끼어들었다.

"16일입니다."

"모두 적어라!"

왕이 배심원들에게 명했다. 배심원들은 석판 위에다 그들이 말한 세 개의 날짜를 열심히 받아 적고는 그 숫자를 합해 답을 몇 실링 몇 페니로 환산해 적었다.

"네 모자를 벗어라!"

왕이 모자 장수에게 명령했다.

"이건 제 모자가 아닙니다."

모자 장수가 대답했다.

"그럼 훔친 것이렷다!"

왕이 이렇게 외치고는 배심원들을 돌아보자 그들은 얼른 그 사실을 기록했다. 그러자 모자 장수가 황급히 변명했다.

"팔려고 가지고 있는 겁니다. 제가 가지고 있는 건 모두 제 것이 아닙니다. 저는 모자 장수니까요!"

여왕이 안경을 끼고 그를 째려보자 모자 장수는 얼굴이 새파랗게 질려서는 어찌할 줄 몰라했다.

왕이 명령했다.

"증언을 시작하라. 겁낼 것 없다. 그렇지 않으면 당장 목을 베어 버리겠다!"

이 말에도 모자 장수는 마음을 놓을 수 없었다. 모자 장수는 발을 이리저리 옮기면서 불안한 눈길로 여왕의 눈치를 살피다가 당황한 나머지 빵을 한 입 베어 문다는 게 그만 찻잔을 물어뜯고 있었다.

바로 이 순간 앨리스는 뭔가 이상한 느낌을 받았다. 앨리스는 무슨 일인지 깨닫기까지 한참을 어리둥절해 있었다. 그녀의 몸이 다시 커지고 있었던 것이다. 더 커지기 전에 이곳 재판정을 나가야 한다는 생각이 먼저 들었다. 그러나 곧 마음을 바꿔 견딜 수 있는 데까지 견뎌 보기로 작정했다.

"제발 좀 밀지 말아 줘! 숨이 다 막힐 지경이야!"

앨리스 옆에 앉아 있던 겨울잠쥐가 투덜거렸다.

"나도 어쩔 수 없어. 내 몸이 막 커지고 있거든."

앨리스가 온순하게 말했다.

"넌 여기에서 커질 권리가 없어."

겨울잠쥐가 이번에는 제법 호통 치듯 말했다. 그러자 앨리스도 지지 않았다.

"말도 안 되는 소리 하지도 마. 너도 크고 있잖아."

"그래, 하지만 난 정상적인 속도로 크고 있어. 너처럼 터무니없이 크지는 않는단 말이야."

겨울잠쥐는 이렇게 내뱉듯이 말하고는 무척 골이 난 듯 벌떡 일어나더니 재판정 반대편으로 건너가 버렸다.

이러는 사이 모자 장수에게서 눈 한번 떼지 않고 노려보고 있던 여왕이 겨울잠쥐가 자리를 옮기자 재판정 정리에게 명을 내렸다.

"지난 번 음악회에서 노래를 부른 가수들의 명단을 가져와!"

이 말을 들은 모자 장수가 어찌나 심하게 떨어댔던지 구두가 다 벗겨져 나갔다.

"증언을 하라니까 뭘 꾸물거리고 있는 거냐? 당장 시작하지 않으면 이번엔 네가 겁에 질려있든 아니든 간에 목을 날려버릴 테다."

왕이 화가 나서 소리쳤다. 그러자 모자 장수가 떨리는 목소리로 대답했다.

"저를 불쌍히 여겨 주십시오, 전하. 티타임을 시작한 것은 약 일주일 전이옵고, 게다가 버터 바른 빵이 점점 얇아지고…… 차가 반짝거리고……."

"뭐가 반짝거린다고?"

"그것은 차와 함께 시작됩니다요."

"물론 반짝거린다는 단어는 'T'로 시작되지. 날 놀릴 작정이냐? 계속해!" (영어에서 '차(tea)'와 알파벳 'T'는 발음이 같다.)

"저는 불쌍한 자올습니다요. '3월의 산토끼'가 말한 이후로 모든 게 반짝거렸고……."

그러자 토끼가 허겁지겁 끼어들었다.

"난 그런 적이 없어요!"

"네가 그랬잖아!"

모자 장수가 목청을 높여 고집했다. 그러자 토끼가 말했다.

"전 그 사실을 부인합니다."

왕이 배심원들에게 명했다.

"토끼가 부인하니 그 부분은 삭제하라."

"글쎄올시다. 어쨌든 겨울잠쥐가 말하기를……."

모자 장수는 겨울잠쥐마저 안 했다고 할까 봐 초조하게 뒤를 돌아다보며 말을 이었다. 하지만 겨울잠쥐는 잠에 곯아떨어져 아무것도 부정하지 않았다.

"그런 다음 전 버터 바른 빵을 조금 더 잘라……."

모자 장수가 말을 계속하자, 배심원 하나가 가로막듯 물었다.

"겨울잠쥐가 뭐라고 했습니까?"

"기억이 안 납니다."

그러자 왕이 배심원을 거들었다.

"기억해내 보거라. 그렇지 않으면 네 목숨이 온전치 못할 것이니라."

불쌍한 모자 장수는 들고 있던 찻잔과 빵을 떨어뜨리고는 한쪽 무릎을 꿇었다.

"저는 불쌍한 자이옵니다, 전하!"

"너는 말재주까지도 지독히 형편없구나."

왕이 딱하다는 듯 혀를 찼다.

이때 기니피그 한 마리가 환성을 지르다가 즉각 재판정 정리에게 진압 당했다. (이 말만으로는 이해하기가 곤란할 테니 이참에 어떻게 진압 당했는지 설명해 보겠다. 정리들은 주둥이를 끈으로 묶게 되어 있는 두꺼운 천으로 된 마대자루에 기니피그를 머리부터 거꾸로 처넣고는 그것을 깔고 앉았다.)

앨리스는 생각했다.

'이런 광경을 직접 보게 돼 얼마나 다행인지 몰라. 신문을 보면, 재판의 끝 무렵에 '박수갈채가 터져 나오려 했으나 재판정 정리가 즉각 진압했다.'는 말이 자주 나오는데 이제까지 그게 무슨 뜻인지 몰랐거든.'

"그게 네가 아는 것의 전부라면 내려가도 좋다."

왕이 다시 명령을 내렸다.

"더 이상 내려갈 수가 없습니다. 여기가 바…… 바닥인걸요, 전하."

모자 장수가 겁에 잔뜩 질려 대답했다.

"그럼 앉도록 해라."

이번에도 또 기니피그 한 마리가 환성을 지르다가 역시 같은 방법으로 진압 당했다.

'어머나, 저러다 기니피그 죽이겠네! 그나저나 이제 좀 나아지겠군.'

앨리스는 속으로 생각했다.

"저는 빨리 가서 티타임을 끝냈으면 하는데요……."

모자 장수가 가수들의 명단을 들여다보고 있는 여왕을 불안한 시선으로 훔쳐보며 말했다.

"그래, 가도 좋다."

모자 장수는 구두를 신을 생각도 못 하고 걸음아, 나 살려라 하고 재판정에서 뛰쳐나갔다. 왕의 말을 곧 뒤이어 재판정 정리에게 명령하는 여왕의 목소리가 들렸다.

"…… 밖으로 나가 저 자의 목을 쳐라."

하지만 정리가 문에 도착하기도 전에 모자 장수의 모습은 벌써 사라지고 없었다.

"다음 증인을 불러라!"

왕의 명령이 다시 내려졌다.

다음 증인은 공작부인의 요리사였다. 요리사는 후춧가루 통을 들고 있었는데, 앨리스는 다음 증인이 재판정에 들어서기도 전에 그게 누구라는 것을 짐작할 수 있었다. 문가에 앉아 있던 자들이 일제히 재채기를 하기 시작했기 때문이었다.

왕이 명령했다.

"증언을 시작하라!"

"싫습니다."

요리사가 말했다.

왕은 어찌할 줄 몰라 흰 토끼를 바라보았다. 그러자 토끼는 나직한 목소리로 귀띔해 주었다.

"전하, 반대심문을 하셔야죠."

"그래야 한다면 그렇게 하도록 하지."

왕은 침울한 어조로 이렇게 말하면서 팔짱을 끼고 앞이 보이지 않을 정도로 잔뜩 상을 찌푸린 채 요리사를 노려보다가 심각한 어조로 물었다.

"파이는 무엇으로 만드는가?"

"대부분 후춧가루로 만듭니다."

요리사가 대답했다.

"틀렸어. 당밀로 만드는 거야."

요리사 뒤에서 잠에서 덜 깬 목소리가 들려왔다. 그러자 여왕이 날카롭게 소리를 질렀다.

"저 겨울잠쥐를 당장 체포해! 당장 목을 쳐라! 당장 재판정 밖으로 끌어내! 진압해! 꼬집어! 수염을 뽑아버려."

재판정은 아직도 잠에서 덜 깬 겨울잠쥐를 끌어내느라 한동안 소동이 일어났다. 겨우 잠잠해졌을 때 살펴보니 이미 요리사의 모습은 사라진 후였다.

"상관없어. 다음 증인을 불러라."

왕은 오히려 잘됐다는 듯이 말했다.

그러고는 여왕에게 귓속말을 건넸다.

"여보, 다음 증인은 당신이 반대심문을 하구려. 난 이런 건 골치가 아파서 딱 질색이거든."

앨리스는 명단을 부지런히 넘기고 있는 흰 토끼를 바라보며 다음 증인은 누구일까 하고 궁금해했다.

'아직 증거라고 할 만한 게 없잖아.'

이렇게 혼잣말을 중얼거리고 있던 그녀는 토끼가 날카롭고 가느다란 목청을 한껏 높여 다음 증인의 이름을 부르자 기겁하지 않을 수 없었다. 그것은 다름 아닌 바로 자기 자신의 이름이었던 것이다.

"앨리스."

제 12 장

앨리스의 증언

네."

앨리스는 뒤통수를 맞은 듯 멍한 상태로 벌떡 일어섰다. 그러나 어찌나 놀랐던지 자신이 지난 몇 분 동안에 얼마나 커졌는지 까맣게 잊고 있었다. 그래서 앨리스가 벌떡 일어서자 치맛자락이 배심원석을 뒤집어엎는 바람에 12명의 배심원들이 아래쪽 방청객들의 머리 위로 우당탕탕 하며 굴러 떨어지고 말았다. 여기저기 엎어져 허우적대고 이는 배심원들의 모습은 언젠가 어항을 쏟았을 때의 금붕어들을 쏙 빼닮아 있었다.

"이를 어째, 정말 죄송합니다."

당황한 앨리스가 황급히 사과하며 허둥지둥 배심원들을 집어 올려 배심원석으로 올려놓기 시작했다. 바닥에 떨어진 금붕어들을 빨리 어항 속에 집어넣지 않으면 죽는다는 막연한 생각이 언뜻 머리를 스치고 지나가면서 배심원들을 집어 올리는 앨리스의 손길이 바빠졌다.

"배심원들을 빠짐없이 제자리로 돌려놓기 전까지는 재판을 진행할 수 없다. 하나도 빠짐없이."

왕은 날카로운 눈길로 앨리스를 노려보며 위엄 있는 목소리로 말했다. 특히 마지막 '하나도 빠짐없이'란 말에는 힘이 잔뜩 실려 있었다.

앨리스는 배심원석을 바라보았다. 하도 부랴부랴 서두르는 바람에 도마뱀을 거꾸로 처박은 게 보였다. 도마뱀 빌은 꼼짝도 할 수 없어서 애꿎은 꼬리만 처량하게 흔들어대고 있었다. 앨리스는 도마뱀을 얼른 끄집어내어 제대로 앉히고는 중얼거렸다.

"이건 별 상관없는 일이야. 어찌됐든 재판만 제대로 되면 되는 것 아니야?"

배심원들은 좀 전의 충격에서 어느 정도 벗어나자 석판과 연필을 다시 찾아 들고 방금 일어난 사고의 내용을 부지런히 적어 내려가기 시작했다. 그러나 도마뱀 빌만은 사고의 충격이 너무 컸던지 입을 헤벌린 채 재판정의 천장만 올려다보고 앉아 있었다.

"이 사건에 대해 알고 있는 게 있는가?"

마침내 왕이 앨리스에게 물어왔다.

"아무것도 없습니다."

앨리스가 대답하자 왕은 다시 다그쳤다.

"전혀 아무것도?"

"전혀 아무것도요."

"이건 아주 중요한 일이로군!"

왕이 배심원들을 돌아보며 말했다. 그러나 그들이 그 말을 석판에 막 적어 넣으려는데 흰 토끼가 가로막았다.

"전하의 말씀은 여러분도 잘 아시다시피 대수롭지 않다는 뜻입니다."

흰 토끼의 말씨는 공손했으나 잔뜩 인상을 찌푸리고 왕을 바라보며 말하고 있었다.

"그야 물론 대수롭지 않다는 뜻이었지."

왕도 허둥지둥 둘러대고는 혼잣말로 중얼거렸다.

"중요하다……. 대수롭지 않다……. 중요하다……. 대수롭지 않다……."

그는 마치 어느 말이 더 그럴듯하게 들리는지 알아보려는 듯했다.

그런데 앨리스는 석판이 다 넘겨다보일 정도로 배심원석 가까이에서 있었기 때문에 그들 중의 몇은 '중요하다.'라고 적고 있고, 다른 몇은 '대수롭지 않다.'라고 써넣는 것을 볼 수 있었다.

'아무려면 어때.'

앨리스는 자신 있게 혼잣말로 중얼거렸다.

이때 지금껏 노트에 뭔가를 열심히 적고 있던 왕이 "정숙하라!" 하고 외친 다음 노트에 적은 것을 읽어 내려갔다.

"규칙 제42조. 누구를 막론하고 키가 1,600미터 이상 되는 자는 재판정에서 떠나야 한다."

순간 재판정 안의 모든 시선이 앨리스에게로 쏠렸다.

"제 키는 1,600미터가 못 되는데요."

앨리스가 거리낄 것 없다는 듯 대답했다.

"아냐, 충분히 되고 남아!"

왕이 억지를 부리자 여왕까지 거들고 나섰다.

"거의 3,200미터 가까이 돼 보이는걸!"

"글쎄요, 어쨌든 전 못 나가요. 게다가 그 규칙이란 것도 원래부터 있던 게 아니라 이제 막 왕께서 마음대로 꾸며내신 거잖아요."

앨리스가 한 치도 물러서지 않자 왕이 말했다.

"이 규칙은 이 법전에서 가장 오래 된 규칙이다."

"그렇다면 제1조가 되어야죠."

앨리스의 대꾸에 왕은 얼굴이 파랗게 질려서 황급히 펴들고 있던 노트를 덮었다.

그러고는 낮고 떨리는 목소리로 배심원들을 향해 명령했다.

"평결을 내리시오."

왕의 명령이 떨어지기가 무섭게 흰 토끼가 펄쩍 뛰며 말했다.

"잠깐만요, 전하. 아직 제출할 증거가 남아 있습니다. 방금 누군가 이 봉투를 주워 왔습니다."

그러자 여왕이 물었다.

"그 안에 무엇이 들어 있나?"

토끼가 대답했다.

"아직 열어 보진 않았습니다만, 피고가 누군가에게 보내는 편지 같습니다."

그러자 왕이 고개를 끄덕이며 말했다.

"당연히 그럴 테지. 편지를 받아 볼 사람이 없다면 그게 비정상이지. 안 그렇나?"

"수신인이 누군가?"

배심원 하나가 묻자 흰 토끼가 대답했다.

"그런데 수신인이 없습니다. 사실 봉투엔 아무것도 적혀 있지 않습니다."

토끼는 봉투를 뜯어 종이를 펼쳤다.

"이건 편지가 아니라…… 시 한 편이 적혀 있군요."

"피고가 직접 쓴 건가?"

다른 배심원이 물었다.

"아니오. 그렇지 않습니다. 바로 그게 가장 기묘한 점이군요." (배심원들은 하나같이 어리둥절한 표정을 지었다.)

흰 토끼가 대답했다. 그러자 왕이 끼어들었다.

"그렇다면 틀림없이 누군가의 글씨체를 흉내낸 거겠지." (배심원들의 얼굴이 다시 밝아졌다.)

이들의 말을 묵묵히 듣고 있던 잭이 이윽고 말문을 열었다.

"전하, 그건 제가 쓴 게 아닙니다. 제가 썼다는 증거도 없습니다. 끝에 제 서명이 없잖습니까?"

그러자 왕은 회심의 미소를 지었다.

"끝에 서명이 없다는 게 너에겐 더 불리할 뿐이야. 뭔가 떳떳하지 못한 짓을 했기 때문에 서명을 하지 않았던 게지. 네가 정직하다면야 굳이 서명을 안 했을 리 있겠느냐?"

이 말에 방청객 속에서 일제히 박수소리가 터져 나왔다. 왕이 처음으로 그럴듯한 말을 했기 때문이었다. 이때 여왕이 말했다.

"그거야말로 옴짝달싹 못 할 증거로군. 자, 그러니까 어서 저 자의 목을 쳐야……."

"그런 게 어찌 증거가 되오? 아직 그 시의 내용도 훑어보지 않았잖아요?"

앨리스가 가로막고 나섰다. 왕이 인상을 찡그리며 명령했다.

"그걸 읽어보라!"

안경을 꺼내 쓴 흰 토끼가 왕에게 물었다.

"어디서부터 읽을까요, 전하?"

왕이 다시 근엄한 목소리로 명했다.

"처음부터 끝까지 읽어라. 그리고 끝까지 읽고 나면 멈춰라!"

흰 토끼가 그 시를 낭송하기 시작하자 재판정은 일순간 찬물을 끼얹은 듯 조용해졌다.

그들이 내게 말하기를, 네가 그녀와 있었던 적이 있고,
그에게 나에 관해 이야기 한 적이 있다더군.
그녀는 나를 멋지다고 칭찬했지만
나더러 수영을 못 한다고 말했지.

그는 그들에게 내가 가지 않았다고 전갈했고,
(우린 그것이 사실이라는 걸 알고 있지.)
만약 그녀가 그 일을 이대로 밀어붙인다면
그대는 과연 어떻게 될까?

난 그녀에게 하나를, 그들은 그에게 둘을 주었네.
그대는 우리에게 셋 이상을 주었지.
그것을 모두가 그로부터 그대에게로 되돌아갔지.
예전엔 그것들 모두 내 것이었음에랴.

혹시라도 그녀나 내가
이 사건에 우연히 말려든다면
그는 예전에 우리가 그랬듯이
그대가 그들을 자유롭게 해 주리라 믿을 거라네.

내 생각은 이러하네.
(그녀가 이번에 발작을 일으키기 전만 해도)
그대는 그와 우리와 그것 사이를 가로막는
장애물에 불과했다네.

그녀가 그들을 그 누구보다 좋아한다는 걸
그가 결코 알아서는 안 되네.
이것은 그 누구에게도 밝혀서는 안 될
오로지 그대와 나만의 비밀이니까.

"이것이야말로 이제껏 들어온 것 중 가장 중요한 증거로군. 그러니 이제 배심원들에게……."

왕이 두 손을 마주 비비며 말했다. 그러자 앨리스가 왕의 말을 가로챘다.

"그 누가 됐든 이 시를 제대로 설명할 사람이 있다면, 내 지금 당장 6펜스를 드리겠어요. 자신 있게 말하지만, 그 시는 아무 뜻도 없어요." (그녀는 앞서 몇 분 동안 아주 커졌기 때문에 왕의 말도 아무런 주저 없이 가로챌 수 있었다.)

배심원들은 하나도 빠짐없이 그 말을 석판 위에 기록하고 있었다.

'저 애는 그 시에 아무런 뜻도 없다고 믿고 있다.'

그러나 아무도 그 시를 해석하겠다고 나서는 자가 없었다.

그러자 왕이 나섰다.

"만약 이 시에 아무런 뜻도 없다면 애써 찾으려 할 필요도 없겠지. 그렇다면 괜한 수고도 더는 걸 테고. 하지만 그게 아닐 수도 있지."

왕은 그 시가 적힌 종이를 무릎 위에 펼쳐놓고 한쪽 눈으로 들여다보며 말을 이었다.

"내가 보기엔 아무래도 뭔가 뜻이 있는 것 같단 말씀이야. 가만 있자, '나더러 수용을 못 한다고 말했지.'라고?"

그러면서 왕은 잭한테 고개를 돌리며 물었다.

"자네 수영 못 하지? 그렇지?"

잭은 슬픈 표정으로 고개를 저으며 되물었다.

"제가 그렇게 보입니까?" (잭은 마분지로 만들어져 있어서 확실히 수영을 못했다.)

"좋아. 여기까지는."

이렇게 말한 왕은 시를 읽어 내려가며 혼잣말처럼 중얼거리기 시작했다.

"'우린 그것이 사실이라는 걸 알고 있지.' - 이건 물론 배심원들 얘기고, '만약 그녀가 그 일을 이대로 밀어붙인다면.' - 이건 여왕을 가리키는 말이겠지. '그대는 과연 어떻게 될까?' - 그래 정말 어떻게 되는 거지? - '난 그녀에게 하나를, 그들은 그에게 둘을 주었네.' - 그래, 바로 이 구절이야. 저 자가 파이를 어떻게 했다는 게 여기에 나와 있군……."

"하지만 그 다음에 '그것들 모두가 그로부터 그대에게로 되돌아갔지.'라는 구절이 있잖아요?"

앨리스가 다그쳤다. 갑자기 왕은 의기양양한 목소리로 소리치며 탁자 위에 놓여 있는 파이를 가리켰다.

"맞아! 그게 저기에 있지 않느냐! 도대체 저것보다 더 분명한 증거가 어디 있겠어. 어디 보자. 그 다음은 '그녀가 이번에 발작을 일으키기 전만해도.' - 여보, 당신은 발작을 일으킨 적이 없잖아, 안 그래?"

왕은 여왕에게 묻고 있었다.

"절대로!"

여왕은 버럭 소리를 지르며 잉크병을 도마뱀 빌에게 냅다 집어던졌다. (불쌍한 빌은 한 손가락으로 석판에 글씨를 아무리 써대도 소용이 없다는 걸 알고 그만 받아 적는 일을 포기하고 있었다. 그런데 이제는 얼굴에 맞아 흘러내리는 잉크를 찍어 부지런히 쓰기 시작했다.)

"그렇다면 이 구절은 당신한테 들어맞지 않는군."

왕은 얼굴 가득 미소를 지으며 재판정을 휘 둘러보았다. 쥐 죽은 듯한 침묵이 재판정을 감싸고 있었다.

"말장난이야!" (영어로 'fit'는 '발작'이란 뜻과 '들어맞다, 알맞다.'라는 두 가지 뜻을 가지고 있다. 왕은 이 동음이의어로 말장난을 한 것이다.)

왕이 화난 말투로 덧붙이자 모두들 한바탕 웃음을 터뜨렸다.

"자, 이제 배심원들은 평결을 내려라!"

왕은 이제껏 스무 번도 넘게 되풀이했던 명령을 또다시 내렸다. 그 순간 여왕이 소리치며 끼어들었다.

"안 돼! 안 돼! 선고가 먼저야! 평결은 그 다음이야!"

"말도 안 돼! 평결도 내리기 전에 선고를 하는 법이 세상에 어디 있어요!"

앨리스가 꽥 하고 소리를 질렀다.

"입 닥치지 못해!"

얼굴이 벌게진 여왕이 버럭 소리쳤다.

"그렇게는 못 해요!"

앨리스도 지지 않고 악을 써대자 여왕은 고래고래 고함을 질렀다.

"당장 저 애의 목을 쳐라!"

그러나 아무도 꼼짝하려 하지 않았다.

"흥, 누가 겁낼 줄 알고? 그래봤자 네 녀석들은 카드 한 묶음에 불과해!"

앨리스가 코웃음을 치며 말했다. (이제 앨리스는 원래의 키로 되돌아와 있었다.)

그런데 그 순간 카드들이 일제히 공중으로 날아오르더니 앨리스를 향해 날아들었다. 겁도 나고 화도 나서 조그맣게 비명을 내지른 앨리스는 그것들을 막기 위해 두 팔을 마구 휘젓기 시작했다. 그리고 다음

카드들이 일제히 공중으로 날아올라 그녀를 향했다.

순간 앨리스는 언덕 위에 누워 언니의 무릎을 베고 있었다. 언니는 앨리스의 얼굴에 내려앉은 낙엽들을 살며시 쓸어내고 있었다.

언니가 말했다.

"앨리스야, 이제 그만 일어나! 웬 낮잠을 그렇게 오래도록 자니?"

"아, 너무나도 이상한 꿈을 꾸었어!"

앨리스는 여러분이 지금까지 읽은 신기한 모험 이야기를 기억나는 대로 낱낱이 언니에게 들려주었다. 앨리스가 이야기를 모두 끝마치자 언니는 앨리스에게 입을 맞추며 말했다.

"정말 이상한 꿈이로구나. 하지만 이제 차 마실 시간이구나. 늦겠다. 서두르렴."

앨리스는 일어나 집을 향해 달리기 시작했다. 달리며 생각했따. 아! 그 얼마나 멋진 꿈이었떤가!

앨리스가 그곳을 떠난 후에도 언니는 턱을 괴고 앉아서 뉘엿뉘엿 저물어가는 해를 바라보며 어린 앨리스와 그 애가 겪은 멋진 모험을 생각하다가 어느덧 꿈결에 잠겼다. 앨리스의 언니가 꾼 꿈은 이러했다.

먼저 어린 앨리스의 꿈을 꾸었다. 다시금 앨리스는 자그마한 두 손으로 언니의 무릎을 꽉 껴안고서 호기심으로 반짝이는 두 눈을 들어 언니의 눈을 들여다보고 있었다. 앨리스의 목소리가 바로 옆에서 생생히 들려오는 듯했고, 계속해서 눈을 찔러대는 머리카락을 뒤로 넘기려고 이따금씩 깜찍하게 고개를 젖히는 모습도 볼 수 있었다. 가만히 귀 기울여 보면 그녀 주변의 세계가 어린 동생의 꿈속에 나타났던 그 이상한 동물들과 함께 살아 숨 쉬는 듯했다.

허둥지둥 달려가는 흰 토기의 발길에 스쳐 바스락거리는 키 큰 풀잎소리, 놀란 생쥐가 바로 옆 웅덩이에서 철벅철벅 헤엄치는 소리, '3월의 산토끼'와 그의 친구들이 끝없는 다과회를 하며 찻잔을 달그락거리는 소리, 가엾은 손님들을 처형하라고 명령하는 여왕의 날선 고함소리, 접시나 쟁반이 요란하게 깨지는 속에서 공작부인의 품에 안긴 돼지아기의 재채기 소리, 그리핀의 고함소리, 도마뱀 빌이 연필로 석판 긁어대는 소리, 자루 속에 갇힌 기니피그의 숨넘어가는 소리 등이 멀리서 아련히 들려오는 불쌍한 가짜 거북의 흐느낌과 뒤섞여 주변 가득히 울려오고 있었다.

언니는 눈을 감고 앉아서 자기가 아직도 그 '이상한 나라'에 있는 건 아닐까 반신반의했다. 하지만 눈을 뜨면 모든 것이 단조로운 현실로 바뀔 것이라는 것을 언니는 알고 있었다. 풀잎은 단지 바람에 부대끼며 바스락대고 있는 것일 테고, 웅덩이의 잔물결소리는 갈대의 서걱이는 소리로 일순간 바뀔 것이었다. 찻잔이 달그락거리는 소리는 양떼의 방울소리이고, 여왕의 호통소리는 목동의 외침소리이며, 아기의 재채기 소리와 그리펀의 외침 그리고 그 밖의 괴상한 소리들은 부산한 농장에서 들려오는 떠들썩한 소리로 바뀔 터였다. (그녀는 알고 있었다.) 또 가짜 거북의 구슬픈 흐느낌은 멀리서 아스라이 들려오는 소들의 울음소리로 바뀔 것이었다.

마침내 그녀는 지금은 이토록 작고 귀여운 동생이 세월이 흘러 성숙한 여인이 되었을 때의 모습을 그려보며, 그 앨리스가 그때까지도 지금의 소박하고도 사랑스런 마음을 지니고 있을까, 아이들과 한자리에 둘러앉아 오래전 꿈속에서 보았던 그 이상한 나라 이야기나 갖가지 신기한 동화들을 들려주며 아이들의 눈망울을 초롱초롱 빛나게 할 수 있을까, 그리고 어린 시절 행복했던 여름날을 기억하며 아이들의 그티 없는 슬픔을 함께 느끼고 그들의 소박한 기쁨을 함께 기뻐할 수 있을까 하는 생각에 한없이 젖어드는 것이었다.

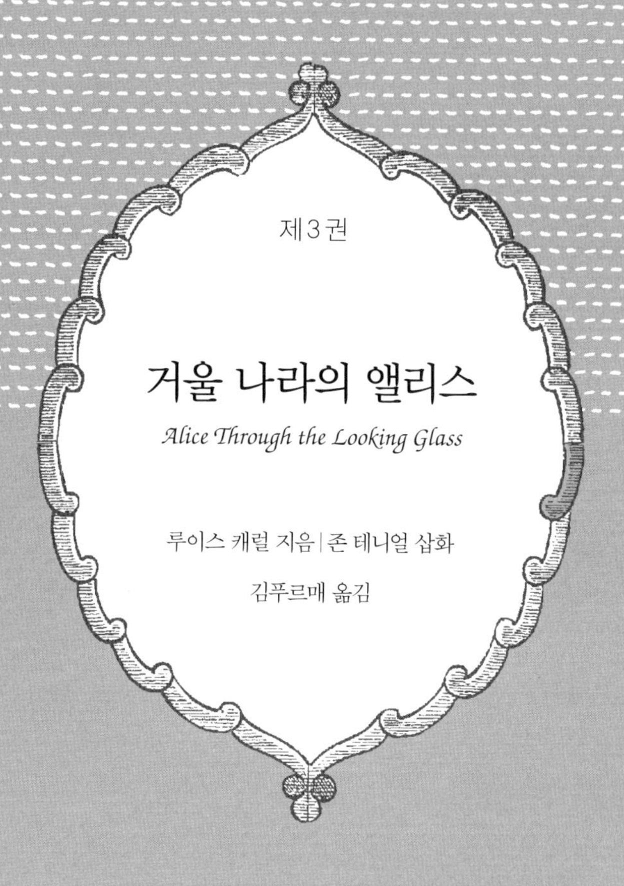

제3권

거울 나라의 앨리스

Alice Through the Looking Glass

루이스 캐럴 지음 | 존 테니얼 삽화

김푸르매 옮김

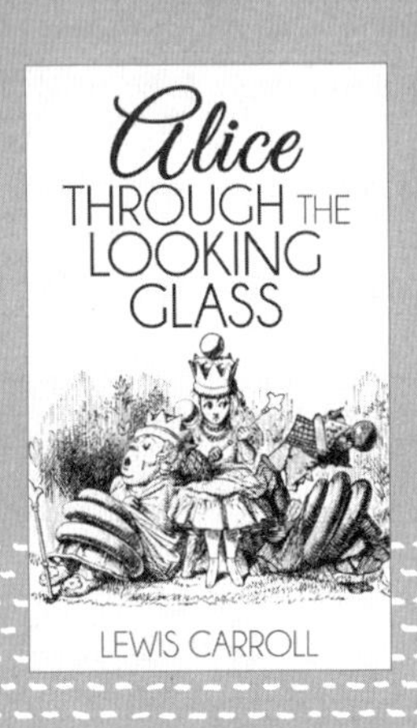
Alice
THROUGH THE
LOOKING
GLASS
LEWIS CARROLL

맑고 순수한 이마와
경탄을 꿈꾸는 눈망울을 지닌 아이야!
세월이 흐르고, 나와 너는
반평생을 떨어져 살고 있지만,
내 사랑의 선물인 동화를
너는 다정한 미소로 맞이해 주겠지.

나는 오랫동안 너의 빛나는 얼굴도 보지 못했고
은구슬 같은 웃음소리도 듣지 못했다.
앞으로 펼쳐질 너의 젊은 생활 속에서
나에 대한 생각은 낄 자리를 찾지 못하겠지만,
그래도 지금 네가 내 동화에 귀를 기울여 준다면
그것만으로도 족하다.

여름의 태양이 뜨겁게 타오르던
지난날에 이야기는 시작되었지.
우리의 노 젓기에 박자를 맞추던
단순한 종소리.
시샘 많은 세월은 '잊으라'고 하지만,
그 종소리는 아직도 기억 속에 메아리치누나.

그러니 어서 와서 들으렴.
쓰라린 소식을 씰은 무서운 목소리가
반갑지 않은 침대로
우울한 소녀를 부르기 전에!
우리는 잠잘 시간이 다가오는 것을 알고 안달하는
좀 더 나이 든 아이들일 뿐.

집 밖에는 서리와 눈앞을 가리는 눈발,
폭풍의 변덕스러운 광기-.
집 안에는 난롯불의 빨간 열기와
어린 시절의 즐거운 보금자리.
마법의 말들이 너를 단단히 붙잡을 테니,
밖에서 바람이 날뛰는 것도 알아채지 못하겠지.

비록 이야기 속에서
한숨의 그림자가 흔들릴지 몰라도,
'행복한 여름날들'은 지나가고
여름의 찬란함도 사라졌으니-.
하지만 고통의 한숨도
우리 동화의 즐거움을 망치지는 못하리라.

1897년 6판에 붙이는 글

다음 장에 실린 체스 문제들이 일부 독자들을 당혹스럽게 했기 때문에, '수'에 관한 한 문제가 정확하게 풀린다는 것을 설명하는 편이 좋을 것 같다. '붉은 말'과 '하얀 말'의 교대는 그렇게 엄격하게 지켜지지 않을 수도 있고, 세 여왕의 '캐슬링'은 단지 그들이 궁전에 들어간 것을 알리기 위한 수단일 뿐이다. 하지만 실제로 체스 말을 늘어놓고 지시한 대로 말을 움직여 보면, 수 6에서 하얀 왕의 '체크', 수 7에서 붉은 기사의 '생포', 붉은 왕의 마지막 '체크메이트(외통수)'는 게임의 규칙과 정확히 일치한다는 것을 누구나 알 수 있다.

'재버워크의 노래'에 나오는 생소한 낱말들은 그 발음과 관련하여 논란이 많았다. 그 점에 대해서도 이 자리에서 명확히 밝히고자 한다. 'slithy'는 'sly'와 'the'라는 두 낱말로 이루어진 것처럼 발음하고, 'gyre'와 'gimble'의 'g'는 'ㄱ'으로 발음하고, 'rath'는 'bath'와 같은 운율로 발음해야 한다.

1896년, 크리스마스에

차례

거울 나라의 앨리스

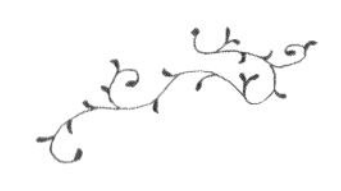

제 1 장

거울 속의 집

이것만은 분명했다. 하얀 새끼고양이가 그 일과는 아무런 관계도 없다는 것 말이다. 그것은 전적으로 검은 새끼고양이가 잘못한 것이다. 지난 15분 동안 하얀 새끼고양이는 어미에게 얼굴을 내맡기고 있었기 때문에(게다가 제법 잘 견디고 있었다) 하얀 새끼고양이는 잘못을 저지를 틈이 없었다.

다이나는 이런 식으로 새끼들의 얼굴을 씻어 주었다. 먼저 앞발 한쪽으로 가련한 새끼의 귀를 누른 다음, 다른 쪽 앞발로 얼굴을 코에서부터 반대 방향으로 박박 문지른다. 내가 말했듯이 다이나는 지금 하얀 새끼고양이의 얼굴을 열심히 닦아 주고 있었고, 새끼는 꼼짝도 않고 누워서 애써 가르랑거리는 소리를 내고 있었다. 새끼는 분명 어미가 하는 짓이 모두 자기를 위한 것이라고 느끼고 있었다.

그러나 검은 새끼고양이는 오후에 일찌감치 세수를 끝냈기 때문에, 커다란 안락의자에 웅크리고 앉아 졸다가 혼자 중얼거리기도 하면서 애써 감아 놓은 털실 뭉치를 갖고 장난을 쳤다. 녀석은 털실 뭉치를 이리저리 굴리다가 결국은 몽땅 풀어 놓고 말았다. 털실은 마구 뒤엉킨 채 벽난로 앞 방석에 가득 널려 있었고, 새끼 고양이는 그 위에서 자기 꼬리를 잡으려고 빙빙 맴돌고 있었다.

"이 못된 놈아!" 앨리스는 새끼고양이를 잡아서 외치고는, 야단맞고 있다는 것을 알려 주려고 가볍게 입을 맞추었다. "정말이지 다이나가 너한테 좋은 버릇을 가르쳐야 했는데! 당연히 그래야 했어. 다이나, 그건 너도 알고 있지!"

앨리스는 어미를 나무라듯 바라보며 최대한 못마땅한 목소리로 덧붙였다. 그런 다음 새끼고양이와 털실을 안고 안락의자로 엉금엉금 기듯이 돌아가서 다시 털실을 감기 시작했다. 하지만 새끼고양이한테 말을 걸거나 혼잣말을 계속 주절거렸기 때문에 작업은 자꾸만 늦어졌다. 키티(검은 새끼고양이의 애칭)는 앨리스의 무릎 위에 얌전히 앉아서 털실 뭉치가 점점 커지는 것을 지켜보는 척했고, 할 수만 있다면 기꺼이 도와주겠다는 듯 이따금 한쪽 앞발을 내밀어 털실 뭉치를 살짝 만져 보았다.

"키티야, 내일이 무슨 날인지 아니? 나랑 함께 창가에 있었다면 알아차렸을 텐데. 하지만 그때는 마침 다이나가 너를 씻어 주고 있을 때

여서 창가에 올 수가 없었지. 나는 남자아이들이 나뭇가지를 가져오는 것을 보고 있었어. 모닥불을 피우려던 나뭇가지가 많이 필요하거든! 하지만 날이 너무 추워졌고 눈까지 내렸기 때문에 아이들은 그 일을 그만둘 수밖에 없었어. 하지만 걱정하지 마, 키티야. 내일 모닥불을 보러 가자꾸나."

앨리스는 털실이 어울리는지 보려고 새끼고양이 목에 털실을 두세 번 둘둘 감아 보았다. 그러자 키티는 털실을 잡으려 들었고, 그 바람에 털실 뭉치가 마룻바닥에 굴러 떨어져 몇 미터가 다시 풀려 버렸다.

"키티야, 나 몹시 화났어. 알지?" 앨리스는 키티와 함께 다시 편안하게 자리를 잡자마자 말을 이었다. "네가 저질러 놓은 짓을 보았을 때는 정말이지 창문을 열고 너를 눈이 쏟아지는 바깥으로 내던져 버리고 싶었어. 넌 그런 꼴을 당해도 싸, 이 말썽꾸러기 녀석아! 뭐라고 중얼거리는 거야? 내 말을 막지 말고 조용히 해!" 앨리스는 손가락 하나를 들어올리며 말을 계속했다. "네가 저지른 잘못을 모두 말해 줄게. 첫째, 넌 오늘 아침에 다이나가 얼굴을 씻어 주고 있을 때 두 번 낑낑거렸어. 아니라고는 못하겠지. 내 귀로 분명히 들었으니까. 뭐라고?" (새끼고양이의 말을 듣는 척하면서) "다이나의 앞발이 네 눈을 찔렀다고? 그건 네 잘못이야. 눈을 뜨고 있었으니까. 눈을 꽉 감았다면 그런 일은 일어나지 않았을 거야. 더 이상 변명하지 말고 잘 들어! 둘째, 내가 우유 접시를 스노드롭 앞에 놓아 주었을 때, 너는 스노드롭의 꼬리를 잡아당겼어! 뭐라고? 목이 말랐다고? 스노드롭도 목이 말랐을지 모르잖아. 목이 마르지 않았다는 걸 네가 어떻게 알아? 셋째, 너는 내가 잠깐 한눈판 사이에 털실 뭉치를 풀어 버렸어!

그게 네가 저지른 세 가지 잘못이야. 그런데 너는 어떤 잘못에 대해서도 아직 벌을 받지 않았어. 네가 받아야 할 벌을 모두 모아두었다가 다음 주 수요일에 한꺼번에 벌을 줄 거야. 그런데 내가 받아야 할 벌을 모두 모으면 어떻게 될까?" 앨리스는 이제 새끼고양이가 아니라 자기 자신에게 중얼거리고 있었다. "연말에는 어떻게 될까? 그날이 오면 나는 감옥에 가야 할 거야. 또는…… 잘못을 저지를 때마다 그 벌로 저녁을 한 끼 굶어야 한다면 어떻게 될까? 그러면, 그 끔찍한 날이 오면 나는 저녁을 한꺼번에 쉰 끼나 굶어야 할 거야! 음, 그건 괜찮아. 한꺼번에 쉰 끼를 먹어야 하는 것보다는 쉰 끼를 굶는 편이 훨씬 나으니까.

키티야, 눈이 유리창에 부딪히는 소리가 들리니? 정말 부드럽고 듣기 좋은 소리야! 누군가가 밖에서 창문에 입을 맞추고 있는 것 같아. 눈이 나무와 들판을 사랑해서, 그렇게 부드럽게 입을 맞추는 게 아닐까? 그런 다음 나무와 들판을 하얀 이불로 포근하게 덮어 주는 거야. 그리고 이렇게 말하겠지. '잘 자라, 애들아. 여름이 다시 올 때까지.' 여름에 잠에서 깨어나면 나무와 들판은 온통 초록빛으로 차려입고 춤을 춘단다. 바람이 불 때마다 이리저리 몸을 흔들면서 춤을 추지. 그건 정말 아름다운 광경이야!" 앨리스는 손뼉을 치느라 털실 뭉치를 떨어뜨렸다. "정말 그렇게 된다면 얼마나 좋을까! 나뭇잎이 갈색으로 변하는 가을이 되면, 숲은 졸린 듯이 보인단다.

키티야, 체스할 줄 아니? 웃지 마. 나는 진지하게 묻고 있어. 전에 우리가 체스를 두고 있을 때, 너는 마치 체스를 아는 것처럼 지켜봤잖아. 그리고 내가 '장군!' 하고 외치면 너는 목을 가르랑거렸잖아. 그건 정말 멋진 '장군'이었어. 그 비열한 기사가 내 말들 사이로 꿈틀거리며 나오지만 않았다면 내가 이겼을지도 몰라. 키티야, 우리 흉내 놀이를 하자."

앨리스는 '흉내 놀이를 하자'는 말을 즐겨 썼다. 그 말 뒤에 이어지는 앨리스의 이야기를 절반만이라도 여러분에게 들려줄 수 있으면 좋겠다. 바로 어제 앨리스는 언니와 꽤 오랫동안 말다툼을 했다. 그것은 앨리스가 "왕과 여왕 흉내 놀이를 하자"고 말했기 때문이다. 매사에 정확한 것을 좋아하는 언니는 사람이 둘밖에 없으니까 할 수 없다고 주장했고, 결국 앨리스는 "그럼 언니가 왕이든 여왕이든 하나를 맡아. 나머지 역할은 내가 다 맡을게"라고 물러섰다. 언젠가 앨리스는 늙은 유모의 귀에 대고 느닷없이 "유모! 우리 하이에나 흉내 놀이를 하자. 나는 굶주린 하이에나이고 유모는 뼈다귀야!"라고 소리를 질러서 유모를 질겁하게 만든 적도 있었다.

하지만 이쯤에서 앨리스가 새끼고양이한테 하는 이야기로 돌아가 보자.

"키티야, 넌 붉은 여왕 흉내를 내. 엉덩이를 바닥에 대고 똑바로 앉아서 팔짱을 끼면 꼭 붉은 여왕처럼 보일 거야. 자, 한번 해 봐. 착하지!" 앨리스는 탁자에서 붉은 여왕을 집어서, 키티가 그것을 보고 흉내 낼 수 있도록 고양이 앞에 놓아 주었다. 하지만 키티가 제대로 팔짱을 끼려고 하지 않았기 때문에 성공하지 못했다. 그래서 벌을 주려고 앨리스는 고양이를 거울 앞으로 들어올려, 자기가 얼마나 화났는지 보게 했다.

"착하게 굴지 않으면 너를 거울 속의 집에다 집어넣을 거야. 그래도 좋겠니? 자, 내 말만 잘 들으면, 그리고 너무 조잘대지 않으면, 거울 속의 집에 대해 내가 생각한 것들을 모두 말해 줄게. 첫째, 거울 속의 집에는 네가 거울을 통해 볼 수 있는 방이 있는데, 그 방은 물건들이 반대 방향으로 있는 것만 빼고는 우리 집 거실하고 똑같아. 의자 위에 올라서면, 벽난로 뒤만 빼고 전부 다 볼 수 있어. 아아! 벽난로 뒤를 볼 수 있다면 얼마나 좋을까! 겨울에 저 벽난로에서도 불을 피우는지 알고 싶어. 우리 난로에서 연기가 나지 않으면 그건 절대로 알 수 없어. 우리 난로에서 연기가 나면 저 방에서도 연기가 나지만, 그건 저 방에 난로가 있는 것처럼 보이려는 속임수인지도 몰라. 그리고 저 책들은 글자가 거꾸로 쓰인 것만 빼고는 우리 책들과 비슷해. 그걸 어떻게 아느냐면, 내가 책을 한 권 들고 거울 앞에 서면 저 방에서도 책을 한 권 들고 서기 때문이지.

키티야, 네가 거울 속의 집에서 살면 어떨 것 같니? 저기에서도 너한테 우유를 줄까? 거울 속의 우유는 어쩌면 마실 수 없을 거야. 하지만…… 그래, 키티야, 이젠 복도에 대해 이야기하자. 거울 속 집의 복도는 우리 집 거실 문을 활짝 열어 두면 살짝 보인단다. 보이는 부분은 우리 복도와 거의 같지만, 그 너머 보이지 않는 부분은 우리 복도와 완전히 다를지도 몰라. 키티야, 우리가 거울 속의 집 안으로 들어갈 수만 있다면 얼마나 좋을까! 분명히 저 안에는 아름다운 것들이 잔뜩 있을 거야. 그래, 키티야, 저 안으로 들어가는 길이 있다고 상상해 보자. 유리가 얇은 천처럼 부드러워져서 통과할 수 있다고 상상하는 거야. 어머나, 지금 거울이 안개 같은 것으로 변하고 있어. 정말이야! 아주 쉽게 통과할 수 있을 것 같아."

이렇게 말하면서 앨리스는 벽난로 위로 올라갔지만, 어떻게 올라갔는지는 앨리스 자신도 알 수가 없었다. 분명히 거울은 반짝반짝 빛나는 은빛 안개처럼 녹고 있었다.

다음 순간, 앨리스는 거울을 뚫고 들어가 거울 속의 방 안으로 훌쩍 뛰어내렸다. 그러고는 벽난로 안에 불이 있는지부터 살펴보았다. 그 벽난로에도 뒤에 두고 온 벽난로처럼 진짜 불이 타오르고 있는 것을 확인하고는 무척 기뻤다.

'그럼 여기서도 따뜻하게 지낼 수 있겠구나.' 앨리스는 생각했다. '아니, 사실은 더 따뜻하게 지낼 수 있어. 난롯불에 너무 가까이 가지 말라고 야단칠 사람이 아무도 없을 테니까. 사람들이 거울을 통해 내가 여기 있는 걸 보면서도 나를 잡지 못하면 얼마나 재미있을까!'

앨리스는 주위를 둘러보기 시작했다. 그리고 원래의 방에서 볼 수 있었던 것은 지극히 평범하고 따분했지만, 보이지 않던 것들은 아주 다르다는 것을 알아차렸다. 예를 들면 벽난로 옆쪽 선반 위의 시계(거울 속에서는 시계의 뒤쪽만 볼 수 있었다.)에는 작은 노인의 얼굴이 있었는데, 앨리스에게 히죽 웃어 보였다.

'이 방은 저쪽 방처럼 깔끔하게 정돈되어 있지 않구나.' 앨리스는 벽난로 바닥에 남아 있는 재 속에 체스 말 몇 개가 떨어져 있는 것을 보고 속으로 생각했다. 하지만 다음 순간 앨리스는 놀라서 "어머나!" 하고 작은 소리로 외치고는, 두 손과 무릎을 짚고 바닥에 엎드려 체스 말들을 들여다보았다. 체스 말들은 둘씩 짝을 지어 걸어 다니고 있었다!

"이건 붉은 왕과 붉은 여왕이야." 앨리스는 (그들이 놀랄까 봐, 속삭이듯 작은 목소리로) 중얼거렸다. "저기 삽 가장자리에 앉아 있는 건 하얀 왕과 하얀 여왕이고, 서로 팔짱을 끼고 걸어 다니는 이것은 두 개의 성장(머리에 성 모양이 있는 체스 말: 옮긴이)이야. 그런데 체스 말들은 내 목소리가 들리지 않나 봐." 앨리스는 고개를 더 아래로 숙이면서 말을 이었다. "그리고 나를 보지도 못하나 봐. 내가 마치 투명 인간이 된 느낌이야."

이때 뒤쪽 탁자 위에서 무언가가 낑낑거리는 소리를 내기 시작했다. 앨리스가 고개를 뒤로 돌려 보니, 하얀 졸 하나가 발라당 넘어져서 발을 버둥거리고 있었다. 다음에 무슨 일이 일어나는지 보려고, 앨리스는 호기심을 가지고 지켜보았다.

"저건 내 아이 울음소리야!" 하얀 여왕이 소리를 지르고는 왕 옆을 지나 달려갔다. 그런데 너무 서두른 나머지 왕을 탁 쳐서 재 속에 쓰러뜨렸다. "내 소중한 릴리! 내 황실 새끼고양이!" 여왕은 난로 울타리 옆을 정신없이 기어 올라가기 시작했다.

"황실은 개뿔이나!" 왕이 넘어져서 다친 코를 문지르며 말했다. 왕은 머리부터 발까지 재를 뒤집어썼기 때문에 여왕에게 '조금은' 화를 낼 권리가 있었다.

앨리스는 도와주고 싶은 마음이 간절했고, 가엾은 릴리가 발작을 일으킬 정도로 비명을 지르고 있었기 때문에, 얼른 여왕을 집어서 시끄럽게 울어 대는 어린 딸 옆에 내려놓아 주었다.

여왕은 숨을 헐떡거리며 털썩 주저앉았다. 너무 빠른 속도로 공중을 이동하는 바람에 숨이 막혀서 1, 2분 동안은 어린 릴리를 그저 말없이 끌어안고만 있었다. 여왕은 숨을 조금 돌리자마자, 재 속에 부루퉁하게 앉아있는 왕에게 소리쳤다.

"화산을 조심해요!"

"무슨 화산?" 왕은 불안한 눈으로 벽난로 안을 들여다보면서 물었다. 화산은 벽난로 안에 있을 가능성이 가장 높다고 생각하는 듯했다.

"나를 이 탁자 위로…… 날려 보냈어요." 여왕은 아직도 숨을 헐떡이며 말했다. "올라오세요…… 정상적인 방법으로…… 날아오지 말고요!"

앨리스는 하얀 왕이 난로 울타리의 가로대를 하나씩 밟으면서 천천히 힘들게 올라가는 것을 지켜보다가 마침내 말했다.

"그런 속도로 올라가면 탁자까지 몇 시간은 걸릴 거예요. 내가 도와주는 게 훨씬 낫겠어요. 안 그래요?" 하지만 왕은 그 질문을 못 들은 것 같았다. 왕은 앨리스의 말을 듣지도 못하고 모습을 보지도 못하는 것이 분명했다.

그래서 앨리스는 왕을 살며시 집어서, 왕이 숨막히지 않도록, 여왕을 들어올렸을 때보다 천천히 탁자로 들어올렸다. 하지만 왕을 탁자에 내려놓기 전에 앨리스는 왕의 온몸을 뒤덮은 재를 조금 털어 주는 게

좋겠다고 생각했다.

나중에 앨리스는, 보이지 않는 손이 자기를 공중으로 들어서 재를 털어주고 있는 것을 알았을 때 왕이 지은 표정은 정말 가관이었다고 말했다. 왕은 너무 놀라서 소리도 지르지 못했지만, 눈과 입은 점점 커지고 똥그래졌다. 그 표정이 너무 우스워서 앨리스는 킥킥 웃다가 손이 흔들려, 하마터면 왕을 마룻바닥에 떨어뜨릴 뻔했다.

"제발 그런 표정은 짓지 말아요!" 앨리스는 왕이 자기 목소리를 듣지 못한다는 것을 깜박 잊고 소리쳤다. "당신 때문에 너무 우스워서 잡고 있기가 어렵잖아요. 그리고 입 좀 다물어요. 재가 모두 입 안으로 들어가겠어요. 자, 이 정도면 깨끗해진 것 같네요!"

앨리스는 왕의 머리털을 매만져 준 다음, 왕을 탁자 위의 여왕 옆에 내려놓아 주었다. 그러자 왕은 벌렁 쓰러져 꼼짝도 하지 않았다. 앨리스는 자기가 한 일에 조금 놀라서, 왕에게 물이라도 끼얹어 주려고 물을 찾아서 방을 빙빙 돌았다. 하지만 잉크병밖에는 아무것도 찾지 못했다. 잉크병을 들고 돌아와 보니, 왕은 이미 정신을 차리고 겁먹은 목소리로 여왕과 소곤소곤 이야기를 나누고 있었다. 목소리가 너무 낮아서 앨리스는 그들의 이야기를 간신히 알아들을 수 있었다.

왕이 여왕에게 속삭였다.

"정말이야, 여보. 나는 너무 놀라서 턱수염 끝까지 얼어붙어 버렸어."

그러자 여왕이 대답했다.

"당신은 턱수염이 없잖아요."

"그 순간의 공포! 나는 결코 잊지 못할 거야. 결코!"

"하지만 잊게 될 거예요. 기록해 두지 않으면."

그러자 왕은 주머니에서 커다란 수첩을 꺼내 무언가를 쓰기 시작했다. 흥미롭게 지켜보던 앨리스는 문득 어떤 생각이 떠올라, 왕의 어깨 위로 올라온 연필 끝을 잡고 왕 대신 글을 쓰기 시작했다.

가엾은 왕은 어리둥절하고 비참한 표정을 지으며 한동안 아무 말도 하지 않고 연필과 씨름했지만, 앨리스의 힘을 당해내지 못하자 결국 숨을 헐떡이면서 소리쳤다.

"여보! 좀 더 가는 연필을 구해야겠어. 이 연필은 마음대로 다룰 수가 없어. 내가 생각지도 않는 것들을 연필이 제멋대로 쓰고 있으니……."

"어떤 것들 말인가요?" 여왕이 수첩을 들여다보면서 물었다. (수첩에다 앨리스는 '하얀 기사가 부지깽이를 타고 내려온다. 몸의 균형을 잘 잡지 못한다'고 써 놓았다.) "이건 당신의 느낌을 적은 게 아니잖아요."

탁자 위에는 앨리스와 가까운 쪽에 책이 한 권 놓여 있었다. 앨리스는 앉아서 하얀 왕을 지켜보고 있는 동안(아직도 하얀 왕이 걱정스러웠기 때문에, 하얀 왕이 또 기절하면 당장이라도 잉크를 끼얹을 준비를 하고 있었다.) 자기가 읽을 수 있는 부분을 찾으려고 책장을 넘겼다.

"온통 내가 모르는 언어잖아." 앨리스는 혼잣말로 중얼거렸다.

책에는 이렇게 적혀 있었다.

래노 의크워버재

은들브토 한끈미 고하긋나 ,렵무 녁저
.네었있 고뚫 을멍구 서면돌 뱅뱅 서에덕언
,고하참비 나무너 은들브고로보
.지렸거꽥꽥 은들지돼 색쑥 난떠 집

이것을 보고 앨리스는 한참동안 어리둥절했지만, 마침내 똑똑한 생각이 번득였다.

"이건 거울 책이잖아. 그러니까 거울에 비추어 보면, 낱말들이 다시 똑바로 보일 거야."

앨리스가 읽은 시는 다음과 같았다.

재버워크의 노래

저녁 무렵, 나긋하고 미끈한 토브[18]들은
언덕에서 뱅뱅 돌면서 구멍을 뚫고 있었네.
보로고브[19]들은 너무나 비참하고,

18 토브: 너구리와 도마뱀과 타래송곳을 합친 동물
19 보로고브: 자루걸레처럼 빈약하고 볼품없는 새

집 떠난 쑥색 돼지들은 꽥꽥거렸지.

"아들아, 재버워크[20]를 조심해라!
물어뜯는 이빨과 움켜쥐는 발톱!
주브주브[21] 새도 조심해라. 씩씩거리는
밴더스내치[22] 곁에는 가까이 가지 마라!"

그는 보팔의 칼을 손에 들고
오랫동안 무서운 괴물을 찾아다니다가
탐탐 나무 옆에서 휴식을 취하고
한동안 생각에 잠긴 채 서 있었지.

거칠고 찌무룩한 생각에 잠겨 서 있을 때
재버워크가 불타는 눈을 부라리며
빽빽하고 어두운 나무숲을 휙휙 빠져나와
요란한 소리를 내며 다가왔지.

하나, 둘! 하나, 둘! 이리 쑥 저리 쑥,
보팔의 검이 날쌔게 찌르고 또 찔렀네!
그는 괴물을 죽여 둔 채, 그 머리를 가지고

---

20 재버워크: 닥치는 대로 먹어치우는 무서운 괴물
21 주브주브: 영원한 욕정에 사로잡혀 절망에 빠진 새
22 밴더스내치: 강한 턱을 가진 몸짓이 재빠른 생물

의기양양하게 말을 타고 돌아왔지.

"그래, 네가 재버워크를 죽였단 말이냐?
한번 안아 보자, 내 자랑스러운 아들아!
오, 경사스러운 날이로다! 야호! 야호!"
아버지는 기뻐서 코를 울렸네.

저녁 무렵, 나긋하고 미끈한 토브들은
언덕에서 뱅뱅 돌면서 구멍을 뚫고 있었네.
보로고브들은 너무나 비참하고,
집 떠난 쑥색 돼지들은 꽥꽥거렸지.

"정말 아름다운 시 같아. 이해하기는 좀 어렵지만." 앨리스는 시를 다 읽고 나서 말했다. 하지만 시를 전혀 이해할 수 없다는 것을 자신에게도 솔직히 고백하고 싶지 않았다. "이 시는 내 머리를 온갖 생각으로 가득 채우는 것 같아. 하지만 그 생각이 뭔지는 정확히 모르겠어! 어쨌든 누군가가 무언가를 죽인 것만은 분명해. 어쨌든……."

'하지만, 어머나!' 앨리스는 갑자기 벌떡 일어나면서 생각했다. '서두르지 않으면, 이 집의 나머지 부분이 어떻게 생겼는지 보기도 전에 거울 밖으로 돌아가야 할 거야! 우선 정원부터 구경해야지.'

앨리스는 곧바로 그 방을 나와서 층계를 달려 내려갔다. 아니, 정확하게 말하면 달려간 것이 아니라, 앨리스가 혼잣말로 중얼거렸듯이 쉽고 빠르게 층계를 내려가는 새로운 방식이었다. 앨리스는 손가락 끝을 난간에 대고, 발은 계단에 대지도 않은 채 둥실둥실 떠서 아래로 내려갔다. 그런 다음 여전히 허공에 뜬 채 복도를 지났고, 문기둥을 움켜잡지 않았다면 그렇게 허공에 뜬 채 현관에서 곧장 밖으로 나갔을 것이다. 하지만 앨리스는 허공에 너무 오래 떠 있어서 현기증이 났기 때문에, 자기가 다시 정상적인 방식으로 걷고 있는 것을 알고 기뻤다.

제 2 장

말하는 꽃들의 정원

"저 언덕 위에 올라갈 수 있다면 정원이 훨씬 잘 보일 텐데." 앨리스는 혼잣말로 중얼거렸다. "여기 언덕으로 곧장 이어지는 오솔길이 있네. 아니, 그게 아닌가 봐. (오솔길을 따라 몇 미터 걸어가다가 급하게 꺾이는 모퉁이를 몇 번이나 돈 뒤) 그래도 결국에는 언덕에 닿을 거야. 그런데 정말 이상하게 꼬불꼬불한 길이네. 이건 길이라기보다 타래송곳 같아. 이 모퉁이만 돌면 언덕이 나오겠지. 아니, 아니잖아! 이 길은 다시 집으로 되돌아가고 있어. 그렇다면 반대쪽으로 가 보자."

그래서 앨리스는 길을 오르락내리락하고 모퉁이를 돌고 또 돌았지만, 언제나 집으로 되돌아가는 것이었다. 한번은 보통 때보다 좀 빨리 모퉁이를 돌았다가 미처 걸음을 멈추지 못하고 집에 쾅 부딪히기까지

했다.

"네가 무슨 말을 해도 소용없어." 앨리스는 집을 쳐다보면서 집과 말다툼이라도 하고 있는 것처럼 말했다. "아직은 안으로 다시 들어가지 않을 거야. 거울을 다시 지나서 원래의 방으로 돌아가야 한다는 건 알고 있어. 그러면 내 모험도 모두 끝난다는 것도 알고 있어!"

그래서 앨리스는 단호히 집에 등을 돌리고는, 언덕에 닿을 때까지 곧장 걷기만 하겠다고 단단히 마음먹고 다시 한번 오솔길을 걷기 시작했다. 잠시 동안은 모든 게 순조로웠다. 앨리스가 "이번에는 정말로 성공할 것 같아……" 하고 중얼거렸을 때, 길이 갑자기 몸을 뒤틀고 흔들었다(앨리스가 나중에 묘사한 바에 따르면 그랬다). 다음 순간, 앨리스는 문간에서 집 안으로 들어가려 하고 있었다.

"이건 너무해!" 앨리스가 외쳤다. "이렇게 길을 방해하는 집은 본 적이 없어! 한 번도!"

하지만 언덕이 눈앞에 보였기 때문에 앨리스는 다시 출발할 수밖에 없었다. 이번에는 넓은 꽃밭과 마주쳤다. 가장자리에는 데이지들이 심어져 있고, 한복판에는 버드나무 한 그루가 자라고 있었다.

"어머나, 참나리구나! 네가 말을 할 수 있으면 좋겠는데!" 앨리스는 바람을 타고 우아하게 흔들리고 있는 참나리에게 말을 걸었다.

"우리도 말을 할 수 있어. 대화를 나눌 가치가 있는 사람만 있다면." 참나리가 말했다.

앨리스는 깜짝 놀라서 한동안 말이 나오지 않았다. 숨도 막혀 버린 듯했다. 참나리가 말없이 몸을 계속 흔들고 있었기 때문에, 마침내 앨리스는 겁먹은 목소리로 속삭이듯 다시 말을 걸었다.

"다른 꽃들도 모두 말을 할 수 있니?"

"너만큼 잘해. 그리고 너보다 훨씬 크게 말할 수 있어." 참나리가 말했다.

"우리가 먼저 말을 거는 건 예의가 아니야." 장미가 말했다. "그래서 네가 언제 말을 걸까 무척 궁금했어! 나는 속으로 생각했지. '영리한 아이는 아닌 것 같지만, 얼굴은 좀 똑똑해 보여!' 하고 말이야. 어쨌든 너는 색깔이 괜찮아. 그건 큰 도움이 되지."

"난 색깔에는 관심 없어. 이 아이가 꽃잎이 조금만 더 휘었으면 좋았을 텐데." 참나리가 말했다.

앨리스는 흠을 잡히는 게 싫었기 때문에, 질문을 던지기 시작했다.

"돌봐 주는 사람도 없이 여기 밖에 심어져 있는 게 때로는 무섭지 않니?"

"한복판에 저 나무가 있잖아. 그 밖에 뭐가 더 필요해?" 장미가 말했다.

"하지만 위험이 닥치면 저 나무가 뭘 할 수 있겠니?" 앨리스가 물었다.

"짖을 수 있지." 장미가 말했다.

"'바우와우!' 하고 짖는단다. 그래서 나뭇가지를 '바우

bough'라고 부르는 거야!" 데이지가 외쳤다.

"넌 그것도 몰랐니?" 다른 데이지가 외쳤다. 그러자 데이지들이 모두 한꺼번에 소리를 지르기 시작해서, 주변 공기가 작고 새된 목소리로 가득 찼다.

"모두 조용히 해!" 참나리가 몸을 심하게 좌우로 흔들며, 흥분해서 떨리는 목소리로 소리쳤다. 그러고는 떨리는 머리를 앨리스 쪽으로 기울이고 숨을 헐떡이며 말했다. "저 애들은 내가 손을 댈 수 없다는 걸 알고 있어. 그렇지 않다면 감히 저러진 못할 텐데!"

"걱정하지 마!" 앨리스는 참나리를 달래고, 다시 떠들기 시작한 데이지들 쪽으로 허리를 숙이고 속삭였다. "조용히 하지 않으면 꺾어 버릴 거야!"

주위는 순식간에 조용해졌고, 분홍색 데이지 몇 송이는 새하얗게 질렸다.

"잘했어!" 참나리가 말했다. "데이지들이 제일 못됐어. 하나가 말하면 다들 한꺼번에 떠들기 시작하지. 걔네들의 수다는 끝이 없어서, 듣다 보면 내가 시들어 말라 죽을 지경이라니까!"

"어떻게 그렇게 말을 잘할 수 있니? 지금까지 많은 정원에 가 보았지만, 말을 할 줄 아는 꽃은 본 적이 없어." 앨리스는 참나리의 기분을 좋게 해 주고 싶어서 칭찬했다.

"네 손을 땅에 대고 감촉을 느껴 봐. 그러면 이유를 알 수 있을 거야." 참나리가 말했다.

앨리스는 그렇게 했다. "아주 딱딱해. 하지만 이게 말하는 것과 무슨 관계가 있다는 건지 모르겠어."

"대부분의 정원은 침대가 너무 푹신해. 그래서 꽃들이 늘 잠에 빠져 있는 거야."

이야기를 듣고 보니 정말 그럴듯했다. 앨리스는 새로운 사실을 알게 된 것이 기뻤다. "그런 생각은 이제껏 해 본 적이 없어!"

"내가 보기에 너는 생각이라는 걸 아예 하지 않는 것 같은데?" 장미가 비아냥거리는 투로 말했다.

"너보다 더 멍청해 보이는 아니는 본 적이 없어." 제비꽃이 불쑥 끼어들었기 때문에 앨리스는 깜짝 놀랐다. 제비꽃은 지금까지 한 번도 말을 하지 않았기 때문이다.

"입 닥쳐! 아무도 본 적이 없으면서!" 참나리가 소리를 질렀다. "너는 언제나 잎사귀 밑에 머리를 처박고 코나 드르렁 골면서 지내기 때문에, 꽃봉오리였을 때나 지금이나 세상에 대해서 아는 게 없잖아!"

"이 정원에 나 말고 다른 사람이 있니?" 앨리스가 장미의 말은 무시하기로 작정하고 물었다.

"이 정원에는 너처럼 돌아다닐 수 있는 꽃이 또 하나 있어." 장미가 말했다. "난 너희가 어떻게 돌아다닐 수 있는지 궁금해." (이때 참나리가 "넌 항상 궁금하지" 하고 참견했다.) "하지만 그 애는 너보다 더 덥수룩해."

"나랑 비슷하게 생겼니?" 앨리스는 열띤 목소리로 물었다. '이 정원 어딘가에 나 같은 여자 애가 있구나' 하는 생각이 떠올랐기 때문이다.

"그래, 너처럼 볼품없게 생기긴 했어. 하지만 너보다 더 붉고, 꽃잎들은 더 짧은 거 같아." 장미가 말했다.

"달리아처럼 꽃잎들이 가지런히 매만져져 있어. 너처럼 마구 헝클어져 있지는 않아." 참나리가 말했다.

"하지만 그건 네 잘못이 아니야." 장미가 상냥하게 덧붙였다. "너는 시들기 시작했잖아. 그럼 꽃잎들이 조금 흐트러지는 것은 어쩔 도리가 없지."

앨리스는 그 말이 마음에 들지 않았다. 그래서 화제를 바꾸려고 물었다.

"그 애도 여기 나오니?"

"곧 보게 될 거야. 뿔이 아홉 개 난 품종이지." 장미가 말했다.

"그 뿔들은 어디에 나 있니?" 앨리스가 흥미롭게 물었다.

"그야 물론 머리 둘레에 나 있지." 장미가 대답했다. "너는 왜 뿔이 없는지 궁금했어. 나는 그게 규칙인 줄 알았는데."

"그 애가 오고 있어! 저벅저벅, 자갈길을 걸어오는 발소리가 들려!" 참제비고깔이 말했다.

앨리스는 열심히 주위를 둘러보고, 그것이 붉은 여왕이라는 것을 알았다. "엄청나게 커졌네." 이것이 앨리스가 여왕을 보고 맨 처음 한 말이었다. 정말 그랬다. 앨리스가 난로 재 속에서 여왕을 처음 발견했을 때는 여왕의 키가 7센티미터 정도밖에 안 되었다. 그런데 지금은 앨리스보다 머리의 반 정도가 더 컸다!

"신선한 공기 덕분이야. 여기 공기는 놀랄 만큼 좋거든." 장미가 말했다.

"가서 여왕을 만나 봐야겠어." 앨리스가 말했다. 꽃들도 재미있지만, 진짜 여왕과 이야기를 나누는 것이 훨씬 더 멋질 거라고 생각했기 때문이다.

"그러면 안 돼." 장미가 말했다. "내가 충고하겠는데, 반대쪽으로 가는 게 좋을 거야."

이 말이 터무니없게 들렸기 때문에, 앨리스는 아무 대꾸도 없이 곧장 붉은 여왕 쪽으로 걸어가기 시작했다. 그런데 놀랍게도 붉은 여왕은 순식간에 사라지고, 앨리스는 다시 현관 문간에서 안으로 들어가려 하고 있었다.

앨리스는 조금 부아가 나서 뒷걸음질을 쳤다. 그리고 여왕을 찾아 사방을 두리번거린 뒤(그리고 마침내 멀리 떨어져 있는 여왕을 발견했다.), 이번에는 반대 방향으로 걸어가 보자고 마음먹었다.

그것은 멋지게 성공했다. 1분도 걷기 전에 붉은 여왕과 맞닥뜨렸고, 그렇게 오랫동안 가고 싶었던 언덕이 눈앞에 펼쳐졌다.

"너는 어디서 왔니?" 붉은 여왕이 물었다. "그리고 어디로 가고 있지? 고개를 들고 나를 쳐다보면서 말해. 손가락 좀 그만 비틀어라."

앨리스는 이 명령에 모두 따랐다. 그리고 길을 잃었다고 설명했다. ('길을 잃다'는 영어로 lose one's way이다. 앨리스가 I lost my way라고 한 말을 여왕은 곧이곧대로 받아들여 '내 길을 잃었다'로 해석했다: 옮긴이).

"네 길이라니, 무슨 소린지 모르겠구나." 여왕이 말했다. "이 부근에 있는 길은 모두 내 거야. 그건 그렇고, 여긴 도대체 왜 나왔지?" 여왕은 좀 더 상냥한 말투로 덧붙였다. "대답을 생각하는 동안 무릎을 굽혀 절을 하렴. 그러면 시간이 그만큼 절약되지."

앨리스는 이 말이 조금 이상하게 들렸지만, 여왕에게 주눅이 든 나머지 그 말을 믿지 않을 수 없었다. 그래서 앨리스는 속으로 생각했다. '집에 돌아가면 한번 해 봐야지. 다음에 저녁 식사에 조금 늦었을 때.'

"이젠 네가 대답할 시간이다." 여왕이 손목시계를 들여다보면서 말했다. "말할 때는 입을 좀 더 크게 벌리고, 언제나 '폐하'를 덧붙여야 해."

"전 그저 정원이 어떻게 생겼는지 보고 싶었을 뿐이에요, 폐하."

"그래, 잘했다." 여왕은 앨리스의 머리를 쓰다듬으며 말했다. 앨리스는 누가 머리를 쓰다듬는 것을 아주 싫어했다. "하지만 너는 이걸 '정원'이라고 말하는데, 내가 지금까지 본 정원에 비하면 이건 황무지나 마찬가지야."

앨리스는 감히 자기 주장을 내세우지 못하고 말을 이었다.

"그리고 저 언덕 꼭대기로 올라가는 길을 찾아보려고……."

"너는 저걸 '언덕'이라고 말하는데……." 여왕이 앨리스의 말을 가로막았다. "너한테 진짜 언덕을 보여 주마. 그것들을 보고 나면 너는 저걸 골짜기라고 부르게 될 거다."

"아니, 그러지 않을 거예요." 앨리스는 얼떨결에 여왕의 말을 반박했다. "언덕은 골짜기가 될 수 없어요. 그건 당찮은 소리에요……."

붉은 여왕은 고개를 저으면서 말했다.

"원한다면 그걸 '당찮은 소리'라고 불러도 좋아. 하지만 나는 당찮은 소리를 숱하게 들어 봤는데, 그것들에 비하면 이건 사전만큼이나 온당한 소리야!"

앨리스는 여왕의 말투에서 조금 언짢아하는 기색을 느꼈기 때문에 다시 무릎을 굽혀 공손하게 절했다. 여왕과 앨리스는 언덕 위에 도착할 때까지 묵묵히 걸었다.

몇 분 동안 앨리스는 말없이 사방을 둘러보았다. 그곳은 정말 신기하기 짝이 없는 나라였다. 수많은 개울이 이쪽에서 저쪽으로 나라를 가로질러 곧게 흐르고 있었고, 개울과 개울 사이를 잇는 수많은 초록빛 울타리가 땅을 수많은 정사각형으로 나누고 있었다.

마침내 앨리스가 말했다.

"꼭 거대한 체스 판처럼 생겼네! 어딘가에 사람들이 움직이고 있을 거야. 아, 저기 있다!" 앨리스는 흥분으로 가슴이 두근거리기 시작했다. 앨리스는 즐거운 목소리로 말을 이었다. "거대한 체스 게임이 벌어지고 있어. 이게 세계라면, 세계를 무대로 하는 체스 게임이야. 아아, 얼마나 재미있을까! 나도 말이 되어서 게임에 낄 수 있다면 얼마나 좋을까. 게임에 낄 수만 있다면 졸이 되어도 상관없어. 물론 여왕이 되는 게 제일 좋겠지만."

앨리스는 이렇게 말하면서 여왕을 수줍게 힐끗 쳐다보았다. 하지만 여왕은 상냥하게 미소를 지으면서 말했다.

"그거야 쉽지. 네가 원한다면 하얀 여왕의 졸이 될 수 있어. 릴리는 체스를 하기에는 너무 어리거든. 처음에는 두 번째 칸에서 출발하렴. 여덟 번째 칸에 이르면 너도 여왕이 될 수 있어."

바로 그 순간, 어찌 된 셈인지 그들은 함께 달리기 시작했다.

나중에 몇 번이나 생각해 보았지만, 어떻게 달리기 시작했는지 앨리스는 도무지 이해할 수가 없었다. 단지 기억나는 것은 둘이 손을 잡고 달리고 있었다는 것이다. 그리고 여왕이 너무나 빨리 달렸기 때문에 앨리스는 뒤지지 않고 따라가느라 바빴다. 그래도 여왕은 "자, 자, 더 빨리! 더 빨리!"하고 외쳤지만, 앨리스는 도저히 더 빨리 달릴 수는 없다고 생각했다. 하지만 너무 숨이 차서 그렇게 말할 수도 없었다.

정말 이상한 것은 나무를 비롯하여 주위에 있는 모든 것의 위치가 전혀 바뀌지 않았다는 점이다. 아무리 빨리 달려도 그것들을 제치고 앞으로 나아갈 수 없을 것 같았다. '모든 게 다 우리를 따라 움직이고 있나?' 어리둥절해진 앨리스는 속으로 생각했다. 그런데 여왕은 앨리스의 생각을 눈치 챈 모양이었다. "더 빨리! 말하려고 애쓰지 마라!" 하고 외쳤기 때문이다.

그렇다고 앨리스가 조금이라도 말할 생각을 한 것도 아니다. 숨이 턱턱 막혀서 다시는 말을 할 수 없을 것만 같았다. 그래도 여왕은 "더 빨리! 더 빨리!" 하고 외치면서 앨리스를 잡아끌었다.

"거의 다 왔나요?" 앨리스는 마침내 숨을 헐떡이면서 간신히 물었다.

"거의 다 왔냐고?" 여왕은 앨리스의 말을 되풀이했다. "10분 전에 지나쳤어! 더 빨리!"

그들은 한동안 말없이 달렸다. 앨리스의 귓전에서 바람이 윙윙거렸다. 앨리스는 이러다 머리카락이 바람에 날려 뽑혀 나갈 것 같다고 생각했다.

"자! 어서! 더 빨리! 더 빨리!" 여왕이 외쳤다.

그들은 너무나 빨리 달렸기 때문에, 나중에는 발이 땅에 닿지 않고 공중을 날아서 지나가는 것처럼 보였다. 그러다가 앨리스가 완전히 지쳤을 때 그들은 갑자기 멈추었다. 앨리스가 문득 정신을 차리고 보니 땅바닥에 주저앉아 있었다. 숨이 차고 어질어질 현기증이 났다. 여왕은 앨리스를 나무에 기대 앉히고 상냥하게 말했다.

"이젠 좀 쉬어도 돼."

앨리스는 깜짝 놀라 주위를 둘러보았다.

"어머나, 그동안 계속 이 나무 밑에 있었군요! 모든 게 아까와 똑같아요!"

"물론이지. 그럼 어떻게 될 줄 알았는데?"

"우리나라에서는……" 앨리스는 여전히 숨을 헐떡이면서 말했다. "아까 그랬던 것처럼 오랫동안 빨리 달리면, 대개는 어딘가 다른 곳에 도착하게 되거든요."

"느림보 나라니까 그렇지. 여기서는 같은 자리에 계속 있고 싶으면 있는 힘껏 달려야 해. 다른 곳에 가고 싶다면, 적어도 그 두 배는 빨리 달려야 하지!"

"다른 데는 가고 싶지 않아요. 그냥 여기 있는 것으로 족해요. 다만 너무 덥고 목이 마르네요!"

"네가 무엇을 좋아할지 알고 있지!" 여왕은 주머니에서 작은 상자 하나를 꺼내면서 친절하게 말했다. "과자 하나 먹을래?"

과자 따위는 조금도 먹고 싶지 않았지만, '싫어요'라고 거절하는 것은 예의에 어긋날 것 같았다. 그래서 과자를 받아 들고 억지로 입 안에 넣었다. 과자는 너무 퍼석퍼석해서 목이 메었다. 과자를 먹다가 목이 막힌 것은 난생처음이라고 생각했다.

"네가 기운을 차리는 동안 나는 측량이나 해야겠다." 여왕이 말하고는, 주머니에서 눈금이 표시된 줄자를 꺼내 땅의 길이를 재고, 여기저기 작은 말뚝을 꽂기 시작했다.

"2미터 지점에 이르면 네가 갈 곳을 알려 주마." 거리를 표시하기 위해 말뚝을 꽂으면서 여왕이 말했다. "과자 하나 더 먹겠니?"

"아니, 됐어요. 하나면 충분해요!"

"갈증은 가셨겠지?"

앨리스는 뭐라고 대답하면 좋을지 몰랐지만, 다행히 여왕은 대답을 기다리지 않고 말을 이었다.

"3미터 지점에 이르면 네가 갈 곳을 다시 알려 주마. 네가 잊어버릴지도 모르니까. 4미터 지점에 이르면 작별 인사를 하고, 5미터 지점에 이르면 떠날 거야."

이때쯤 여왕은 말뚝을 모두 꽂았고, 앨리스는 여왕이 나무로 돌아왔다가 줄지어 꽂아 놓은 말뚝을 따라 천천히 걸어가는 것을 흥미롭게 지켜보았다.

2미터를 표시한 말뚝에 이르자 여왕은 고개를 돌리고 말했다.

"졸은 첫 번째 수에서 두 칸을 갈 수 있어. 그러니까 너는 세 번째 칸을 아주 빨리 통과할 거야. 기차를 이용하는 게 좋겠지. 그러면 순식간에 네 번째 칸에 도착할 텐데, 그곳은 트위들덤과 트위들디의 영역이야. 다섯 번째 칸은 물밖에 없고, 여섯 번째 칸은 험프티 덤프티가 사는 곳이란다. 그런데 왜 아무 말도 않지?"

"저는…… 저는 그때그때 말을 해야 한다는 걸…… 몰랐어요." 앨리스가 더듬거리며 대답했다.

"당연히 말했어야지." 여왕은 엄하게 꾸짖는 투로 말했다. "'이렇게 자세히 알려 주시다니 정말 친절하시군요' 하고 말했어야 했어. 하지만 말했다고 치자. 일곱 번째 칸은 온통 숲으로 뒤덮여 있어. 하지만 기사 하나가 너한테 길을 알려 줄 거야. 여덟 번째 칸에서 우리는 함께 여왕이 될 테고, 그러면 성대한 잔치를 마음껏 즐길 수 있지."

앨리스는 일어나서 무릎을 굽혀 절을 하고 다시 앉았다.

다음 말뚝에서 여왕은 다시 고개를 돌리고 이렇게 말했다.

"영어로 뭐라고 하는지 생각나지 않으면 프랑스 어로 말하렴. 걸을 때는 발가락을 바깥쪽으로 향하게 하고, 네가 누구인지를 잊으면 안 돼!"

이번에 여왕은 앨리스가 절을 할 때까지 기다리지 않고 재빨리 다음 말뚝으로 걸어갔다. 그리고 다음 말뚝에 이르자 잠깐 뒤를 돌아보고 "잘 가거라" 하고 말한 다음, 서둘러 마지막 말뚝으로 걸어갔다.

어떻게 된 영문인지 앨리스는 알 수 없었지만, 여왕은 마지막 말뚝에 닿자마자 흔적도 없이 사라져 버렸다. 하늘로 꺼졌는지, 잽 나라의 곤충들싸게 달려서 숲속으로 들어갔는지('여왕이야 워낙 빨리 달릴 수 있으니까' 하고 앨리스는 생각했다.) 알 도리는 없었지만, 어쨌든 여왕은 사라졌고, 앨리스는 자신이 졸이라는 것과 이제 곧 자기가 움직일 시간이라는 것을 생각해 냈다.

제 3 장

거울 나라의 곤충들

맨 먼저 해야 할 일은 물론 앞으로 여행하게 될 나라를 대충 살펴보는 것이었다. '그건 지리를 공부하는 것과 비슷해.' 앨리스는 좀 더 멀리까지 보려고 발돋움을 하면서 생각했다. '주요한 강은…… 하나도 없고, 주요한 산은…… 내가 지금 올라와 있는 이 언덕이 유일한 산이지만, 여기에 이름이 있을 것 같지는 않아. 주요한 도시는…… 아니, 저 아래쪽에서 꿀을 모으고 있는 저것들은 뭐지? 꿀벌일 리는 없어. 1km나 떨어진 곳에서 꿀벌을 볼 수 있는 사람은 없으니까.' 앨리스는 한참 동안 말없이 서서, 그것들 가운데 하나가 꽃들 사이를 분주하게 돌아다니며 주둥이를 꽃들 속에 찔러 넣는 것을 지켜보았다. 진짜 꿀벌 같다고 앨리스는 생각했다.

하지만 그것은 진짜 꿀벌이 아니라 사실은 코끼리였다. 앨리스는 곧 그것을 알았지만, 처음에는 너무 놀라서 숨이 막힐 지경이었다. 뒤이어 떠오른 생각은 '그렇다면 저 꽃들은 엄청나게 크겠구나!' 하는 것이었다. '지붕을 떼 내고 밑에 줄기를 받친 오두막 같을 거야. 코끼리들이 모았다면 꿀도 엄청나게 많을 거야. 내가 내려가서…… 아니, 아직은 아니야.' 앨리스는 언덕을 달려 내려가려다가 걸음을 멈추고, 그렇게 갑자기 조심스러워진 핑계를 찾으려고 애쓰면서 혼잣말을 계속했다.

"저것들을 쓸어 버릴 만큼 기다란 나뭇가지도 없이 내려가는 건 좋지 않아. 산책이 어땠냐고 사람들이 물어보면 재미있을 거야. 그러면 나는 이렇게 말해야지. '아주 좋았어요. (여기서 앨리스는 머리를 살짝 치켜드는 익숙한 몸짓을 했다.) 먼지가 너무 많고, 날이 덥고, 코끼리들이 성가시게 굴긴 했지만요!'"

앨리스는 잠시 입을 다물고 있다가 말했다.

"아무래도 반대쪽으로 내려가야겠어. 코끼리들은 나중에 방문해도 돼. 게다가 나는 빨리 세 번째 칸에 들어가고 싶어!"

이렇게 핑계를 대고, 앨리스는 언덕을 달려 내려갔다. 그리고 여섯 개의 작은 개울 가운데 첫 번째 개울을 훌쩍 뛰어 건넜다.

"표를 보여 주세요!" 차장이 창문으로 고개를 들이밀고 말했다. 그러자 모두 차표를 꺼내 들었다. 차표는 승객과 거의 같은 크기여서, 객차가 차표로 가득 차 보였다.

"얘야, 표를 보여 줘야지!" 차장이 화난 얼굴로 앨리스를 바라보면서 말했다. 그러자 수많은 목소리가 한꺼번에 떠들어 댔다(앨리스는 꼭 합창하는 것 같다고 생각했다).

"얘야, 차장을 기다리게 하지 마라. 그의 시간은 1분에 천 파운드의 가치가 있지!"

"죄송하지만 표가 없는데요. 제가 탄 곳에는 매표소가 없었어요." 앨리스가 겁먹은 소리로 말했다. 그러자 수많은 목소리가 다시 합창했다.

"이 아이가 탄 곳에는 매표소를 세울 자리가 없었대. 그곳 땅은 일 인치에 천 파운드의 가치가 있지!"

"변명하지 마라. 그럼 기관사한테 표를 샀어야지." 차장이 말했다. 그러자 수많은 목소리가 다시 합창을 했다.

"기관차를 조종하는 사람. 연기만도 한 번 내뿜는 데 천 파운드의 가치가 있지!"

앨리스는 속으로 생각했다. '그렇다면 말해 봤자 아무 소용도 없잖아.' 앨리스가 소리 내서 말하지 않았기 때문에 이번에는 목소리들이 끼어들지 않았다. 하지만 놀랍게도 목소리들은 모두 합창으로 생각을 했다('합창으로 생각한다'는 것이 무슨 뜻인지 여러분이 이해하기를 바란다. 솔직히 고백하건대, 나는 그것을 이해하지 못하기 때문이다), '아무 말도 안 하는 게 나아. 말은 한 마디에 천 파운드의 가치가 있지!'

'오늘 밤에는 천 파운드에 대한 꿈을 꾸겠네. 틀림없이 그럴 거야.' 앨리스는 생각했다.

그동안 내내 차장은 앨리스를 바라보고 있었다. 처음에는 망원경으로, 다음에는 현미경으로, 그다음에는 쌍안경으로, 마침내 차장이 "너는 반대 방향으로 가고 있어" 하고 말하고는 창문을 닫고 가 버렸다.

그러자 맞은편에 앉아 있던 신사가 말했다(그는 하얀 종이로 만든 옷을 입고 있었다). “아무리 어린 아이라도 자기가 갈 방향쯤은 알고 있어야지. 이름은 모르더라도!”

하얀 옷을 입은 신사 옆에 앉아 있던 염소가 눈을 감고 큰 소리로 말했다.

“하다못해 매표소 가는 길쯤은 알고 있어야지. 글자는 모르더라도!”

염소 옆에는 딱정벌레가 앉아 있었다(객차는 정말 이상한 승객들로 가득 차 있었다). 차례로 돌아가면서 말하는 것이 규칙인 듯, 이번에는 딱정벌레가 말했다. “저 아이는 수하물로 되돌려 보내야 할 거야!”

딱정벌레 옆에 앉아 있던 승객은 앨리스에게 보이지 않았지만, 이번엔 쉰 목소리가 들려왔다.

“기차를 갈아 타.” 여기까지 말했을 때 목이 막혀서 말을 끊어야 했다.

'저건 말의 목소리 같은데.' 앨리스는 속으로 생각했다. 그러자 아주 작은 목소리가 바로 귀 옆에서 속삭였다.

"'말horse'과 '쉰 목소리hoarse'는 발음이 같으니까, 그것으로 말장난을 해도 되겠다."

그때 멀리서 부드러운 목소리가 말했다.

"그 애를 수화물로 돌려보내려면 '어린 여자 아이, 취급 주의'라는 꼬리표를 달아야 해."

그러자 다른 목소리들이 말을 이었다('이 객차에는 도대체 승객이 얼마나 많이 타고 있는 거야!' 하고 앨리스는 생각했다).

"우편으로 보내야 해. 머리가 달려 있으니까."

"전보로 보내야 해."

"나머지 구간은 저 아이가 기차를 끌고 가야 해."

이런 말들이 계속 이어졌다.

하지만 하얀 종이옷을 입은 신사가 몸을 앞으로 기울이더니 앨리스의 귀에다 대고 속삭였다.

"저들이 무슨 말을 하든 신경 쓰지 마라, 얘야. 하지만 기차가 설 때마다 돌아가는 차표를 사도록 하렴."

"싫어요." 앨리스가 약간 짜증스럽게 말했다. "사실 이 기차는 제가 있을 곳이 아니에요. 전 숲 속에 있었는데…… 그곳으로 돌아가고 싶어요. 그럴 수만 있다면 그러고 싶어요!"

또다시 작은 목소리가 바로 앨리스의 귓전에서 속삭였다.

"'그럴 수만 있다면 그러고 싶다'라는 문장으로 말장난을 해도 되겠다."

"그렇게 지분거리지 마." 앨리스는 그 목소리가 어디에서 나왔는지 보려고 두리번거렸지만 알 수가 없었다. "그렇게 말장난을 하고 싶으면, 네가 직접 하면 되잖아!"

작은 목소리가 깊은 한숨을 내쉬었다. 그 목소리는 몹시 비참하게 들렸다. 그 목소리가 다른 사람들처럼 한숨을 쉬기만 했더라도 자기는 동정하는 말로 위로해 주었을 거라고 앨리스는 생각했다. 하지만 한숨소리가 믿을 수 없을 만큼 작았기 때문에, 귀 바로 옆에서 들려오지 않았다면 앨리스는 그 소리를 전혀 듣지 못했을 것이다. 그렇기 때문에 앨리스는 귀가 너무 간지러워서, 그 불쌍한 작은 생물의 불행을 생각할 여유가 없었다.

작은 목소리가 말을 이었다.

"나는 네가 친구라는 걸 알아. 다정한 친구, 오래된 친구, 나는 곤충에 지나지 않지만, 너는 나를 해치지 않을 거야."

"어떤 곤충인데?" 앨리스가 조금 불안한 얼굴로 물었다. 앨리스가 정말로 알고 싶은 건 그 곤충이 무느냐 안 무느냐였지만, 그런 질문을 하는 것은 예의에 어긋날 것 같았다.

"뭐라고? 그럼 넌……."

작은 목소리가 말하기 시작했지만, 기차의 날카로운 기적 소리에 묻혀 버렸다. 모든 승객이 놀라서 벌떡 일어섰다. 앨리스도 벌떡 일어났다.

머리를 창 밖으로 내밀고 있던 말이 머리를 안으로 끌어당기고 말했다.

"개울 하나를 건너뛰었을 뿐이야."

이 말에 다들 만족한 것 같았지만, 앨리스는 기차가 개울을 건너뛴다고 생각하자 좀 불안해졌다. '하지만 개울을 건너뛰면 넷째 칸으로 들어가겠네. 그건 다행이야!' 앨리스는 속으로 생각했다. 다음 순간 객차가 공중으로 곧장 올라가는 것을 느꼈다. 앨리스는 겁이 나서 손 가까이 있는 것을 잡히는 대로 움켜잡았다. 그것은 공교롭게도 염소 수염이었다.

그러나 염소 수염은 앨리스의 손이 닿자마자 눈 녹듯이 사라졌고, 앨리스는 어느새 나무 밑에 조용히 앉아 있었다. 그리고 각다귀(이것이 앨리스와 이야기를 주고받은 곤충이었다.)가 바로 머리 위의 작은 나뭇가지에 앉아서 날개로 앨리스에게 부채질을 해 주고 있었다.

그것은 무척이나 커다란 각다귀였다. 앨리스는 몸집이 병아리만 하다고 생각했다. 그래도 그렇게 오랫동안 이야기를 나눈 뒤여서 각다귀한테 겁을 먹지 않았다.

"그럼 넌 모든 곤충을 싫어하니?" 각다귀는 아무 일도 없었던 것처럼 조용히 말을 이었다.

"말을 할 줄 아는 곤충이라면 좋아해. 하지만 내가 사는 곳에는 말할 줄 아는 곤충이 없어." 앨리스가 말했다.

"네가 사는 곳에서는 어떤 곤충을 갖고 있니?" 각다귀가 물었다.

"나는 곤충을 갖고 있지 않아. 곤충을 좀 무서워하거든. 특히 커다란 곤충을. 하지만 곤충 이름을 몇 가지는 알고 있어."

"이름을 부르면 그 곤충들은 물론 대답하겠지?"

"곤충이 대답하는 건 들어 본 적이 없어."

"불러도 대답하지 않을 거면 이름을 갖고 있어 봐야 무슨 소용이야."

"곤충에게는 소용이 없지만, 곤충을 부르는 사람들에게는 소용이 있는 것 같아. 그렇지 않다면 모든 사물이 왜 이름을 갖고 있겠니?"

"모르겠어. 저 아래쪽 숲에 사는 곤충들은 이름이 없어. 어쨌든 곤충들 이름이나 계속 말해 봐. 시간이 없어."

"음, 말파리가 있지."

앨리스는 곤충들 이름을 손가락으로 꼽으며 말하기 시작했다.

"좋아." 각다귀가 말했다. "저 덤불 중간쯤을 보면 흔들목마파리('말파리'는 영어로 horse-fly인데, 이 말을 조금 바꾸어 '흔들목마파리rocking-horse-fly'라는 새로운 곤충을 만들어 냈다: 옮긴이)가 보일 거야. 그건 온몸이 나무로 되어 있고, 몸을 앞뒤로 흔들어서 나뭇가지 사이를 옮겨 다니지."

"저건 뭘 먹고 사니?" 앨리스가 궁금해서 물었다.

"수액과 톱밥을 먹고 살지." 각다귀가 말했다. "이름을 계속 말해 봐."

앨리스는 흔들목마파리를 흥미롭게 바라보면서, 저렇게 반짝반짝 빛나고 끈적끈적해 보이는 것으로 미루어보아 방금 페인트를 다시 칠

한 게 분명하다고 판단했다. 그리고 앨리스는 곤충 이름을 계속 말하기 시작했다.

"잠자리도 있어."

"네 머리 위의 나뭇가지를 봐. 금어초잠자리가 있을 걸. 몸통은 건포도가 든 푸딩으로 되어 있고, 날개는 호랑가시나무 잎으로 되어 있고, 머리는 브랜디에 넣어서 불붙인 건포도야."

"저건 뭘 먹고 사니?" 앨리스는 아까와 같은 질문을 했다.

"프루먼티[23]와 민스파이[24]를 먹고 살지. 그리고 크리스마스 선물 상자 속에 둥지를 짓고 살아."[25]

앨리스는 불타는 머리를 가진 그 곤충을 자세히 살펴보고, '곤충들이 촛불 속으로 날아들기를 그렇게 좋아하는 이유는 자기도 금어초잠자리가 되고 싶어서가 아닐까' 하고 생각한 뒤 말을 이었다.

"그리고 나비가 있어."

23 frumenty; 밀을 우유로 끓인 뒤 설탕·향료·건포도를 넣어 만든 푸딩.

24 mince-pie; 잘게 썬 사과나 건포도를 속에 넣은 파이.

25 '잠자리'는 영어로 dragon-fly인데, 이 말을 조금 바꾸어 '금어초잠자리 snap-drogon-fly'라는 새로운 곤충을 만들어 냈다. 금어초가 크리스마스 장식에 쓰이는 식물이라는 점에 착안해 금어초잠자리의 먹이나 둥지도 크리스마스 음식이나 선물 상자라고 농담하고 있다.

"네 발 밑을 기어가고 있어." 각다귀가 말했다. (앨리스는 조금 놀라서 발을 뒤로 뺐다.) "버터 바른 빵 나비가 보일 거야. 날개는 얇게 썬 버터 바른 빵 조각이고, 몸은 빵 껍질, 머리는 각설탕이야."[26]

"이건 뭘 먹고 사니?"

"크림을 넣은 묽은 홍차."

새로운 의문이 앨리스의 머리에 떠올랐다.

"그런 홍차를 찾지 못하면 어떻게 돼?"

"그러면 물론 죽게 되지."

"하지만 그런 일이 꽤 자주 일어날 텐데?"

"언제나 일어나지."

그 후 앨리스는 잠시 입을 다물고 생각에 잠겼다. 그동안 각다귀는 앨리스의 머리 주위를 빙빙 돌면서 콧노래를 흥얼거리다가 마침내 다시 내려 앉았다.

"네 이름을 잃어버리고 싶지는 않겠지?"

"그야 물론이지." 앨리스는 조금 걱정스럽게 말했다.

"하지만 나는 모르겠어." 각다귀는 태평스러운 투로 말을 이었다.

---

26 '나비'는 영어로 butter-fly인데, 이 말을 약간 바꾸어 '버터 바른 빵 나비bread-and-butter-fly'라는 새로운 곤충을 만들어 냈다.

"네가 이름 없이 집으로 돌아가면 얼마나 편리할지 생각해 봐! 예를 들어 가정교사가 수업을 하려고 너를 부르려면 '이리 와!' 하고 외칠 거야. 그런데 거기서 말을 끊을 수밖에 없어. 부를 이름이 없으니까. 그러면 너는 물론 갈 필요가 없지."

"그런 일은 절대 일어나지 않을 거야. 가정교사는 그게 수업에 빠질 이유가 된다고는 생각지 않을 테니까. 내 이름이 기억나지 않으면 가정교사는 하인들처럼 나를 그냥 '아가씨'라고 부를 거야."

"가정교사가 '아가씨'라고만 부르고 더 이상 아무 말도 하지 않으면, 너는 당연히 수업을 빼먹어도 돼.[27] 이건 농담이야. 네가 농담했으면 좋았을 텐데."

"너는 왜 내가 그런 농담을 하기를 바라니? 아주 썰렁한 농담인걸."

하지만 각다귀는 깊은 한숨만 쉬었을 뿐, 커다란 눈물방울 두 개가 뺨을 타고 흘러내렸다.

"농담이 너를 그렇게 불행하게 만든다면 농담하지 마." 앨리스가 말했다.

그러자 각다귀는 또다시 우울한 한숨을 내쉬었는데, 이제는 이 불쌍한 각다귀가 정말로 한숨에 날아가 버린 것 같았다. 왜냐하면 앨리스가 고개를 들었을 때 나뭇가지 위에 아무것도 안보였기 때문이다. 너무 오래 앉아만 있었던 앨리스는 몸이 으슬으슬 해지자 일어나 걷기 시작했다.

앨리스는 넓은 들판에 이르렀다. 들판 건너편에 숲이 있었다. 그

---

27 '아가씨Miss'와 '빼먹다miss'가 동음이의어인 것을 이용한 말장난이다.

숲은 지난번 숲보다 훨씬 어두워 보여서, 앨리스는 숲 속으로 들어가기가 조금 겁이 났다. 하지만 다시 생각해 보고 계속 나아가기로 마음먹었다. '뒤로 돌아가지는 않을 테니까.' 앨리스는 속으로 생각했다. 이것이 여덟 번째 칸으로 가는 유일한 길이었다.

"여기가 사물에 이름이 없다는 그 숲인가 봐." 앨리스는 생각에 잠겨 혼잣말로 중얼거렸다. "숲속에 들어가면 내 이름은 어떻게 될까? 이름을 잃고 싶은 마음은 전혀 없어. 이름을 잃으면 사람들이 나한테 다른 이름을 줄 텐데, 그건 틀림없이 미운 이름일 거야. 하지만 내 예전의 이름을 갖고 있는 생물을 찾아보면 재미있을 거야. 그건 개를 잃어버렸을 때 내는 광고랑 비슷해. '"대시!" 하고 부르면 응답합니다. 놋쇠 목걸이를 차고 있습니다.' 누군가를 만날 때마다 '앨리스!' 하고 불러 보는 걸 상상해 봐. 누군가가 그 이름에 응답할 때까지 계속하는 거야. 하지만 그들이 영리하다면 아마 응답하지 않을 거야."

앨리스는 이런 식으로 두서없이 중얼거리면서 숲에 이르렀다. 숲은 무척 서늘하고 그늘져 보였다.

"어쨌든 시원해서 다행이야." 앨리스는 나무 아래로 들어가면서 말했다. "그렇게 더운 곳에 있다가 이렇게 시원한…… 시원한 뭐더라?" 앨리스는 단어가 떠오르지 않는 데 놀라면서 말을 이었다. "이렇게 시원한…… 시원한 뭐에 들어왔다고 말하려고 했는데!(한 손을 나무줄기에 대면서) 이걸 뭐라고 부르지? 이름이 없나 봐. 그래, 이름이 없는 게 확실해!"

앨리스는 한동안 말없이 생각에 잠겼다. 그러다가 불쑥 입을 열었다.

"정말로 그 일이 일어났나 봐. 그럼 나는 누구지? 기억해 낼 거야!

아니, 반드시 기억해 내고야 말겠어!" 하지만 그런 결심도 별로 도움이 되지 않았다. 한참 동안 머리를 쥐어짠 뒤에도 앨리스가 할 수 있는 말은 이것뿐이었다. "L, L로 시작되는데. 그건 알고 있어!"

바로 그때 새끼 사슴 한 마리가 천천히 다가왔다. 그 온순하고 커다란 눈망울로 앨리스를 쳐다보았지만, 조금도 겁을 먹은 것 같지 않았다.

"이리 온! 이리 와!"

앨리스는 손을 내밀어 새끼 사슴을 쓰다듬으려고 했다. 하지만 새끼 사슴은 흠칫 놀라 뒤로 조금 물러났을 뿐 그 자리에 멈춰 서서 다시 앨리스를 빤히 바라보았다.

새끼 사슴이 마침내 입을 열었다. 정말 부드럽고 고운 목소리였다.

"넌 이름이 뭐니?"

가엾은 앨리스는 '나도 내 이름을 알았으면 좋겠다!'라고 생각하고, 슬픈 목소리로 대답했다.

"아무 이름도 없어. 지금은 그래."

"다시 생각해 봐. 이름이 없으면 안 돼." 새끼 사슴이 말했다.

앨리스는 열심히 생각했지만 소용이 없었다. 그래서 조심

스럽게 말했다.

"네 이름이 뭔지 말해 줄래? 그러면 조금은 도움이 될 것 같은데."

"네가 좀 더 앞으로 걸어가면 말해 줄게. 여기선 나도 기억나지 않아."

그래서 그들은 함께 숲 속을 걸어갔다. 앨리스는 두 팔로 새끼 사슴의 목을 다정하게 끌어안고 걸었다. 이윽고 그들은 또 다른 들판으로 나왔다. 여기서 새끼 사슴은 갑자기 공중으로 펄쩍 뛰어오르더니 앨리스의 품에서 빠져나갔다. 그러고는 기쁜 목소리로 외쳤다.

"나는 새끼 사슴이야! 그리고 맙소사! 넌 인간 아이잖아."

새끼 사슴의 아름다운 갈색 눈망울에 갑자기 불안한 표정이 떠올랐고, 다음 순간 새끼 사슴은 화살처럼 달아나 버렸다.

앨리스는 멍하니 서서 새끼 사슴의 뒷모습을 바라보았다. 사랑스러운 길동무를 그렇게 갑자기 잃어버린 것이 속상해서 당장이라도 울음이 터질 것 같았다.

"하지만 이젠 나도 이름을 알았어. 그러니까 조금은 위로가 돼. 앨리스, 앨리스. 다시는 잊어버리지 않을 거야. 그런데 이정표에 나온 길 두 개 중 어느 쪽을 따라가야 하지?"

대답하기 어려운 질문은 아니었다. 숲을 지나는 길은 하나밖에 없었고, 두 개의 이정표는둘 다 그 길을 가리키고 있었기 때문이다.

"길이 갈라지고 이정표가 서로 다른 길을 가리키면, 그때 결정하자."

하지만 이런 일은 일어날 성싶지 않았다. 앨리스는 오랫동안 계속 걸었지만, 길이 갈라질 때마다 두 개의 이정표는 둘 다 같은 방향을 가리키고 있었다. 하나에는 '트위들덤의 집 쪽'이라고 씌어 있었고, 또 하나에는 '트위들디의 집 쪽'이라고 씌어 있었다.

"알았다!" 마침내 앨리스는 말했다. "그들은 같은 집에 살고 있는 게 분명해! 왜 진작 그 생각을 못했을까? 하지만 그곳에 오래 머물 수는 없어. 잠깐 들러서 '안녕하세요?' 인사만 하고, 숲에서 빠져나가는 길을 물어봐야지. 날이 저물기 전에 여덟 번째 칸에 도착해야 할 텐데!"

그래서 앨리스는 혼잣말을 중얼거리며 계속 걸었다. 그러다가 갑자기 꺾어지는 모퉁이를 돌자마자 앨리스는 땅딸막한 두 남자와 마주쳤다. 너무 갑작스럽게 사람을 만났기 때문에, 앨리스는 흠칫 놀라 저도 모르게 뒤로 물러섰다. 하지만 곧 그들이 누구인지 알아차리고 놀란 가슴을 진정시켰다.

제 4 장

트위들덤과 트위들디

그들은 서로 어깨동무를 하고 나무 밑에 서 있었다. 앨리스는 누가 누구인지를 당장 알 수 있었다. 한 사람의 목깃에는 '덤'이라는 글자가, 또 한 사람의 목깃에는 '디'라는 글자가 수놓아져 있었기 때문이다.

'목깃 뒷부분에는 '트위들'이라는 글자가 수놓아져 있을 거야.' 앨리스는 속으로 중얼거렸다.

그들이 꼼짝도 않고 서 있었기 때문에, 앨리스는 그들이 살아 있는 사람이라는 것을 깜박 잊고, '트위들'이라는 글자가 정말로 목깃 뒷부분에 수놓아져 있는지 확인해 보려고 했다. 그래서 그들 뒤로 돌아가려는데, '덤'이라고 표시된 사람의 입에서 목소리가 튀어나와 앨리스를 깜짝 놀라게 했다.

"우리를 밀랍 인형으로 생각한다면 관람료를 내야 해. 밀랍 인형은 공짜로 보여 주려고 만드는 게 아니니까. 절대로!"

그러자 '디'라고 표시된 사람이 덧붙여 말했다.

"반대로, 우리를 살아 있는 사람으로 생각한다면, 너는 말을 걸어야 해."

"정말 죄송해요." 앨리스가 할 수 있는 말은 그것뿐이었다. 오래된 노래 가사가 째깍거리는 시계 소리처럼 머릿속에서 계속 울리고 있었기 때문이다. 앨리스는 하마터면 그 노래를 소리 내어 부를 뻔했다.

트위들덤과 트위들디가
결투를 하기로 합의했다네.
트위들덤이 트위들디에게
자기의 멋진 새 딸랑이를 망가뜨렸다고 말했기 때문이지.

바로 그때 괴물 같은 까마귀가 내려왔다네.
타르 통처럼 새까만 까마귀를 보고

두 영웅은 깜짝 놀라서
싸움도 그만 잊어버렸지.

"나는 네가 무슨 생각을 하고 있는지 알아. 하지만 그건 그렇지 않아. 절대로." 트위들덤이 말했다.

"반대로, 그렇다면 그럴 수도 있지. 그렇다면 그렇겠지만, 그렇지 않으니까 그렇지 않아. 그게 논리야." 트위들디가 말을 이었다.

"나는 이 숲에서 빠져나갈 수 있는 가장 좋은 방법을 생각하고 있었어요." 앨리스가 공손하게 말했다. "날이 점점 어두워지고 있으니까요. 길을 가르쳐 주시겠어요?"

하지만 두 땅딸보는 서로 쳐다보면서 히죽히죽 웃기만 했다.

그들은 꼭 덩치 큰 학생들처럼 보였기 때문에, 앨리스는 저도 모르게 트위들덤을 가리키며 말했다.

"첫 번째 학생!"

"절대로!" 트위들덤은 쾌활하게 소리쳤다. 그러고는 다시 입을 다물어 버렸다.

"다음 학생!" 앨리스는 트위들디를 가리켰지만, 트위들디가 "반대로!라고 외칠 게 뻔하다고 생각했다. 역시 트위들디는 그렇게 외쳤다.

"넌 시작부터 틀렸어!" 트위들덤이 외쳤다. "누구를 방문하면 맨 먼저 할 일은 '안녕하세요?'라고 인사하고 악수를 하는 거야!"

여기서 두 형제는 서로 끌어안은 다음, 앨리스와 악수를 하려고 각자 빈손을 내밀었다.

앨리스는 둘 중 하나와 먼저 악수를 하고 싶지 않았다. 그러면 다른 하나가 기분이 상할까 봐 걱정스러웠기 때문이다. 그래서 문제를 해결하는 최선의 방법으로 양쪽 손을 동시에 잡았다. 다음 순간, 세 사람은 둥글게 원을 그리며 춤을 추기 시작했다. 이것은 너무나 자연스러워 보였다(나중에 앨리스는 그렇게 기억했다). 앨리스는 심지어 음악 소리를 듣고도 전혀 놀라지 않았다. 음악은 그들이 밑에서 춤추고 있는 나무에서 흘러나오는 듯했는데, 나뭇가지들이 바이올린 활처럼 서로 마찰하여 내는 소리였다(앨리스는 그것을 알 수 있었다).

"하지만 정말 재미있었어." (나중에 앨리스는 언니한테 자초지종을 이야기하면서 말했다.) "문득 정신을 차리고 보니, 내가 어느새 '돌아라, 돌아라, 뽕나무를 돌아라'를 부르고 있잖아. 언제부터 그 노래를 부르기 시작했는지는 모르겠지만, 웬일인지 아주 오랫동안 그 노래를 부르고 있었던 것 같았어!"

앨리스와 함께 춤을 추는 두 사람은 뚱보여서 금세 숨을 헐떡거렸다.

"한 번에 네 바퀴만 돌면 충분해." 트위들덤이 헐떡거리며 말했다.

그들은 시작했을 때처럼 갑자기 춤을 멈추었다. 그와 동시에 음악 소리도 멎었다.

그들은 앨리스의 손을 놓고, 잠시 앨리스를 바라보며 서 있었다. 어색한 침묵이 흘렀다. 앨리스는 조금 전까지 함께 춤을 춘 사람들과 어떻게 대화를 시작해야 할지 알 수가 없었다. '이제 와서 안녕하세요? 인사하면 이상할 거야.' 앨리스는 속으로 중얼거렸다. '어쨌든 그 단계는 넘어선 것 같아.'

"많이 지치지는 않으셨죠?" 앨리스가 마침내 말했다.

"너무 고마워!" 트위들디가 덧붙여 말했다. "시를 좋아하니?"

"네. 무척 좋아해요. 어떤 시는……." 앨리스는 우물쭈물 대답하고 나서 물었다. "숲에서 나가려면 어느 길로 가야 하는지 가르쳐 주시겠어요?"

"이 아이한테 무슨 시를 외워 줄까?" 트위들디는 앨리스의 질문은 들은 체도 하지 않고, 진지한 눈으로 트위들덤을 돌아보며 물었다.

"'바다코끼리와 목수'가 제일 긴 시야." 트위들덤이 형제를 다정하게 끌어안으면서 대답했다.

트위들디는 당장 시를 외우기 시작했다.

해가 바다 위에서 빛나고…….

이때 앨리스는 용기를 내어 트위들디의 말을 가로막았다. 그러고는 최대한 공손하게 말했다.

"그 시가 아주 길다면, 외우기 전에 길부터 먼저 가르쳐 주시면……."

그러나 트위들디는 부드럽게 미소를 짓고 나서 다시 외우기 시작했다.

해가 바다 위에서 빛나고 있었지.

있는 힘을 다해 빛나고 있었어.
굽이치는 파도를 잔잔히 빛나게 하려고
해는 최선을 다했지.

그런데 이게 참 이상해. 왜냐하면
그때는 한밤중이었으니까.

달은 부르퉁하게 빛나고 있었지.
낮이 다 지나갔으므로
해는 하늘에 떠 있을 권리가 없다고,
달은 그렇게 생각했지. 그래서 말했어.
"해는 너무 무례해.
한밤중에 나와서 즐거움을 망쳐 버리다니!"

바다는 한없이 축축했고
모래는 바싹 말라 있었지.

구름 한 점 보이지 않았어.
하늘엔 구름이 없었으니까.
어떤 새도 머리 위를 날아가지 않았어.
날아다닐 새가 한 마리도 없었으니까.

바다코끼리와 목수는
바싹 붙어서 걷고 있었지.
그들은 엄청나게 많은 모래를 보고
눈물을 흘리며 슬퍼했어.
그래서 말했지. "이걸 말끔히 치워 버릴 수만 있다면
굉장히 멋질 텐데."

"일곱 명의 하녀가 일곱 개의 빗자루로
반 년 동안 쓸어 내면
모래를 치울 수 있을까?"
바다코끼리가 말했지.
그러자 목수는 "안 될 거야" 하고는
쓰라린 눈물을 흘렸지.

"굴들아, 나와서 우리랑 산책하자꾸나!"
바다코끼리는 간청했지.
"바닷가를 따라 걸으며
유쾌한 산책, 유쾌한 대화를 즐기자꾸나.

우리가 손은 네 개밖에 없지만
서로 손에 손을 잡자꾸나."

가장 나이 많은 굴이 쳐다보았지만
그는 한 마디도 하지 않았지.
가장 나이 많은 굴은 눈을 찡긋하고
무거운 머리를 저었어.
그것은 굴 밭을
떠나지 않겠다는 뜻이었지.

하지만 나이 어린 굴 네 개는
멋진 경험을 하고 싶어서 서둘러 올라왔지.
옷솔로 외투를 털고, 얼굴을 씻고,
신발을 깨끗하고 말끔하게 손질했어.
그런데 이게 참 이상해. 왜냐하면
굴은 발이 없으니까.

다른 굴 네 개도 그들을 따라왔고,
또 다른 굴 네 개도 따라왔지.
마침내 굴들은 줄줄이 올라왔고,
점점 더, 점점 더, 점점 더 많아졌어.
다들 거품 이는 파도를 뛰어넘어
바닷가로 기어 나왔지.

바다코끼리와 목수는
1킬로미터쯤 계속 걸어갔지.
그런 다음 편하고 나지막한
바위에 걸터앉아 쉬었어.
어린 굴들은 모두
한 줄로 서서 기다렸지.

바다코끼리가 말했어.
"때가 됐군. 이야기할 때가.
구두에 대해, 배에 대해, 밀랍에 대해,
양배추에 대해, 왕에 대해.
그리고 바다는 왜 뜨겁게 끓고 있는지,
돼지한테는 날개가 있는지 없는지에 대해."

"잠깐만요." 굴들이 외쳤지.
"잠깐 쉬고 나서 이야기합시다.

우리 가운데 몇몇은 숨이 차고,
우리는 모두 뚱뚱하니까요!"
"그래, 서두를 거 없어." 목수가 말했지.
그래서 굴들은 목수에게 무척 고마워했어.

이윽고 바다코끼리가 말했지.
"우리에게 정말 중요한 건 빵 한 덩이야."
"후추와 식초가 있으면
더욱 좋겠지.
사랑스러운 굴들아, 준비가 됐으면
우리는 먹기 시작할게."

"설마 우리를? 그건 아니겠죠?"
굴들이 파랗게 질려서 외쳤지.
"그렇게 친절을 베풀고 나서 잡아먹는 건
정말 끔찍한 짓이에요!"
그러자 바다코끼리는 말했지.
"밤이 아름답군. 정말 찬탄할 만한 풍경이야!"

"너희들, 와 줘서 정말 고마웠다!
너희들, 맛이 그만이야!"
하지만 목수는 이렇게만 말했지.
"한 조각 더 잘라 줘.

귀먹은 게 아니겠지.
꼭 두 번씩 부탁하게 만드는군!"

바다코끼리가 말했지.
"속임수를 쓰다니! 그건 부끄러운 짓이야.
이렇게 멀리까지 데려오고,
그렇게 빨리 뛰게 해 놓고!"
하지만 목수는 이렇게만 말했지.
"버터를 너무 두껍게 발랐어."

바다코끼리는 말했지.
"너희들 생각하니 눈물이 나.
너희는 너무 불쌍해."
바다코끼리는 눈물을 흘리면서
제일 큰 굴들을 골라냈지.
손수건을 꺼내 들고 눈물을 훔치면서.

"오오, 굴들아." 목수가 말했지.
"너희는 유쾌한 달리기를 했어!
다시 집으로 뛰어서 돌아갈까?"
하지만 대답이 하나도 없었어.
하지만 이상한 일도 아니지. 왜냐하면
굴을 모두 먹어 버렸으니까.

"난 바다코끼리가 더 좋아요. 바다코끼리는 불쌍한 굴들을 조금이나마 가엾게 여겼으니까요." 앨리스는 말했다.

"하지만 바다코끼리는 목수보다 더 많이 먹었어." 트위들디가 말했다. "바다코끼리는 자기가 굴을 몇 개나 먹는지 목수가 세지 못하게 손수건으로 앞을 가리고 있었어."

"그건 비열해요!" 앨리스가 화난 목소리로 말했다. "그렇다면 바다코끼리보다 목수가 더 좋아요. 바다코끼리만큼 많이 먹지 않았다면."

"하지만 목수도 굴을 실컷 먹었어." 트위들덤이 말했다.

이것은 어려운 문제였다. 잠시 후 앨리스가 입을 열었다.

"바다코끼리와 목수는 둘 다 아주 나쁜……."

이때 앨리스는 무슨 소리를 듣고 놀라서 말을 끊었다. 가까운 숲에서 커다란 증기 기관이 연기를 내뿜는 소리처럼 들렸지만, 앨리스는 그게 사나운 들짐승일지 모른다고 생각했다. 그래서 겁먹은 소리로 물었다.

"이 근처에 사자나 호랑이가 살고 있나요?"

"저건 붉은 왕이 코를 고는 소리일 뿐이야." 트위들디가 말해따.

"붉은 왕을 보러 가자!" 두 형제가 외치고는 앨리스의 손을 하나씩 잡고, 붉은 왕이 자고 있는 곳으로 데려갔다.

"보기 좋은 광경은 아니지?" 트위들덤이 물었다.

솔직히 보기 좋은 광경이라고 말할 수는 없었다. 붉은 왕은 장식 술이 달린 기다란 붉은색 나이트캡(잠잘 때 머리가 흐트러지지 않도록 쓰는 모자: 옮긴이)을 쓰고, 구깃구깃 뭉쳐 놓은 누더기 더미처럼 웅크리고 누워서 요란하게 코를 골고 있었다.

"코를 골다가 머리가 날아가 버리겠네!" 트위들덤이 말했다.

"축축한 풀밭 위에 누워 있으면 감기에 걸리지 않을까요." 앨리스가 착한 소녀답게 말했다.

"붉은 왕은 지금 꿈을 꾸고 있어. 무슨 꿈을 꾸고 있는 것 같니?" 트위들디가 말했다.

"그거야 아무도 모르죠." 앨리스가 말했다.

"바로 너에 대한 꿈이야." 트위들디가 의기양양하게 손뼉을 치면서 외쳤다. "왕이 그 꿈을 다 꾸고 나면 너는 어디에 있을 것 같니?"

"물론 지금 있는 곳에 있겠죠."

"천만에! 너는 어디에도 없을 거야. 너는 왕의 꿈속에나 있는 존재니까!" 트위들디가 업신여기는 투로 말했다.

"왕이 잠에서 깨어나면 너는 순식간에 사라질 거야. 휙 하고 촛불이 꺼지듯!" 트위들덤이 덧붙였다.

"아니에요!" 앨리스는 화가 나서 소리쳤다. "게다가 내가 왕의 꿈속에나 있는 존재라면, 댁들은 뭐죠? 뭐냐고요?"

"닮은 꼴." 트위들덤이 말했다.

"닮은 꼴, 닮은 꼴!" 트위들디가 외쳤다. 그가 너무 큰 소리로 외쳤기 때문에 앨리스는 트위들디에게 주의를 주지 않을 수 없었다.

"쉿! 그렇게 큰 소리를 내면 왕이 깨겠어요."

그러자 트위들덤이 말했다.

"왕을 깨우지 말라고 해 봤자 아무 소용이 없어. 너는 왕의 꿈속에나 있는 존재니까. 네가 진짜가 아니라는 건 너도 잘 알잖아."

"나는 진짜예요!" 앨리스는 울기 시작했다.

"운다고 해서 조금이라도 더 진짜가 되는 건 아니야." 트위들디가 말했다. "그러니 울 필요가 없어."

"내가 진짜가 아니라면 울 수도 없을 거예요."

앨리스는 모든 일이 너무나 우스꽝스럽게 여겨졌기 때문에 울다가 반쯤 웃으면서 대꾸했다. 그러자 트위들덤이 경멸하는 투로 끼어들었다.

"그럼 그게 진짜 눈물이라고 생각한단 말이야?"

'이 사람들 말은 다 허튼소리야. 저런 말을 듣고 우는 건 바보 같은 짓이야.' 앨리스는 생각했다. 그래서 눈물을 닦고 애써 쾌활하게 말을 이었다.

“어쨌든 나는 이 숲에서 나가는 게 좋겠어요. 날이 정말로 캄캄해지고 있으니까요. 비가 올 것 같아요?”

트위들덤이 자신과 형제의 머리 위에 커다란 우산을 펴고는, 그 속에서 위를 쳐다보았다.

“아니, 그럴 것 같지 않은데, 적어도 이 우산 밑에는. 절대로.”

“하지만 밖에는 비가 올지도 모르잖아요?”

“오고 싶으면 올 수도 있지. 우리는 이의 없어. 반대로.”

‘정말 이기적이야!’ 앨리스는 생각했다. 작별 인사를 하고 떠나려는데, 우산 밑에서 트위들덤이 뛰쳐나오더니 앨리스의 손목을 움켜잡았다.

“저거 보여?” 그는 감정이 복받쳐서 목멘 목소리로 말했다. 그의 눈은 순식간에 커지고 온통 노래졌다. 그는 떨리는 손가락으로 나무 밑에 놓여 있는 작고 하얀 물체를 가리켰다.

앨리스는 그 작고 하얀 것을 유심히 살펴본 뒤에 말했다.

“저건 방울이에요. 방울뱀이 아니라.” 앨리스는 얼른 덧붙였다. “그냥 딸랑이라고요. 오래된 딸랑이, 낡고 부서진 딸랑이.”

“나도 알고 있어!” 트위들덤은 사납게 쿵쿵거리며 돌아다니고 머리털을 쥐어뜯기 시작했다. “딸랑이

는 물론 망가졌지." 그는 트위들디를 노려보았다. 트위들디는 당장 땅바닥에 주저앉아 우산 밑에 숨으려고 애썼다.

앨리스는 트위들덤의 팔에 손을 올려놓고 달래는 목소리로 말했다.

"낡은 딸랑이 하나 때문에 그렇게 화낼 필요는 없잖아요."

"하지만 저건 낡지 않았어!" 트위들덤은 더욱 화가 나서 외쳤다. "분명히 말하지만 저건 새거야. 어제 산 거야. 내 멋진 새 딸랑이!" 그의 목소리는 점점 높아져서 완전히 비명이 되었다.

그동안 트위들디는 우산 속에 몸을 집어넣은 채 우산을 접으려고 안간힘을 쓰고 있었다. 그것은 너무 엉뚱한 짓이었기 때문에 앨리스의 관심은 화난 형제로부터 다른 형제 쪽으로 옮아갔다. 하지만 트위들디는 성공하지 못했고, 결국 머리를 밖으로 내민 채 우산에 싸여 나동그라졌다. 트위들디는 땅바닥에 누운 채, 입과 커다란 눈을 열었다 닫았다 하고 있었다. 앨리스는 꼭 물고기처럼 보인다고 생각했다.

"물론 너는 결투에 동의하겠지?" 트위들덤이 조금 차분해진 목소리로 말했다.

"그럴지도." 트위들디가 우산 속에서 기어 나오면서 퉁명스럽게 대답했다. "저 아이가 결투 준비를 도와준다면."

그래서 두 형제는 손에 손을 잡고 숲 속으로 들어갔다가 곧 두 팔에 물건을 한 아름 안고 돌아왔다. 그것은 베개, 담요, 난로 깔개, 식탁보, 접시 덮개, 석탄통 따위였다.

"너는 핀으로 고정하고 끈으로 묶는 일을 잘하겠지?" 트위들덤이 앨리스에게 물었다. "이 물건들을 모두 몸에 달라고 해. 어떻게 해서든."

나중에 앨리스는 그런 야단법석은 난생처음 보았다고 말했다. 두 형제가 부산을 떠는 모습, 그들이 몸에 걸친 그 많은 물건, 그것들을 끈으로 묶고 단추로 고정하느라 앨리스가 겪은 고생.

'준비가 다 끝나면 꼭 넝마 꾸러미처럼 보일 거야.' 앨리스는 트위들디의 목에 베개를 둘러 주면서 생각했다.

목에 베개를 두르는 것은 '목이 잘리지 않기 위해서'라고 트위들디는 말했다. 그러고는 엄숙하게 덧붙였다.

"그건 결투하는 사람에게 일어날 수 있는 가장 심각한 사태라고 할 수 있지."

앨리스는 웃음이 나왔지만, 트위들디가 기분 나빠하지 않도록 웃음을 기침으로 얼버무렸다.

"내가 너무 창백해 보이니?" 트위들덤이 투구 끈을 묶어 달라고 다가오면서 물었다. (그는 그것을 투구라고 불렀지만, 투구보다는 찌개 냄비와 비슷해 보였다.)

"글쎄…… 조금 그래요." 앨리스는 부드럽게 대답했다.

"나는 무척 용감해, 보통 때는." 트위들덤이 낮은 목소리로 말했다. "그런데 오늘은 머리가 아파."

"나는 이가 아파!" 트위들덤의 말을 엿들은 트위들디가 말했다. "너보다 내가 훨씬 더 아프다고!"

"그렇다면 오늘은 싸우지 않는 게 좋겠어요." 앨리스는 둘을 화해시킬 좋은 기회라고 생각하면서 말했다.

"우리는 조금 싸워야 해. 하지만 오래 싸워도 상관없어." 트위들덤이 말했다. "그런데 지금 몇 시지?"

트위들디가 손목시계를 들여다보고 말했다.

"네 시 반."

"여섯 시까지 싸우고, 그런 다음 저녁을 먹자." 트위들덤이 말했다.

"좋아." 트위들디가 말했다. 그러고는 앨리스에게 조금 슬픈 목소리로 덧붙였다. "우리 싸움을 구경해도 돼. 하지만 너무 가까이 오지 않는 게 좋을 거야. 난 진짜 흥분하면 눈에 보이는 건 뭐든지 후려치는 버릇이 있으니까."

"그리고 나는 손에 닿는 건 뭐든지 후려쳐. 보이든 안 보이든!" 트위들덤이 외쳤다.

앨리스는 소리 내어 웃었다. "그럼 나무를 후려칠 때가 많겠네요."

트위들덤은 흐뭇한 미소를 지으며 주위를 둘러보았다.

"싸움이 끝날 때쯤이면, 저 멀리까지 남아 있는 나무가 하나도 없을 거야."

"겨우 딸랑이 하나 때문에 싸운단 말이에요?" 그렇게 하찮은 일로 싸우는 것을 그들이 조금은 부끄러워하기를 바라면서 앨리스가 말했다.

"그게 새것만 아니었다면 나도 그렇게 속상하지 않았을 거야." 트위들덤이 말했다.

'그 괴물 같은 까마귀가 왔으면 좋을 텐데!' 앨리스는 생각했다.

"칼은 하나뿐이야." 트위들덤이 형제에게 말했다. "하지만 너는 우산으로 싸우면 돼. 우산도 칼만큼 날카로우니까. 하지만 빨리 시작해야겠다. 날이 어두워지고 있어."

"점점 더 어두워지는데." 트위들디가 말했다.

너무 갑자기 어두워지고 있어서, 앨리스는 폭풍우가 몰려오고 있는 게 분명하다고 생각했다.

"저 짙은 먹구름 좀 보세요!" 앨리스가 말했다. "아주 빠르게 몰려오고 있어요! 날개라도 달린 것 같아요!"

"저건 까마귀야!" 트위들덤이 놀라서 새된 목소리로 외쳤다. 두 형제는 부리나케 도망쳐서 순식간에 사라졌다.

앨리스는 숲 속으로 조금 뛰어가다가 커다란 나무 밑에 멈춰 섰다.

'여기 있으면 나를 공격하지 못할 거야.' 앨리스는 생각했다. '덩치가 크니까 나무들 사이로 비집고 들어오지 못하겠지. 하지만 날개를 저렇게 퍼덕거리지 않으면 좋을 텐데. 날갯짓 때문에 숲에 태풍이 일어나고 있잖아. 누군가의 숄이 날아오고 있네!'

제 5 장

양털과 물

앨리스는 숄을 붙잡고, 주인을 찾아 주위를 두리번거렸다. 잠시 후, 하얀 여왕이 두 팔을 활짝 벌리고 나는 듯이 숲 속을 달려왔다. 앨리스는 숄을 들고 공손하게 여왕 앞으로 나아갔다.

"제가 마침 거기에 있어서 다행이에요." 앨리스는 하얀 여왕이 다시 숄을 두르는 것을 도와주면서 말했다.

하얀 여왕은 난감하고 겁먹은 표정으로 앨리스를 바라볼 뿐이었다. 그리고 속삭이는 소리로 뭐라고 계속 중얼거렸는데, '버터 바른 빵, 버터 바른 빵'이라고 말하는 것 같았다. 앨리스는 여왕과 대화를 나누려면 자기가 먼저 말을 걸 수밖에 없겠다고 생각했다. 그래서 조심스럽게 입을 열었다.

"저는 지금 하얀 여왕님께 말을 걸고 있는 거죠?"

"그래. 네가 이걸 옷단장이라고 부른다면 그렇다고 할 수 있겠지. 난 전혀 그렇게 생각지 않지만 말이다." 여왕이 말했다.[28]

앨리스는 대화를 시작하자마자 입씨름하는 것은 바람직하지 않을 것 같아서 미소를 지으며 말했다.

"어떻게 시작하면 되는지 말씀만 해 주시면 최선을 다해서 그대로 해볼게요."

"하지만 나는 그걸 바라지 않아!" 여왕이 신음하듯 말했다. "나는 두 시간 동안이나 혼자서 옷단장을 했단다."

앨리스가 보기에 옷시중을 남에게 맡겼다면 훨씬 나았을 것 같았다. 여왕의 옷차림은 지독하게 어수선했다. '모든 게 비뚤어져 있어. 머리엔 온통 핀이 꽂혀 있고!' 앨리스는 속으로 생각했다. 그러고는 소리 내어 말했다.

28 앨리스는 '말을 걸다 addressing'이라고 말했는데, 여왕은 앨리스가 옷매무새를 도와주었기 때문에 이 말을 '옷단장 a-dressing'이라고 잘못 알아들었다.

"제가 숄을 바로잡아 드릴까요?"

"뭐가 문제인지 모르겠구나." 여왕이 서글픈 목소리로 말했다. "아무래도 숄이 화가 났나 봐. 여기저기 핀을 꽂아 보았지만, 숄은 조금도 만족하지 않아."

"한쪽에만 핀을 꽂으면 숄이 똑바로 될 리가 없죠." 앨리스는 숄을 친절하게 바로잡아 주면서 말했다. "맙소사. 머리가 엉망이네요!"

"브러시가 머리카락에 엉켜 버렸어!" 여왕이 한숨을 쉬며 말했다. "빗은 어제 잃어버렸단다."

앨리스는 조심스럽게 브러시를 떼어 낸 뒤, 여왕의 머리를 매만져 주려고 애썼다. 핀들을 다시 꽂은 뒤에 말했다.

"이젠 훨씬 좋아졌어요. 하지만 시녀를 두셔야겠어요!"

"네가 해 줬으면 좋겠구나. 봉급은 일주일에 2페니, 그리고 이틀에 한 번씩 잼을 주마."

앨리스는 웃음을 터뜨리면서 말했다.

"저는 일자리가 필요 없어요. 그리고 잼을 좋아하지도 않아요."

"아주 맛있는 잼이야."

"어쨌든 오늘은 잼을 먹고 싶지 않아요."

"먹고 싶어도 오늘은 먹을 수 없을 거야. 내일 잼과 어제 잼은 있지만 오늘 잼은 없으니까. 그게 규칙이야."

"때로는 오늘 잼도 분명 있을 거예요." 앨리스는 이의를 제기했다.

"아니, 그럴 수는 없어. 잼은 하루걸러 한 번씩 나오지만, 오늘은

'다른 날'이 아니니까."[29]

"무슨 말인지 모르겠어요. 너무 혼란스러워요."

"거꾸로 살면 그렇게 된단다. 처음엔 머리가 좀 어지럽지."

"거꾸로 산다고요?" 앨리스는 깜짝 놀라서 되물었다. "그런 말은 들어본 적도 없어요!"

"하지만 거기에는 한 가지 큰 이점이 있지. 기억이 양쪽으로 작용한다는 거야."

"제 기억은 한쪽으로만 작용해요. 어떤 일이 일어나기 전에는 그 일을 기억할 수 없어요."

"뒤쪽으로만 작용하다니, 정말 형편없는 기억이구나."

"무슨 일을 가장 또렷이 기억하세요?"

앨리스는 용기를 내어 물어보았다.

"다음다음 주에 일어난 일들이지." 여왕은 아무렇지도 않게 대답했다. 그러고는 손가락에 커다란 고약 한 덩어리를 붙이면서 말을 이었다. "예를 들면 왕의 심부름꾼이 있는데, 지금 감옥에 갇혀서 벌을 받고 있지. 재판은 다음 수요일에나 시작될 거야. 물론 범죄는 맨 나중에 저질러지지."

"그 사람은 아직 죄를 저지르지 않은 거잖아요?" 앨리스가 물었다.

"그게 더 좋잖아. 안 그래?" 여왕은 붕대로 고약을 손가락에 동여매면서 말했다.

---

29 '하루걸러 한 번'은 영어로 every other day인데, 여기서 other day를 말 그대로 '다른 날'이라고 사용한 말장난을 앨리스는 이해하지 못하고 있다.

앨리스는 그 말도 일리가 있다고 생각했다.

"물론 그게 더 좋겠죠. 하지만 그 사람이 죄도 없이 벌을 받는 건 더 좋다고 할 수 없어요."

"어쨌든 그 점에서는 네가 틀렸어. 너 벌 받아 본 적 있니?"

"잘못했을 때는요."

"그래서 너는 더욱 좋아진 거야!" 여왕은 의기양양하게 말했다.

"그래요. 하지만 저는 벌 받을 짓을 한 뒤에 벌을 받았어요. 그건 전혀 달라요."

"하지만 네가 벌 받을 짓을 하지 않았다면 훨씬 더 좋았겠지. 훨씬, 훨씬, 훨씬 더!" 여왕의 목소리는 '훨씬'을 되풀이할 때마다 점점 높아져서 나중에는 삐걱거리는 소리를 냈다.

앨리스가 "뭔가 잘못이……." 하고 말하기 시작했을 때, 여왕이 비명을 지르기 시작했다. 그 소리가 너무 커서 앨리스는 말을 멈출 수밖에 없었다.

"아야, 아야, 아야!" 여왕은 비명을 지르면서, 손을 떼어 내고 싶은 것처럼 마구 흔들었다. "손가락에서 피가 나! 아야, 아야, 아야, 아야!"

여왕의 비명 소리는 기관차의 기적 소리처럼 시끄러워서, 앨리스는 두 손으로 귀를 틀어막아야 했다.

잠시 비명 소리가 작아져, 말소리가 여왕의 귀에 들릴 기회가 생기자마자 앨리스가 물었다.

"무슨 일이에요? 손가락을 찔렀나요?"

"아직은 찔리지 않았어. 하지만 곧 그렇게 될 거야. 아야, 아야, 아야!"

"언제쯤 그럴 것 같으세요?" 앨리스는 웃음이 터질 듯한 기분을 느끼면서 물었다.

"숄을 다시 고정할 때. 브로치가 곧바로 풀릴 거야. 아야, 아야!" 여왕이 말한 순간 브로치가 풀렸고, 여왕은 브로치를 꽉 움켜잡고 다시 채우려고 했다.

"조심해요! 그렇게 꽉 쥐면 브로치가 부러지겠어요." 앨리스가 외치고는 브로치를 낚아챘지만, 때는 이미 늦었다. 핀이 미끄러져, 여왕은 손가락을 찔리고 말아다.

"피가 날 거라고 했지." 여왕은 빙긋 웃으면서 말했다. "이젠 너도 여기서 일이 일어나는 방식을 이해하겠지?"

"하지만 왜 지금은 비명을 지르지 않으세요?" 앨리스는 다시 두 손을 귀를 틀어막을 준비를 하고 물었다.

"비명은 벌써 다 질렀잖니. 끝난 일을 다시 되풀이해 봤자 무슨 소용이야?"

이때쯤에는 주위가 밝아지기 시작했다.

"까마귀가 날아가 버린 모양이에요. 가 버려서 기뻐요. 전 밤이 온 줄 알았거든요."

"나도 기뻐할 수 있다면 좋으련만! 하지만 그 규칙을 기억해 낼 수가 없어. 이 숲 속에 살면서 내킬 때마다 기뻐할 수 있으니, 너는 참 행복하겠구나!"

"하지만 여기는 너무 쓸쓸해요." 앨리스는 우울한 목소리로 말했다. 자신의 외로운 처지를 생각하자 커다란 눈물방울 두 개가 뺨을 타고 흘러내렸다.

"오, 그러면 안 돼!" 여왕은 절망하여 두 손을 쥐어짜면서 외쳤다. "네가 얼마나 대단한 아이인지 생각해 봐. 네가 오늘 얼마나 먼 길을 왔는지 생각해 봐. 지금이 몇 시인지 생각해 봐. 뭐든지 생각해 봐. 하지만 제발 울지는 마라!"

앨리스는 눈물을 흘리면서도 이 말에 웃지 않을 수 없었다.

"무언가를 생각하면 울지 않을 수 있나요?" 앨리스는 물어다.

"그게 바로 울음을 참는 방법이야." 여왕은 자신 있게 말했다. "아무도 두 가지 일을 동시에 할 수는 없단다. 우선 네 나이부터 생각해 보자. 몇 살이지?"

"일곱 살 반이에요. 정확히."

"'정확히'라고 말할 필요는 없어. 그렇게 말하지 않아도 네 말을 믿을 수 있으니까. 이제 너한테 믿을 거리를 주마. 나는 백한 살하고도 다섯 달 하루를 살았단다."

"그럴 리가요!"

"못 믿겠다고?" 여왕은 안됐다는 투로 말했다. "다시 생각해 봐. 숨을 길게 들이마시고 눈을 감아."

앨리스는 소리 내어 웃고 나서 말했다.

"애써 봤자 아무 소용 없어요. 있을 수 없는 일을 믿을 수는 없죠."

"너는 연습을 많이 하지 않은 게 분명해. 내가 네 나이였을 때는 날마다 하루에 30분씩 연습했어. 때로는 아침을 먹기 전에 있을 수 없는 일을 여섯 가지나 믿기도 했지. 아니, 숄이 또 날아가네!"

여왕이 말하는 동안 브로치가 풀렸고, 갑자기 불어온 돌풍이 여왕의 숄을 작은 개울 너머로 날려 보냈다.

여왕은 다시 두 팔을 벌리고 숄을 따라 나는 듯이 달려갔다. 그리고 이번에는 자신이 직접 숄을 잡는 데 성공했다.

"잡았다!" 여왕은 자랑스럽게 외쳤다. "이제 나 혼자서 숄을 다시 핀으로 고정하는 걸 보여 줄게."

"그럼 이제 손가락이 좀 나았나 보군요?" 앨리스는 공손히 말하고, 여왕을 따라 작은 개울을 건넜다.

"그래, 많이 좋아졌어." 여왕이 말했다. 말하는 동안 여왕의 목소리는 점점 높아져서 삐걱거리는 듯한 소리가 되었다. "많이 좋아졌어! 마아니! 마아아니!" 마지막 말은 "매애애" 하는 소리로 끝났는데, 그 소리가 양의 울음소리와 너무 비슷해서 앨리스는 깜짝 놀랐다.

앨리스가 돌아보니, 여왕은 갑자기 양털로 온몸을 감싼 것처럼 보였다. 앨리스는 눈을 비비고 다시 보았다. 도대체 무슨 일이 일어났는지 이해할 수가 없었다. 내가 가게에 있었나? 그리고 저건 진짜로…… 계산대 안쪽에 앉아 있는 것은 진짜로 양인가? 눈을 다시 비비고 봐도, 이해할 수 없는 것은 마찬가지였다. 앨리스는 작고 어두운 가게 안에서 계산대 위에 팔꿈치를 올려놓고 있었고, 맞은편에는 늙은 양 한 마리가 안락의자에 앉아서 뜨개질을 하면서 때때로 커다란 안경 너머로 앨리스를 쳐다보았다.

"뭘 사고 싶니?"

"아직 잘 모르겠어요. 괜찮다면 먼저 가게를 둘러보고 싶은데요."

"네 앞쪽과 양쪽을 얼마든지 봐도 좋지만, 주위를 다 둘러볼 수는 없어. 뒤통수에 눈이 달려 있다면 모를까."

하지만 앨리스의 뒤통수에는 물론 눈이 달려 있지 않았다. 그래서 앨리스는 가게 안을 빙 돌면서 선반에 다가가 그 위에 있는 물건들을 살펴보는 것으로 만족했다.

가게에는 온갖 야릇한 물건이 가득 차 있는 것 같았다. 하지만 무엇보다도 이상한 점은 앨리스가 어떤 선반에 뭐가 있는지 정확히 보려고 그 선반을 유심히 살펴볼 때마다, 그 주위에 있는 다른 선반들은 물건들로 가득 차 있는데 그 선반은 텅 비어 있다는 것이었다.

"여기서는 물건들이 이리저리 흘러다니나 봐!" 앨리스는 반짝반짝 빛나는 커다란 물건 하나를 1분쯤 따라다니다가 놓치고, 마침내 슬픈 목소리로 말했다. 때로는 인형처럼 보이고 때로는 반짇고리처럼 보이는 그 물건은 언제나 앨리스가 바라보고 있는 선반의 바로 위 선반으로 옮아가 있었다.

"저게 날 정말로 약올리네. 하지만 잠깐……." 문득 어떤 생각이 떠오르자 앨리스는 덧붙여 말했다. "꼭대기 선반까지 따라가 보자. 천장을 뚫고 나가지는 못하겠지!"

하지만 이 계획도 실패했다. 그 물건은 아주 자연스럽게, 더없이 조용하게 천장을 뚫고 나가 버렸다.

"너는 어린애냐 팽이냐?" 양이 또 다른 뜨개바늘 한 쌍을 집어 들면서 물었다. "네가 그렇게 팽이처럼 계속 돌아다니면 내가 어지럽지 않겠니?"

양은 이제 열네 쌍의 뜨개바늘을 동시에 놀리고 있었다. 앨리스는 너무 놀라서 양을 쳐다보지 않을 수 없었다.

'저렇게 많은 바늘을 어떻게 한꺼번에 움직일 수 있을까?' 앨리스는 어리둥절해져서 생각했다. '갈수록 고슴도치와 비슷해지는 것 같아.'

"노를 저을 줄 아니?" 양이 뜨개바늘 한 쌍을 앨리스에게 건네주면서 물었다.

"네, 조금요. 하지만 땅 위에서는 못해요. 뜨개바늘로는 못해……." 앨리스가 말을 끝내기도 전에 뜨개바늘이 손안에서 노로 변했고, 앨리스는 어느 새 양과 함께 작은 보트를 타고 강둑 사이를 흘러가고 있었다. 그래서 앨리스는 이제 열심히 노를 저을 수밖에 없었다.

"깃털!" 양이 또 다른 뜨개바늘 한 쌍을 집어 들면서 외쳤다.[30]

이 말은 대답을 바라는 것처럼 들리지 않았기 때문에 앨리스는 아무 말도 하지 않고 계속 노를 저었다. 이 강물은 정말 이상하다고 앨리스는 생각했다. 이따금 노가 물속에 단단히 박혀서 나오려 하지 않았기 때문이다.

"깃털! 깃털!" 양이 더 많은 뜨개바늘을 집어 들면서 다시 외쳤다. "그러다가는 이제 곧 게를 잡겠다!"[31]

'작고 예쁜 게! 게를 잡았으면 좋겠다.' 앨리스는 생각했다.

"'깃털'이라고 말하는 걸 못 들었니?" 양이 뜨개바늘을 한 다발 집어 들면서 성난 목소리로 말했다.

"물론 들었죠. 여러 번, 그것도 큰 소리로 말했잖아요. 그런데 게는 어디 있어요?"

"어디긴 어디야. 물속이지!" 양은 두 손이 뜨개바늘로 가득 찼기 때문에 바늘 몇 개를 머리카락 속에 꽂으면서 말했다. "깃털이라니까!"

"왜 그렇게 자꾸 '깃털'을 외치는 거예요?" 앨리스가 마침내 짜증을 내며 물었다. "난 새가 아니라고요!"

"넌 새야. 새끼 거위지."

앨리스는 좀 기분이 상해서 아무 말도 하지 않았다. 그동안 보트에는 침묵이 흘렀고, 보트는 조용히 흘러갔다. 때로는 잡초들 사이를 지나고(여기서는 다른 곳보다 노가 물속에 더 단단히 박혔다.), 때로는 나무

---

30 '깃털'을 뜻하는 영어 feather에는 '노를 수평이 되게 젖히다'라는 뜻도 있다.

31 '게를 잡는다'는 말은 노를 물속에 너무 깊이 넣는 바람에 제대로 젓지 못하고, 노의 손잡이가 노 젓는 사람의 가슴을 강타하게 되는 것을 이른다.

아래를 지나갔지만, 강둑은 여전히 그들의 머리 위에 위압적으로 높이 솟아 있었다.

"어머나, 저기 향기로운 골풀이 있네요!" 앨리스가 갑자기 기쁨에 겨운 목소리로 외쳤다. "정말이에요. 게다가 너무 아름다워요! 제발 부탁할게요!"

"나한테 부탁할 필요 없어." 양은 뜨개질감에서 고개도 들지 않고 말했다. "내가 골풀을 심은 것도 아니고, 없애 버릴 생각도 없으니까."

"아니, 내 말은…… 잠깐 배를 세우고 몇 개 꺽으면 안 될까요?" 앨리스는 간청했다.

"내가 어떻게 배를 세우지? 네가 노 젓는 걸 그만두면 배는 저절로 멈춰 설 거야." 양이 말했다.

그래서 배는 강물을 따라 흘러 내려가다가, 물결치는 골풀 사이로 조용히 미끄러져 들어갔다. 앨리스는 작은 소매를 조심스럽게 걷어 올리고, 골풀 아래쪽을 잡으려고 두 팔을 팔꿈치까지 물속에 담갔다. 그런 다음 한동안 양도 뜨개질도 모두 잊어버린 채 뱃전 너머로 몸을 기울였다. 헝클어진 머리카락 끝이 물속에 잠겼다. 앨리스는 눈을 빛내며 향기로운 골풀을 한 다발씩 꺾었다.

'배가 뒤집히지 말아야 할 텐데!' 앨리스는 속으로 중얼거렸다. '어머나, 예뻐라! 그런데 손이 닿지 않아!' 앨리스는 보트가 흘러가는 동안 아름다운 골풀을 충분히 꺾었지만, 좀 더 아름다운 골풀은 으레 손이 닿지 않는 곳에 있었다. 그것은 확실히 약오르는 일이었다(앨리스는 '꼭 일부러 그러는 것 같다니까' 하고 속으로 투덜거렸다).

결국 앨리스는 그렇게 멀리 떨어진 곳에서 자라는 골풀의 고집에 한숨을 내쉬고, 발갛게 상기된 얼굴로 머리카락과 손에서 물을 뚝뚝 흘리며 원래 자리로 돌아온 다음, 새로 얻은 보물을 정리하면서 말했다.

"가장 예쁜 것은 언제나 더 멀리 있어."

앨리스가 꺾은 순간부터 골풀은 향기와 아름다움을 잃고 시들기 시작했지만, 그때 앨리스는 그런 데 전혀 관심이 없었다. 현실 세계의 향기로운 골풀도 오래가지 않지만, 이 꿈속의 골풀은 앨리스의 발밑에 무더기로 쌓여 있는 동안 눈처럼 녹아 버렸다. 하지만 앨리스는 그것을 알아차리지 못했다. 그것 말고도 생각해야 할 신기한 일이 너무 많았기 때문이다.

그들이 얼마 가기도 전에 노 하나가 물속에 단단히 박히더니 다시 나오려 하지 않았다(나중에 앨리스는 그렇게 설명했다). 그 결과 노의 손잡이가 턱 밑에 부딪혔다. 가엾은 앨리스는 "아야, 아야, 아야!" 하고 비명을 연달아 질렀지만, 결국 자리에서 나동그라져 골풀 더미 속에 처박히고 말았다.

하지만 조금도 다치지 않고 곧 일어났다. 양은 그동안 아무 일도 없었던 것처럼 뜨개질을 계속하고 있었다. 앨리스가 배 밖으로 떨어지지 않은 데 안심하여 자기 자리로 돌아오자, 양이 말했다.

"멋지게 게를 잡았구나!"

"그래요? 난 게를 보지 못했는데요." 앨리스는 뱃전 너머로 어두운 물속을 조심스럽게 들여다보면서 말했다. "게를 놓치지 않았더라면 좋았을걸. 게를 집에 가져가고 싶은데!"

하지만 양은 경멸하듯 웃기만 하고 뜨개질을 계속했다.

"여기에 게가 많은가요?" 앨리스가 물었다.

"게도 많고 온갖 것이 수두룩하지. 얼마든지 선택할 수 있어. 결정만 해. 뭘 사고 싶니?" 양이 말했다.

"산다고요?" 앨리스는 놀라움과 두려움이 반반씩 섞인 목소리로 되물었다. 노와 배와 강물이 모두 순식간에 사라졌고, 앨리스는 다시 작고 어두운 가게 안에 돌아와 있었기 때문이다.

"달걀을 하나 사고 싶어요. 얼마예요?" 앨리스는 약간 겁먹은 목소리로 말했다.

"하나에 5페니, 두 개에 2페니야." 양이 대답했다.

"그럼 하나보다 두 개가 더 싸잖아요?" 앨리스는 지갑을 꺼내다가 놀란 목소리로 말했다.

"하지만 두 개를 사면 둘 다 먹어야 돼." 양이 말했다.

"그럼 하나만 사겠어요." 앨리스는 돈을 계산대에 놓으면서 말했다. 달걀이 맛없을지도 모른다고 생각했기 때문이다.

양은 돈을 집어 상자에 넣고 나서 말했다.

"나는 절대로 물건을 사람들 손에 쥐여 주지 않아. 그럴 필요가 없으니까. 그러니 네가 직접 집어 가야 해."

이렇게 말하고 양은 가게 저쪽으로 가더니 달걀을 선반 위에 똑바로 세웠다.

'왜 그럴 필요가 없다는 거지?' 가게 저쪽은 캄캄했기 때문에, 앨리스는 탁자와 의자 사이를 더듬더듬 나아가면서 생각했다. '달걀 쪽으로 다가갈수록 달걀은 점점 더 멀어지는 것 같아. 어디 보자. 이건 의자인가? 아니, 나뭇가지가 있네! 여기에 나무가 자라고 있다니 정말 이상해! 그리고 이건 개울이잖아! 이렇게 이상한 가게는 처음 봐!'

그렇게 앨리스는 한 발짝 내디딜 때마다 점점 더 의아해하면서 계속 걸어갔다. 앨리스가 다가가면 모든 것이 순식간에 나무로 변해 버렸기 때문이다. 앨리스는 달걀도 결국 나무로 변할 거라고 생각했다.

제 6 장

험프티 덤프티

하지만 달걀은 점점 더 커지기만 했고, 점점 더 사람과 비슷해졌다. 앨리스가 2, 3미터 거리까지 다가갔을 때는 달걀에 눈과 코와 입이 생긴 것을 볼 수 있었고, 바싹 다가갔을 때는 그것이 '험프티 덤프티'[32]인 것을 분명히 알 수 있었다.

'다른 사람일 리가 없어! 이름이 얼굴 가득 씌어 있는 것처럼 확실해!' 앨리스는 속으로 중얼거렸다.

그 커다란 얼굴에는 이름을 백 번은 너끈히 쓸 수 있었을 것이다. 험프티 덤프티는 높은 담장 위에 터키 사람처럼 다리를 꼬고 앉아 있

32 Humpty Dumpty; 영국의 전래 동요에 나오는 달걀 모양의 땅딸보.

었다. 앨리스는 그가 그 좁은 담장 위에서 어떻게 균형을 유지할 수 있는지 궁금했다. 그는 눈길을 반대쪽으로 보내고 있어서 앨리스의 존재를 알아차리지 못했다. 그래서 앨리스는 그가 봉제 인형일 것라고 생각했다.

"어쩌면 저렇게 달걀과 똑같이 생겼을까!" 앨리스가 소리 내어 말했다. 그리고 그가 당장이라도 떨어질 것처럼 보였기 때문에, 그를 잡으려고 두 손을 내밀었다. 그러자 험프티 덤프티는 앨리스한테서 눈길을 돌린 채, 긴 침묵을 깨고 입을 열었다.

"정말 짜증스럽군. 달걀이라고 불리는 건 너무 짜증나!"

"전 아저씨가 달걀처럼 보인다고 말했을 뿐이에요." 앨리스는 부드럽게 설명했다. 그리고 자기가 한 말이 칭찬으로 들렸기를 바라는 마음으로 한마디 덧붙였다. "그리고 달걀 중에는 아주 예쁜 달걀도 있어요."

험프티 덤프티는 여전히 앨리스한테서 눈을 돌린 채 말했다.

"어떤 사람들은 아기만큼도 분별이 없다니까!"

앨리스는 이 말에 뭐라고 대꾸해야 할지 알 수가 없었다. '이건 대화도 아니야.' 앨리스는 생각했다. 그는 앨리스를 쳐다보지도 않았고, 마지막 말은 분명히 나무한테 한 말이었기 때문이다. 그래서 앨리스는 그 자리에 선 채 조용히 시를 외웠다.

험프티 덤프티가 벽 위에 앉았네.
험프티 덤프티가 굴러 떨어졌네.
왕의 말들과 왕의 신하들이 모두 와도

험프트 덤프티를 제자리에 돌려놓을 수 없었네.

"이 마지막 행은 시로서는 너무 길어." 앨리스는 험프티 덤프티가 들으리라는 것을 깜박 잊고 큰 소리로 덧붙였다.

"거기 서서 그렇게 혼잣말로 중얼거리지 말고……" 험프티 덤프티가 처음으로 앨리스를 돌아보면서 말했다. "네 이름과 용건이나 말해."

"내 이름은 앨리스예요. 하지만……"

"정말 바보 같은 이름이군!" 험프티 덤프티는 짜증스럽다는 듯이 앨리스의 말을 가로막았다. "그게 무슨 뜻이지?"

"이름이 꼭 무슨 의미를 가져야 하나요?" 앨리스가 의아스럽게 물었다.

"물론이지." 험프티 덤프티는 짧게 웃으면서 말했다. "내 이름은 내가 생긴 모양을 의미해. 그리고 나는 아주 잘생겼지. 너 같은 이름은 어떤 생김새도 될 수 있겠어."

"왜 혼자 여기 나와서 앉아 계세요?" 앨리스는 입씨름을 하고 싶지 않아서 화제를 돌렸다.

"그야 물론 나밖에 없기 때문이지! 내가 그 질문에 대답을 못할 줄 알았니? 다른 걸 물어봐."

"땅바닥으로 내려오는 게 더 안전하다고 생각지 않으세요?" 앨리스는 또 다른 수수께끼를 낼 생각이 아니라 단지 그 기묘하게 생긴 것이 진심으로 걱정이 되어서 말을 이었다. "그 담장은 너무 좁잖아요!"

"너무 쉬운 수수께끼만 내는군!" 험프티 덤프티가 퉁명스럽게 말했다. "물론 나는 그렇게 생각지 않아! 만약 내가 여기서 떨어진다면…… 물론 그럴 가능성은 없지만…… 그래도 떨어진다면……." 여기서 그는 입술을 오므렸는데, 그 표정이 너무 진지하고 엄숙해 보여서 앨리스는 웃음을 터뜨릴 뻔했다. "내가 떨어진다면…… 왕이 나한테 약속했지. 아, 얼마든지 놀라도 좋아! 내가 이런 말을 할 줄은 몰랐겠지? 왕이 나한테 약속했어. 자기 입으로……."

"말과 신하들을 모두 보내 주겠다고요?" 앨리스가 끼어들었다.

"그건 아주 나쁜 짓이야!" 험프티 덤프티가 발끈 화를 내며 소리쳤다. "문 밖에서…… 나무 뒤에서…… 굴뚝 밑에서 엿듣고 있었구나! 안 그러면 그걸 알았을 리가 없어!"

"아니에요! 정말 안 그랬어요! 책에서 읽었어요."

"아아, 좋아! 책에 그런 걸 쓸 수도 있지." 험프티 덤프티는 조금 차분해진 목소리로 말했다. "그건 '영국의 역사'라는 책이야. 이제 나를 잘 봐! 내가 바로 왕과 이야기를 나눈 사람이야. 나 같은 사람을 너는 두 번 다시 못 볼 거야. 그리고 내가 거만하지 않다는 것을 보여 주기 위해 너하고 악수를 할 수도 있어!"

그는 몸을 앞으로 기울이고(그러다가 하마터면 담장에서 굴러 떨어질 뻔했다.), 입이 귀에 걸리도록 웃으면서 앨리스에게 손을 내밀었다. 앨리스는 그 손을 잡으면서 좀 걱정스럽게 그를 쳐다보았다. '더 활짝 웃으면, 양쪽 입꼬리가 뒤통수에서 만나겠어.' 앨리스는 속으로 생각했다. '그러면 머리는 어떻게 될까! 아마 떨어져 나갈 거야!'

"그래. 왕의 말과 신하들을 모두 보내 주겠다고 약속했지." 험프티 덤프티가 말했다. "그들은 순식간에 나를 다시 일으켜 줄 거야! 그런데 대화가 너무 빠르게 진행되고 있는걸. 아까 두 번째로 전에 했던 말로 돌아가자."

"죄송하지만 기억나지 않는데요." 앨리스가 공손히 말했다.

"그럼 새로 시작하지 뭐. 내가 화제를 선택할 차례야." (앨리스는 '대화가 게임이라도 되는 것처럼 말하네' 하고 생각했다.) "그래서 묻겠는데, 몇 살이라고 했지?"

앨리스는 잠깐 계산하고 나서 말했다. "일곱 살 반이에요."

"틀렸어! 넌 그런 말을 한 적이 없어!"

"몇 살이냐고 묻는 줄 알았어요."

"그럴 생각이었다면 그렇게 물었겠지."

앨리스는 또다시 입씨름을 하고 싶지 않아서 아무 말도 하지 않았다.

"일곱 살 반이라고?" 험프티 덤프티가 생각에 잠긴 얼굴로 되풀이했다. "불편한 나이구나. 나에게 조언을 청했다면, 나는 '일곱 살에서 멈춰라' 하고 말했을 거야. 하지만 이젠 너무 늦었어."

"자라는 것에 대해서는 어떤 조언도 필요 없어요." 앨리스는 화난 목소리로 대꾸했다.

"너무 잘난 체하는 거 아냐?" 험프티 덤프티가 물었다.

이 말에 앨리스는 더욱 화가 났다.

"내 말은 사람이 나이를 먹는 건 어쩔 수 없다는 뜻이에요."

"혼자서는 그럴 수도 있겠지. 하지만 둘이 있으면 그렇지 않아. 적절한 도움을 받았다면 일곱 살에서 멈추었을지도 몰라."

"정말 멋진 허리띠를 차고 있네요!" 앨리스가 뚱딴지같이 말했다. (나이 이야기는 그만하면 충분하다고 생각했다. 그리고 그들이 정말로 화제를 번갈아 선택하게 되어 있다면, 이번에는 앨리스가 화제를 선택할 차례였다.) 앨리스는 다시 생각하고 말을 바로잡았다. "아니, 멋진 넥타이라고 말했어야 했는데. 아니, 허리띠요. 죄송해요!" 험프티 덤프티가 몹시 불쾌한 표정을 지었기 때문에 앨리스는 놀라서 얼른 덧붙였다. 그리고 그 화제를 선택하는 게 아니었다고 후회하기 시작했다. '어디가 목이고 어디가 허리인지만 알았더라도…….' 앨리스는 속으로 생각했다.

험프티 덤프티는 1, 2분 동안 아무 말도 하지 않았지만, 몹시 화가 난 것은 분명했다. 그가 다시 입을 열었을 때, 그 목소리는 굵고 낮게 으르렁거리는 듯했다.

"그건…… 정말…… 너무나…… 짜증나는 일이야! 넥타이와 허리띠를 구별하지 못하다니!"

"제가 너무 무식하다는 건 알아요." 앨리스가 하도 처량한 목소리로 말했기 때문에, 험프티 덤프티도 마음이 누그러졌다.

"이건 넥타이야. 그리고 네 말대로 멋진 넥타이지. 하얀 왕과 여왕이 준 선물이야. 자, 보렴!"

"정말요?" 앨리스는 결과적으로 좋은 화제를 선택한 것을 알고 기뻤다.

"하얀 왕과 여왕이 주었어." 험프티 덤프티는 다리를 꼬고 깍지 낀 두 손으로 무릎을 감싼 채 생각에 잠긴 얼굴로 말했다. "안생일 선물로 주었지."

"죄송하지만……." 앨리스는 어리둥절한 얼굴로 말했다.

"나 화나지 않았어." 험프티 덤프티가 말했다.

"그게 아니라, '안생일 선물'이 뭐예요?"

"물론 생일이 아닌 날 받는 선물이지."

앨리스는 잠깐 생각하다가 말했다.

"전 생일날 받는 선물이 제일 좋아요."

"너는 네가 무슨 말을 하고 있는지도 모르는구나! 1년이 며칠이지?"

"365일이요."

"그럼 1년에 생일은 몇 번이지?"

"한 번요."

"365에서 1을 빼면 얼마가 남지?"

"364가 남죠."

험프티 덤프티는 고개를 갸우뚱하며 말했다.

"종이에 계산해 보는 게 낫겠다."

앨리스는 수첩을 꺼내면서 웃지 않을 수 없었다. 그리고 험프티 덤프티를 위해 계산을 해주었다.

험프티 덤프티는 수첩을 받아 들고 한참 동안 들여다보다가 말했다. "계산은 제대로 된 거 같은데……."

"수첩을 거꾸로 들고 있잖아요!" 앨리스가 그의 말을 가로챘다.

"그렇군!" 앨리스가 수첩을 똑바로 돌려주자 험프티 덤프티는 쾌활하게 말했다. "어쩐지 좀 이상하다 했어. 아까도 말했듯이 계산은 제대로 된 것 같아. 하지만 지금은 그걸 철저히 검토할 시간이 없어. 어쨌든 이걸 보면 안생일 선물을 받을 수 있는 날이 364일이나 된다는 것을 알 수 있지."

"그건 그래요."

"그런데 생일 선물을 받을 수 있는 날은 1년에 단 하루뿐이야. 너에게 영광 있으라!"

"영광이 무슨 뜻인지 모르겠는데요."

험프티 덤프티는 업신여기는 듯한 미소를 지었다.

"물론 모르겠지. 내가 말해 줄 때까지는. 그러니까 내 말은 내가 너를 논쟁에서 멋지게 이겼다는 뜻이야!"

"하지만 '영광'은 '논쟁에서 멋지게 이긴다'는 뜻이 아니에요." 앨리스가 반박했다. 그러자 험프티 덤프티는 약간 경멸하는 투로 말했다.

"내가 어떤 낱말을 쓰면, 그 낱말은 내가 선택한 의미만 띠게 돼. 더도 덜도 아니고."

"문제는 아저씨가 낱말들의 뜻을 다양하게 만들 수 있느냐 하는 거예요."

"문제는 어느 쪽이 주인이 되느냐 하는 거야. 그것뿐이야."

앨리스는 머리가 복잡해서 아무 말도 하지 못했다. 그러자 잠시 후 험프티 덤프티가 다시 입을 열었다.

"낱말들도 성격이 있어. 특히 동사가 그래. 동사는 자존심이 가장 세지. 형용사는 어떻게 해 볼 수 있지만, 동사는 안 돼. 하지만 나는 많은 동사를 마음대로 다룰 수 있어! 불가입성! 내가 말하는 건 바로 그거야!"

"그게 무슨 뜻이죠?"

"이제야 분별 있는 아이처럼 말하는군." 험프티 덤프티는 무척 흐뭇한 표정으로 말했다. "'불가입성'이란, 그 주제에 대해서는 우리가 충분히 이야기했으니, 네가 다음에는 무엇을 할 작정인지 말해 주면 좋겠다는 뜻이야. 너도 죽을 때까지 여기 남아 있을 작정은 아닐 테니까."

"한 낱말이 너무 많은 의미를 갖고 있네요."

"한 낱말에 그렇게 많은 일을 시킬 때는 언제나 특별 수당을 지불하지."

"오오!" 앨리스는 그렇게만 말했다. 뭐가 뭔지 종잡을 수가 없어서, 다른 말은 할 수가 없었다.

"토요일 저녁에 낱말들이 내 주위로 몰려드는 걸 봐야 하는데." 험프티 덤프티는 고개를 좌우로 흔들면서 말을 이었다. "급료를 받으려고 말이야." (앨리스는 낱말들에게 급료로 무엇을 주는지 물어볼 용기가 나지 않았다. 그래서 나도 여러분에게 말해 줄 수가 없다.)

"아저씨는 낱말을 설명하는 솜씨가 아주 대단한 것 같아요. 그래서 말인데, '재버워크의 노래'라는 시의 뜻을 설명해 주실래요?"

"어디 한번 들어 보자. 나는 지금까지 지어진 시는 모두 설명할 수 있어. 게다가 아직 지어지지 않은 시들도 대부분 설명할 수 있지."

이 말이 아주 고무적으로 들렸기 때문에 앨리스는 시의 첫 줄을 외웠다.

저불녘, 나끈한 도소리들이
해변덕에서 팽뱅돌고 송구뚫었네.
볼없새들은 모두 너무나 연참했고,
집딴 쑥돼지는 휘팜쳤지.

"우선은 그걸로 충분해." 험프티 덤프티가 앨리스의 말을 가로막았다. "어려운 낱말이 잔뜩 나오는군. '저불녘'은 오후 네 시라는 뜻이야. 저녁밥을 준비하려고 불을 피울 때지."

"그게 그런 뜻이군요. 그럼 '나끈한'은요?"

"'나끈한'은 '나긋하고 미끈하다'는 뜻이지. 이 낱말은 양쪽으로 열리는 여행 가방과 비슷해. 한 낱말 속에 두 가지 뜻이 함께 들어 있으니까."

"알겠어요. 그럼 '도소리'는 뭐예요?"

"'도소리'는 도마뱀 같기도 하고 오소리 같기도 하지."

"아주 이상하게 생긴 동물이겠군요."

"그렇지. 게다가 해시계 밑에 둥지를 틀고, 치즈를 먹고 산단다."

"그럼 '팽뱅돌다'와 '송구뚫다'는 뭐예요?"

"'팽뱅돌다'는 팽이처럼 뱅뱅 돈다는 뜻이고, '송구뚫다'는 송곳처럼 구멍을 뚫는다는 뜻이야."

"그럼 '해변덕'은 해시계 주변 언덕이겠군요?" 앨리스가 자신의 창의력에 스스로 놀라면서 말했다.

"물론이지. 그걸 '해변덕'이라고 부르는 이유는 해시계 앞쪽에도 뒤쪽에도 멀리까지 뻗어 있기 때문이지."

"그리고 해시계 양옆에도 멀리까지 뻗어 있죠." 앨리스가 덧붙여 말했다.

"맞아. 그리고 '가련하다'는 연약하고 비참하다는 뜻이야. (이것 역시 양쪽으로 열리는 커다란 여행 가방과 비슷하지.) 그리고 '바볼새'는 바싹 말라 볼품없는 새야. 온몸에 깃털이 삐죽삐죽 튀어나와 있지. 대걸레처럼."

"그럼 '집딴 쑥돼지'는 뭐예요?"

"'쑥돼지'는 말하자면 쑥색 돼지야. 하지만 '집딴'은 무슨 뜻인지 잘 모르겠구나. '집을 떠난'을 줄인 말 같기도 하고, 그렇다면 집을 떠나서 길을 잃었다는 뜻이겠지."

"그럼 '휘팜치다'는 무슨 뜻이에요?"

"'휘팜치다'는 휘파람 부는 것과 호통치는 거의 중간이야. 도중에 재채기도 하면서. 하지만 저 숲에 가면 그 소리를 들을 수 있을 거야. 한 번이라도 그 소리를 들었다면 내 설명에 기꺼이 동의할 텐데. 그런데 그 어려운 시를 누가 들려주던?"

“책에서 읽었어요. 하지만 그보다 훨씬 쉬운 시를 들려준 사람도 있었는데., 아마 트위들디였을 거예요.”

“너도 알다시피, 시라면……” 험프티 덤프티가 커다란 손 하나를 내밀면서 말했다. “나도 누구 못지않게 잘 외울 수 있지. 어디 한번 외워 볼까…….”

“아니, 그러실 필요 없어요!” 그가 시를 외는 것을 막으려고 앨리스는 서둘러 말했다.

하지만 그는 앨리스의 말을 무시하고 말을 이었다.

“내가 외우려는 시는 오로지 너를 즐겁게 해 주려고 지은 시야.”

그렇다면 정말로 귀담아들어야겠다고 앨리스는 생각했다. 그래서 땅바닥에 앉으며 약간 슬픈 목소리로 말했다. “고맙습니다.”

겨울에 들판이 하얗게 변하면
나는 너를 기쁘게 해 주려고 이 노래를 부른다.

“하지만 나는 노래를 부르지 않아.” 그가 설명으로 덧붙였다.

“그건 저도 알아요.” 앨리스가 말했다.

“내가 노래를 부르는지 아닌지를 볼 수 있다니, 세상에서 가장 날카로운 눈을 가졌구나.” 험프티 덤프티가 엄하게 말했다. 앨리스는 잠자코 있었다.

봄에 숲이 초록색으로 변하면
내 말이 무슨 뜻인지 설명해 주마.

"정말 고맙습니다." 앨리스가 말했다.

여름에 낮이 길어지면
너는 이 노래를 이해하게 될 거야.

가을에 나뭇잎이 갈색으로 물들면
펜과 잉크로 이것을 적어 두렴.

"그럴게요. 그렇게 오랫동안 기억할 수 있다면." 앨리스가 말했다.

"그런 식으로 꼬박꼬박 대꾸할 필요 없어. 분별없는 짓이고, 나를 짜증나게 하잖아."

나는 물고기들에게 편지를 보내서
"이것이 내가 원하는 것"이라고 말했지.

바다의 작은 물고기들은
나한테 답장을 보내왔어.

작은 물고기들의 대답은 이랬지.
"우리는 할 수 없어요. 왜냐하면……."

"죄송하지만 잘 이해가 안 되는데요." 앨리스가 말했다.
"뒤로 갈수록 점점 쉬워져." 험프티 덤프티가 대답했다.

나는 물고기들에게 다시 편지를 보내서
순순히 복종하는 게 좋을 거라고 말했지.

물고기들은 히죽 웃으면서 대답했어.
"어머나, 몹시 화가 나셨군요."
나는 한 번 말하고, 두 번 말했지만
물고기들은 충고에 귀를 기울이려 하지 않았어.

나는 커다란 새 냄비를 골랐지.
내가 해야 할 일에 알맞은 것으로.

내 심장은 두근거리고 쿵쿵 고동쳤어.
나는 펌프로 냄비에 물을 가득 채웠지.

그때 누군가가 와서 말했어.

"작은 물고기들은 잠자리에 들었어요."

나는 그에게 말했어.

분명히 말했지.

"그러면 가서 물고기들을

다시 깨워요."

나는 크고 분명한

목소리로 말했어.

그에게 다가가서

그의 귀에 대고 소리쳤지.

험프티 덤프티는 이 대목을 외우면서 거의 비명을 지르듯 목청을 높였다. 앨리스는 몸을 부르르 떨면서 '나라면 무엇을 준다 해도 절대 심부름꾼 노릇을 하지 않았을 거야' 하고 생각했다.

하지만 그는 아주 고집스럽고 자존심이 강했지.

그가 말했어. "그렇게 고함지를 필요 없어요."

그리고 그는 정말 자존심이 세고 고집스러웠어.

그는 말했지. "가서 물고기들을 깨울게요. 만약……."

나는 선반에서 타래송곳 하나를 집어 들고
직접 물고기들을 깨우러 갔어.

문이 잠겨 있는 것을 알고
당기고 밀고 발로 차고 주먹으로 두드렸지.

문이 닫혀 있는 것을 알고
손잡이를 돌리려고 했지만…….

긴 침묵이 흘렀다. "그게 다예요?" 앨리스가 조심스럽게 물었다.

"그래." 험프티 덤프티는 말했다. "잘 가."

이건 좀 갑작스럽다고 앨리스는 생각했다. 하지만 이제 그만 가 보라는 암시를 받은 이상, 그곳에 머물러 있는 것은 예의가 아니라고 생각했다. 그래서 앨리스는 일어나 손을 내밀면서 애써 쾌활하게 말했다.

"다시 만날 때까지 안녕히 계세요!"

"우리가 만난다 해도 나는 너를 알아보지 못할 거야." 험프티 덤프티는 악수를 하라고 앨리스에게 손가락 하나를 내밀면서 불만스러운 목소리로 대답했다. "너는 다른 사람들과 똑같이 생겼으니까."

"대개는 얼굴을 보면 누군지 알 수 있잖아요." 앨리스가 말했다.

"내가 불만스럽게 생각하는 게 바로 그거야." 험프티 덤프티가 말했다. "네 얼굴은 모든 사람과 똑같아. 눈이 두 개 있고……. (그는 엄지손가락으로 허공에 눈의 위치를 표시했다.) 한복판에 코가 있고, 그 밑에 입이 있고. 항상 똑같아. 예를 들어 네 눈이 코 옆에 있거나, 이마에 입이 있다면, 조금은 도움이 되겠지."

"그러면 보기에는 좋지 않을 거예요." 앨리스가 반박했다.

하지만 험프티 덤프티는 눈을 감은 채 말했다.

"한번 해 보지도 않고 어떻게 알아?"

앨리스는 그가 다시 말하기를 잠시 기다렸지만, 그는 눈을 뜨지도 않았고 앨리스를 아는 체하지도 않았다. 그래서 앨리스는 다시 한번 "안녕히 계세요!" 하고 말했다. 그는 이 작별 인사에도 대꾸하지 않았다. 앨리스는 조용히 그 자리를 떠났지만, 걸어가면서 혼잣말로 중얼거리지 않을 수 없었다.

"나는 지금까지 불만스러운……." (앨리스는 이 낱말을 큰 소리로 되풀이했다. 그렇게 긴 낱말을 말하는 것이 큰 위안을 주었기 때문이다.) "불만스러운 사람을 많이 만났지만, 그 모든 불만스러운 사람들 중에서……." 앨리스는 말을 끝맺지 못했다. 바로 그 순간 요란한 소리가 숲을 끝에서 끝까지 온통 뒤흔들었기 때문이다.

제 7 장

사자와 유니콘

다음 순간 병사들이 숲 속을 달려왔다. 처음에는 둘씩 셋씩 짝을 지어 오다가, 나중에는 열 명, 스무 명이 함께 몰려왔고, 마지막에는 수많은 병사로 숲 전체가 가득 채워진 것처럼 보였다. 앨리스는 그들에게 밟히지나 않을까 두려운 나머지, 나무 뒤에 숨어서 그들이 지나가는 것을 지켜보았다.

그렇게 잘 넘어지는 병사들은 난생처음 본다고 앨리스는 생각했다. 그들은 끊임없이 다른 사람이나 무언가에 걸려 넘어졌고, 한 사람이 넘어지면 몇 사람이 그 위로 포개져 쓰러졌기 때문에, 땅바닥은 금세 병사들의 무더기로 뒤덮였다.

이어서 말들이 달려왔다. 말들은 발이 네 개라서 보병들만큼 잘 넘어지지는 않았지만, 그래도 이따금 발이 걸려 비틀거렸다. 그리고 말이 비틀거리면 그 말에 탄 기수가 떨이지는 것이 정해진 규칙인 듯했다. 혼란은 갈수록 심해졌고, 앨리스는 숲을 빠져나가 넓은 공터에 이르자 무척 기뻤다. 그곳에서 앨리스는 하얀 왕이 땅바닥에 앉아 수첩에 무언가를 부지런히 적고 있는 것을 보았다.

앨리스를 보자마자 왕이 기쁜 목소리로 외쳤다.

"내가 병사들을 다 보냈다! 숲을 지나오다가 혹시 내 병사들을 보지 못했니?"

"보았어요. 수천 명은 됐을 거예요." 앨리스가 대답했다.

"정확히 사천이백일곱 명." 왕이 수첩을 보면서 말했다. "말은 모두 보내지 못했어. 두 마리가 경기에 필요했거든. 그리고 심부름꾼 두 명도 보내지 않았다. 그들은 둘 다 시내에 가 있지. 길을 좀 살펴보고, 심부름꾼이 보이면 말해 다오."

"길에는 아무도 없는데요." 앨리스가 말했다.

"나한테도 그런 눈이 있으면 좋겠구나." 왕이 초조한 목소리로 말했다. "아무도 없는 걸 볼 수 있다니! 게다가 그렇게 먼 거리에서! 나는 이런 빛 속에서는 진짜 사람을 볼 수 있을 뿐이야."

앨리스는 한 손으로 눈 위에 차양을 만들고 아직도 열심히 길을 살펴보고 있었기 때문에, 왕의 말이 귀에 들어오지 않았다. 마침내 앨리스가 외쳤다.

"이제 누군가가 보여요! 하지만 아주 천천히 오고 있어요! 그런데 자세가 이상해요!"

(심부름꾼은 커다란 손을 부채처럼 양쪽으로 벌리고, 계속 팔짝팔짝 뛰거나 뱀장어처럼 꿈틀거리며 오고 있었기 때문이다.)

"천만에!" 왕이 말했다. "그는 앵글로색슨족 심부름꾼이고, 그건 앵글로색슨 자세야. 그가 그런 자세를 취하는 건 기쁠 때뿐이지. 이름은 하이야(Haigha)란다." (왕은 '메이요'Mayor(시장)처럼 들리게 발음했다.)

"나는 'ㅎ(히읗)'로 시작되는 그 연인을 사랑해요." 앨리스는 저도 모르게 말하기 시작했다. "그는 행복하니까요. 나는 'ㅎ'으로 시작되는 그를 미워해요. 그는 흉측하니까요. 나는 그에게 음, 음, 음, 햄샌드위치와 호밀을 먹였어요. 그의 이름은 하이야이고, 사는 곳은……." (작가가 살던 빅토리아 시대에 유행하던 말잇기 놀이로, "나는 그를 사랑해요. 그는 ~니까요. 나는 그를 미워해요. 그는 ~니까요. 그는 그에게 ~와 ~을 먹였어요. 그의 이름은 ~이고, 사는 곳은 ~"의 '~' 부분에 해당 글로 시작되는 낱말을 채워 넣는 게임이다: 옮긴이)

"호숫가지." 왕은 자기가 게임에 끼어들고 있다는 생각은 전혀 못한 채 무심코 말했다. 앨리스는 아직 'ㅎ'으로 시작되는 도시 이름을 열심히 생각하고 있었다. "다른 심부름꾼의 이름은 하타(Hatta)란다. 심부름꾼은 반드시 둘이어야 해. 오고 가려면 말이다. 하나는 오고, 하나는 가야 하니까."

"죄송하지만……." 앨리스가 물었다.

"죄송한 짓을 왜 하나." 왕이 말했다.

"제 말은 무슨 말씀인지 이해할 수 없다는 뜻이에요. 왜 한 사람은 오고 한 사람은 가야 하죠?"

"내가 말하지 않았니?" 왕이 짜증스럽게 대꾸했다. "심부름꾼은 반드시 둘이어야 한다고. 가져오고 가져가려면 말이다. 하나는 가져오고, 하나는 가져가야 하니까."

그 순간 심부름꾼이 도착했다. 그는 너무 숨이 가빠서 한마디도 못 하고 두 손을 흔들어대며, 가엾은 왕에게 겁먹은 표정을 지어 보였다.

"이 꼬마 아가씨가 'ㅎ'으로 시작되는 너를 사랑한대." 왕은 심부름꾼의 관심을 다른 데로 돌리려고 그렇게 앨리스를 소개했다. 하지만 아무 소용도 없었다. 앵글로색슨족 자세들은 갈수록 이상해졌고, 커다란 두 눈은 좌우로 격렬하게 움직였다.

"사람을 놀라게 하는군. 기절할 것 같으니까 햄샌드위치를 다오!" 왕이 말했다.

그러자 심부름꾼은 목에 걸고 있던 자루를 열어서 샌드위치 하나를 왕에게 건네주었다. 앨리스는 그 광경을 보고 즐거워했다. 왕은 샌드위치를 걸신들린 듯이 먹어 치웠다.

"하나 더!" 왕이 말했다.

"이젠 호밀빵에 없는데요." 심부름꾼이 자루 속을 들여다보면서 말했다.

"그럼 호밀을 줘." 왕이 힘없는 소리로 중얼거렸다.

왕이 호밀을 먹고 기운을 차린 것을 보고 앨리스는 기뻐했다.

"기절할 것 같을 때는 호밀만 한 게 없지." 왕은 호밀을 우적우적 씹으면서 말했다.

"찬물을 끼얹는 게 더 낫지 않을까요. 아니면 각성제를 좀 먹든가." 앨리스가 말했다.

"호밀보다 더 좋은 게 없다고는 말하지 않았어. 호밀만 한 게 없다고 했지." 왕이 대꾸했다.

앨리스는 그 말을 부정할 용기가 나지 않았다.

"길에서 누구 만난 사람이 있느냐?" 왕이 호밀을 더 달라고 손을 내밀면서 심부름꾼에게 말했다.

"아무도요." 심부름꾼이 말했다.

"그래, 맞아. 이 꼬마 아가씨도 그를 봤다는군. 그러니까 그 '아무도'는 너보다 걸음이 느린 거야."

"저는 최선을 다했습니다." 심부름꾼이 불쾌하다는 듯이 말했다. "분명히 말씀드리지만, 저보다 빠르게 걷는 사람은 아무도 없을 겁니다."

"그렇겠지. 그렇지 않다면 아무도가 먼저 도착했을 테니까. 그건 그렇고, 이제 한숨 돌렸을 테니까, 시내에서 무슨 일이 일어났는지 말해 다오."

"귀엣말로 말씀드리겠습니다." 심부름꾼은 두 손을 나팔 모양으로 입에 대더니, 몸을 굽혀 왕의 귀에 두 손을 갖다 댔다.

앨리스는 자기도 소식을 듣고 싶었기 때문에 서운했다. 하지만 심부름꾼은 속삭이는 대신 목청껏 고함을 질렀다.

"그들은 또 시작했습니다!"

"그게 귀엣말이냐?" 가엾은 왕은 놀라서 펄쩍 뛰어올랐다가 부들부들 떨면서 소리쳤다. "또다시 이런 짓을 하면 너한테 버터를 발라 버리겠다! 머릿속이 지진이라도 난 것처럼 흔들리지 않느냐!"

'아주 쪼그만 지진이겠네!' 앨리스는 생각했다. 그리고 용기를 내어 물었다. "누가 또 시작했다는 거예요?"

"그야 물론 사자와 유니콘이지." 왕이 대답했다.

"왕관을 차지하려고 싸우나요?"

"그래. 가장 웃기는 건 놈들이 서로 차지하려고 싸우는 왕관이 바로 내 왕관이라는 사실이지! 달려가서 구경이나 하자꾸나."

그들은 종종걸음으로 그 자리를 떠났다. 앨리스는 달리면서 오래된 노래 가사를 속으로 중얼거렸다.

사자와 유니콘이 왕관을 놓고 싸웠네.
사자는 시내를 빙빙 돌면서 유니콘을 때렸네.
누구는 그들에게 흰 빵을 주었고, 누구는 갈색 빵을 주었네.
누구는 건포도 케이크를 주고 북을 울려 시내에서 내쫓았네.

"이기는…… 쪽이…… 왕관을…… 차지하나요?" 앨리스는 달리느라 가쁜 숨을 몰아쉬며 간신히 물었다.

"아니야! 무슨 그런 생각을!" 왕이 말했다.

앨리스는 조금 더 달린 뒤에 숨을 헐떡거리면서 물었다.

"괜찮으시다면 1분만 멈추어서, 숨 좀 돌리면 안 될까요?"

"난 괜찮아. 하지만 1분을 멈추게 할 만큼 세지는 않아. 알다시피 1분은 엄청나게 빨리 지나가지. 차라리 밴더스내치(Bandersnatch)를 멈추게 하는 게 나을 거야!"

앨리스는 이제 너무 숨이 차서 아무 말도 할 수 없었다. 그래서 그들은 말없이 계속 달렸고, 마침내 군중이 보이기 시작했다. 군중 한복판에서는 사자와 유니콘이 싸우고 있었다. 둘은 구름처럼 자욱한 먼지에 싸여 있어서, 처음에는 누가 누군지 분간할 수 없었다. 하지만 곧 뿔을 보고 유니콘을 알아볼 수 있었다.

그들은 또 다른 심부름꾼인 하타 옆에 자리를 잡았다. 하타는 한 손에 찻잔을 들고 다른 손에는 버터 바른 빵을 들고 서서 싸움을 구경하고 있었다.

"하타는 방금 감옥에서 나왔어. 차를 마시고 있다가 잡혀갔지. 감옥에서는 굴 껍데기만 준대. 그래서 하타는 지금 몹시 배가 고프고 목이 마른 상태야." 하이야가 앨리스에게 속삭였다. 그러고는 하타의 목에 한 팔을 다정하게 두르면서 말을 이었다. "이봐 친구, 잘 지냈나?"

하타는 뒤를 돌아보고 고개를 끄덕였다. 그러고는 다시 버터 바른 빵을 먹었다.

"감옥에서는 즐거웠나?" 하이야가 물었다.

하타는 다시 한번 돌아보았다. 이번에는 눈물 한두 방울이 뺨을 타고 흘러내렸지만, 말은 한 마디도 하지 않았다.

"뭐라고 말 좀 해 봐!" 하이야가 초조하게 소리쳤지만, 하타는 빵을 먹어대고 차를 몇 모금 더 마셨을 뿐이다.

"말 좀 해라, 어서! 싸움은 어떻게 되어 가고 있느냐?" 왕이 소리쳤다.

하타는 필사적으로 노력한 끝에 커다란 빵 한 조각을 겨우 삼켰다. 그러고는 목이 멘 소리로 말했다.

"아주 잘들 하고 있습니다. 각각 여든일곱 번씩 쓰러졌습니다."

"그럼 이제 곧 흰 빵과 갈색 빵을 가져오겠군요?" 앨리스가 용기를 내어 말했다.

"지금 그걸 기다리는 중이야. 지금 내가 먹고 있는 이 빵이 그 일부지."

하타가 말했다.

그때 싸움이 잠깐 멈추었다. 사자와 유니콘은 땅바닥에 주저앉아 숨을 헐떡거리고 있었다. 왕이 소리쳤다.

"10분간 휴식을 허락한다!"

하이야와 하타는 당장 일을 시작하여, 흰 빵과 갈색 빵이 담긴 둥근 쟁반을 날라 왔다. 앨리스는 맛을 보려고 한 조각 집어 들었지만,

너무 바싹 말라 있었다.

"오늘은 더 이상 싸울 것 같지 않구나."

왕이 하타에게 말했다.

"가서 북을 치라고 말하라."

하타는 메뚜기처럼 폴짝폴짝 뛰어갔다.

앨리스는 1, 2분 동안 말없이 그를 지켜보았다. 갑자기 앨리스의 얼굴이 환해졌다.

"보세요! 저기 보세요!" 앨리스는 열심히 손가락으로 가리키며 소리쳤다. "하얀 여왕이 들판을 달려오고 있어요! 저쪽 숲에서 나는 듯이 달려와요! 여왕들은 정말 빠르게 달릴 수 있군요!"

"적에게 쫓기고 있는 게 분명해." 왕이 그쪽을 돌아보지도 않고 말했다. "저 숲은 적으로 가득 차 있으니까 말이다."

"달려가서 여왕을 도와주지 않으실 거예요?" 앨리스는 왕이 너무 태연한 데 놀라서 물었다.

"필요 없어. 필요 없어!" 왕이 말했다. "여왕은 무서울 만큼 빨리 달리지. 차라리 밴더스내치를 잡으려고 애쓰는 게 나을 거다. 하지만 네가 원한다면, 여왕에 대해 기록해 두마. 여왕은 아주 좋은 사람이야." 왕은 수첩을 열면서 혼잣말로 중얼거렸다. "사람을 어떻게 쓰지? 'ㄹ'이 두 개던가?"

그 순간 유니콘이 두 손을 주머니에 찔러 넣고 그들 옆을 어슬렁거리며 지나갔다. 그러고는 왕을 힐끗 쳐다보고 말했다.

"이번에는 내가 잘했지?"

"조금…… 조금." 왕은 약간 신경질적으로 대답했다. "사자를 뿔로

찌르지 말았어야 했어."

"그래도 사자를 다치게 하지는 않았어." 유니콘은 태평스럽게 말하고 계속 걸어가다가 앨리스를 보았다. 유니콘은 당장 돌아서서 구역질이 난다는 듯 앨리스를 한참동안 바라보았다.

"이건…… 뭐지?" 유니콘이 마침내 물었다.

"어린애야!" 하이야가 앨리스를 소개하려고 앨리스 앞으로 나서서, 앨글로색슨족 태도로 앨리스를 향해 두 팔을 뻗으면서 대답했다. "오늘 발견했지. 실물만큼 크고, 진짜보다 두 배는 너 사언스러워!"

"나는 어린애가 전설에나 나오는 괴물인 줄만 알았는데. 이거 살아 있어?" 유니콘이 말했다.

"말도 할 줄 알아." 하이야가 진지하게 말했다.

유니콘은 꿈꾸듯 앨리스를 바라보며 말했다.

"말해 보렴, 어린애야."

앨리스는 말을 시작하면서 입술에 저절로 미소가 떠오르는 것을 참을 수 없었다.

"나도 유니콘이 전설에나 나오는 괴물인 줄만 알았어요. 전에는 살아 있는 유니콘을 본 적이 없거든요."

"그랬는데 지금은 우리가 서로를 보고 있구나. 네가 내 존재를 믿는다면 나도 네 존재를 믿지. 어때?"

"좋아요."

"이봐, 영감! 건포도 케이크를 가져와!" 유니콘이 왕에게 눈길을 돌리고 말했다. "갈색 빵은 싫어!"

"알았어! 알았다고!" 왕이 중얼거리고는 하이야에게 명령했다. "자루를 열어라!" 왕이 속삭였다. "빨리 해! 아니, 그거 말고. 그건 호밀만 가득 들어 있잖아!"

하이야는 자루에서 커다란 케이크를 꺼내어 앨리스에게 들고 있으라고 건네준 뒤, 접시 하나와 고기 써는 칼을 꺼냈다. 어떻게 그것들이 모두 자루 속에서 나오는지, 앨리스는 짐작도 가지 않았다. 꼭 요술 같다고 생각했다.

이런 일이 진행되는 동안 사자가 끼어들었다. 사자는 몹시 피곤하고 졸려 보였다. 두 눈은 반쯤 감겨 있었다.

"이건 뭐지?" 사자는 앨리스를 보고 나른하게 눈을 껌벅거리며 물었다. 커다란 종소리처럼 우렁우렁한 목소리였다.

"아하, 이게 뭘까?" 유니콘이 신나서 외쳤다. "너는 짐작도 못할 거야. 나도 그랬거든!"

사자는 피곤한 얼굴로 앨리스를 쳐다보았다.

"넌 동물이냐…… 식물이냐…… 아니면 광물이냐?" 사자는 한마디 할 때마다 하품을 하면서 말했다.

"전설에 나오는 괴물이야!" 앨리스가 미처 대답하기 전에 유니콘이 먼저 소리쳤다.

"그럼 괴물아, 건포도 케이크를 나누어 줘." 사자는 말하고, 털썩 엎드려서 앞발 위에 턱을 올려놓았다. "그리고 앉아. 둘 다." (이것은 왕과 유니콘에게 한 말이었다.) "케이크는 공평하게 나누어야 돼!"

왕은 두 커다란 동물 사이에 앉아야 하는 것이 몹시 불편해 보였다. 하지만 다른 자리가 없었다.

"저 왕관을 놓고 정말 멋지게 싸웠지?" 유니콘이 왕의 왕관을 음흉하게 쳐다보면서 말했다. 가엾은 왕은 부들부들 떨고 있어서, 자칫하면 왕관이 머리에서 떨어질 지경이었다.

"내가 쉽게 이길 수 있었어." 사자가 말했다.

"그렇지 않아." 유니콘이 말했다.

"온 시내를 돌아다니면서 너를 때려 주었잖아, 이 겁쟁이야!" 사자가 몸을 반쯤 일으키며 화를 냈다.

말다툼이 계속되는 것을 막으려고 왕이 끼어들었다. 왕은 잔뜩 겁을 먹어서 목소리가 부들부들 떨렸다.

"온 시내를 돌아다녔다고? 아주 먼 길을 돌아다녔군. 오래된 다리와 시장도 지나갔나? 오래된 다리에서 보면 경치가 제일 좋지."

"글쎄, 모르겠는걸." 사자는 다시 엎드리면서 으르렁거렸다. "먼지가 너무 날려서 아무것도 보이지 않았으니까. 그런데 괴물은 케이크를 자르는 데 몇 시간이나 걸리는 거야?"

앨리스는 작은 개울가 둑에 앉아서 커다란 접시를 무릎 위에 올려놓고 칼로 부지런히 케이크를 자르고 있었다.

"너무 짜증 나." 앨리스가 사자에게 대꾸했다. (앨리스는 이제 '괴물'이라고 불리는 데 익숙해져 있었다.) "벌써 몇 번이나 잘랐는데, 아무리 잘라도 다시 붙어 버리잖아요!"

"너는 거울 나라의 케이크를 어떻게 다뤄야 하는지 모르는구나!" 유니콘이 말했다. "먼저 나눠주고, 그런 다음 잘라야지."

엉터리같이 들렸지만, 앨리스는 순순히 일어나서 케이크 접시를 들고 주위를 돌았다. 그러자 케이크가 저절로 세 조각으로 나누어졌다.

앨리스가 빈 접시를 들고 자리로 돌아오자 사자가 말했다.

"자, 이젠 잘라."

앨리스가 칼을 든 채 어떻게 해야 할지 몰라서 어리둥절해 있자, 유니콘이 말했다.

"이건 불공평해! 괴물이 사자한테 나보다 두 배나 더 많이 줬어."

"그래도 자기 몫을 하나도 남기지 않았어." 사자가 말했다. "괴물아, 건포도 케이크를 좋아하니?"

하지만 앨리스가 미처 대답하기 전에 북이 울리기 시작했다.

앨리스는 그 소리가 어디에서 나는지 알 수가 없었다. 공기가 온통 북소리로 가득 차 있는 듯했고, 머릿속까지 둥둥 울려 귀머거리가 된 느낌이었다. 앨리스는 겁이 나서 벌떡 일어나 작은 개울을 펄쩍 건너뛰었다.

식사를 방해받고 화가 난 사자와 유니콘이 벌떡 일어나는 것을 본 뒤, 앨리스는 건너편 개울가에 털썩 무릎을 꿇고 앉아서 두 손으로 귀를 틀어막고 그 지독한 울림을 막으려고 애썼지만 소용이 없었다.

'저 북소리가 사자와 유니콘을 시내에서 쫓아내지 못한다면, 무엇으로도 그들을 쫓아내지 못할 거야!' 앨리스는 속으로 생각했다.

제 8 장

"내가 직접 발명한 거야."

잠시 후 북소리가 점점 가라앉더니, 사방이 쥐 죽은 듯이 조용해졌다. 앨리스는 조금 놀라서 고개를 들었다. 아무도 보이지 않았다. 맨 먼저 떠오른 생각은 지금까지 사자와 유니콘과 그 이상한 앵글로색슨족 심부름꾼들이 등장하는 꿈을 꾸고 있었던 게 분명하다는 것이었다. 하지만 앨리스의 발밑에는 건포도 케이크가 담겨 있던 커다란 접시가 놓여 있었다.

"그러니까 나는 꿈을 꾼 게 아니었어." 앨리스는 혼잣말로 중얼거렸다. "우리가 한 사람의 꿈에 한꺼번에 나온 게 아니라면 말이야. 그렇다면 내 꿈이었으면 좋겠어. 붉은 왕의 꿈이 아니라! 다른 사람의 꿈에 나오는 건 싫으니까." 앨리스는 계속 투덜거렸다. "가서 왕을 깨워야지.

무슨 일이 일어나는지 보게!"

바로 그 순간, "야호! 야호! 장군!" 하는 외침 소리가 앨리스의 생각을 방해했다. 붉은 갑옷을 차려입은 기사가 커다란 곤봉을 휘두르며 앨리스 쪽으로 달려오고 있었다. 앨리스 앞에 다다른 순간, 말이 갑자기 멈춰 섰다.

"너는 내 포로다!" 소리치는 것과 동시에 기사는 말에서 굴러 떨어졌다.

앨리스는 깜짝 놀랐다. 그렇지만 그 순간에는 자신보다 기사가 더 걱정스러워서, 기사가 다시 말에 올라타는 것을 걱정스럽게 지켜보았다. 기사는 안장에 앉자마자 다시 말했다.

"너는 내……."

하지만 그때 또 다른 목소리가 "야호! 야호! 장군!" 하며 끼어들었다. 앨리스는 새로 나타난 적에 놀라서 그쪽을 돌아보았다.

이번에는 하얀 기사였다. 앨리스 옆에 다가온 순간, 그는 붉은 기사가 그랬던 것처럼 말에서 굴러 떨어졌다. 그는 다시 말에 올라탔고, 두 기사는 말 위에 앉아서 한동안 말없이 서로를 노려보았다. 앨리스는 어리둥절해서 두 기사를 번갈아 쳐다보았다.

"이 아이는 내 포로야!" 마침내 붉은 기사가 말했다.

"그래. 하지만 내가 와서 이 아이를 구출했어!" 하얀 기사가 대꾸했다.

"그렇다면 이 아이를 놓고 싸울 수밖에 없군." 붉은 기사가 말했다. 그리고는 투구를 집어 들고(투구는 안장에 매달려 있었는데, 모양이 말 머리와 비슷했다.) 머리에 썼다.

"물론 결투의 규칙은 지키겠지?" 하얀 기사도 투구를 쓰면서 말했다.

이윽고 그들은 맹렬하게 서로를 공격하기 시작했다. 앨리스는 싸움에 방해가 되지 않도록 나무 뒤로 몸을 피했다.

"결투의 규칙이 뭘까?" 앨리스는 나무 뒤에 숨어 조심스럽게 싸움을 지켜보면서 혼잣말로 중얼거렸다. "규칙 하나는, 한 기사가 다른 기사를 제대로 맞히면 상대가 말에서 떨어지고, 공격이 빗나가면 자기가 떨어지는 건가 봐. 그리고 또 다른 규칙은 두 팔로 곤봉을 끌어안는 건가 봐. 펀치와 주디(Punch and Judy; 영국의 오래된 인형극)처럼. 말에서 떨어질 때 나는 소리가 엄청나게 크네! 난로 연장들이 난롯가에 한꺼번에 쏟아질 때 나는 소리 같아! 그런데 말들은 어쩌면 저렇게 얌전할까! 기사들이 계속 타고 내리는데도 탁자처럼 가만히 있잖아."

앨리스가 미처 알아차리지 못한 또 다른 규칙은, 말에서 떨어질 때는 항상 머리부터 거꾸로 떨어지는 것인 듯싶었다. 두 기사가 이런 식으로 나란히 떨어지자, 그것으로 결투가 끝났다. 다시 일어난 그들은 악수를 했고, 붉은 기사는 말을 타고 떠났다.

"멋진 승리였어. 안 그래?" 하얀 기사가 숨을 헐떡이며 다가와서 말했다.

"잘 모르겠어요." 앨리

스는 머뭇거리며 말했다. "나는 누구의 포로도 되고 싶지 않아요. 난 여왕이 되고 싶어요."

"다음 개울을 건너면 그렇게 될 거야. 숲이 끝나는 곳까지 안전하게 바래다주마. 그런 다음 나는 돌아와야 해. 나는 거기까지밖에 움직일 수 없거든."

"정말 고맙습니다." 앨리스가 말했다. "투구 벗는 걸 도와 드릴까요?"

그 투구는 분명 그 혼자 벗기에는 힘들어 보였다. 그래서 앨리스는 투구를 잡고 흔들어 간신히 벗겨 냈다.

"이젠 숨쉬기가 한결 편해졌군." 기사는 말하면서 텁수룩한 머리를 두 손으로 쓸어 넘겼다. 그러고는 온화한 얼굴과 크고 부드러운 눈을 앨리스에게 돌렸다. 앨리스는 이처럼 이상하게 생긴 군인은 처음 본다고 생각했다.

그는 양철 갑옷을 입고 있었는데, 갑옷이 몸에 전혀 맞지 않는 것 같았다. 그리고 야릇하게 생긴 나무 상자를 어깨에 거꾸로 메고 있어서, 열린 뚜껑이 대롱대롱 매달려 있었다. 앨리스는 그 상자를 흥미롭게 바라보았다.

"내 작은 상자가 맘에 드나 보구나." 기사가 상냥하게 말했다. "이건 내가 직접 발명한 거야. 옷가지와 샌드위치를 넣고 다니려고. 빗물이 들어가지 않도록 이렇게 거꾸로 메고 다니지."

"하지만 그러면 물건들이 쏟아지잖아요." 앨리스가 부드럽게 말했다. "뚜껑이 열린 건 아세요?"

"몰랐어." 기사가 말했다. 난감한 표정이 얼굴을 스치고 지나갔다.

"그럼 물건이 모두 쏟아졌겠군! 물건이 없으면 상자는 아무 쓸모도 없어." 이렇게 말하면서 그는 상자를 어깨에서 풀었다. 그리고 덤불 속에 던지려다가 갑자기 무슨 생각이 떠오른 듯 상자를 나무에 조심스럽게 걸어 놓았다. 그러고는 앨리스에게 물었다. "내가 왜 이러는지 알겠니?"

앨리스는 고개를 저었다.

"벌들이 저 안에 집을 지었으면 해서야. 그러면 나는 꿀을 얻을 수 있을 테니까."

"하지만 이미 벌통 비슷한 것을 안장에 매달아 놓았잖아요." 앨리스가 말했다.

"그래. 이건 아주 좋은 벌통이지." 기사가 못마땅한 투로 말했다. "최고로 좋은 벌통이야. 하지만 벌은 아직 한 마리도 다가온 적이 없어. 그리고 또 하나는 쥐덫이야. 어쩌면 쥐들 때문에 벌들이 벌통 근처에 얼씬거리지 않는지도 모르지. 아니면 벌들 때문에 쥐들이 쥐덫 근처에 얼씬거리지 않거나, 어느 쪽인지는 나도 모르겠어."

"왜 쥐덫을 달고 있는지 정말 궁금했어요. 말 등에 쥐가 올라올 리가 없잖아요."

"그렇겠지. 하지만 쥐들이 올라온다면, 저들 멋대로 돌아다니게 내버려두진 않을 거야."

기사는 잠시 뒤에 말을 이었다.

"모든 상황에 대비를 해 두는 게 좋아. 말 발목에 고리를 잔뜩 채워 둔 것도 그때문이야."

"그런데 그 고리들은 또 무엇 때문에 필요하죠?" 앨리스는 호기심에 찬 목소리로 물었다.

"상어가 무는 것을 막기 위해서지. 이것도 내가 직접 발명한 거야. 자, 이제 내가 말에 올라타는 걸 도와 다오. 숲이 끝나는 곳까지 너를 바래다주마. 그런데 그 접시는 무엇에 쓰는 거지?"

"건포도 케이크를 담았던 접시예요."

"그것도 가져가는 게 좋겠다. 가는 길에 건포도 케이크를 발견하면 쓸모가 있을 거야. 접시를 자루에 넣는 걸 도와 다오."

앨리스는 자루의 아가리를 벌려서 아주 조심스럽게 잡고 있었지만, 접시를 자루에 넣는 데에는 시간이 많이 걸렸다. 기사의 행동이 너무 서툴렀기 때문이다. 처음 두세 번은 접시가 아니라 자기가 자루 속에 빠지기까지 했다.

"자루가 꽉 찼어." 간신히 접시를 집어넣은 뒤에 기사가 말했다. "촛대가 너무 많이 들어 있어서 그래."

그는 안장에 자루를 매달았지만, 안장에는 이미 당근 다발과 난로 연장을 비롯하여 온갖 잡동사니가 주렁주렁 매달려 있었다.

"머리카락을 단단히 묶었으면 좋겠다." 출발하면서 기사가 말했다.

"늘 하던 대로 했을 뿐이에요." 앨리스는 빙긋 웃으면서 대꾸했다.

"그 정도로는 충분치 않아." 기사가 걱정스러운 듯이 말했다. "여기서는 바람이 아주 세게 불거든. 수프처럼 세게."

"머리카락이 날리는 것을 막는 방법도 발명하셨나요?"

"아직은 아니야. 하지만 머리카락이 흘러내리는 것을 막는 방법은 있어."

"듣고 싶어요."

"먼저 곧은 막대기를 하나 골라. 그런 다음 머리카락이 그 막대기를 타고 올라가게 하는 거야. 과일나무처럼. 머리카락이 흘러내리는 이유는 '아래로' 매달려 있기 때문이야. 너도 알다시피 사물은 절대 '위쪽으로' 떨어지지 않아. 이 방법도 내가 직접 발명한 거야. 좋다면 너도 한번 해 보렴."

앨리스는 편리한 방법 같지는 않다고 생각했지만, 그 착상에 대해 이런저런 궁리를 하면서, 때로는 걸음을 멈추고, 훌륭한 기사가 아닌 게 분명한 그 가엾은 기사를 도와주기도 하면서 한동안 말없이 걸었다.

말이 멈춰 설 때마다 (말은 아주 자주 멈추었다.) 기사는 앞으로 떨어졌고, 말이 다시 걷기 시작하면 (말은 대개 갑자기 걷기 시작했다.) 기사는 뒤로 떨어졌다. 그러지 않을 때는 말 위에 제법 잘 앉아 있었지만, 이따금 옆으로 떨어지는 버릇이 있었다. 그는 대개 앨리스가 걷고 있는 쪽으로 고꾸라졌기 때문에, 앨리스는 말 옆에 바싹 붙어서 걷지 않는 게 좋다는 것을 깨달았다.

"말 타는 연습을 많이 하지 않으셨나 봐요." 앨리스는 다섯 번째로 떨어진 기사를 부축해 일으키면서 용기를 내어 말했다.

기사는 그 말에 깜짝 놀란 듯했고 기분이 좀 상한 것 같았다. 그는 반대편으로 떨어지지 않도록 앨리스의 머리카락을 한 손으로 움켜잡은 채 다시 안장으로 기어 올라가면서 말했다.

"왜 그런 말을 하지?"

"연습을 많이 한 사람은 그렇게 자주 떨어지지 않으니까요."

"연습은 충분히 했어. 충분히 했다고!"

앨리스는 "정말로요?"보다 더 좋은 대답은 생각나지 않았지만, 최대한 진심으로 그 말을 했다. 그 후 그들은 한동안 묵묵히 걸었다. 기사는 눈을 감고 혼잣말을 중얼거렸지만, 앨리스는 기사가 또 떨어질까 봐 불안하게 지켜보았다.

기사가 갑자기 오른팔을 휘두르며 큰 소리로 말하기 시작했다.

"말타기에서 가장 중요한 기술은 중심을……."

그러나 연설은 시작했을 때와 마찬가지로 갑자기 끝났다. 기사가 정확히 앨리스의 발 앞에 머리부터 거꾸로 쿵 하고 떨어졌기 때문이다. 앨리스가 이번에는 정말로 겁에 질려서, 기사를 부축해 일으키면서 불안한 목소리로 물었다.

"어디 뼈가 부러지지는 않았겠죠?"

"별 것 아니야." 기사는 뼈 한두 개쯤 부러지는 것은 아무렇지도 않다는 투로 말했다. "아까도 말했듯이, 말 타기에서 가장 중요한 기술은 균형을 잘 유지하는 거야. 이렇게……."

기사는 고삐를 놓더니, 앨리스에게 시범을 보이려고 두 팔을 양옆으로 뻗었다. 그리고 이번에는 말의 발굽 바로 밑에 떨어져 벌러덩 자빠졌다.

"연습은 충분히 했어! 충분히 했다니까!" 기사는 앨리스의 부축을 받아 일어나면서 줄곧 그 말을 되풀이했다.

"정말 어처구니가 없군요!" 앨리스도 이번에는 참지 못하고 소리쳤다. "바퀴 달린 목마나 타는 게 낫겠어요. 그게 나아요!"

"그건 얌전하게 가니?" 기사는 흥미를 느낀 듯이 물으면서, 또다시 떨어지지 않으려고 두 팔로 말 목을 꽉 끌어안았다.

"살아 있는 말보다 훨씬 얌전하게 가죠." 앨리스는 웃지 않으려고 애를 썼지만, 짧은 비명 같은 웃음소리를 내면서 대답했다.

"하나 구해야겠군." 기사가 생각에 잠긴 투로 중얼거렸다. "하나나 둘…… 아니, 여러 개."

그 후 잠깐 침묵이 흐른 다음, 기사가 다시 말을 이었다.

"나는 발명하는 데 솜씨가 뛰어나. 조금 전에 네가 나를 부축해 일으켰을 때, 내가 생각에 잠긴 표정을 짓고 있는 걸 알아차렸을 거야."

"좀 심각해 보이기는 했어요."

"바로 그때, 문을 넘어가는 새로운 방법을 발명했어. 듣고 싶니?"

"정말로 듣고 싶어요."

"내가 어떻게 그 생각을 하게 되었는지 말해 주마. 나는 속으로 이렇게 생각했어. '유일한 문제는 발에 있다. 머리는 벌써 충분히 높은 곳에 있으니까.' 그렇다면 먼저 머리를 문 위에 올려놓는 거야. 그러면 머리는 충분히 높은 곳에 있게 되지. 다음에는 머리를 문 위에 대고 물구나무를 서는 거야. 그러면 발도 충분히 높은 곳에 있게 되지. 그런 다음 문을 넘어가는 거야."

"네. 그렇게 하면 문을 넘어갈 수 있겠네요." 앨리스는 말하고, 생각에 잠긴 얼굴로 덧붙였다. "하지만 너무 힘들지 않을까요?"

"아직 시도해 본 적은 없어. 그래서 확실히 말할 수는 없지만, 좀 힘들 것 같긴 해."

그 생각을 하자 기사는 화가 난 것 같았다. 그래서 앨리스는 서둘러 화제를 바꾸었다.

"투구가 정말 기묘해요! 그것도 직접 발명한 건가요?"

기사는 안장에 매달려 있는 투구를 자랑스럽게 내려다보았다.

"그래. 하지만 나는 이것보다 더 좋은 투구를 발명했어. 고깔모자처럼 생긴 건데, 그걸 쓰면, 말에서 떨어져도 항상 투구가 먼저 땅에 닿아. 그래서 나는 그렇게 먼 거리를 떨어질 필요가 없었어. 하지만 대신에 내가 투구 속으로 떨어질 위험은 있었지. 실제로 그런 일이 한 번 일어났어. 그런데 가장 곤란한 문제는, 내가 미처 투구에서 빠져나오기 전에 다른 하얀 기사가 와서 그 투구를 써 버린 거야. 그 기사는 물론 그게 자기 투구인 줄 알았지."

기사가 무척 진지해 보였기 때문에 앨리스는 감히 웃을 수가 없었다. 그래서 앨리스는 웃음을 참느라 떨리는 목소리로 말했다.

"그 기사가 몹시 다쳤겠네요. 기사님이 그 사람 머리 위에 있었으니까요."

"물론 나는 그 녀석을 걷어찰 수밖에 없었지. 그러자 녀석은 투구를 다시 벗었지만, 나를 투구에서 꺼내는 데에는 몇 시간이나 걸렸어. 나는 아주 빨랐으니까. 번개처럼."

"빠른 게 아니라 투구에 꽉 끼인 거겠죠." 앨리스가 말했다.

기사는 고개를 저었다.

“나는 무척 빨랐어! 정말이야!” 기사는 이렇게 말할 때 흥분하여 두 손을 번쩍 들어 올렸다. 그러자 당장 안장에서 굴러떨어져 깊은 도랑 속에 거꾸로 처박혔다.

앨리스는 기사를 찾으러 도랑 옆으로 달려갔다. 기사가 한동안 균형을 잘 잡고 있었기 때문에 앨리스는 더욱 놀랐다. 그리고 이번에는 기사가 정말로 다쳤을 거라고 걱정했다. 구두 밑창밖에 보이지 않았지만, 기사가 평소와 다름없는 목소리로 말하는 것을 듣고 앨리스는 크게 안심했다.

“나는 무척 빨랐어!” 기사가 같은 말을 되풀이했다. “하지만 남의 투구를 쓰는 건 경솔한 짓이야. 속에 사람까지 들어 있는데 말이야.”

“거꾸로 서 있으면서 어떻게 그처럼 침착하게 말할 수 있죠?” 앨리스는 그의 발을 잡고 밖으로 질질 끌어내어 강둑 풀밭에 내려놓으면서 물었다. 이 질문에 기사는 깜짝 놀란 표정을 지었다.

“내 몸이 어디 있든, 그게 뭐가 중요해? 내 마음은 그래도 여전히 움직이고 있는데…… 사실 나는 거꾸로 있을수록 새로운 것을 더 많이 발명해 내. 내가 지금까지 발명한 것 중에 가장 기발했던 건……"
기사는 잠시 숨을 고른 뒤에 말을 이었다. "고기 정식 중에 나오는 새로운 푸딩을 발명한 거였어."

"다음 코스가 나오기 전에 말이죠? 정말 빨라야겠네요!"

"아니, 다음 코스가 아니야." 기사가 생각에 잠긴 어조로 천천히 말했다. "그래, 확실히 다음 코스는 아니야."

"그럼 다음 날이 되겠군요. 저녁 식사에 푸딩이 두 번씩 나오지는 않을 테니까요."

"아니, 다음 날도 아니야." 기사는 아까처럼 같은 말을 되풀이했다. "그래, 확실히 다음 날은 아니야. 사실……" 기사는 고개를 숙이고 말을 이었다. 그의 목소리가 점점 낮아지고 있었다. "그 푸딩은 한 번도 만들어진 적이 없을 거야. 사실은 앞으로도 만들어질 거라고 생각지 않아. 하지만 그 푸딩은 아주 기발한 발명이었어!"

"무엇으로 만들 작정이었는데요?" 앨리스는 가엾은 기사가 몹시 풀이 죽어 보였기 때문에 기운을 북돋워 주려고 물었다.

"먼저 빨종이를 준비하고……." 기사는 못마땅한 투로 대답했다.

"빨종이는 별로 맛이 없을 텐데요."

"빨종이만으로는 그렇지. 하지만 빨종이를 다른 것들, 예를 들면 화약과 봉랍 같은 것과 섞으면 얼마나 달라지는지 너는 짐작도 못할 거야. 그런데 난 여기서 돌아가야 해."

그들은 어느덧 숲이 끝나는 곳에 도착해 있었다.

앨리스는 어리둥절한 표정을 지을 뿐이었다. 여전히 푸딩을 생각하고 있었기 때문이다.

"섭섭한 모양이구나." 기사가 걱정스러운 목소리로 말했다. "너를 위로하기 위해 노래를 한 곡 불러 주마."

"긴 노래인가요?" 앨리스가 물었다. 그날 하루 동안 시를 너무 많이 들었기 때문이다.

"길지. 하지만 아주 아주 아름다운 노래야. 내가 이 노래를 부르면 듣는 사람은 누구나 눈물을 흘리거나, 아니면……."

기사가 갑자기 말을 멈추었기 때문에 앨리스가 물었다.

"아니면 뭐예요?"

"아니면 흘리지 않거나 그래. 노래 제목은 '대구의 눈'이라고 불리지."

"아하, 그게 노래 제목이군요?" 앨리스는 흥미를 느끼려고 애쓰면서 물었다.

"아니야. 넌 이해를 못하는구나." 기사가 조금 짜증스러운 표정을 지으며 말했다. "제목이 그렇게 '불린다'는 것이고, 진짜 제목은 '늙고 늙은 노인'이야."

"그럼 나는 '그 노래는 그렇게 불리는군요?' 하고 말했어야 했군요?"

"아니야. 그렇게 하면 안 돼. 그건 전혀 다른 거야! 그 노래는 '길과 방법들'이라고 불리지만, 그냥 그렇게 불릴 뿐이야!"

"그럼 그 노래는 도대체 뭐죠?" 앨리스는 이제 완전히 어리둥절해서 물었다.

"지금 그걸 말하려던 참이었어. 그 노래의 진짜 제목은 '문간에 낮아서'이고, 가락은 내가 직접 지은 거야."

이렇게 말하면서 그는 말을 세우고 고삐를 말 목에 걸쳐 놓은 다음, 한 손으로 천천히 박자를 맞추었다. 그리고 노래의 아름다운 선율을 즐기듯 희미한 미소를 지었다. 그 상냥하고 바보스러운 얼굴을 미소로 환하게 빛내면서 노래를 부르기 시작했다.

앨리스는 '거울 나라'를 여행하면서 보았던 온갖 이상한 일 중에서도 이 장면을 언제나 가장 또렷하게 기억하고 있었다. 몇 년이 지난 뒤에도 앨리스는 이 장면을 바로 어제 일처럼 생생하게 되살릴 수 있었다.

기사의 온화한 푸른 눈과 상냥한 미소, 그의 머리카락 사이로 빛나던 석양, 그 빛을 받아 눈부시게 반짝이던 갑옷, 고삐를 목에서 늘어뜨린 채 조용히 주위를 돌아다니며 발밑의 풀을 뜯어 먹던 말, 뒤에 있는 숲의 검은 그림자…….

이 모든 것이 한 폭의 그림 같았다. 앨리스는 한 손을 들어 눈 위에 차양을 만들고 나무에 기댄 채 그 기묘한 한 쌍을 바라보며, 꿈결처럼 들려오는 노래의 우울한 선율에 귀를 기울이고 있었다.

'하지만 이 선율은 그가 직접 지은 게 아니야.' 앨리스는 속으로 중얼거렸다. '이건 '나 그대에게 모두 주어서, 이제 더는 줄 수 없어요'라는 노래야.' 앨리스는 일어나서 열심히 귀를 기울였지만, 눈물은 한 방울도 나오지 않았다.

너에게 모든 걸 말해 줄게.
할 말은 거의 없지만.
나는 늙고 늙은 노인을 보았어,
문간에 앉아 있는 노인을.

"댁은 뉘시오, 노인장? 그리고 어떻게 사시오?"
나는 물었어.
노인의 대답이 내 머릿속을 졸졸 흘러갔지.
체 사이로 빠져나가는 물처럼.

노인은 말했지. "나는 찾고 있다네.
밀밭에서 자고 있는 나비들을.
나비로 양고기 파이를 만들어
길거리에서 판다네.
사람들에게 판다네.
폭풍이 몰아치는 바다를 항해하는 사람들에게.
나는 그렇게 양식을 구한다네.
한 조각 들게나, 괜찮다면."

하지만 나는 계획을 궁리하고 있었어.
구레나룻을 초록색으로 물들이고
남들이 보지 못하게 항상 커다란 부채로
구레나룻을 가릴 계획을.
그래서 노인의 말에 대꾸할 말이 없어서
나는 소리쳤지.
"어떻게 사느냐고 물었잖아!"
그러고는 노인의 머리를 내리쳤지.

노인은 부드러운 목소리로 말을 이었어.

"나는 내 길을 떠나네.

산속에서 개울을 발견하면

나무껍질을 벗겨서 표시를 해 놓지.

그러면 사람들은 그것으로

머릿기름이라고 부르는 것을 만들지.

하지만 내 수고의 대가로

그들이 주는 것은 고작 2페니 반."

하지만 나는 궁리하고 있었어.

끼니마다 밀떡 반죽을 먹어서

날이 갈수록

점점 더 뚱뚱해지는 방법을.

나는 노인을 마구 흔들며 소리를 질렀지.

노인의 얼굴이 새파래질 때까지.

"어서 말해보라니까.

어떻게 사는지, 무슨 일을 하는지!"

노인은 말했어. "나는 히스 덤불숲에서
대구의 눈을 찾아다닌다네.
그리고 조용한 밤이면
그걸로 조끼 단추를 만들지.
나는 그것을 팔지만
금화도 은화도 받지 않는다네.
내가 받는 것은 반 페니짜리 동전뿐.
그거면 조끼 단추 아홉 개를 살 수 있다네."

"때로는 버터 바른 롤빵을 찾으려고 땅을 파거나
게를 잡으려고 끈끈이 가지로 덫을 놓기도 한다네.
때로는 이륜마차의 바퀴를 찾으려고
풀숲 우거진 언덕을 뒤지기도 하지.
그게 내 방법이라네. (노인은 윙크하며 덧붙였어.)
나는 그렇게 재산을 모은다네.
나는 기꺼이 잔을 들겠네.
자네의 건강을 위하여."

나는 그제야 그의 말이 들렸어.
나는 막 계획을 완성한 참이었거든.
메나이 철교가 녹슬지 않도록
다리를 포도주에 넣고 끓이는 계획을.
나는 재산 모은 방법을 알려 줘서

정말 고맙다고 노인에게 말했지만,
그보다는 내 건강을 위해 건배하겠다고
말해 준 것이 더욱 고마웠지.

그리고 이제, 어쩌다 손가락을
풀 속에 담그거나
바보같이 오른발을 왼쪽 신발에
억지로 꾸겨 넣거나
발가락 위에 아주 무거운 물건을
떨어뜨리거나 할 때면
나는 흐느껴 울어.
한때 알았던 그 노인이 생각나서…….

표정은 온화했고, 말투는 느릿했고,
머리카락은 눈보다 더 희었고,
얼굴은 꼭 까마귀 같았고,
눈은 잉걸처럼 빨갛게 빛났고,
슬픔으로 심란한 것 같았고,
몸을 앞뒤로 흔들면서
입 안 가득 빵을 문 것처럼
낮은 목소리로 계속 웅얼거렸고,
들소처럼 콧김을 내뿜었지.
오래전, 그 여름날 저녁에

문간에 앉아서.

기사는 이 노래의 마지막 구절을 부르면서 다시 고삐를 잡고, 아까 왔던 길로 말 머리를 돌렸다. "넌 이제 몇 미터만 더 가면 돼." 기사가 말했다. "언덕을 내려가서 작은 개울을 건너면 너는 여왕이 될 거야. 하지만 가기 전에 여기 남아서 나를 배웅해 주겠지?"

그가 가리킨 방향을 앨리스가 기대에 찬 눈길로 돌아보자, 기사가 덧붙여 말했다. "오래 걸리지는 않을 거야. 너는 잠시 기다렸다가, 내가 저 모퉁이에 이르면 손수건을 흔들어 줘! 그러면 기운이 날 것 같아."

"물론 그렇게 할게요. 이렇게 멀리까지 와 주셔서 정말 고마워요. 노래도 고맙고요. 무척 마음에 들었어요."

"그랬기를 바라지만……" 기사가 의심스러운 듯이 덧붙였다. "너는 내가 생각한 만큼 울지 않더구나."

기사는 앨리스와 악수를 한 뒤, 말을 타고 천천히 숲 속으로 들어갔다.

"배웅하는 데 오래 걸리지는 않을 거야." 앨리스는 기사의 뒷모습을 지켜보면서 혼잣말로 중얼거렸다. "또 떨어졌군! 언제나 머리부터 거꾸로 떨어진다니까. 그래서 아주 쉽게 다시 올라타네. 하기야 온갖 잡동사니가 말에 주렁주렁 매달려 있으니까……."

앨리스는 혼잣말을 계속하면서, 길을 따라 어슬렁어슬렁 걸어가는 말과 이쪽저쪽으로 번갈아 떨어지는 기사를 지켜보았다. 기사는 네댓 번 떨어진 뒤에야 겨우 길모퉁이에 이르렀고, 앨리스는 그에게 손수건을 흔들며 그의 모습이 보이지 않을 때까지 기다렸다.

“기사가 기운을 얻었으면 좋겠는데.” 앨리스는 말하고, 돌아서서 언덕을 달려 내려갔다. “이제 마지막 개울을 건너면 여왕이 되는 거야! 여왕이 되다니, 얼마나 신나는 일이야!” 몇 걸음 더 가자 앨리스는 개울가에 이르렀다. “드디어 여덟 번째 칸이다!” 앨리스는 소리치며 개울을 펄쩍 뛰어 건넜다. 개울가에는 이끼처럼 부드러운 잔디가 깔려 있고, 여기저기에 작은 꽃밭이 점점이 흩어져 있었다. 앨리스는 그 잔디밭 위에 쉬려고 털썩 주저앉았다.

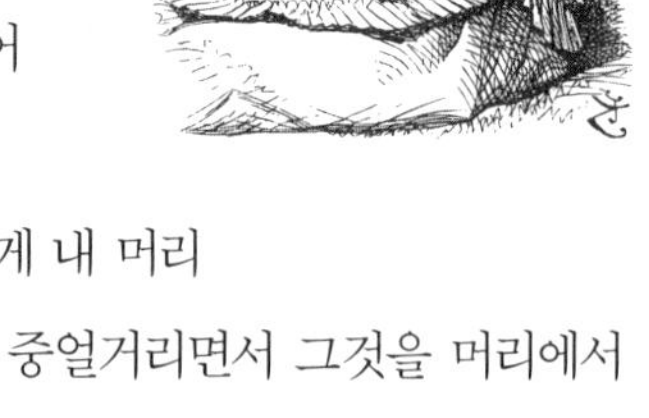

“아, 마침내 여기 올 수 있어서 정말 기뻐! 그런데 내 머리에 씌워져 있는 게 뭐지?” 앨리스는 머리 둘레에 꽉 끼어 있는 묵직한 무언가를 두 손으로 들어 올리면서 깜짝 놀란 목소리로 외쳤다.

“어떻게 나도 모르는 사이에 이런 게 내 머리에 씌워져 있지?” 앨리스는 혼잣말로 중얼거리면서 그것을 머리에서 들어 올려, 무엇인지 확인하려고 무릎 위에 내려놓았다.

그것은 황금 왕관이었다.

제 9 장

앨리스 여왕

"와, 이것 굉장한데!" 앨리스가 말했다. "내가 이렇게 빨리 여왕이 될 줄은 꿈에도 생각지 못했어. 아뢰올 말씀이 있습니다, 폐하." 앨리스는 엄한 목소리로 말을 이었다(앨리스는 항상 자신을 꾸짖는 것을 좋아했다). "이렇게 풀밭에서 빈둥거리는 것은 폐하께 어울리지 않습니다. 알다시피, 여왕은 위엄을 갖추셔야 합니다!"

그래서 앨리스는 일어나 주위를 돌아다녔다. 처음에는 왕관이 떨어질까 봐 좀 뻣뻣하게 걸었지만, 아무도 보는 사람이 없다고 생각하자 마음이 편해져서 다시 잔디밭에 앉으며 혼잣말로 중얼거렸다.

"만약 내가 정말로 여왕이라면, 여왕 노릇도 잘 해낼 수 있을 거야."

모든 게 너무나 이상하게 일어나고 있었기 때문에, 앨리스는 붉은 여왕과 하얀 여왕이 양쪽 옆에 바싹 붙어 앉아 있는 것을 발견하고도 전혀 놀라지 않았다. 어떻게 왔는지 물어보고 싶었지만, 그런 질문을 하면 예의에 어긋날 것 같았다. 하지만 게임이 끝났는지 물어보는 것은 실례가 되지 않을 거라고 생각했다.

"저어, 죄송하지만……." 앨리스는 붉은 여왕을 조심스럽게 바라보며 입을 열었다.

"누가 말을 걸면 그때 말해!" 붉은 여왕이 날카롭게 앨리스의 말을 가로막았다.

"하지만 모든 사람이 그 규칙을 따른다면……" 가벼운 논쟁이라면 언제나 맞설 준비를 갖추고 있는 앨리스가 말했다. "그래서 다른 사람이 말을 걸었을 때만 말을 하고, 서로 먼저 말을 시작하기만 기다린다면, 아무도 말을 하지 못할 거예요. 그러니까……."

"어리석기는!" 여왕이 외쳤다. "얘야, 모르겠니?" 여기서 여왕은 얼굴을 찌푸리며 말을 끊고 잠시 생각하다가, 갑자기 화제를 바꾸었다. "너는 아까 '만약 내가 정말로 여왕이라면'이라고 했는데, 그게 무슨 뜻이지? 무슨 권리로 너 자신을 여왕이라고 부르는 거냐? 적절한 시험을 통과하기 전에는 여왕이 될 수 없어. 시험은 빨리 시작할수록 좋아."

"저는 '만약'이라고 했을 뿐이에요!" 가엾은 앨리스는 애처로운 목소리로 항변했다.

두 여왕은 서로 얼굴을 마주 보았다. 붉은 여왕이 몸을 떨면서 말했다.

"얘는 '만약'이라고 했을 뿐이라는데?"

"하지만 얘는 그보다 훨씬 많은 말을 했어!" 하얀 여왕이 두 손을 쥐어짜면서 신음하듯 말했다. "그보다 훨씬 많은 말을 했다고!"

"넌 정말 그랬어." 붉은 여왕이 앨리스에게 말했다. "항상 진실을 말해야 해. 말하기 전에 생각하고, 말한 뒤에는 그걸 기록해 둬."

"저는 그런 뜻이 아니고……." 앨리스가 말하기 시작했지만, 붉은 여왕이 참지 못하고 앨리스의 말을 가로막았다.

"내가 불만스럽게 생각하는 게 바로 그거야! 뜻을 가지고 말을 했어야지! 아무 뜻도 없는 어린애가 무슨 소용이 있겠니? 농담도 뜻이 있어. 그리고 어린애는 농담보다 훨씬 더 중요하지. 그건 너도 부인할 수 없을 거야. 어떤 수단을 써도 말이다."

"저는 뭔가 수단을 써서 부인할 생각은 없어요." 앨리스가 항변했다.

"아무도 네가 그런다고 말하지는 않았어." 붉은 여왕이 말했다. "네가 무슨 수단을 써도 안 된다고 말했을 뿐이야."

"얘는 무언가를 부인하고 싶은 정신 상태에 있지만, 무엇을 부인해야 할지 모를 뿐이야." 하얀 여왕이 말했다.

"고약하고 못된 성질이지." 붉은 여왕이 말했다.

잠시 불편한 침묵이 흘렀다.

붉은 여왕이 침묵을 깨고 하얀 여왕에게 말했다.

"오늘 오후에 앨리스가 여는 디너파티에 당신을 초대할게."

그러자 하얀 여왕이 희미한 미소를 지으며 말했다.

"그럼 나는 당신을 초대할게."

"제가 파티를 열게 되어 있는 줄은 몰랐어요." 앨리스가 말했다.

"하지만 정말로 제가 파티를 연다면, 손님도 당연히 제가 초대해야 한다고 생각해요."

"우리는 그럴 기회를 너한테 주었어." 붉은 여왕이 말했다. "하지만 아직 예절에 관해서는 수업을 많이 받지 못했지?"

"예절은 수업 시간에 가르치지 않아요. 수업 시간에는 계산 같은 것만 배운다고요."

"그럼 덧셈을 할 줄 아니?" 하얀 여왕이 물었다. "1 더하기 1 더하기 1 더하기 1 더하기 1 더하기 1 더하기 1 더하기 1 더하기 1 더하기 1은 얼마지?"

"모르겠어요. 1이 몇 개인지 잊어버렸어요." 앨리스가 말했다.

"얘는 덧셈을 못해." 붉은 여왕이 끼어들었다. "그럼 뺄셈은 할 줄 아니? 8에서 9를 빼 봐."

"8에서 9를 뺄 수는 없어요." 앨리스는 당장 대답했다. "하지만……."

"얘는 뺄셈을 못해." 하얀 여왕이 말했다. "그럼 나눗셈은 할 줄 아니? 칼로 빵 한 덩이를 나누면…… 답이 뭐지?"

"그건……." 앨리스가 말을 하려는데, 붉은 여왕이 대신 대답했다.

"물론 버터 바른 빵이지. 다른 뺄셈 문제를 풀어 봐. 개한테서 뼈다귀를 빼앗으면 뭐가 남지?"

앨리스는 곰곰 생각하고 나서 대답했다.

"내가 뼈다귀를 빼앗으

면, 물론 뼈는 남지 않을 거예요. 그리고 개도 남지 않을 거예요. 나를 물려고 달려올 테니까요. 그리고 나도 남아 있지 않을 거예요!"

"그럼 너는 아무것도 남지 않을 거라고 생각하는구나?"

"그게 답이라고 생각해요."

"틀렸어, 또. 개의 성질은 남을 거야." 붉은 여왕이 말했다.

"전 모르겠는데요. 어떻게……."

"내 말 잘 들어 봐!" 붉은 여왕이 외쳤다. "개는 화를 내겠지. 그렇지?"

"아마 그렇겠죠." 앨리스는 신중하게 대답했다.

"그럼 개가 다른 곳으로 가버리면, 개가 잃어버린 성질은 거기에 남겠지. 안 그래?" 붉은 여왕은 의기양양하게 소리쳤다.

"개와 성질이 서로 다른 방향으로 갈 수도 있어요." 앨리스는 애써 진지하게 말했다. 하지만 속으로는 '우리가 지금 무슨 허튼소리를 하고 있담!' 하고 생각지 않을 수 없었다.

"애는 계산을 전혀 못하는군!" 두 여왕은 입을 모아 힘주어 말했다.

"댁들은 계산을 할 줄 아세요?" 앨리스는 그렇게 트집 잡히는 것을 좋아하지 않았기 때문에, 하얀 여왕을 돌아보며 물었다.

하얀 여왕은 숨을 훅 들이마시고는 눈을 감았다.

"덧셈은 할 줄 알아. 시간만 충분히 준다면. 하지만 어떤 상황에서도 뺄셈은 못해."

"네 이름의 철자는 물론 알고 있겠지?" 붉은 여왕이 물었다.

"물론이죠." 앨리스는 말했다.

"나도 그래." 하얀 여왕이 속삭였다. "앞으로는 종종 함께 외우자.

그리고 비밀인데, 나는 한 글자로 된 낱말을 읽을 줄 알아. 대단하지 않니? 하지만 실망하지 마. 너도 이제 곧 그렇게 될 수 있으니까."

이때 붉은 여왕이 또다시 입을 열었다.

"너는 생활에 유용한 질문에 대답할 수 있니? 빵은 어떻게 만들지?"

"그건 알아요!" 앨리스가 외쳤다. "먼저 밀가루를 조금……."

"어디서 꽃을 따지?" ('밀가루'를 뜻하는 flour와 '꽃'을 뜻하는 flower는 발음이 같다: 옮긴이) 하얀 여왕이 물었다. "정원에서? 아니면 울타리에서?"

"어머나, 그건 따는 게 아니에요. 그건 밀을 갈아서……." 앨리스가 설명했다.

"얼마나 넓은 땅에서?" ('땅'을 뜻하는 ground와 '갈다'를 뜻하는 grind의 과거형 ground는 철자와 발음이 같다: 옮긴이) 하얀 여왕이 물었다. "대충 넘어가려고 하면 안 돼."

"그 애 머리에 부채질을 해 줘." 붉은 여왕이 걱정스러운 얼굴로 끼어들었다. "생각을 너무 많이 해서 열이 날 거야."

그래서 두 여왕은 나뭇잎을 한 다발 모아서 부채질을 하기 시작했다. 나중에는 머리카락이 헝클어져서 앨리스가 제발 그만두라고 간청해야 할 정도였다.

"이젠 다시 괜찮아졌을 거야." 붉은 여왕이 말했다. "다른 나라 말은 할 줄 아니? 'fiddle-de-dee'(엉터리 수작)가 프랑스 어로는 뭐지?"

"fiddle-de-dee는 영어가 아니에요." 앨리스는 진지하게 대답했다.

"그게 영어라고 누가 그러던?" 붉은 여왕이 말했다.

앨리스도 이번에는 곤란한 처지에서 벗어날 수 있는 길을 찾았다고 생각했다. 그래서 의기양양하게 소리쳤다.

"fiddle-de-dee가 어느 나라 말인지 말해 주면, 프랑스 어로 그걸 뭐라고 하는지 말씀드릴게요."

하지만 붉은 여왕은 조금 뻣뻣하게 몸을 뒤로 젖히면서 말했다.

"여왕들은 절대로 협상을 하지 않아."

'여왕들이 절대로 질문을 하지 않는다면 좋겠는데.' 앨리스는 속으로 생각했다.

"말다툼하지 말자." 하얀 여왕이 걱정스러운 투로 말했다. "번개가 치는 이유가 뭐지?"

"번개가 치는 이유는……" 이 문제는 확실히 안다고 생각했기 때문에 앨리스는 자신 있게 말했다. "천둥 때문이에요. 아니, 아니에요! 그 반대예요." 앨리스는 서둘러 자신의 말을 정정했다.

"바로잡기에는 너무 늦었어." 붉은 여왕이 말했다. "일단 말을 뱉었으면 그것으로 끝이야. 그리고 결과를 받아들여야 돼."

"그 말을 들으니까 생각이 나는데……" 하얀 여왕이 고개를 숙이고 두 손을 신경질적으로 쥐었다 폈다 하면서 말했다. "지난 화요일에 폭풍우가 심하게 몰아쳤지. 지난번에 화요일이 한동안 계속되었을 때 말이야."

앨리스는 어리둥절해졌다.

"우리나라에서는 화요일은 한 번에 하루밖에 없어요."

그러자 붉은 여왕이 말했다.

"그건 참 형편없이 불편한 방식이구나. 여기서는 밤과 낮이 한 번에 두세 차례 이어지는 것이 보통이고, 겨울에는 밤을 한꺼번에 다섯 차례나 몰아서 보낼 때도 있어. 따뜻하게 지내기 위해서."

"그럼 다섯 밤이 하루 밤보다 더 따뜻한가요?" 앨리스는 용기를 내어 물었다.

"물론 다섯 배나 따뜻하지."

"하지만 그렇게 따지면 다섯 밤이 하루 밤보다 다섯 배는 더 추울 텐데요."

"맞아!" 붉은 여왕이 외쳤다. "다섯 배 더 따뜻하면서 다섯 배 더 춥지. 내가 너보다 다섯 배나 부유하면서 다섯 배나 현명한 것처럼!"

앨리스는 한숨을 내쉬고 포기했다. '답이 없는 수수께끼 같아!' 앨리스는 생각했다.

"험프티 덤프티도 그걸 보았어." 하얀 여왕이 혼잣말하듯 낮은 목소리로 말을 이었다. "타래송곳을 들고 문간에 와서……."

"무엇 하러 왔지?" 붉은 여왕이 물었다.

"안으로 들어오고 싶다고 말했어." 하얀 여왕이 대답했다. "하마를 찾고 있다면서. 그런데 공교롭게도 그날 아침에는 집에 하마가 없었어."

"그럼 평소에는 집에 있나요?" 앨리스가 놀란 목소리로 물었다.

"목요일에만 있지." 여왕이 말했다.

"그가 왜 왔는지 알아요." 앨리스가 말했다. "물고기한테 벌을 주고 싶어서 온 거예요. 왜냐하면……."

이때 하얀 여왕이 다시 말하기 시작했다.

"그건 지독한 폭풍우였어. 넌 짐작도 못할 거야." ("그럼. 얘는 절대로 못해." 하고 붉은 여왕이 말했다.) "한쪽 지붕이 날아갔고, 그러자 훨씬 많은 천둥이 들어와서는 커다란 덩어리가 되어 방을 이리저리 굴러다녔지. 탁자며 온갖 물건이 천둥에 부딪혀 쓰러졌어. 얼마나 겁이 났는지, 내 이름도 기억나지 않을 정도였다니까!"

'나라면 그런 상황에서 이름을 기억하려고 애쓰진 않을 거야! 그럴 필요가 어디 있어?' 앨리스는 속으로 생각했다. 하지만 가엾은 여왕의 기분을 해칠까 봐 소리 내어 말하지는 않았다.

"네가 폐하를 양해하렴." 붉은 여왕이 하얀 여왕의 손을 잡고 다정하게 어루만지며 앨리스에게 말했다. "악의는 없지만, 대체로 어리석은 말을 할 수밖에 없단다."

하얀 여왕은 겁먹은 눈으로 앨리스를 바라보았다. 앨리스는 무언가 상냥한 말을 해야 한다고 생각했다. 하지만 당장은 아무 말도 생각나지가 않았다.

"하얀 여왕은 사실 본데 있게 자라지 못했단다." 붉은 여왕이 말을 이었다. "하지만 얼마나 마음씨가 착한지 놀랄 정도야! 머리를 토닥여 줘 보렴. 그러면 얼마나 기뻐하는지 몰라!"

하지만 앨리스는 감히 여왕의 머리를 토닥일 용기가 나지 않았다.

"작은 친절…… 머리카락을 종이로 말아서 곱슬거리게 해 준다거나…… 그러면 이 여왕한테 놀라운 효과가 나타낼 거야."

하얀 여왕은 한숨을 내쉬고 앨리스의 어깨에 머리를 얹었다.

"너무 졸려!" 여왕이 신음하듯 말했다.

"피곤한 거야. 가엾게도!" 붉은 여왕이 말했다. "머리를 쓰다듬어 줘. 나이트캡도 빌려 주고, 마음을 달래 주는 자장가를 불러 줘."

"나이트캡은 없는데요." 앨리스는 첫 번째 명령에 따르려고 애쓰면서 말했다. "그리고 자장가는 하나도 몰라요."

"그럼 자장가는 내가 불러야겠군." 붉은 여왕이 말하고 자장가를 부르기 시작했다.

자장자장 아가씨, 앨리스의 무릎을 베고!
잔치가 준비될 때까지 한숨 잘 시간이네.
잔치가 끝나면 무도회장에 가야지.
붉은 여왕도, 하얀 여왕도, 앨리스도, 그리고 모두!

"이젠 너도 가사를 알겠지?" 붉은 여왕이 말하고는 앨리스의 다른 어깨에 머리를 기대면서 덧붙였다. "나한테도 자장가를 불러 줘. 나도 졸려."

다음 순간, 두 여왕은 깊이 잠들어 요란하게 코를 골고 있었다.

"이걸 어떡하지?" 앨리스는 당황하여 주위를 둘러보면서 소리쳤다. 두 여왕의 둥근 머리가 차례로 앨리스의 어깨에서 굴러 떨어져 묵직한 덩어리처럼 앨리스의 무릎에 얹혔기 때문이다. "두 명의 잠든 여왕을 한꺼번에 보살펴야 했던 사람은 이제껏 아무도 없을 거야! 영국 역사를 다 뒤져 봐도 없을 거야. 있을 턱이 없지. 두 여왕이 동시에 있었던 적이 없으니까. 일어나세요! 너무 무거워요!" 앨리스가 짜증스러운 투로 말했지만, 들려온 대답은 조용히 코 고는 소리뿐이었다.

코 고는 소리는 시시각각 뚜렷해지더니, 나중에는 노랫소리처럼 들렸다. 마침내 앨리스는 가사까지 분간할 수 있었다. 그 소리에 너무 열심히 귀를 기울인 나머지, 두 여왕의 커다란 머리가 무릎 위에서 별안간 사라졌는데도 알아차리지 못했다.

앨리스는 아치 모양의 문간에 서 있었다. 문 위에는 커다랗게 '앨리스 여왕'이라고 씌어 있고, 아치 양쪽에는 초인종 손잡이가 달려 있었는데, 하나는 '손님용', 또 하나는 '하인용'이라고 표시되어 있었다.

'노래가 끝날 때까지 기다려야지. 그런 다음 초인종을 울리자.' 앨리스는 생각했다. 하지만 당황해서 중얼거렸다.

"그런데 어느 쪽 초인종을 울려야 하지? 나는 손님도 아니고 하인도 아니야. '여왕용'이라고 표시된 초인종이 있어야 하는데."

바로 그때 문이 조금 열리더니, 긴 부리를 가진 동물이 잠깐 머리를 내밀고 "다음다음 주까지는 아무도 들어올 수 없습니다!" 하고 말하고는 다시 문을 쾅 닫아 버렸다.

앨리스는 오랫동안 문을 두드리고 초인종을 울렸지만, 아무 소용이 없었다. 그런데 나무 밑에 앉아 있던 늙은 개구리가 마침내 일어나서 앨리스 쪽으로 천천히 절뚝거리며 다가왔다. 개구리는 샛노란 옷을 입고 커다란 장화를 신고 있었다.

"무슨 일이지?" 개구리가 쉰 목소리로 속삭였다.

앨리스는 홱 뒤를 돌아보았다. 상대가 누구든 트집을 잡아서 야단칠 준비가 되어 있었다. 그래서 성난 목소리로 말했다.

"문에서 대답하는 일을 맡은 하인은 어디 갔지?"

"어떤 문?" 개구리가 물었다.

앨리스는 개구리의 느려 터진 말투에 짜증이 나서 발을 동동 구를 뻔했다.

"그야 물론 이 문이지!"

개구리는 크고 흐리멍덩한 눈으로 잠시 문을 쳐다보다가 더 가까이 다가가서, 칠이 벗겨지는지 알아보기라도 하려는 것처럼 엄지손가락으로 문을 문질렀다. 그러고는 앨리스를 돌아보면서 말했다.

"문에 대답한다고? 문이 뭘 물어보았는데?" 개구리의 목소리가 너무 심하게 쉬어 있어서 앨리스는 개구리의 말을 알아듣기 힘들었다.

"무슨 소린지 모르겠어." 앨리스가 말했다.

"나는 영어로 말하고 있어. 안 그래?" 개구리가 말했다. "아니면, 혹시 너 귀먹었니? 문이 너한테 뭘 물어보았냐고?"

"아무것도 묻지 않았어!" 앨리스는 짜증스럽게 대답했다. "그냥 문을 두드리고 있었어."

"그렇게 하면 안 돼. 그렇게 하면 문을 성가시게 할 뿐이야." 개구리는 중얼거리고, 문으로 다가가서 커다란 발로 걷어찼다. "그냥 내버려 둬. 그러면 문도 너를 내버려 둘 테니까." 그러고는 숨을 헐떡거리며 나무 쪽으로 절름절름 걸어갔다.

바로 그 순간 문이 활짝 열리고, 떨리는 목소리로 노래를 부르는 소리가 들려왔다.

거울 나라 세계에 앨리스가 말했다네.
"나는 손에 왕홀을 쥐고 머리에는 왕관을 쓰고 있다.
거울 나라 주민들은 모두 와서
붉은 여왕과 하얀 여왕과 나와 함께 만찬을 들자!"

그러자 수백 명의 목소리가 합창을 했다.

최대한 빨리 잔을 채워라.
단추와 겨를 식탁에 뿌려라.
커피에는 고양이를, 홍차에는 쥐를 넣어라.
그리고 앨리스 여왕을 환영하라, 서른 번의 만세 삼창으로!

그러자 왁자지껄한 환호성이 들렸다. 앨리스는 속으로 생각했다. '만세 삼창 서른 번이면 만세가 아흔 번이야. 누군가가 그걸 세고 있을까?' 또다시 잠깐 침묵이 흐르고, 아까 그 목소리가 다시 독창을 하기 시작했다.

"오, 거울 나라 주민들아. 가까이 오라!" 앨리스는 말했다네.
"나를 보는 것은 영광, 내 목소리를 듣는 것은 축복.
붉은 여왕과 하얀 여왕과 나와 함께
식사하고 차 마시는 것은 대단한 명예로다!"

그러자 다시 수백 명의 목소리가 합창을 했다.

당밀과 잉크로 잔을 채워라.
아니면 마시기 좋은 다른 것으로 잔을 채워라.
모래와 사과술을 섞고, 양털과 포도주를 섞어라.
그리고 앨리스 여왕을 환영하라. 아흔 번의 만세 구창으로!

"아흔 번의 만세 구창?" 앨리스는 절망적으로 중얼거렸다. "아아, 그건 영원히 끝나지 않을 거야. 당장 안으로 들어가는 게 낫겠어."

앨리스는 안으로 들어갔다. 앨리스가 나타난 순간, 그곳은 쥐 죽은 듯 조용해졌다.

앨리스는 널따란 방을 걸어가면서 식탁에 줄지어 앉아 있는 손님들을 초조하게 힐끔거렸다. 온갖 생물이 쉰 명쯤 앉아 있었다. 들짐승도 있고, 날짐승도 있고, 꽃들까지 섞여 있었다.

'내 초대를 기다리지 않고 와 줘서 다행이야. 나는 누구를 초대해야 할지 몰랐을 테니까!' 앨리스는 생각했다.

상석에는 의자 세 개가 놓여 있었고, 붉은 여왕과 하얀 여왕이 벌써 두 자리를 차지하고 있었지만 가운데 의자는 비어 있었다. 앨리스는 그 의자에 앉았다. 너무 조용해서 좀 거북했다. 그래서 누군가가 말을 해주면 좋겠다고 생각했다.

마침내 붉은 여왕이 입을 열었다. "수프와 생선 요리는 지나갔어. 이젠 육류 요리를 가져오라!"

그러자 급사들이 양고기 다리를 앨리스 앞에 놓았다. 앨리스는 큰 고깃덩이를 잘라 본 적이 없기 때문에, 불안한 눈으로 그 고깃덩이를 바라보았다.

"좀 수줍어 보이는구나. 내가 너를 그 양고기 다리한테 소개해 주마." 붉은 여왕이 말했다. "앨리스, 이쪽은 양고기야. 양고기야, 얘는 앨리스야."

그러자 양고기 다리가 접시에서 벌떡 일어나 앨리스에게 가볍게 절을 했다. 놀라야 할지 즐거워해야 할지 모른 채, 앨리스도 답례로 절을 했다.

"한 조각 잘라 드릴까요?" 앨리스는 포크와 나이프를 들고 두 여왕을 번갈아 바라보면서 물었다.

"말도 안 돼." 붉은 여왕이 단호하게 말했다. "인사를 나눈 상대를 자르는 건 예의가 아니야. 고기를 치워라!"

그러자 급사들이 양고기 다리를 가져가고 큼직한 건포도 푸딩 하나를 대신 가져왔다.

"푸딩한테는 저를 소개하지 말아 주세요." 앨리스가 서둘러 말했다. "아니면 저녁 내내 아무것도 먹지 못할 거예요. 푸딩 좀 드릴까요?"

하지만 붉은 여왕은 부루퉁한 표정을 지으며 화난 목소리로 말했다.

"푸딩아, 얘는 앨리스야. 앨리스, 이쪽은 푸딩이야. 푸딩을 치워라!"

급사들이 하도 빨리 푸딩을 가져갔기 때문에, 앨리스는 푸딩의 인사에 답례도 하지 못했다.

하지만 앨리스는 왜 붉은 여왕만 명령을 내리는지 도무지 이해할 수가 없었다. 그래서 시험 삼아 큰 소리로 외쳤다.

"급사! 푸딩을 도로 가져와요!"

그러자 마치 요술처럼, 순식간에 푸딩이 다시 나타났다. 푸딩이 너무 커서, 앨리스는 양고기를 대했을 때처럼 약간 주눅이 드는 것을 느끼지 않을 수 없었다. 하지만 앨리스는 애써 수줍음을 억누르고 푸딩을 한 조각 잘라서 붉은 여왕에게 건네주었다.

"이렇게 무례할 수가! 내가 네 몸에서 한 조각 잘라 내면, 그때 너는 기분이 어떻겠니?" 푸딩이 말했다.

푸딩의 목소리는 탁하고 기름졌다. 앨리스는 대꾸할 말이 없었다. 그래서 그냥 가만히 앉아서 숨을 죽인 채 푸딩을 바라볼 수밖에 없었다.

"말을 해. 푸딩에게만 말하게 하다니, 우스꽝스럽잖아!" 붉은 여왕이 말했다.

"내가 오늘 얼마나 많은 시를 들었는지 아세요?" 앨리스가 입을 열자마자 사방이 쥐 죽은 듯 조용해지고 모든 시선이 앨리스에게 쏠렸다. 이것을 알아차리고 앨리스는 조금 겁이 났다. "게다가 이상하게도 모든 시가 어떤 식으로든 물고기와 관련되어 있었어요. 여기 분들이 왜 그렇게 물고기를 좋아하는지 아세요?"

앨리스는 붉은 여왕에게 물었지만, 붉은 여왕의 대답은 좀 엉뚱했다.

"물고기에 대해서라면……" 붉은 여왕은 앨리스의 귀에 입을 바싹 갖다 대고 천천히 그리고 엄숙하게 말했다. "하얀 여왕이 아주 재미있는 수수께끼를 알고 있지. 모두 시로 되어 있고, 모두 물고기에 대한 거야. 그 시를 외워 보라고 부탁할까?"

"붉은 여왕이 그렇게 말하다니, 정말 친절하구나." 하얀 여왕이 앨리스의 다른 쪽 귀에 대고, 비둘기 울음소리 같은 목소리로 속삭였다. "무척 재미있을 거야! 내가 외워 볼까?"

"부탁드려요." 앨리스가 공손히 말했다.

하얀 여왕은 기쁨으로 활짝 웃으며 앨리스의 볼을 어루만졌다. 그러고는 시를 외우기 시작했다.

"첫째, 물고기를 잡아야 해."
그건 쉬워. 아기라도 잡을 수 있을 거야.
"다음에는 물고기를 사야 해."
그것도 쉬워. 1페니면 살 수 있을 거야.

"이제는 물고기를 요리할게!"
그것도 쉬워. 1분도 걸리지 않을 거야.
"그걸 접시에 담아!"
그것도 쉬워. 이미 접시에 담겨 있으니까.

"이리 가져와! 맛을 보자!"
접시를 식탁에 놓는 것은 쉬워.
"접시 뚜껑을 열어!"
아, 그건 너무 어려워서 도저히 못할 것 같아!

물고기는 접시 한복판에 누워 있는데
뚜껑은 접시에 아교처럼 달라붙어 있어서 말이야.
어느 쪽이 더 쉬울까?
물고기의 접시 뚜껑을 여는 것?
아니면 수수께끼에 접시 뚜껑을 덮는 것?

"잠시 생각해 보고 나서 알아맞혀 봐." 붉은 여왕이 말했다. "그동안 우리는 네 건강을 위해 건배할게. 앨리스 여왕의 건강을 위하여!"

붉은 여왕은 목청껏 소리를 질렀고, 손님들은 그 말이 끝나기가 무섭게 모두 술을 마시기 시작했다. 그런데 그들이 술을 마시는 방식은 정말 이상했다. 어떤 손님들은 술잔을 머리에 뒤집어쓰고 얼굴로 흘러내리는 술을 받아 마셨고, 또 어떤 손님들은 유리병을 엎어 놓고 탁자 가장자리로 흘러내리는 포도주를 받아 마셨다. 손님들 가운데 셋(캥거루처럼 보였다.)은 구운 양고기 접시 속으로 기어 들어가서 고기 국물을 열심히 핥아 먹기 시작했다. 앨리스는 '꼭 여물통에 들어간 돼지 같아!' 하고 생각했다.

"멋진 연설로 답례를 해야지." 붉은 여왕이 앨리스에게 얼굴을 찌푸리며 말했다.

앨리스는 답례연설을 하려고 일어났지만, 좀 겁이 났다.

"우리가 옆에서 받쳐 줄게." 하얀 여왕이 속삭였다.

"정말 고마워요. 하지만 혼자서도 잘할 수 있어요." 앨리스도 속삭이는 소리로 대답했다.

"전혀 그렇지 않을걸!" 붉은 여왕이 하도 단호하게 말했기 때문에, 앨리스는 그 말을 호의적으로 받아들이려고 애썼다.

("그런데 두 여왕은 나를 양쪽에서 마구 밀어 댔어! 언니가 보았다면 두 여왕이 나를 납작하게 짜부라뜨리고 싶어 하는 줄 알았을 거야." 나중에 앨리스는 언니한테 그 만찬 이야기를 하면서 그렇게 말했다.)

사실 앨리스는 연설하는 동안 자리에 똑바로 서 있기가 좀 어려웠다. 두 여왕이 양쪽에서 밀어 대는 바람에 앨리스는 공중으로 떠밀릴 지경이었다.

"저는 고맙다는 인사를 하려고 일어났습니다."

연설하는 동안 앨리스는 정말로 몇 센티미터 위로 올라갔다. 하지만 탁자 가장자리를 움켜잡고 가까스로 몸을 다시 끌어 내렸다.

"조심해!" 하얀 여왕이 두 손으로 앨리스의 머리카락을 움켜잡고 소리를 질렀다. "무슨 일이 벌어지려 하고 있어!"

뒤이어 (앨리스가 나중에 묘사한 바에 따르면) 온갖 일이 순식간에 일어났다. 촛불들은 모두 천장까지 늘어나서, 꼭대기에서 불꽃놀이가 벌어지고 있는 골풀 밭처럼 보였다. 유리병들은 저마다 접시 한 쌍을 십어 들더니, 서둘러 양옆에 날개처럼 달았다. 다리 대신 포크를 단 유리병들은 날개를 퍼덕이며 사방팔방으로 날아다녔다. '정말로 새처럼 보이네.' 끔찍한 혼란이 벌어지고 있었지만, 앨리스는 그 혼란 속에서도 속으로 생각했다.

바로 그 순간, 옆에서 쉰 목소리로 웃는 소리가 들렸다. 앨리스는 하얀 여왕한테 무슨 일이 생겼나 보려고 그쪽으로 고개를 돌렸다. 하지만 의자에 앉아 있는 것은 하얀 여왕이 아니라 양고기 다리였다. 수프 그릇에서 "나 여기 있어!" 하고 외치는 소리가 들렸다. 앨리스가 다시 고개를 돌리자, 하얀 여왕의 넓적하고 선량한 얼굴이 생글생글 웃고 있는 것이 수프 그릇 가장자리 너머로 잠깐 보였다. 하지만 다음 순간에 하얀 여왕은 수프 속으로 사라지고 말았다.

꾸물거릴 시간이 없었다. 손님들 가운데 몇몇은 벌써 접시 속에 누워 있었고, 수프 국자는 식탁 위에서 앨리스를 향해 걸어오면서, 어서 길을 비키라고 손짓으로 요구하고 있었다.

"더는 못 참아!" 앨리스는 벌떡 일어나 두 손으로 식탁보를 움켜잡고 홱 잡아당겼다. 접시들과 손님들과 양초들이 와장창 소리를 내며 한꺼번에 쏟아져 마룻바닥에 무더기로 쌓였다.

"그리고 너!" 앨리스는 이 모든 재난이 붉은 여왕 때문이라고 생각하고, 사나운 눈길로 옆을 돌아보며 외쳤다.

하지만 붉은 여왕은 옆에 없었다. 갑자기 작은 인형만 한 크기로 쪼그라들어, 이제는 탁자 위에서 제 어깨 위로 늘어져 있는 숄을 즐겁게 빙글빙글 쫓아다니고 있었다.

다른 때였다면 앨리스는 이 광경을 보고 깜짝 놀랐겠지만, 지금은 너무 흥분해서 어떤 것에도 놀라지 않았다.

"너!" 앨리스는 탁자 위에 막 내려앉은 유리병을 폴짝 뛰어넘으려는 작은 여왕을 재빨리 움켜잡고 말했다. "널 흔들어서 새끼 고양이로 만들어 버릴 거야. 두고 봐!"

제 10 장

흔들기

앨리스는 붉은 여왕을 식탁에서 들어 올려 앞뒤로 힘껏 흔들었다.

붉은 여왕은 아무 저항도 하지 않았다. 다만 얼굴은 점점 작아지는데, 눈은 커지면서 초록빛을 띠었다. 그래도 앨리스가 계속 흔들자 붉은 여왕은 점점 더 짧아지고, 통통해지고, 부드러워지고, 둥글둥글해지고, 그리고…….

제 11 장

깨어나기

……그것은 역시 진짜 새끼 고양이였다.

제 12 장

꿈을 꾼 것은 누구일까?

"붉은 여왕님, 그렇게 큰 소리로 가르랑거리지 마세요." 앨리스가 말했다. 그러고는 두 눈을 비비며, 공손하지만 여전히 엄격한 목소리로 새끼 고양이에게 말했다. "네가 나를 깨웠구나! 정말 멋진 꿈이었는데! 키티야, 넌 거울 나라에서 줄곧 나랑 함께 있었어. 너도 알고 있었니?"

무슨 말을 해도 항상 가르랑거리는 소리로 대답하는 것은 새끼 고양이들의 불편한 습성이었다(앨리스는 언젠가 그렇게 말한 적이 있었다).

"'예'라고 할 때만 가르랑거리고 '아니요'라고 할 때는 야옹거린다거나, 무슨 그런 규칙이 있으면 좋겠어. 그러면 고양이들과 대화를 계속할 수 있을 텐데. 하지만 맨날 똑같은 말만 하는 사람하고 어떻게 대화를 나눌 수 있겠어?"

이번에도 새끼 고양이는 목을 가르랑거릴 뿐이었다. 그 소리가 '예'인지 '아니요'인지는 짐작도 할 수 없었다.

그래서 앨리스는 탁자 위에 있는 체스 말을 뒤져서 붉은 여왕을 찾아냈다. 그런 다음 벽난로 앞 깔개에 무릎을 꿇고 새끼 고양이와 붉은 여왕을 마주 보게 놓았다.

"자, 키티야!" 앨리스는 의기양양하게 손뼉을 치며 소리쳤다. "네가 무엇으로 변신했었는지 고백해!"

("하지만 키티는 붉은 여왕을 쳐다보려고도 하지 않았어." 앨리스는 나중에 언니한테 그 일을 설명하면서 말했다. "키티는 고개를 돌리고 붉은 여왕을 못 본 체했어. 하지만 조금 부끄러워하는 것 같았어. 그러니까 키티는 역시 붉은 여왕이었던 게 분명해.")

"좀 똑바로 앉아!" 앨리스는 즐겁게 웃으면서 외쳤다. "그리고 뭐라고 가르랑거릴지 생각하는 동안은 무릎을 굽혀 절을 해. 그러면 시간이 그만큼 절약되지. 명심해!" 앨리스는 키티를 들어 올려 살짝 입을 맞추었다. "네가 붉은 여왕이 되었던 기념이야."

"스노드롭! 착한 녀석!" 앨리스는 고개를 돌려서 어깨 너머로 하얀 새끼 고양이를 돌아보았다. 스노드롭은 아직도 얌전하게 세수를 계속 하고 있었다. “다이나는 하얀 여왕님의 세수를 언제쯤 끝낼까? 내 꿈속에 네가 그렇게 지저분한 꼴로 나온 건 분명 그때문이야. 다이나! 넌 지금 하얀 여왕을 북북 문지르고 있어. 알고 있니? 정말 무례하구나!”

‘그런데 다이나는 뭘로 변신했었을까?’

앨리스는 한쪽 팔꿈치를 깔개에 대고 손으로 턱을 괸 편안한 자세로 새끼 고양이들을 바라보면서 계속 재잘거렸다.

“말해 봐, 다이나. 험프티 덤프티로 변신했니? 내 생각엔 그랬을 것 같은데. 하지만 확실치 않으니까 네 친구들한테는 아직 말하지 않는 게 좋을 거야. 그런데 키티야, 네가 정말로 꿈속에서 나와 함께 있었다면, 네가 좋아했을 만한 게 한 가지 있었어. 나는 아주 많은 시를 들었는데, 그게 모두 물고기에 관한 시였어! 내일 아침에 너는 진짜 생선을 먹게 될 거야. 네가 아침을 먹을 때마다 ‘바다코끼리와 목수’를 외워 줄게. 그러면 네가 먹는 게 굴인 것처럼 생각될 거야.

자, 키티야. 그 꿈을 꾼 게 누구인지 생각해 보자. 이건 심각한 문제야. 그렇게 계속 앞발을 핥으면 안 돼. 그러면 오늘 아침에 다이나가 너를 씻어 주지 않은 것 같잖아! 키티야, 꿈을 꾼 건 나 아니면 붉은 왕이 분명해. 붉은 왕은 물론 내 꿈에 나왔어. 하지만 나도 붉은 왕의 꿈에 나왔거든. 꿈을 꾼 게 붉은 왕이었니? 키티야, 너는 붉은 왕의 아내였으니까, 알고 있을 거야. 오오, 키티야. 이 문제를 해결하도록 도와줘! 앞발은 나중에 핥아도 돼!”

하지만 새끼 고양이는 앨리스의 질문을 못 들은 척하고, 약이라도 올리듯 다른 쪽 앞발을 핥기 시작했다.

여러분은 꿈을 꾼 게 누구였다고 생각하세요?

배 한 척이 햇빛 찬란한 하늘 아래로
꿈결처럼 한가로이 떠도네.
7월의 어느 날 저녁에.

세 아이가 정답게 다가앉아서
초롱초롱한 눈으로 귀를 기울이며
단순한 이야기를 즐겼네.

햇빛 찬란하던 그 하늘은 어슴푸레해진 지 오래고
메아리는 희미해지고 기억은 지워지고
가을 서리는 7월을 살해했네.

여전히 그녀는 나를 따라다니네, 유령처럼.
앨리스는 하늘 아래 돌아다니지만
깨어 있는 눈에는 결코 보이지 않네.

아이들은 아직도 이야기에 귀를 기울이네.
초롱초롱한 눈으로 귀를 기울이네.
사랑스럽게 바싹 다가앉아서.
아이들은 이상한 나라에 누워 있네.

날이 저물도록 꿈을 꾸면서
여름이 다 가도록 꿈을 꾸면서.

물결 따라 떠내려가면서
황금빛 햇살 속을 떠돌면서……
인생은 한낱 꿈이런가?

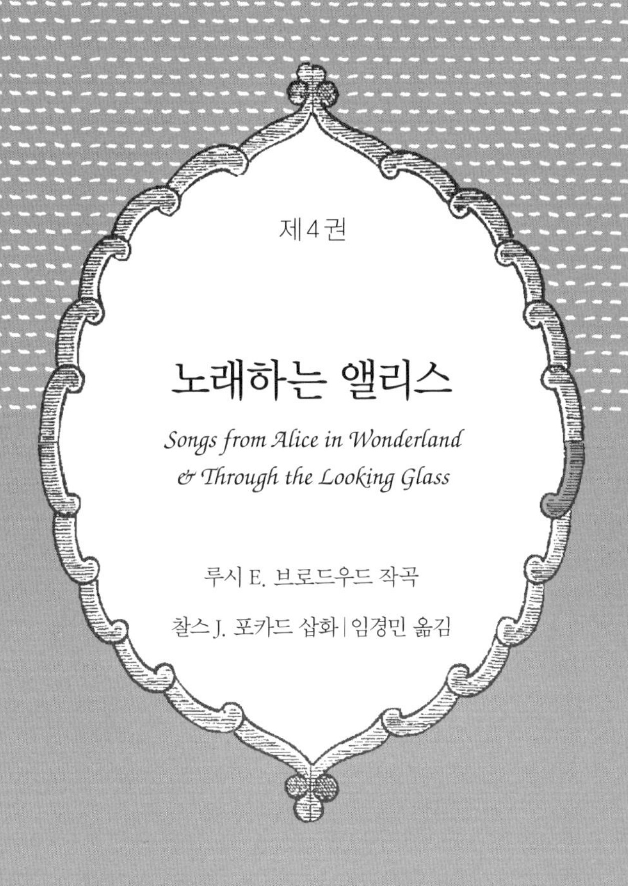

제4권

노래하는 앨리스

Songs from Alice in Wonderland & Through the Looking Glass

루시 E. 브로드우드 작곡

찰스 J. 포카드 삽화 | 임경민 옮김

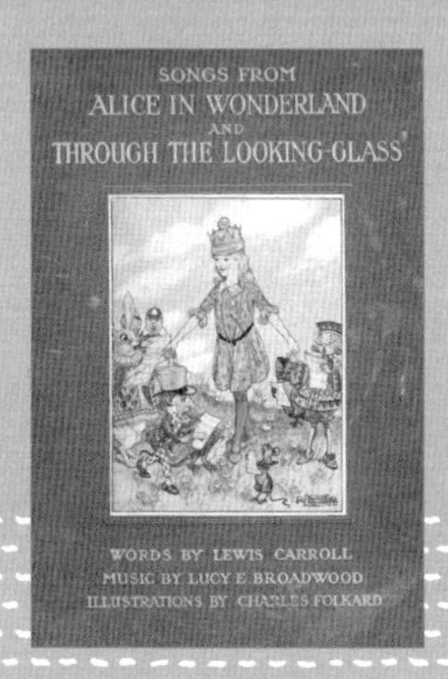
SONGS FROM
ALICE IN WONDERLAND
AND
THROUGH THE LOOKING-GLASS
WORDS BY LEWIS CARROLL
MUSIC BY LUCY E BROADWOOD
ILLUSTRATIONS BY CHARLES FOLKARD

SONGS FROM

ALICE IN WONDERLAND

AND

THROUGH THE LOOKING-GLASS

WORDS BY LEWIS CARROLL

MUSIC BY LUCY E. BROADWOOD

ILLUSTRATIONS BY CHARLES FOLKARD

A. &C. BLACK, LTD., 4, 5 &6, SOHO SQUARE, LONDON, W. 1.

This Book is published by kind permission of

Messrs. Macmillan &Co., Ltd.

Published, October, 1921.

이상한 다과회

ILLUSTRATIONS IN COLOUR

BY

CHARLES FOLKARD

차례

노래하는 앨리스

제1장 · 이상한 나라에서 노래하는 앨리스

제2장 · 거울 나라에서 노래하는 앨리스

“나를 마셔요.”

제 1 장

이상한 나라에서 노래하는 앨리스

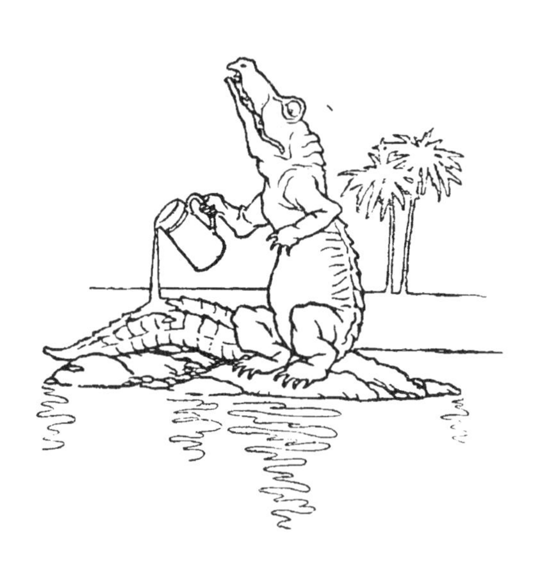

꼬마 악어

How doth the little Crocodile
Moderately quick, sempre legato.
How doth the lit - tle croc - o - dile Im - prove his shi - ning tail, And
pour the wa - ters of the Nile On ev - 'ry gold - en scale! How
animato.
cheer - ful - ly he seems to grin, How neat - ly spreads his claws, And
wel - comes lit - tle fish - es in With gen - tly smi - ling jaws!

How doth the little crocodile
Improve his shining tail,
And pour the waters of the Nile
On ev'ry golden scale!

How cheerfully he seems to grin,
How neatly spreads his claws,
And welcomes little fishes in
With gently smiling jaws!

꼬마 악어 한 마리가
번쩍이는 꼬리를 흔들어대며
나일 강 물을 퍼다가
황금빛 비늘 위에 뿌려요!

즐거운 듯 히죽히죽 이빨을 드러내며
단정하게 발톱을 내세우고
잔잔히 웃음 띤 턱뼈 사이로
앙증맞은 물고기들을 맞아들여요!

코끝에 뱀장어를 세우고 균형을 잡으시는 신부님,

윌리엄 신부님은 늙으셨어요.

"You are old, Father William," the young man said,
"And your hair has become very white;
And yet you incessantly stand on your head-
Do you think, at your age, it is right?"

"In my youth," Father William replied to his son,
"I feared it might injure the brain;
But, now that I'm perfectly sure I have none,
Why I do it again and again."

젊은이가 말하기를,
"이젠 늙으셨어요, 윌리엄 신부님.
호호백발이 다 되셨군요.
그런데도 줄곧 물구나무를 서고 계시니.
그 나이에 어울린다고 생각하세요?"

윌리엄 신부님이 젊은이에게 대답하기를,
"내 젊은 시절엔
머리를 다칠까봐 겁이 났는데
이젠 머릿속이 텅텅 비어 있으니
자꾸자꾸 하게 되는구나."

"You are old," said the youth, "as I mentioned before,
And have grown most uncommonly fat;
Yet you turned a back-somersault in at the door—
Pray, what is the reason of that?"

"In my youth," said the sage, as he shook his grey locks,
"I kept all my limbs very supple
By the use of this ointment—one shilling the box—
Allow me to sell you a couple."

"You are old," said the youth, "and your jaws are too weak
For anything tougher than suet;
Yet you finished the goose, with the bones and the beak—
Pray, how did you manage to do it?"

"In my youth," said his father, "I took to the law,
And argued each case with my wife;
And the muscular strength which it gave to my jaw,
Has lasted the rest of my life."

"You are old," said the youth; "one would hardly suppose
That your eye was as steady as ever;
Yet you balance an eel on the end of your nose—
What made you so awfully clever?"

"I have answered three questions, aud that is enough,"
Said his father; "don't give yourself airs!
Do you think I can listen all day to such stuff?
Be off, or I'll kick you down stairs!"

"You are old," said the youth, "as I mentioned before,
And have grown most uncommonly fat;
Yet you turned a back-somersault in at the door-
Pray, what is the reason of that?"

"In my youth," said the sage, as he shook his grey locks,
"I kept all my limbs very supple
By the use of this ointment-one shilling the box-
Allow me to sell you a couple."

젊은이가 말하기를
"말씀드렸다시피, 이젠 늙으셨어요.
그리고 너무너무 뚱뚱해지셨는데
문간에서 공중제비를 넘으시다니
도대체 그 이유가 뭔가요?"

그 똑똑한 노인네가 백발을 흔들며 말하기를
"내 젊은 시절에
한 통에 1실링 하는 이 연고로
팔다리를 언제나 부드럽게 해두었지.
너도 두어 통 사지 않을래?"

"You are old," said the youth, "and your jaws are too weak
For anything tougher than suet;
Yet you finished the goose, with the bones and the beak-
Pray, how did you manage to do it?"

"In my youth," said his father, "I took to the law,
And argued each case with my wife;
And the muscular strength which it gave"

젊은이가 말하기를
"이젠 늙으셨어요.
턱도 너무 약해져 비곗살보다 딱딱한 것은 씹지도
못하실 텐데
거위를 뼈다귀와 부리까지 통째로 드시다니
도대체 그 비결이 무엇이죠?"

신부님이 말하기를
"내 젊은 시절에
법률 공부에 재미를 붙여
사사건건 마누라와 입씨름을 벌이느라
턱 근육이 튼튼해져서
이렇게 여생을 즐기고 있지."

"You are old," said the youth; "one would hardly suppose
That your eye was as steady as ever;
Yet you balance an eel on the end of your nose-
What made you so awfully clever?"

"I have answered three questions, and that is enough,"
Said his father; "don't give yourself airs!
Do you think I can listen all day to such stuff?
Be off, or I'll kick you down stairs!"

젊은이가 말하기를
"이젠 늙으셨어요.
그런데 어쩌면 시력이 그토록 좋으실까!
코 끝에 뱀장어를 세우고 부릴 줄도 아시니
어쩌면 그렇게 재주가 좋으세요?"

신부님이 말하기를
"세 가지나 대답해 주었으면 됐지,
잘난 척하지 말게!
그 따위 바보 같은 소리에 하루종일 대꾸해줄 생각 없네.
꺼져버려! 안 그러면 아래층으로 차버릴 테니!"

반짝, 반짝, 꼬마 박쥐

Twinkle, twinkle, little Bat
Cheerful and quick.
Twin - kle, twin - kle, lit - tle bat! How I won - der what you're at!
Up a - bove the world you fly, Like a tea - tray in the sky!

Twinkle, twinkle, little bat!
How I wonder what you're at!
Up above the world you fly,
Like a tea-tray in the sky!

반짝, 반짝, 꼬마 박쥐!
넌 지금 뭘 하고 있니!
하늘을 나는 찻쟁반처럼
세상 저 너머로 날아가네.

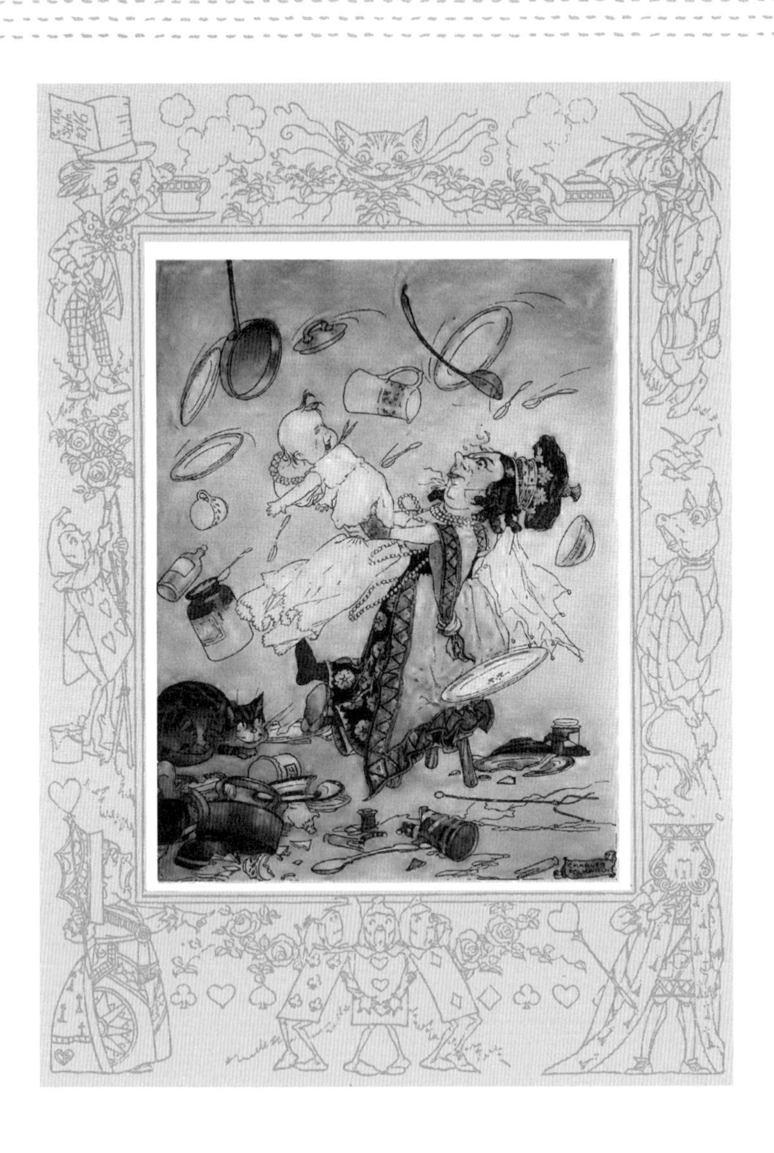

돼지와 후춧가루

Pig and Pepper

Rather slow, and marked.
"Speak rough-ly to your lit-tle boy, And beat him when he sneez-es; He

CHORUS. slower.
on-ly does it to an-noy, Be-cause he knows it teas-es." Wow! Wow! Wow!

"I speak severely to my boy,
I beat him when he sneezes;
For he can thoroughly enjoy
The pepper when he pleases."
Wow! Wow! Wow!

"Speak roughly to your little boy,

And beat him when he sneezes;

He only does it to annoy,

Because he knows it teases."

Wow! Wow! Wow!

네 아기한테는 모질게 말하고

재채기를 하면 때려 주거라.

아기는 오로지 화를 돋우고 싶은 게지.

그게 곯려주는 일인 걸 뻔히 아니까.

와우! 와우! 와우!

"I speak severely to my boy,

I beat him when he sneezes;

For he can thoroughly enjoy

The pepper when he pleases."

Wow! Wow! Wow!

난 내 아기한테는 엄하게 말하고

재채기 하면 때려 주지.

아기가 기분 내킬 땐 언제라도

후춧가루를 즐길 태세가 돼 있으니깐!

와우! 와우! 와우!

바닷가재 콰드리유

바닷가재 콰드리유

The Lobster Quadrille
In lively time.
"Will you walk a lit - tle fast - er?" said a whi - ting to a snail "There's a
por - poise close be - hind us, and he's tread - ing on my tail. See how ea - ger - ly the
lob - sters and the tur - tles all ad - vance! They are wait - ing on the shin - gle— will you
come and join the dance?
CHORUS.
Will you, won't you, will you, won't you, will you join the
dance? Will you, won't you, will you, won't you, won't you join the dance?"
Continued on next page.

"Will you walk a little faster?" said a whiting to a snail,

"There's a porpoise close behind us, and he's treading on my tail.

See how eagerly the lobsters and the turtles all advance!

They are waiting on the shingle-will you come and join the dance?

Will you, won't you, will you, won't you, will you join the dance?

Will you, won't you, will you, won't you, won't you join the dance?"

대구가 달팽이에게 말했지.

'좀 더 빨리 걸을 수 없겠니?

돌고래가 뒤 쪽에서 내 꼬리를 밟겠어.

저기 바다가재랑 거북이 춤추는 게 보이지!

조약돌 해변에서 우리를 기다리고 있어.

가서 함께 어우러져 춤추지 않을래?

좋아? 싫어? 좋아? 싫어?

함께 어우러져 춤추지 않을래?'

The Lobster Quadrille

(CONTINUED)

"You can really have no notion how delightful it will be
When they take us up and throw us, with the lobsters, out to sea!"
But the snail replied, "Too far, too far!" and gave a look askance—
Said he thanked the whiting kindly, but he would not join the dance.
Would not, could not, would not, could not, would not join the dance.
Would not, could not, would not, could not, could not join the dance.

"What matters it how far we go?" his scaly friend replied;
"There is another shore, you know, upon the other side.
The further off from England the nearer is to France—
Then turn not pale, belovèd snail, but come and join the dance.
Will you, won't you, will you, won't you, will you join the dance?
Will you, won't you, will you, won't you, won't you join the dance?"

"You can really have no notion how delightful it will be When they take us up and throw us, with the lobsters, out to sea!" But the snail replied, "Too far, too far!" and gave a look askance-Said he thanked the whiting kindly, but he would not join the dance. Would not, could not, would not, could not, would not join the dance. Would not, could not, would not, could not, could not join the dance.

'그들이 바다가재랑 우리를 번쩍 들어
바다 저 멀리 내던지면
넌 아마 모를 거야.
그때의 그 기쁨 넌 정말 모를 거야.'
하지만 달팽이는 힐끔 한 번 쳐다보고
'너무 멀어, 너무 멀어.' 대답했지.
그 마음 너무 고맙지만
함께 춤추지는 않겠다고 말했지.
추기 싫고, 출 수 없고,
추기 싫고, 출 수 없고,
함께 춤추기 싫어.
추기 싫고, 출 수 없고,
추기 싫고, 출 수 없고,
함께 춤추기 싫어.

"What matters it how far we go?" his scaly friend replied; "There is another shore, you know, upon the other side. The further off from England the nearer is to France-Then turn not pale, belov-d snail, but come and join the dance. Will you, won't you, will you, won't you, will you join the dance? Will you, won't you, will you, won't you, won't you join the dance?"

비늘 달린 친구가 대답했네.

'멀리 가면 어때.

바다 저쪽에도 해변이 있잖아.

영국에서 멀어질수록 프랑스엔 가까워지지.

그러니까 겁내지 말고, 사랑스런 친구야.

자, 우리 춤이나 추자구!

좋아? 싫어? 좋아? 싫어?

함께 어우러져 춤추지 않을래?

좋아? 싫어? 좋아? 싫어?

함께 어우러져 춤추지 않을래?'

이건 바닷가재의 목소리

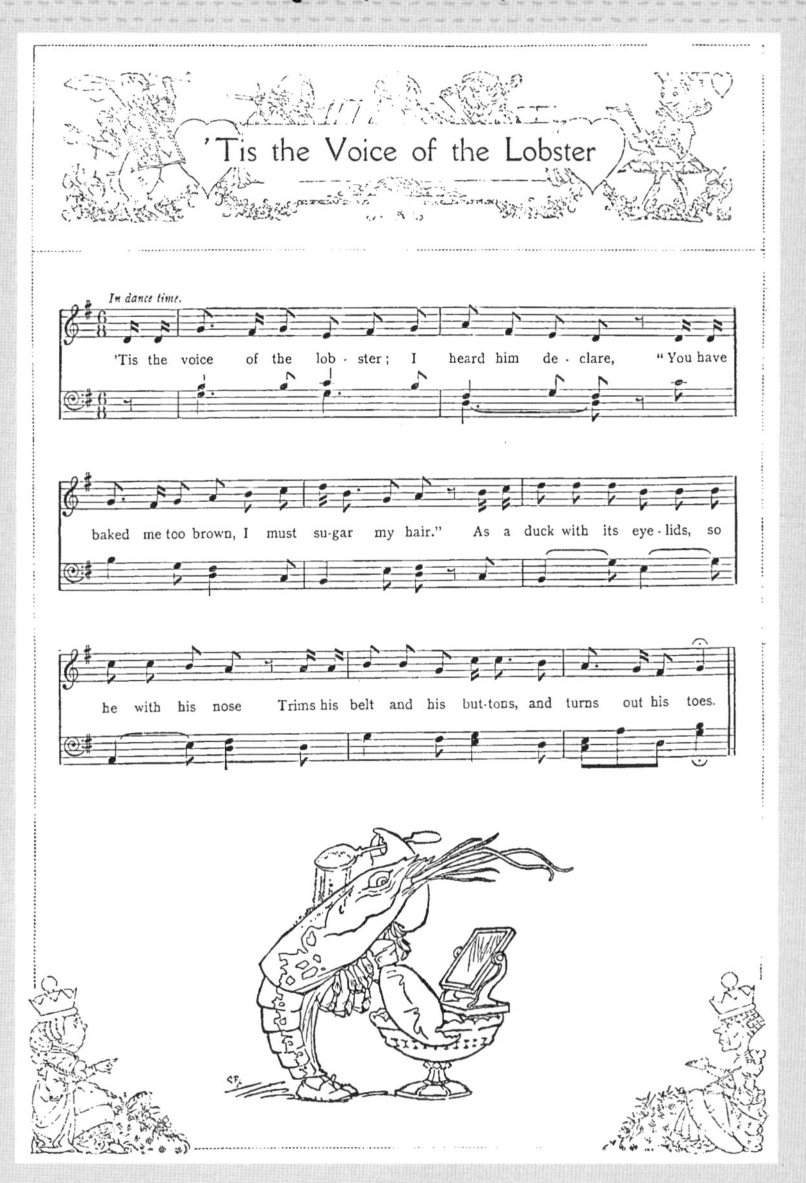
'Tis the Voice of the Lobster
In dance time.
'Tis the voice of the lob - ster; I heard him de - clare, "You have
baked me too brown, I must su-gar my hair." As a duck with its eye - lids, so
he with his nose Trims his belt and his but-tons, and turns out his toes.

This the voice of the lobster; I heard him declare,
"You have baked me too brown, I must sugar my hair."
As a duck with its eyelids, so he with his nose
Trims his belt and his buttons, and turns out his toes.

그건 바닷가재의 목소리
나는 그가 선언하는 소리를 들었네.
"날 너무 바싹 구웠구나.
내 머리카락에 설탕을 쳐야겠네."
오리는 눈꺼풀로
바닷가재는 코로
허리띠와 단추를 채우고
발가락을 뾰족 내밀었지.

아름다운 수프

아름다운 수프

Beautiful Soup
In bumpy Schottische fashion.
simile.
Beau-ti-ful soup, so.. rich and green, Wait-ing.. in.. a.. hot tu-reen!
Who for such dain-ties would not stoop? Soup of the ev-'ning, beau-ti-ful soup!
Soup of the ev-'ning, beau-ti-ful soup! Beau-ti-ful soo-oop! Beau-ti-ful soo-oop!
Soo-oop of the e-e-ev-'ning, Beau-ti-ful, beau-ti-ful soo-oo-oop!
"Beautiful soup! Who cares for fish,
Game, or any other dish?
Who would not give all else for two p-
ennyworth only of beautiful soup!
Pennyworth only of beautiful soup!
Beautiful soo-oop!
Beautiful soo-oop!
Soo-oop of the e-e-ev'ning,
Beautiful, beautiful soo-oo-oop!

Beautiful soup, so rich and green,

Waiting in a hot tureen!

Who for such dainties would not stoop?

Soup of the ev'ning, beautiful soup!

Soup of the ev'ning, beautiful soup!

Beautiful soo-oop!

Beautiful soo-oop!

Soo-oop of the e-e-ev'ning,

Beautiful, beautiful soo-oo-oop!

푸짐하고 푸른 근사한 수프

수프 그릇에 담겨 있네.

그 누가 이 성찬을 마다할 건가?

이 만찬의 수프, 근사한 수프!

이 만찬의 수프, 근사한 수프!

근-사아한 수-우프!

근-사아한 수-우프!

이 만-차안의 수-우프.

근사한 수프!

근사한 수프!

"Beautiful soup! Who cares for fish,
Game, or any other dish?
Who would not give all else for two p-
ennyworth only of beautiful soup!
Pennyworth only of beautiful soup!
Beautiful soo-oop!
Beautiful soo-oop!
Soo-oop of the e-e-ev'ning,
Beautiful, beautiful soo-oo-oop!"

그 누가 생선에, 고기에, 다른 음식에 손을 댈까?
이 근사한 수프 두 푼어치만 준다면
모든 걸 다 내주겠어.
이 근사한 수프 한 푼어치만.
근-사아한 수-우프!
근-사아한 수-우프!
만-차안의 수-프,
근사한, 근-사아한 수-우프!

하트 여왕

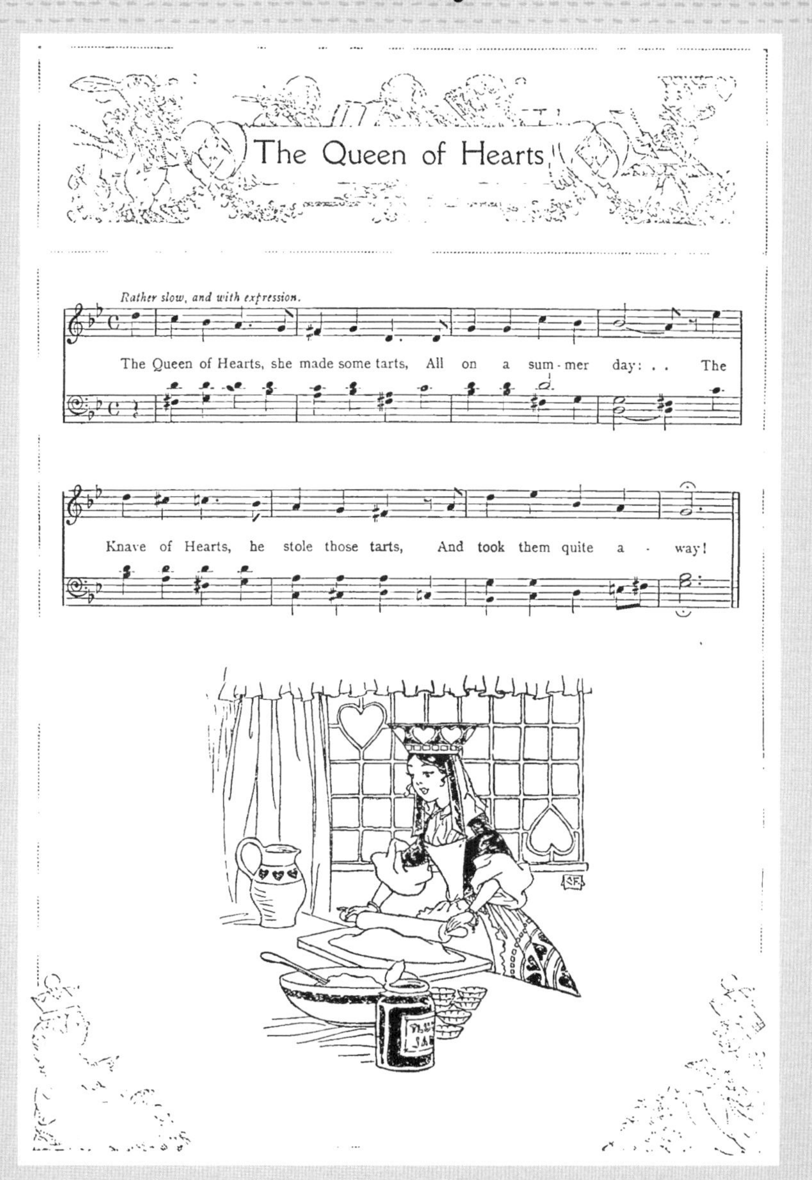
The Queen of Hearts
Rather slow, and with expression.
The Queen of Hearts, she made some tarts, All on a sum-mer day: . . The
Knave of Hearts, he stole those tarts, And took them quite a - way!

The Queen of Hearts, she made some tarts,

All on a summer day:

The Knave of Hearts, he stole those tarts,

And took them quite away!

하트 여왕께서,

어느 여름날 온종일

과일 파이를 구우셨지.

하트 잭, 그가 그 파이를 훔쳐

어디론가 멀리 가져갔네.

누가 타르트를 훔쳤나

Who stole the Tarts
In strict time, and with as little expression as possible.
They told me you had been to her, And men-tioned me to him: She gave me a good
cha-rac-ter, But said I could not swim. He sent them word I had not gone (We
know it to be true): If she should push the mat-ter on, What would become of you?
I gave her one, they gave him two,
You gave us three or more;
They all returned from him to you,
Though they were mine before.
If I or she should chance to be
Involved in this affair,
He trusts to you to set them free,
Exactly as we were.
My notion was that you had been
(Before she had this fit)
An obstacle that came between
Him, and ourselves, and it.
Don't let him know she liked them best,
For this must ever be
A secret, kept from all the rest,
Between yourself and me.

They told me you had been to her,
And mentioned me to him:
She gave me a good character,
But said I could not swim.

He sent them word I had not gone
(We know it to be true):
If she should push the matter on,
What would become of you?

그들이 내게 말하기를, 네가 그녀와 있었던 적이 있고,
그에게 나에 관해 이야기 한 적이 있다더군.
그녀는 나를 멋지다고 칭찬했지만
나더러 수영을 못 한다고 말했지.

그는 그들에게 내가 가지 않았다고 전갈했고,
(우린 그것이 사실이라는 걸 알고 있지.)
만약 그녀가 그 일을 이대로 밀어붙인다면
그대는 과연 어떻게 될까?

I gave her one, they gave him two,
You gave us three or more;
They all returned from him to you,
Though they were mine before.

If I or she should chance to be
Involved in this affair,
He trusts to you to set them free,
Exactly as we were.

난 그녀에게 하나를, 그들은 그에게 둘을 주었네.
그대는 우리에게 셋 이상을 주었지.
그것을 모두가 그로부터 그대에게로 되돌아갔지.
예전엔 그것들 모두 내 것이었음에랴.

혹시라도 그녀나 내가
이 사건에 우연히 말려든다면
그는 예전에 우리가 그랬듯이
그대가 그들을 자유롭게 해 주리라 믿을 거라네.

My notion was that you had been
(Before she had this fit)
An obstacle that came between
Him, and ourselves, and it.

Don't let him know she liked them best,
For this must ever be
A secret, kept from all the rest,
Between yourself and me.

내 생각은 이러하네.
(그녀가 이번에 발작을 일으키기 전만 해도)
그대는 그와 우리와 그것 사이를 가로막는
장애물에 불과했다네.

그녀가 그들을 그 누구보다 좋아한다는 걸
그가 결코 알아서는 안 되네.
이것은 그 누구에게도 밝혀서는 안 될
오로지 그대와 나만의 비밀이니까.

제 2 장

거울 나라에서 노래하는 앨리스

그는 날카로운 칼을 손에 쥐고 있었다

재버워키

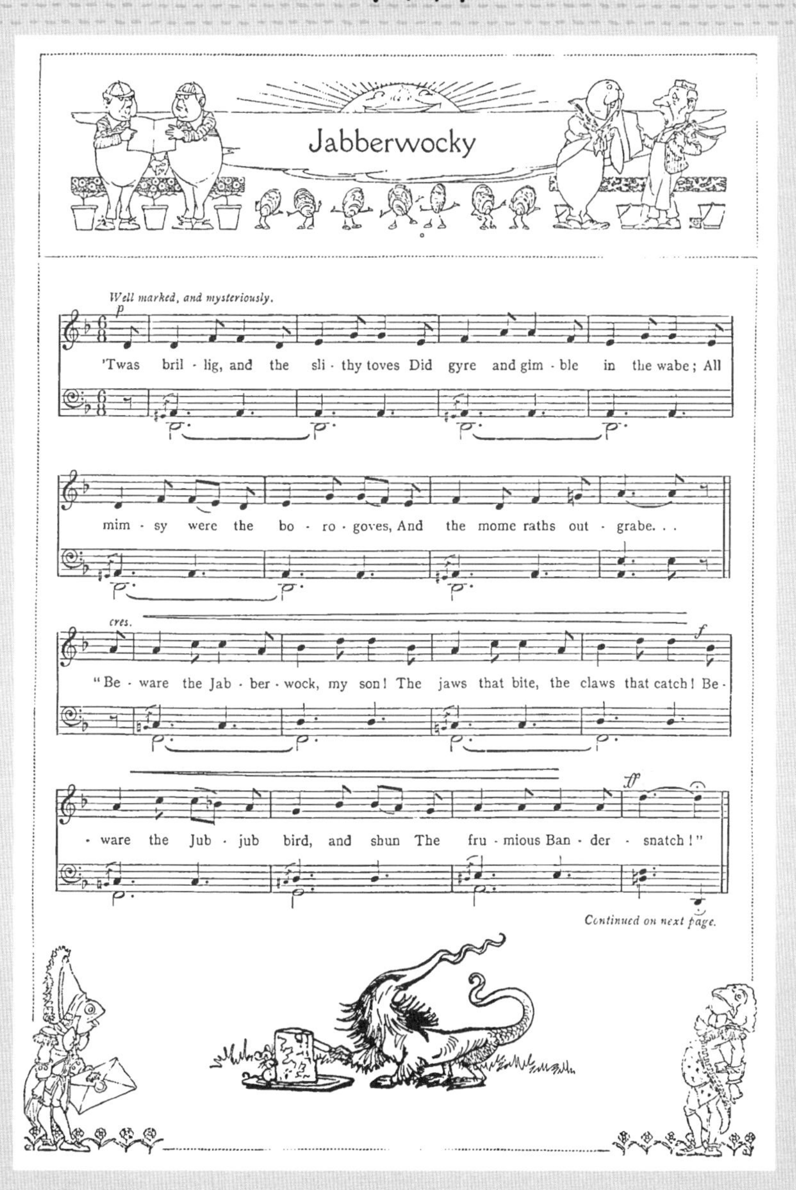

Continued on next page.

Jabberwocky[33]

Twas brillig[34], and the slithy toves[35]
Did gyre and gimble in the wabe[36];
All mimsy were the borogoves[37],
And the mome raths[38] outgrabe.

재버워키

저녁 무렵, 끈적거리고 유연한 토브들이
언덕을 빙글빙글 돌며 구멍을 뚫었네:
보로고브들은 모두 불쌍해 보이고,
얼간이 라스들은 꽥꽥 댔네.

33 '무의미한 말'이라는 뜻.

34 '브릴리그'는 오후 4시 저녁거리를 끓일 무렵을 뜻한다.

35 해시계 주변의 조그만 풀밭. 각 가장자리가 해시계의 앞쪽(long way before), 뒤쪽(long way behind), 너머(long way beyond)에 걸쳐 있어서 웨이브라고 불린다.

36 '토브'는 오소리와 너구리와 도마뱀을 합쳐 놓은 것 같은 상상 동물로 치즈를 먹고 산다.

37 '보로고브'는 자루걸레처럼 깃털이 몸 전체에 돋아 있는 허약하고 볼품없는 새.

38 '라스'는 녹색을 띤 돼지의 일종.

"Beware the Jabberwock[39], my son!
The jaws that bite, the claws that catch!
Beware the Jubjub[40] bird, and shun
The frumious Bandersnatch[41]!"

"재버워크를 조심해라, 내 아들아!
물어뜯는 턱과 낚아채는 발톱을!
주브주브 새를 조심하고,
몹시 화난 밴더스내치도 피해!"

39 '재버워크'는 닥치는 대로 먹어치우는 무서운 괴물.

40 '주브주브 새'는 영원한 욕정에 사로잡혀 절망에 빠진 새. 루이스 캐럴의 「스파이크 사냥」에 나온다.

41 '밴더스내치'는 잡아채는 턱을 가진 몸짓이 재빠른 동물. 자신의 목을 늘릴 수 있다. 루이스 캐럴의 「스파이크 사냥」에 나온다.

(CONTINUED.)

He took his vorpal sword in hand:
Long time the manxome foe he sought—
So rested he by the Tum-tum tree,
And stood awhile in thought.

And as in uffish thought he stood.
The Jabberwock, with eyes of flame,
Came whiffling through the tulgey wood.
And burbled as it came.

One, two! One, two! And through and through
The vorpal blade went snicker-snack!
He left it dead, and with its head
He went galumphing back.

"And hast thou slain the Jabberwock?—
Come to my arms, my beamish boy!
O frabjous day! Callooh! Callay!"
He chortled in his joy.

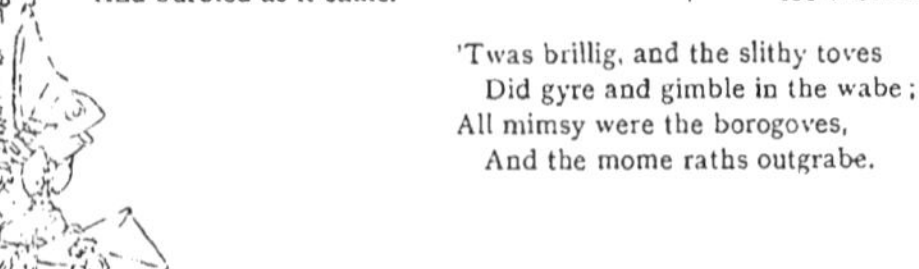

'Twas brillig, and the slithy toves
Did gyre and gimble in the wabe;
All mimsy were the borogoves,
And the mome raths outgrabe.

He took his vorpal sword in hand:

Long time the manxome[42] foe he sought—

So rested he by the Tumtum[43] tree,

And stood awhile in thought.

그는 날카로운 칼을 손에 쥐고

오랫동안 무서운 괴물을 찾아다녔지.

그러다 텀텀 나무 옆에서 쉬며

한동안 생각에 잠겨 서 있었네.

And as in uffish[44] thought he stood,

The Jabberwock, with eyes of flame,

Came whiffling through the tulgey wood,

And burbled[45] as it came.

거만하고 팍팍한 생각에 잠겨 서 있는데,

재버워크가 눈에 불꽃을 튀기며

침침하고 빽빽한 나무 사이로 살랑살랑

쭝얼대며 나왔네!

---

42 "monstrous"(괴물 같은)와 "fearsome"(무시무시함)의 합성어로 추측. 망크스(manx) 고양이와도 관련이 있다고 여겨진다.

43 '텀텀'은 영어로 북소리를 나타내는 의성어.

One, two! One, two! And through and through
The vorpal blade went snicker-snack!
He left it dead, and with its head
He went galumphing[46] back.

하나, 둘! 하나, 둘! 쉬익 쉬익!
날카로운 칼을 휘두르고 또 휘둘렀지!
그는 재버워크를 죽이고, 머리를 잘라
의기양양하게 재빨리 돌아왔네.

"And hast thou slain the Jabberwock?—
Come to my arms, my beamish boy!
O frabjous[47] day! Callooh! Callay!"
He chortled[48] in his joy.

"네가 재버워크를 죽였다고?
내 품으로 오너라, 나의 빛나는 아들아!
오, 즐거운 날이구나! 만세! 만세!"
그는 기뻐서 낄낄대고 웃었다네.

---

44 "bleat"(매애 하고 울다), "murmur"(중얼거리다), "warble"(지저귀다)의 합성어로 추측.
45 목소리가 쉬고 (gruffish) 태도가 거칠고 (ruffish) 기질이 거만한(huffish)한 정신 상태를 나타냄.
46 "gallop"(전속력으로 달림)과 "triumphant"(의기양양함)의 합성어로 추측된다.

'Twas brillig, and the slithy toves

Did gyre and gimble in the wabe;

All mimsy were the borogoves,

And the mome raths outgrabe.

저녁 무렵, 끈적거리고 유연한 토브들이

언덕을 빙글빙글 돌며 구멍을 뚫었네:

보로고브들은 모두 불쌍해 보이고,

얼간이 라스들은 꽥꽥 댔네.

---

47 fair(정당한)와 joyous(즐거운)의 두 가지 뜻을 가진 단어로 추측된다.

48 chuckle(낄낄 웃다)와 snort(코웃음치다)의 합성어로 추측된다.

트위들덤과 트위들디

Tweedledum and Tweedledee
In march time.
mf
Twee - dle - dum and Twee - dle - dee A - greed to have a bat - tle; For
Twee - dle - dum said Twee - dle - dee Had spoiled his nice new rat - tle. Just
then flew down a mon - strous crow, As black as a tar - bar - rel; Which
f
fright - ened both the he - roes so, They quite for - got their quar - rel.

Tweedledum and Tweedledee
Agreed to have a battle;
For Tweedledum said Tweedledee
Had spoiled his nice new rattle.

트위들덤과 트위들디가
한 판 붙기로 했지.
트위들덤이 말했거든
트위들디가 자기의 멋진 새 방울을 망가뜨렸다고.

Just then flew down a monstrous crow,
As black as a tar barrel;
Which frightened both the heroes so,
They quite forgot their quarrel.

바로 그때 타르 통처럼 새까만
괴물 까마귀가 날아들었지.
두 영웅들은 깜짝 놀라서
싸우는 걸 까맣게 잊어 버렸다네!

바다코끼리와 목수

바다코끼리와 목수

The Walrus and the Carpenter

Moderately fast.
legato.

The sun was shi - ning on the sea, . . Shi-ning with all his might: He did his ve - ry best to make The bil - lows smooth and bright—. . And this was odd, be - cause it was The mid - dle of . . the night. . . .

The moon was shining sulkily,
Because she thought the sun
Had got no bus'ness to be there
After the day was done—
"It's very rude of him," she said,
"To come and spoil the fun!"

The sea was wet as wet could be,
The sands were dry as dry.
You could not see a cloud, because
No cloud was in the sky:
No birds were flying overhead—
There were no birds to fly.

The Walrus and the Carpenter
Were walking close at hand;
They wept like anything to see
Such quantities of sand:
"If this were only cleared away,"
They said, "it would be grand!"

"If seven maids with seven mops
Swept it for half a year,
Do you suppose," the Walrus said,
"That they could get it clear?"
"I doubt it," said the Carpenter,
And shed a bitter tear.

"O, Oysters, come and walk with us!"
The Walrus did beseech,
"A pleasant walk, a pleasant talk,
Along the briny beach:
We cannot do with more than four,
To give a hand to each."

The eldest Oyster looked at him,
But never a word he said:
The eldest Oyster winked his eye,
And shook his heavy head—
Meaning to say he did not choose
To leave the oyster-bed.

But four young Oysters hurried up,
All eager for the treat:
Their coats were brushed, their faces washed,
Their shoes were clean and neat—
And this was odd, because, you know,
They hadn't any feet!

Four other Oysters followed them,
And yet another four;
And thick and fast they came at last,
And more, and more, and more—
All hopping through the frothy waves,
And scrambling to the shore.

Continued on next page.

The sun was shining on the sea,
Shining with all his might:
He did his very best to make
The billows smooth and bright—
And this was odd, because it was
The middle of the night.

해가 바다를 비추고 있었어.
온 힘을 다해 비추고 있었지.
해는 온 정성을 다해서
파도를 부드럽고 반짝이게 했어.
그건 이상한 일이었지.
그때는 한밤중이었거든.

The moon was shining sulkily,
Because she thought the sun
Had got no bus'ness to be there
After the day was done—
"It's very rude of him," she said,
"To come and spoil the fun!"

달은 샐쭉한 얼굴로 빛나고 있었어.

이미 날이 저물었으니
해가 거기 있을 이유가
없다고 생각했거든.
달이 말했어. "정말 무례하군.
여기 와서 내 재미를 다 망쳐 놓다니."

The sea was wet as wet could be,
The sands were dry as dry.
You could not see a cloud, because
No cloud was in the sky:
No birds were flying overhead—
There were no birds to fly.

바다는 흠뻑 젖어 있었고
모래는 바짝 말라 있었지.
구름은 보이지 않았어. 하늘에는
구름 한 점 없었으니까.
머리 위를 나는 새도 없었어.
날아다니는 새가 없었으니까.

The Walrus and the Carpenter

Were walking close at hand;
They wept like anything to see
Such quantities of sand:
"If this were only cleared away,"
They said, "it would be grand!"

바다코끼리와 목수는
바짝 붙어 걷고 있었지.
둘은 엉엉 울었어.
보이는 건 모래뿐이었거든.
그리고 말했지. "이 모래를
모두 치우면 정말 굉장할 텐데!"

"If seven maids with seven mops
Swept it for half a year,
Do you suppose," the Walrus said,
"That they could get it clear?"
"I doubt it," said the Carpenter,
And shed a bitter tear.

바다코끼리가 물었어. "하녀 일곱 명이 빗자루 일곱 개로
반 년 동안 모래를 쓸면

이걸 다 치울 수 있을까?"
"잘 모르겠어." 목수가 말하며
쓰디쓴 눈물을 흘렸지.

"O, Oysters, come and walk with us!"
The Walrus did beseech,
"A pleasant walk, a pleasant talk,
Along the briny beach:
We cannot do with more than four,
To give a hand to each."

바다코끼리가 간절히 원했어.
"오, 굴아, 이리 와서 같이 걷자!
짭짤한 해변을 따라
즐겁게 산책하고, 즐겁게 대화하자.
하지만 넷보다 많으면 안 돼.
손잡고 걸어야 하니까."

The eldest Oyster looked at him,
But never a word he said:
The eldest Oyster winked his eye,

And shook his heavy head—

Meaning to say he did not choose

To leave the oyster-bed.

가장 나이 많은 굴이 바다코끼리를 보았지.

하지만 한 마디도 하지 않았어.

그저 한쪽 눈만 찡긋하며

무거운 머리를 가로저었지.

그건 굴 양식장을 떠날 마음이

없다는 뜻이었어.

But four young Oysters hurried up,

All eager for the treat:

Their coats were brushed, their faces washed,

Their shoes were clean and neat—

And this was odd, because, you know,

They hadn't any feet!

하지만 어린 굴 네 마리는

초대를 받고 들떠서 준비했지.

코트를 솔질하고, 세수를 하고,

신발도 말끔하고 단정하게 닦았어.

그건 이상한 일이었지. 알다시피
굴에게는 발이 없으니까.

Four other Oysters followed them,
And yet another four;
And thick and fast they came at last,
And more, and more, and more—
All hopping through the frothy waves,
And scrambling to the shore.

다른 굴 네 마리가 그들을 따라왔어.
뒤이어 네 마리가 더 따라왔지.
점점 더, 점점 더, 점점 더 많이
마침내는 빽빽하고 재빠르게 모여들었어.
모두 거품이 이는 파도를 폴짝폴짝 뛰어넘어
해변으로 기어 나왔지.

(CONTINUED.)

The Walrus and the Carpenter
  Walked on a mile or so,
And then they rested on a rock
  Conveniently low;
And all the little Oysters stood
  And waited in a row.

"The time has come," the Walrus said,
  "To talk of many things:
Of shoes—and ships—and sealing-wax—
  Of cabbages—and kings—
And why the sea is boiling hot—
  And whether pigs have wings."

"But wait a bit," the Oysters cried,
  "Before we have our chat;
For some of us are out of breath,
  And all of us are fat!"
"No hurry," said the Carpenter:
  They thanked him much for that.

"A loaf of bread," the Walrus said,
  "Is chiefly what we need:
Pepper and vinegar, besides,
  Are very good indeed—
Now, if you're ready, Oysters dear,
  We can begin to feed."

"But not on us!" the Oysters cried,
  Turning a little blue.
"After such kindness, that would be
  A dismal thing to do!"
"The night is fine," the Walrus said.
  "Do you admire the view?"

"It was so kind of you to come!
  And you are very nice!"
The Carpenter said nothing, but
  "Cut us another slice:
I wish you were not quite so deaf—
  I've had to ask you twice!"

"It seems a shame," the Walrus said,
  "To play them such a trick,
After we've brought them out so far,
  And made them trot so quick!"
The Carpenter said nothing, but
  "The butter's spread too thick!"

"I weep for you," the Walrus said:
  "I deeply sympathize,"
With sobs and tears he sorted out
  Those of the largest size,
Holding his pocket-handkerchief
  Before his streaming eyes.

"Oh, Oysters," said the Carpenter,
  "You've had a pleasant run!
Shall we be trotting home again?"
  But answer came there none—
And this was scarcely odd, because
  They'd eaten every one.

The Walrus and the Carpenter
Walked on a mile or so,
And then they rested on a rock
Conveniently low;
And all the little Oysters stood
And waited in a row.

바다코끼리와 목수는
1마일쯤 걸었어.
그런 다음 바위에 앉아
편안하게 몸을 기대고 쉬었지.
어린 굴들은 모두
한 줄로 서서 기다렸어.

"The time has come," the Walrus said,
"To talk of many things:
Of shoes—and ships—and sealing-wax—
Of cabbages—and kings—
And why the sea is boiling hot—
And whether pigs have wings."

바다코끼리가 말했지. "시간이 되었으니

많은 이야기를 해 보자.
신발과 배와 밀랍과
양배추와 왕에 대해.
그리고 바다가 왜 뜨겁게 끓어오르는지.
돼지에게 날개가 있는지 없는지."

"But wait a bit," the Oysters cried,
"Before we have our chat;
For some of us are out of breath,
And all of us are fat!"
"No hurry," said the Carpenter:
They thanked him much for that.

굴들이 소리쳤어. "그런데
잠깐만요.
우린 모두 뚱뚱해요.
어떤 애들은 숨이 차고요!"
목수가 대답했지. "서두를 건 없어!"
그러자 굴들은 너무나 고마워했어.

"A loaf of bread," the Walrus said,

"Is chiefly what we need:
Pepper and vinegar, besides,
Are very good indeed—
Now, if you're ready, Oysters dear,
We can begin to feed."

바다코끼리가 말했지, "우리에게
가장 필요한 건 빵 한 덩어리.
게다가 후추와 식초까지 있으면 최고지.
사랑스런 굴들아, 준비 되었으면
이제 우린 너희를 먹기 시작하마!"

"But not on us!" the Oysters cried,
Turning a little blue.
"After such kindness, that would be
A dismal thing to do!"
"The night is fine," the Walrus said.
"Do you admire the view?"

새파랗게 질린 굴들이 아우성이었어.
"우리한테 그러지 마세요!
그렇게 친절히 대해주고 우리를 먹는 건

정말 비참한 일이에요!"
바다코끼리가 말했지. "아름다운 밤이야.
경치가 마음에 드니?"

"It was so kind of you to come!
And you are very nice!"
The Carpenter said nothing, but
"Cut us another slice:
I wish you were not quite so deaf—
I've had to ask you twice!"

"와 줘서 정말 고마워!
너희들 정말 멋지다!"
목수는 그저 이렇게 말했어.
"한 조각 더 잘라 줘.
너희 귀 먹은 거 아니지?
두 번씩이나 말했잖아!"

"It seems a shame," the Walrus said,
"To play them such a trick,
After we've brought them out so far,

And made them trot so quick!"
The Carpenter said nothing, but
"The butter's spread too thick!"

바다코끼리가 말했지.
"이런 속임수를 쓰다니, 정말 부끄러워.
이렇게 멀리 데리고 와서
그렇게 빨리 걷게 해 놓고는!"
목수는 그저 이렇게 말했어.
"버터를 너무 두껍게 발랐어!"

"I weep for you," the Walrus said:
"I deeply sympathize."
With sobs and tears he sorted out
Those of the largest size,
Holding his pocket-handkerchief
Before his streaming eyes.

바다코끼리가 말했지. "눈물이 나.
너희가 너무 가엾어."
바다코끼리는 흐느껴 울면서
가장 큰 굴들을 골라냈지.

눈물이 줄줄 흐르는 눈에
손수건을 갖다 대면서.

"Oh, Oysters," said the Carpenter,
"You've had a pleasant run!
Shall we be trotting home again?"
But answer came there none—
And this was scarcely odd, because
They'd eaten every one.

목수가 말했어. "오, 굴들아,
달리기는 즐거웠니?
이제 다시 집으로 돌아가야지?"
하지만 아무도 대답하지 않았어.
그건 전혀 이상한 일이 아니었지.
둘이서 모두 먹어치웠으니까.

험프티 덤프티

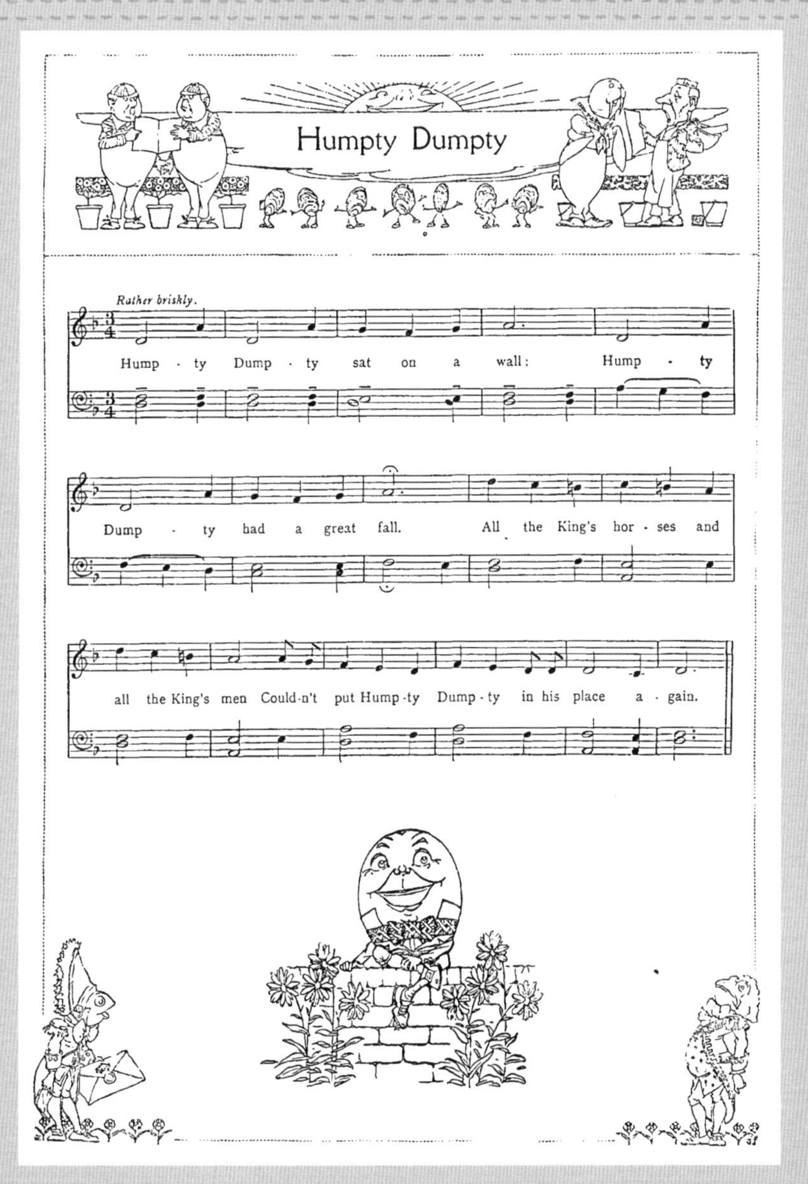

Humpty Dumpty
Rather briskly.
Hump - ty Dump - ty sat on a wall: Hump - ty
Dump - ty had a great fall. All the King's hor - ses and
all the King's men Could-n't put Hump-ty Dump-ty in his place a - gain.

Humpty Dumpty sat on a wall:
Humpty Dumpty had a great fall.
All the King's horses and all the King's men
Couldn't put Humpty Dumpty in his place again.

험프티 덤프티가 담장 위에 앉아 있네;
험프티 덤프티가 굴러 떨어졌네.
왕의 말과 신하들이 모두 오더라도
험프티 덤프티를 제자리로 돌려놓을 수 없었네.

나는 그에게 다가가 귀에다 대고 소리를 질렀다.

물고기들에게 보내는 편지

The Message to the Fish

(CONTINUED.)

I sent a message to the fish:
I told them "This is what I wish."

The little fishes of the sea
They sent an answer back to me.

The little fishes' answer was
"We cannot do it, sir, because—"

I sent to them again to say
"It will be better to obey."

The fishes answered, with a grin,
"Why, what a temper you are in!"

I told them once, I told them twice:
They would not listen to advice.

I took a kettle large and new,
Fit for the deed I had to do.

My heart went hop, my heart went thump;
I filled the kettle at the pump.

Then some one came to me, and said,
"The little fishes are in bed."

I said to him, I said it plain,
"Then you must wake them up again."

I said it very loud and clear;
I went aud shouted in his ear.

But he was very stiff and proud;
He said, "You needn't shout so loud!"

And he was very proud and stiff;
He said, "I'd go and wake them, if—"

I took a corkscrew from the shelf:
I went to wake them up myself.

And when I found the door was locked,
I pulled and pushed, and kicked and knocked.

And when I found the door was shut,
I tried to turn the handle, but—

In winter, when the fields are white,
I sing this song for your delight—

In spring, when woods are getting green,
I'll try and tell you what I mean.

겨울에 들판이 하얗게 물들 때,
나는 너를 기쁘게 해주려고 이 노래를 부르리.

봄에 숲이 초록빛으로 변할 때,
내 말이 무슨 뜻인지 전해주마

In summer, when the days are long,
Perhaps you'll understand the song:

In autumn, when the leaves are brown,
Take pen and ink, and write it down.

여름에 낮이 길어지면,
너는 이 노래를 이해할지도 몰라.

가을에 나뭇잎이 갈색으로 물들면,
펜과 잉크로 이것을 적어두려무나.

(CONTINUED.)

I sent a message to the fish:
I told them "This is what I wish."

The little fishes of the sea
They sent an answer back to me.

The little fishes' answer was
"We cannot do it, sir, because—"

I sent to them again to say
"It will be better to obey."

The fishes answered, with a grin,
"Why, what a temper you are in!"

I told them once, I told them twice:
They would not listen to advice.

I took a kettle large and new,
Fit for the deed I had to do.

My heart went hop, my heart went thump;
I filled the kettle at the pump.

Then some one came to me, and said,
"The little fishes are in bed."

I said to him, I said it plain,
"Then you must wake them up again."

I said it very loud and clear;
I went and shouted in his ear.

But he was very stiff and proud;
He said, "You needn't shout so loud!"

And he was very proud and stiff;
He said, "I'd go and wake them, if—"

I took a corkscrew from the shelf:
I went to wake them up myself.

And when I found the door was locked,
I pulled and pushed, and kicked and knocked.

And when I found the door was shut,
I tried to turn the handle, but—

I sent a message to the fish:
I told them "This is what I wish."

The little fishes of the sea
They sent an answer back to me.

The little fishes' answer was
"We cannot do it, sir, because—"

I sent to them again to say
"It will be better to obey."

나는 물고기들에게 편지를 보내
"이것이 내가 바라는 것"이라고 말했지.

바다의 작은 물고기들은
나한테 답장을 보내왔어.

작은 물고기들의 대답은 이랬지.
"우리는 할 수 없어요. 왜냐하면……"

나는 물고기들에게 다시 편지를 보냈지.
"내 말에 순순히 따르는 게 좋을 거야."

The fishes answered, with a grin,
"Why, what a temper you are in!"

I told them once, I told them twice:
They would not listen to advice.

I took a kettle large and new,
Fit for the deed I had to do.

My heart went hop, my heart went thump;
I filled the kettle at the pump.

물고기들은 히죽 웃으면서 대답했어.
"어머나, 몹시 화가 나셨군요!"

나는 한 번 말하고, 두 번 말했지만
물고기들은 충고를 들으려 하지 않았어.

나는 커다란 새 냄비를 골랐지.
내가 해야만 할 일에 알맞은 것으로.

내 심장은 두근거리고 쿵쿵거렸어.
나는 펌프로 냄비에 물을 가득 채웠지.

Then some one came to me, and said,
"The little fishes are in bed."

I said to him, I said it plain,
"Then you must wake them up again."

I said it very loud and clear;
I went and shouted in his ear.

But he was very stiff and proud;
He said, "You needn't shout so loud!"

그때 누군가가 나에게 와서 말했어.
"작은 물고기들은 잠자리에 들었어요."

나는 그에게 말했어. 분명히 말했지.
"그러면 가서 물고기들을 다시 깨워요."

나는 큰소리로 분명히 말했어.
그에게 다가가 귀에다 대고 소리쳤지.

하지만 그는 아주 고집스럽고 자존심이 강했지.
그가 말했어. "그렇게 소리 지를 것까지는 없잖아요."

And he was very proud and stiff;

He said, "I'd go and wake them, if—"

I took a corkscrew from the shelf:

I went to wake them up myself.

And when I found the door was locked,

I pulled and pushed, and kicked and knocked.

And when I found the door was shut,

I tried to turn the handle, but—

그리고 그는 정말 자존심이 세고 고집스러웠어.

그는 말했지. "가서 물고기들을 깨울게요. 만일……."

나는 선반에서 코르크따개를 집어 들고

직접 물고기들을 깨우러 갔어.

문이 잠겨 있는 것을 알고

나는 당기고 밀고 발로 차고 주먹으로 두드렸지.

문이 닫혀 있는 것을 알고

손잡이를 돌리려고 했지, 하지만…….

사자와 유니콘

The Lion and the Unicorn
In march time.
(The right hand may play the tune an 8ve or two higher, by way of imitating fife and drum.)
The Li - on and the U - ni-corn were fight-ing for the Crown: The Li - on beat the
U - ni - corn all round the town. Some gave them white bread,
some gave them brown; Some gave them plum cake, and drummed them out of town.
sfz

The Lion and the Unicorn were fighting for the Crown:
The Lion beat the Unicorn all round the town.
Some gave them white bread, some gave them brown;
Some gave them plum cake, and drummed them out of town.

사자와 유니콘이 왕관을 놓고 싸웠다네;
사자는 마을을 빙빙 돌면서 유니콘을 때렸다네.
누구는 그들에게 흰 빵을 주었고, 누구는 갈색 빵을 주었다네;
누구는 건포도 케이크를 준 다음, 북을 두드려 마을에서 쫓아냈다네.

나는 밀밭에서 자고 있는 나비를 찾고 있다네.

늙고 늙은 노인

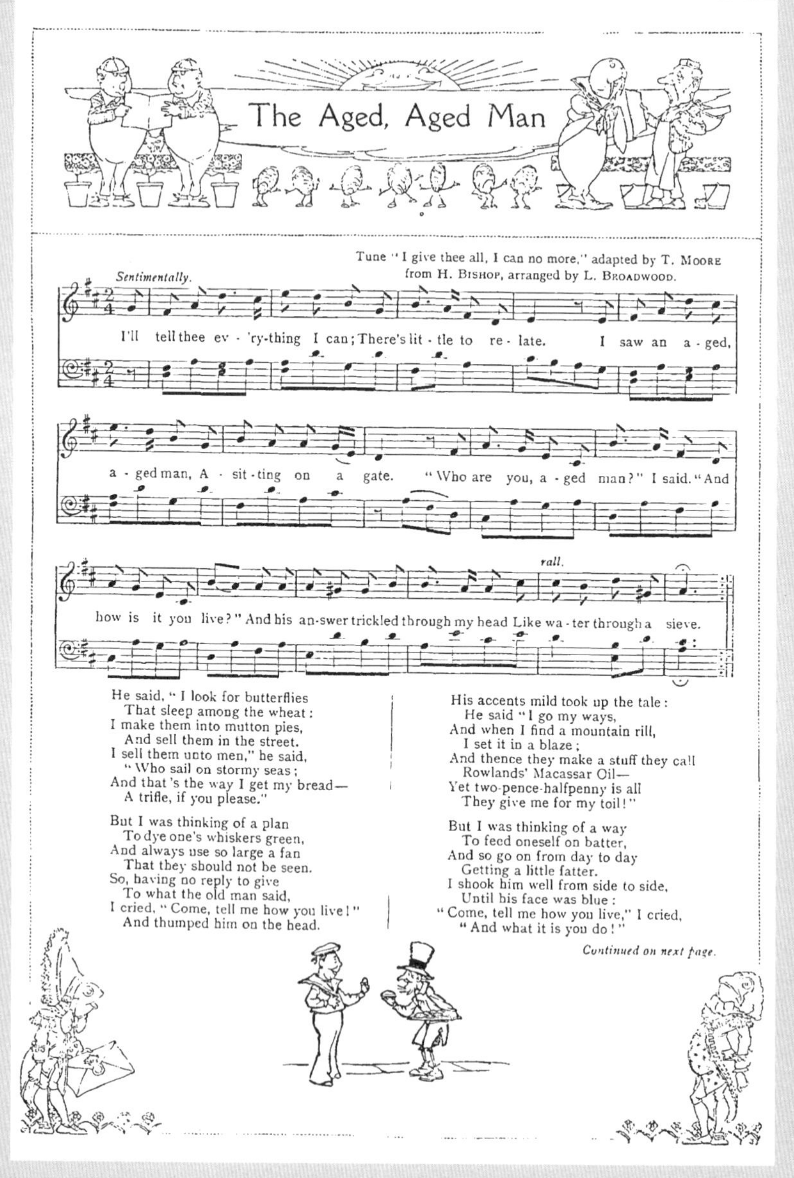

The Aged, Aged Man

Tune "I give thee all, I can no more," adapted by T. Moore from H. Bishop, arranged by L. Broadwood.

Sentimentally.

I'll tell thee ev - 'ry-thing I can; There's lit - tle to re - late. I saw an a - ged, a - ged man, A - sit - ting on a gate. "Who are you, a - ged man?" I said. "And how is it you live?" And his an-swer trickled through my head Like wa - ter through a sieve.

rall.

He said, "I look for butterflies
That sleep among the wheat:
I make them into mutton pies,
And sell them in the street.
I sell them unto men," he said,
"Who sail on stormy seas;
And that's the way I get my bread—
A trifle, if you please."

But I was thinking of a plan
To dye one's whiskers green,
And always use so large a fan
That they should not be seen.
So, having no reply to give
To what the old man said,
I cried, "Come, tell me how you live!"
And thumped him on the head.

His accents mild took up the tale:
He said "I go my ways,
And when I find a mountain rill,
I set it in a blaze;
And thence they make a stuff they call
Rowlands' Macassar Oil—
Yet two-pence-halfpenny is all
They give me for my toil!"

But I was thinking of a way
To feed oneself on batter,
And so go on from day to day
Getting a little fatter.
I shook him well from side to side,
Until his face was blue:
"Come, tell me how you live," I cried,
"And what it is you do!"

Continued on next page.

I'll tell thee ev'rything I can;

There's little to relate.

I saw an aged, aged man,

A-sitting on a gate.

"Who are you, aged man?" I said.

"And how is it you live?"

And his answer trickled through my head

Like water through a sieve.

너에게 모든 걸 말해줄게.

할 말은 거의 없지만,

나는 늙고 늙은 노인을 보았어.

문 위에 앉아 있는 노인을.

나는 물었지.

"댁은 누구세요, 노인장? 그리고 어떻게 살아요?"

노인의 대답이 내 머릿속을 흘러갔지.

마치 체 사이로 빠져나가는 물처럼.

He said, "I look for butterflies

That sleep among the wheat:

I make them into mutton pies,

And sell them in the street.

I sell them unto men," he said,

"Who sail on stormy seas;

And that's the way I get my bread—

A trifle, if you please."

노인은 말했지. "나는 밀밭에서 자고 있는 나비들을

찾고 있다네.

나비로 양고기 파이를 만들어

길거리에서 팔지.

사람들에게 팔지.

폭풍우 치는 바다를 항해하는 사람들에게;

나는 그렇게 살아간다네.

한 조각 들게나, 괜찮다면."

But I was thinking of a plan

To dye one's whiskers green,

And always use so large a fan

That they should not be seen.

So, having no reply to give

To what the old man said,

I cried, "Come, tell me how you live!"

And thumped him on the head.

하지만 나는 계획을 궁리하고 있었어.

구레나룻을 초록색으로 물들이고

남들이 보지 못하게 늘 커다란 부채로

구레나룻을 가릴 궁리를.

그래서 노인의 말에 대답할 말이 없어서

나는 외쳤지.

"어떻게 사느냐고 물었잖아요!"

그런 다음 노인의 머리를 내리쳤지.

His accents mild took up the tale:

He said "I go my ways,

And when I find a mountain rill,

I set it in a blaze;

And thence they make a stuff they call

Rowlands' Macassar Oil[49]—

Yet two-pence-halfpenny is all

They give me for my toil!"

노인은 부드러운 어조로 말을 이었어.

---

49 영국의 빅토리아 시대에 런던의 유명한 이발사 알렉산더 로랜드(Alexander Rowland;1747-1823)가 인도네시아 마카사르 항구에서 들여와 유행시킨 남성용 머릿기름.

"나는 내 길을 떠나야 해.
산속에서 개울을 발견하면
나무껍질을 벗겨서 표시를 해 놓지.
그러면 사람들은 그것으로
'로랜즈 머릿기름'이라는 것을 만들지.
하지만 내 땀의 대가로
그들이 주는 것은 고작 2펜스 반."

But I was thinking of a way
To feed oneself on batter,
And so go on from day to day
Getting a little fatter.
I shook him well from side to side,
Until his face was blue:
"Come, tell me how you live," I cried,
"And what it is you do!"

하지만 나는 궁리하고 있었어.
끼니마다 밀떡 반죽을 먹어서
날이 갈수록
점점 더 살찌는 방법을.
나는 노인을 마구 흔들며 소리를 질렀지.

노인의 얼굴이 새파랗게 질릴 때까지.

"어서 말해 보라니까요.

어떻게 사는지, 무슨 일을 하는지!"

(CONTINUED.)

He said, " I hunt for haddocks' eyes
  Among the heather bright,
And work them into waistcoat-buttons
  In the silent night.
And these I do not sell for gold
  Or coin of silv'ry shine,
But for a copper halfpenny,
  And that will purchase nine."

" I sometimes dig for buttered rolls,
  Or set limed twigs for crabs;
I sometimes search the grassy knolls
  For wheels of Hansom-cabs!
And that 's the way " (he gave a wink)
  " By which I get my wealth—
And very gladly will I drink
  Your honour's noble health."

I heard him then, for I had just
  Completed my design
To keep the Menai bridge from rust
  By boiling it in wine.
I thanked him much for telling me
  The way he got his wealth,
But chiefly for his wish that he
  Might drink my noble health.

Last verse on next page.

He said, "I hunt for haddocks' eyes[50]
Among the heather bright,
And work them into waistcoat-buttons
In the silent night.
And these I do not sell for gold
Or coin of silv'ry shine,
But for a copper halfpenny,
And that will purchase nine."

노인이 말했지. "나는 히스 덤불숲에서
대구의 눈깔을 찾아다닌다네.
그리고 조용한 밤이면
그걸로 조끼 단추를 만들지.
나는 그것을 팔지만
금화도 은화도 받지 않는다네.
내가 받는 것은 반 펜스짜리 동전뿐.
그걸로 조끼 단추 아홉 개를 살 수 있을 거야."

"I sometimes dig for buttered rolls,
Or set limed twigs for crabs;

50 원래 이 시의 제목은 '대구의 눈깔'(Haddocks' eyes)이다.

I sometimes search the grassy knolls

For wheels of Hansom-cabs!

And that's the way" (he gave a wink)

"By which I get my wealth—

And very gladly will I drink

Your honour's noble health."

"때로는 버터 바른 롤빵을 구하러 땅을 파거나

게를 잡으려고 끈끈이 가지로 덫을 놓기도 한다네.

때로는 이륜마차의 바퀴를 찾으려고

풀숲 우거진 언덕을 뒤지기도 하지.

그게 내 방식이지. (노인은 찡긋하며 윙크를 했다.)

나는 그렇게 재산을 모은다네.

나는 기꺼이 한 잔 하겠네.

자네의 건강을 위하여."

I heard him then, for I had just

Completed my design

To keep the Menai bridge[51] from rust

---

51 영국 웨일즈의 뱅거에서 앵글시 섬 사이의 메나이 해협을 가로지르는 현수교. 토머스 텔퍼드의 설계로 1819~26년에 세운 이 다리는 길이 176m로 최초의 근대적 현수교이다.

By boiling it in wine.
I thanked him much for telling me
The way he got his wealth,
But chiefly for his wish that he
Might drink my noble health.

나는 그제야 그의 말이 들렸어.
나는 막 계획을 마무리하려고 했거든.
메나이 철교가 녹슬지 않도록
다리를 포도주에 넣고 끓이는 계획을,
나는 재산을 모으는 법을 알려줘서
정말 고맙다고 노인에게 말했지,
하지만 내 건강을 위해 한 잔하겠다고
말한 것이 더욱 고마웠지.

The Aged, Aged Man
(CONTINUED.)
Last Verse.
And now, if e'er by chance I put My fin-gers in-to glue, Or mad-ly squeeze a right-hand foot In-
-to a left-hand shoe, Or if I drop up-on my toe A ve-ry hea-vy weight, I
weep, for it re-minds me so Of that old man I used to know—Whose
look was mild, whose speech was slow, Whose hair was whi-ter than the snow, Whose
face was ve-ry like a crow, With eyes, like cin-ders, all a-glow, Who
seem'd dis-tract-ed with his woe, Who rocked his bo-dy to and fro, And
mut-tered mum-bling-ly and low, As if his mouth were full of dough; Who
rallentando.
a tempo.
snort-ed like a buf-fa-lo—That sum-mer ev-'ning, long a-go, A-sit-ting on a gate!

And now, if e'er by chance I put
My fingers into glue,
Or madly squeeze a right-hand foot
Into a left-hand shoe,
Or if I drop upon my toe
A very heavy weight,
I weep, for it reminds me so
Of that old man I used to know—

그리고 이제, 어쩌다 손가락을
풀 속에 담그거나
오른발을 왼쪽 신발에
필사적으로 꾸겨 넣거나
발가락 위에 아주 무거운 물건을
떨어뜨리거나 할 때면
나는 흐느껴 울고 말지.
한때나마 알았던 그 노인이 생각나서…….

Whose look was mild, whose speech was slow,
Whose hair was whiter than the snow,
Whose face was very like a crow,
With eyes, like cinders, all a-glow,

Who seem'd distracted with his woe,

Who rocked his body to and fro,

And muttered mumblingly and low,

As if his mouth were full of dough;

Who snorted like a buffalo

That summer ev'ning, long ago,

A-sitting on a gate!

표정은 부드러웠고, 말투는 느릿했고,

머리카락은 눈보다 더 희었고,

얼굴은 까마귀 닮았고,

눈은 타다 남은 장작불처럼 빨갛게 빛났고,

슬픔으로 심란한 것 같았으며,

몸을 앞뒤로 흔들면서

입 안 가득 빵을 문 것처럼

낮은 목소리로 뭔가를 중얼거렸고,

들소처럼 콧김을 내뿜었지.

오래전, 그 여름날 저녁에

문 위에 앉아서.

그런 다음 당밀과 잉크로 잔을 채워라.

앨리스 여왕

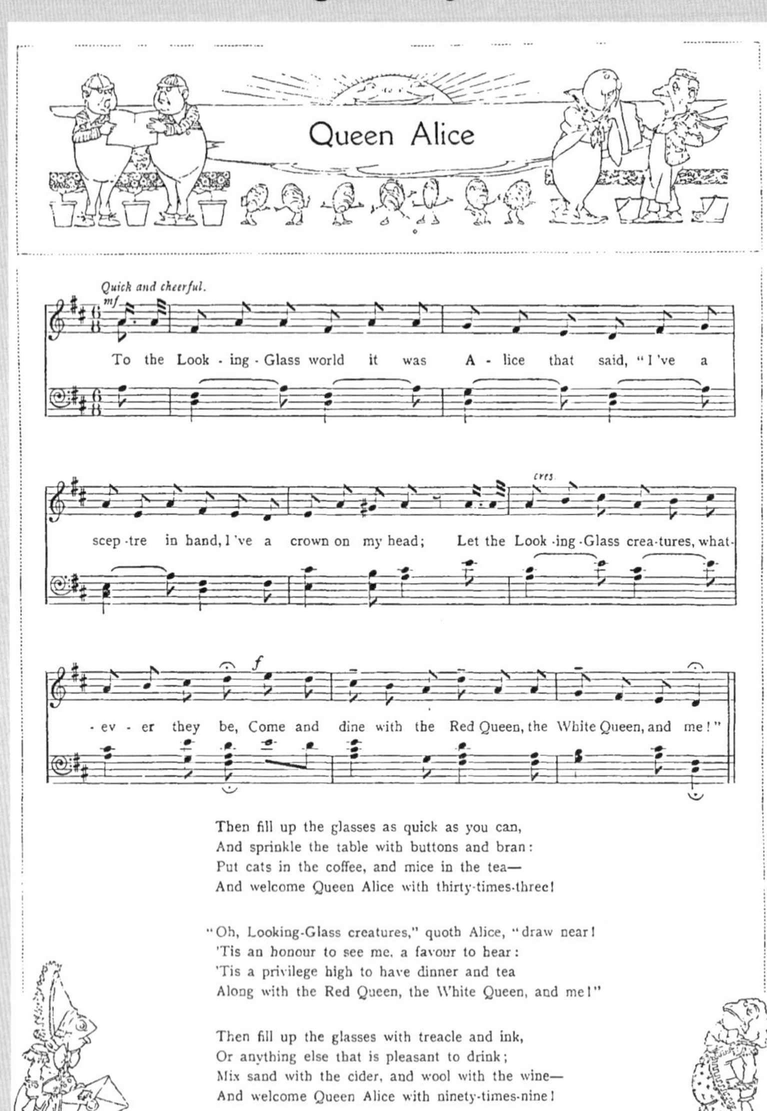
Queen Alice
Quick and cheerful.
mf
To the Look - ing - Glass world it was A - lice that said, "I've a
scep - tre in hand, I've a crown on my head; Let the Look - ing - Glass crea - tures, what -
- ev - er they be, Come and dine with the Red Queen, the White Queen, and me!"
cres.
f
Then fill up the glasses as quick as you can,
And sprinkle the table with buttons and bran:
Put cats in the coffee, and mice in the tea—
And welcome Queen Alice with thirty-times-three!
"Oh, Looking-Glass creatures," quoth Alice, "draw near!
'Tis an honour to see me, a favour to hear:
'Tis a privilege high to have dinner and tea
Along with the Red Queen, the White Queen, and me!"
Then fill up the glasses with treacle and ink,
Or anything else that is pleasant to drink;
Mix sand with the cider, and wool with the wine—
And welcome Queen Alice with ninety-times-nine!

To the Looking-Glass world it was Alice that said,
"I've a sceptre in hand, I've a crown on my head;
Let the Looking-Glass creatures, whatever they be,
Come and dine with the Red Queen, the White Queen, and me!"

Then fill up the glasses as quick as you can,
And sprinkle the table with buttons and bran:
Put cats in the coffee, and mice in the tea—
And welcome Queen Alice with thirty-times-three!

거울 나라를 향해 앨리스가 말했다네.
"나는 손에 왕홀을 쥐고 머리에는 왕관을 쓰고 있다.
거울 나라 백성들 누구라도
붉은 여왕과 하얀 여왕과 나와 함께 만찬을 들자!"

그런 다음 어서 빨리 잔을 채워라.
단추들과 겨들을 식탁에 뿌려라.
커피에는 고양이를, 차에는 생쥐를 넣어라.
그리고 앨리스 여왕을 환영하라, 서른 번의 만세 삼창으로!

"Oh, Looking-Glass creatures," quoth Alice, "draw near!"
Tis an honour to see me, a favour to hear:

"Tis a privilege high to have dinner and tea
Along with the Red Queen, the White Queen, and me!"

Then fill up the glasses with treacle and ink,
Or anything else that is pleasant to drink;
Mix sand with the cider, and wool with the wine—
And welcome Queen Alice with ninety-times-nine!

"오, 거울 나라 백성들아. 가까이 오라!" 앨리스는 말했다네.
"나를 보는 것은 영광, 내 목소리를 듣는 것은 축복,
붉은 여왕과 하얀 여왕과 나와 함께
식사하고 차 마시는 것은 드높은 명예로다!"

그런 다음 당밀과 잉크로 잔을 채워라.
아니면 마시기 좋은 다른 것으로 잔을 채워라.
모래와 사과술을 섞고, 양털과 포도주를 섞어라.
그리고 앨리스 여왕을 환영하라, 아흔 번의 만세 구창으로!

물고기 수수께끼

물고기 수수께끼

The Fish Riddle
Moderately brisk.
1. "First, the fish must be caught." That is ea-sy: a ba - by, I think, could have caught it. "Next, the
2. "Bring it here! Let me sup!" It is ea-sy to set such a dish on the ta - ble. "Take the
fish must be bought." That is ea - sy: a pen - ny, I think, would have bought it. "Now,
dish - co - ver up!" Ah, that is . . so hard that I fear I'm un - a - ble! For it
cook me the fish!" That is ea - sy, and will not take more than a min - ute. "Let it
holds it like glue—Holds the lid . . to the dish, while it lies in the mid - dle: Which is
lie in a dish!" That is ea - sy, be - cause it al - rea - dy is in it! . .
ea - siest to do, Un - dish - cov - er the fish, or dish - cov - er the rid - dle? . .

1. "First, the fish must be caught."
That is easy: a baby, I think, could have caught it.
"Next, the fish must be bought."
That is easy: a penny, I think, would have bought it.
"Now, cook me the fish!"
That is easy, and will not take more than a minute.
"Let it lie in a dish!"
That is easy, because it already is in it!

"먼저, 물고기를 잡아야 해."
그건 쉬워. 아기라도 잡을 수 있을 걸.
"다음에는 물고기를 사야 해."
그것도 쉬워. 1페니면 살 수 있을 걸.
"이제는 내가 물고기를 요리할게!"
그것도 쉬워. 1분도 걸리지 않을 걸.
"그걸 접시에 담아!"
그것도 쉬워. 이미 접시에 담겨 있으니까.

2. "Bring it here! Let me sup!"
It is easy to set such a dish on the table.
"Take the dish-cover up!"
Ah, that is so hard that I fear I'm unable!

For it holds it like glue—

Holds the lid to the dish, while it lies in the middle:

Which is easiest to do,

Undish-cover the fish, or dish-cover the riddle?

"이리 가져와! 맛 좀 보자!"

그 접시를 식탁에 놓는 것은 쉬워.

"접시 뚜껑을 열어!"

아, 그건 너무 어려워서 도저히 못할 것 같아!

물고기는 접시 한가운데 누워 있는데

뚜껑은 접시에 풀처럼 달라붙어 있어서 말이야……

어느 쪽이 더 쉬울지 몰라,

물고기의 접시 뚜껑을 여는 것? 아니면 수수께끼에 접시 뚜껑을 덮는 것?

잘 자요, 아가씨

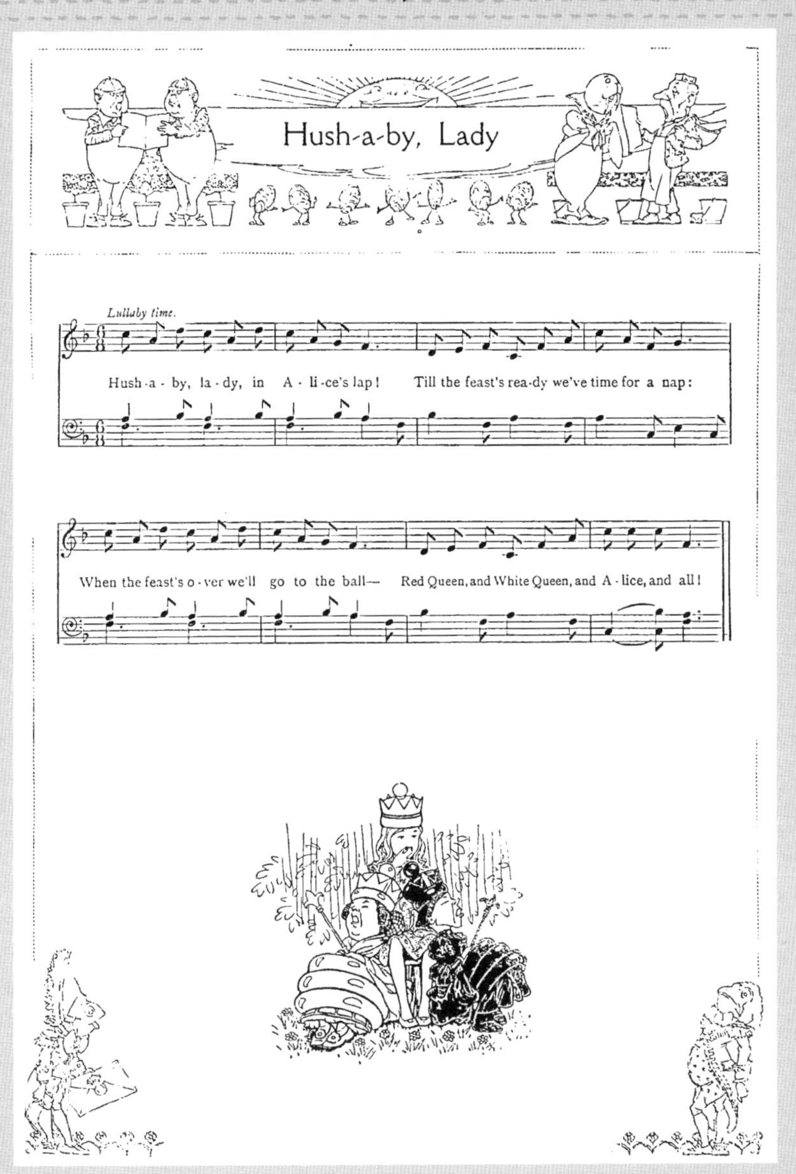

Hush-a-by, Lady
Lullaby time.
Hush-a-by, la-dy, in A-li-ce's lap! Till the feast's rea-dy we've time for a nap:
When the feast's o-ver we'll go to the ball— Red Queen, and White Queen, and A-lice, and all!

Hush-a-by, lady, in Alice's lap!
Till the feast's ready we've time for a nap:
When the feast's over we'll go to the ball—
Red Queen, and White Queen, and Alice, and all!

잘 자요, 아가씨, 앨리스의 무릎을 베고!
잔치가 준비될 때까지 한숨 잘 시간이네;
잔치가 끝나면 우리는 무도회장에 갈 거다 ……
붉은 여왕, 하얀 여왕, 앨리스, 그리고 모두랑!